D1117946

LOS INMORTALES

CHLOE BENJAMIN

LOS INMORTALES

Traducción de Mariana Hernández

Planeta Internacional

Diseño e ilustración de portada: Sandra Chiu
Imágenes de portada: © Shutterstock / zhuda, TairA, Nataliva, Denis Kovin, aarrows, Africa Studi
Fotografía de la autora: ©Nathan Jandl

Título original: *The Immortalists*

Traducción: Mariana Hernández Cruz

Bajo el sello editorial PLANETA M.R.
Avenida Presidente Masarik núm. 111, Piso 2
Colonia Polanco V Sección
Delegación Miguel Hidalgo
C.P. 11560, Ciudad de México
www.planetadelibros.com.mx

Primera edición en formato epub en México: abril de 2018
ISBN: 978-607-07-4808-0

Primera edición impresa en México: abril de 2018
ISBN: 978-607-07-4812-7

Impreso en los talleres de Litográfica Ingramex, S.A. de C.V.
Centeno núm. 162-1, colonia Granjas Esmeralda, Ciudad de México
Impreso y hecho en México - *Printed and made in Mexico*

Para mi abuela, Lee Krug

PRÓLOGO

La mujer de la calle Hester

1969
Varya

Varya tiene 13 años.

Son nuevos para ella siete centímetros más de estatura y los vellos oscuros entre sus piernas. Sus pechos son del tamaño de una palma; sus pezones, monedas rosas. Tiene el cabello largo hasta la cintura y color castaño medio, ni el negro de su hermano Daniel ni los rizos limón amarillo de Simon; tampoco tiene el brillo de bronce de Klara. En las mañanas, se lo peina en dos trenzas francesas; le gusta cómo le rozan la cintura, como colas de caballo. Su pequeña nariz no es la de nadie, o eso piensa ella. Para sus veinte años, habrá crecido hasta llegar a su plena majestad de halcón: la nariz de su madre. Pero aún no.

Los cuatro juntos corren como el viento por el vecindario: Varya, la mayor; Daniel, de once; Klara, de nueve, y Simon, de siete. Daniel es el guía, los lleva por Clinton hasta Delancey, dobla a la izquierda en Forsyth. Rodean el parque Sara D. Roosevelt bajo la sombra de los árboles. De noche, el parque se vuelve tumultuoso, pero este martes por la mañana sólo hay unos cuantos grupos de jóvenes con las mejillas pegadas al pasto que duermen el cansancio de las protestas del fin de semana.

En Hester, los hermanos se vuelven silenciosos. Tienen que pasar enfrente de Gold's Sastrería y Costura, que es de su padre. Aunque es improbable que los vea —Saul trabaja con total concentración, como si en lugar de coser el dobladillo de un pantalón de hombre se tratara del tejido del universo—, no deja de ser una amenaza para la magia de este húmedo día de julio y su precario y tambaleante objetivo, lo que vinieron a buscar a la calle Hester.

Aunque Simon es el más chico, es rápido. Lleva unos *shorts* de mezclilla herencia de Daniel, que a Daniel le quedaban a la misma edad, pero que a él se le escurren por su fina cintura. En una mano lleva una bolsa de cordel hecha con una tela de estampado chino; adentro crujen unos billetes de dólar y tintinea la música metálica de monedas.

—¿Dónde está ese lugar? —pregunta.

—Creo que es aquí —responde Daniel.

Alzan la vista hacia el viejo edificio, al zigzag de las escaleras de incendios y las oscuras ventanas rectangulares del quinto piso, donde se dice que vive la persona que vinieron a ver.

—¿Cómo entramos? —pregunta Varya.

Sorprendentemente se parece al edificio donde viven, con excepción de que es color crema en vez de café y tiene cinco pisos en lugar de siete.

—Supongo que tocando el timbre —dice Daniel—. El timbre del quinto piso.

—Sí —responde Klara—, pero ¿cuál número?

Daniel saca un recibo arrugado de su bolsillo trasero. Cuando alza la vista, tiene la cara rosa.

—No estoy seguro.

—¡Daniel! —Varya se recarga contra el muro del edificio y se cubre los ojos con la mano. Hay casi treinta y dos grados, calor suficiente para que le dé comezón en el cuero cabelludo y para que la falda se le pegue a los muslos.

—Esperen —dice Daniel—. Déjenme pensar un segundo.

Simon se sienta sobre el asfalto; la bolsa de cordel se abomba entre sus piernas como una medusa. Klara saca un pedazo de un dulce chicloso de la bolsa; antes de que pueda desenvolverlo, la puerta del edificio se abre y sale un hombre joven. Lleva lentes de cristales morados y camisa de cachemir sin abotonar.

Hace un gesto hacia los Gold con la cabeza.

—¿Van a entrar?

—Sí —responde Daniel levantándose mientras los demás lo siguen; entra y le agradece al hombre de los lentes morados antes de que la puerta se cierre. Daniel: el líder temerario y medio torpe que tuvo la idea.

La semana anterior había oído la conversación de dos chicos mientras esperaba en la fila del chino kosher de Shmulke Bernstein, donde quería comprar una de las tartas de flan de huevo tibio que le encanta comer incluso cuando hace calor. La fila era larga; los ventiladores giraban a toda velocidad, así que tuvo que inclinarse para escuchar lo que los chicos decían sobre la mujer que residía temporalmente en el piso más alto del edificio de la calle Hester.

Mientras caminaba de regreso al número 72 de Clinton, a Daniel le dio un vuelco el corazón. En la habitación, Klara y Simon jugaban serpientes y escaleras en el suelo, mientras Varya leía un libro en la litera de arriba. Zoya, la gata blanca con negro, estaba acostada sobre el radiador en un cuadro de sol.

Daniel les explicó su plan.

—No entiendo —Varya subió un pie sucio al techo—. ¿Qué es exactamente lo que *hace* esta mujer?

—Ya les dije —Daniel estaba ansioso, impaciente—. Tiene poderes.

—¿Como cuáles? —preguntó Klara, moviendo su ficha en el juego. Se había pasado la primera parte del verano aprendiendo el truco de la carta y la liga de Houdini, con poco éxito.

—Lo que oí es que puede predecir el futuro —dijo Daniel—. Lo que va a pasar en tu vida, si vas a tener una buena o una mala.

Y algo más —Se apoyó en el marco de la puerta para inclinarse hacia delante—: puede decir cuándo morirás.

Klara alzó la vista.

—¡Qué ridiculez! —dijo Varya—. Nadie puede saber eso.

—¿Y si pudiera? —preguntó Daniel.

—Entonces yo no querría saber.

—¿Por qué no?

—Porque no —Varya dejó el libro y se sentó para columpiar las piernas por el costado de la litera—. ¿Y si son malas noticias? ¿Y si te dice que te vas a morir antes de que seas adulto?

—Entonces sería mejor saber —dijo Daniel—. Para que puedas hacer todo antes.

Hubo un segundo de silencio. Después Simon empezó a reírse, y su cuerpo de ave se estremeció. El color de la cara de Daniel se hizo más profundo.

—Es en serio —dijo—. Yo voy a ir. No puedo soportar estar un día más en este departamento. Me niego. ¿Quién diablos viene conmigo?

Quizá nada habría pasado si no hubieran estado a la mitad del verano, con un mes y medio de aburrimiento húmedo a cuestas y un mes y medio por delante. No hay aire acondicionado en el departamento, y ese año —el verano de 1969— parece que a todo el mundo le está pasando algo menos a ellos. Hay gente drogándose en Woodstock, cantando «Pinball Wizard» y viendo *Midnight Cowboy*, que no se le permite aún a ninguno de los niños Gold. Están protestando afuera de Stonewall, embistiendo las puertas con parquímetros arrancados, destrozando ventanas y rocolas. Los están asesinando de las maneras más espantosas posibles, con explosivos químicos y armas que pueden disparar quinientas cincuenta balas seguidas, mientras transmiten sus caras con horrible inmediatez hasta la televisión de la cocina de los Gold.

—Están caminando en la puta *luna* —dijo Daniel, que empezó a usar ese tipo de lenguaje, pero sólo a una distancia prudente de su madre. James Earl Ray está sentenciado y también Sirhan Sirhan, y todo mientras los Gold juegan cartas y dardos o rescatan a Zoya de un tubo abierto que hay detrás del horno, que al parecer la gata ha adoptado como su hogar legítimo.

Sin embargo, algo más creó la atmósfera obligada para este peregrinaje: este verano, son hermanos de una manera como nunca más lo volverán a ser. Al año siguiente, Varya irá a las montañas Catskill con su amiga Aviva. Daniel estará inmerso en los rituales privados de los chicos del vecindario, y dejará a Klara y a Simon a su suerte. Sin embargo, en 1969 todavía son una unidad, ayuntados como si no pudiera ser de otra manera.

—Yo voy —dijo Klara.

—Yo también —dijo Simon.

—¿Y cómo sacamos una cita con ella? —preguntó Varya, que a los trece años ya sabía que nada era gratis—. ¿Cuánto cobra?

Daniel frunció el ceño.

—Lo voy a investigar.

De modo que así fue como empezó: como un secreto, un reto, una escalera para incendios que usaban para escapar de la mole de su madre, que cada vez que los encontraba holgazaneando en el cuarto de las literas les pedía que colgaran la ropa lavada o que sacaran a la maldita gata del tubo de la estufa. Los niños Gold preguntaron por ahí: el dueño de una tienda de magia en el Barrio Chino había oído de la mujer de la calle Hester. Le dijo a Klara que era una nómada que viajaba por todo el país haciendo su trabajo. Antes de que Klara se fuera, el propietario alzó un dedo, desapareció por un pasillo trasero y regresó con un libro grande y cuadrado titulado *El libro de la adivinación*. En la portada tenía doce ojos abiertos rodeados de símbolos. Klara pagó sesenta y cinco centavos y lo abrazó de camino a casa.

Algunos de los demás residentes del número 72 de la calle Clinton también sabían de la mujer. La señora Blumenstein la había conocido en los años cincuenta en una fiesta fabulosa, según le contó a Simon. Dejó salir a su schnauzer al pórtico, donde Simon estaba sentado, y el perro hizo enseguida una bolita de mierda de la que la señora Blumenstein no se ocupó.

—Me leyó la mano. Dijo que tendría una vida muy larga —recordó la señora Blumenstein inclinándose hacia adelante para hacer énfasis. Simon contuvo la respiración: el aliento de la señora olía rancio, como si exhalara el mismo aire de noventa años que había inhalado de bebé—. ¿Y sabes qué, querido? Tenía razón.

La familia hindú del sexto piso llamó a la mujer una *rishika*, una vidente. Varya envolvió en aluminio un pedazo del *kugel* de Gertie y se lo llevó a Ruby Singh, su compañera de clases en la escuela pública 42, a cambio de un plato de pollo a la mantequilla con especias. Comieron en la escalera para incendios mientras se ponía el sol, balanceando las piernas desnudas bajo la rejilla.

Ruby sabía todo sobre la mujer.

—Hace dos años, tenía once y mi abuela estaba enferma. El primer doctor dijo que era su corazón y que se iba a morir en tres meses. Pero el segundo doctor nos dijo que estaba lo suficientemente fuerte para recuperarse, y pensaba que podía vivir dos años más.

Debajo de ellas, un taxi pasó chirriando por Rivington. Ruby volteó para ver con los párpados entrecerrados el East River, verde y marrón de lodo y aguas negras.

—Un hindú se muere en su casa —continuó—. Tienen que estar rodeados de su familia. Hasta los parientes de papá en India querían venir, pero ¿qué podíamos decirles? ¿Quédense dos años? Después mi papá oyó de la *rishika*. Fue a verla y ella le dio una fecha: la fecha en que mi *dadi* moriría. Pusimos la cama de mi *dadi* en la habitación principal, con su cabeza hacia el este. Encendimos una lámpara y la vigilamos, rezando y cantando himnos. Los hermanos de mi papá volaron desde Chandigarh. Yo me senté en el suelo con mis primos; éramos veinte, quizá más. Cuando mi *dadi* murió el 16 de mayo, justo cuando la *rishika* había dicho, todos lloramos de alivio.

—¿No estaban enojados?

—¿Por qué íbamos a estar enojados?

—Porque la mujer no salvó a tu abuela —dijo Varya—. Porque no la ayudó a mejorar.

—La *rishika* nos dio una oportunidad para despedirnos. Nunca le podríamos pagar lo que hizo por nosotros. —Ruby comió el último bocado de *kugel* y dobló el aluminio a la mitad—. De cualquier modo, no habría podido mejorar a mi *dadi*. La *rishika* sabe cosas, pero no puede detenerlas. No es Dios.

—¿Dónde está ahora? —preguntó Varya—. Daniel oyó que se está quedando en un edificio de la calle Hester, pero no sabe en cuál.

—Yo tampoco sé. Se queda en un lugar diferente cada vez, por su seguridad.

Dentro del departamento de los Singh hubo un ruido agudo de un golpe y el sonido de alguien gritando en hindi.

Ruby se levantó, sacudiéndose las migajas de la falda.

—¿Cómo que por su seguridad? —preguntó Varya, levantándose también.

—Siempre hay gente que va detrás de una mujer como ella —dijo Ruby—. Que sabe lo que ella sabe.

—¡Rubina! —llamó la madre de Ruby.

—Me tengo que ir. —Ruby entró por la ventana y la cerró detrás de ella, dejando que Varya bajara por la escalera para incendios hasta el cuarto piso.

Varya estaba sorprendida de que el rumor sobre la mujer se hubiera extendido tan lejos, pero no todos habían oído de ella. Cuando les mencionó a la vidente a los hombres de brazos tatuados con números que trabajaban en el mostrador de Katz's, la miraron con recelo.

—Niños —dijo uno—, ¿por qué querrían involucrarse en algo así?

Su voz era tensa, como si Varya lo hubiera insultado personalmente. Varya se fue con su sándwich, aturdida, y no volvió a mencionar el tema.

Al final, los mismos chicos que Daniel había escuchado originalmente fueron los que le dieron la dirección de la mujer. Los vio ese fin de semana en el camino peatonal del puente de Williamsburg, fumando mota inclinados contra el barandal. Eran mayores que él, a lo mejor tenían catorce, y Daniel se obligó a confesar que los había escuchado antes de preguntarles si sabían algo más.

No pareció que los chicos se molestaran. Enseguida le ofrecieron el número del edificio donde se decía que la mujer se estaba quedando, pero no sabían cómo hacer una cita. Le dijeron a Daniel que el rumor era que había que llevar una ofrenda. Algunos decían que era dinero, pero otros alegaban que la mujer ya tenía todo el dinero que necesitaba y que uno debía ser creativo. Un chico llevó una ardilla ensangrentada que encontró a un lado de la calle, la recogió con unas varas y la entregó en una bolsa de plástico amarrada. Sin embargo, Varya alegó que nadie iba a querer algo así, ni siquiera una adivina, así que al final juntaron sus ahorros en la bolsa de cordel con la esperanza de que fuera suficiente.

Cuando Klara no estaba en casa, Varya sacaba *El libro de la adivinación* de abajo de la cama de su hermana. Se acostaba sobre su panza para sentir la vibración de las palabras: *haruspicia* (con los hígados de animales sacrificados), *ceromancia* (con los patrones de la cera), *rabdomancia* (con varas). En los días frescos, la brisa que entraba por la ventana arrugaba los árboles familiares y las viejas fotos que había pegado en la pared al lado de su cama. Por medio de estos documentos seguía el rastro misterioso y subterráneo de la herencia de rasgos: genes que aparecen y desaparecen y vuelven a aparecer, las piernas larguiruchas de su abuelo Lev, que se saltaron a Saul y resurgieron en Daniel.

Lev llegó a Nueva York en un barco de vapor con su padre, un comerciante de telas, después de que asesinaran a su madre en los pogromos de 1905. En la isla Ellis les hicieron pruebas de enfermedades y los interrogaron en inglés mientras miraban fijamente el puño de la mujer de hierro que los observaba, imperturbable, desde el océano que acababan de cruzar. El padre de Lev reparaba máquinas de coser; Lev trabajaba en una fábrica de ropa que dirigía un judío alemán que le permitía cumplir con el *sabbat*. Luego se convirtió en asistente directivo, después en director. En 1930 abrió su propio negocio, Gold's Sastrería y Costura, en un sótano de la calle Hester.

A Varya le pusieron el nombre de la madre de su padre, que había trabajado como contable de Lev hasta el retiro de ambos. Sabe menos de sus abuelos maternos —sólo que su abuela se llamaba Klara, como su hermana menor, y que llegó de Hungría en 1913. Sin embargo había muerto cuando la madre de Varya, Gertie, tenía sólo seis años, y Gertie raras veces habla de ella. Una vez, Klara y Varya entraron a hurtadillas en la habitación de Gertie y buscaron el rastro de sus abuelos. Como perros, olisquearon el misterio que rodeaba a este par, el olor de la intriga y de la vergüenza, y llegaron olfateando hasta la cómoda donde Gertie guardaba su ropa interior. En el cajón superior encontraron una cajita de madera lacada con bisagras doradas. Adentro había un montón amarillento de fotografías que mostraban a una mujer pequeña y de aspecto malicioso, con cabello negro corto y los ojos muy delineados. En la primera foto, estaba parada con un leotardo de falda y con la cadera tirada hacia un costado, sosteniendo una vara sobre la cabeza. En otra montaba un caballo, inclinada hacia atrás para mostrar el abdomen. En la foto que más les gustaba a Varya y a Klara, la mujer estaba suspendida en el aire, colgando de una cuerda que sostenía con los dientes.

Dos cosas les dijeron que esta mujer era su abuela. La primera era una foto vieja y arrugada, manchada de grasa de huellas digitales, en la que esa misma mujer estaba de pie con un hombre alto y una niña pequeña. Varya y Klara sabían que la niña era su madre, incluso con el reducido tamaño de la imagen: sostenía las manos de sus padres con sus puños pequeños y gordos, y tenía la cara contraída en una expresión de consternación que Gertie aún hacía.

Klara reclamó la propiedad de la caja y su contenido.

—Me pertenece —dijo—. Yo llevo su nombre. Ma nunca la ve, de cualquier manera.

Sin embargo, pronto descubrieron que no era verdad. La mañana después de que Klara hubiera metido en secreto la caja lacada a su habitación, poniéndola bajo la litera inferior, les llegó un graznido de la habitación de sus padres, seguido por acaloradas preguntas de Gertie y la negación amortiguada de Saul. Momentos después, Gertie irrumpió en la habitación de las literas.

—¿Quién la agarró? —gritó—. ¿Quién?

Tenía las fosas nasales abiertas y sus amplias caderas bloqueaban la luz que usualmente se derramaba desde el pasillo. Klara se acaloró por el miedo y casi se puso a llorar. Cuando Saul se fue a trabajar y Gertie entró a la cocina, Klara volvió a escabullirse en la habitación de sus padres y dejó la caja exactamente donde la había encontrado. Sin embargo, Varya sabía que Klara regresaba a ver las fotos y a la pequeña mujer en ellas cuando el departamento estaba vacío. Miraba la intensidad de la mujer, su *glamour*, y juraba que iba a hacer honor a su nombre.

—No mires así alrededor —dice Daniel entre dientes—. Actúa como si tuvieras derecho a estar aquí.

Los Gold suben rápidamente las escaleras. Las paredes están cubiertas de una pintura crema descascarada y los pasillos están a oscuras. Cuando llegan al quinto piso, Daniel hace una pausa.

—¿Qué sugieres que hagamos ahora? —murmura Varya. Le gusta cuando Daniel se queda atorado.

—Esperamos a que alguien salga —dice Daniel.

Sin embargo, Varya no quiere esperar. Está nerviosa, llena de un miedo inesperado, y empieza a caminar a solas por el pasillo.

Pensaba que la magia podía detectarse, pero las puertas de este piso se ven todas exactamente iguales, con los picaportes y los números de latón arañados. El cuatro del número 54 está ladeado. Cuando Varya camina hacia la puerta, escucha el sonido de una televisión o un radio: un juego de beisbol. Suponiendo que una *rishika* no se interesaría por el beisbol, vuelve a alejarse.

Sus hermanos se separan. Daniel está parado cerca de la escalera con las manos en los bolsillos, observando las puertas. Simon se une a Varya junto al número 54, se para de puntitas y vuelve a poner el cuatro en su lugar con el dedo índice. Klara ha estado caminando en la dirección opuesta, pero ahora viene a pararse junto a ellos. La sigue la esencia de la Breck Gold Formula, un producto que Klara compró con sus ahorros; el resto de la familia usa Prell, que viene en un tubo de plástico como la pasta de dientes y escupe una jalea del color de las algas. Aunque Varya se burla externamente —*ella* nunca gastaría tanto en un *shampoo*—, siente envidia de Klara, que huele a romero y naranjas, y que ahora levanta una mano para tocar una puerta.

—¿Qué haces? —murmura Daniel—. Podría ser cualquiera. Podría ser…

—¿Hola?

La voz que sale del otro lado de la puerta es baja y ronca.

—Venimos a ver a la mujer —intenta Klara.

Silencio. Varya contiene la respiración. Hay una mirilla en la puerta, más pequeña que la goma de un lápiz.

Detrás de la puerta alguien se aclara la garganta.

—Uno a la vez —dice la voz.

Varya mira a Daniel a los ojos. No se habían preparado para separarse. Sin embargo, antes de que puedan negociar, alguien abre un seguro por dentro y Klara —¿en qué está pensando?— entra.

Nadie sabe con certeza cuánto tiempo pasa Klara adentro. A Varya le parecen horas. Se sienta contra la pared con las rodillas pegadas al pecho. Está pensando en cuentos de hadas: brujas que se llevan niños, brujas que se los comen. Un árbol de pánico crece en su estómago hasta que la puerta se abre.

Varya se levanta, tambaleante, pero Daniel es más rápido. Es imposible ver adentro del departamento, aunque Varya escucha música —¿un mariachi?— y el tintineo de una olla sobre una estufa.

Antes de entrar, Daniel mira a Varya y a Simon.

—No se preocupen —dice.

Pero sí lo hacen.

—¿Dónde está Klara? —pregunta Simon una vez que Daniel se va—. ¿Por qué no salió?

—Sigue adentro —dice Varya, aunque se le ocurrió la misma pregunta—. Ahí van a estar cuando entremos, Klara y Daniel juntos. Probablemente sólo estén… esperándonos.

—Fue una mala idea —dice Simon. Sus rizos rubios están empapados de sudor. Como Varya es la más grande y Simon el más pequeño, siente que tiene que ser una madre para él, pero Simon es un enigma para ella; al parecer, sólo Klara lo entiende. Él habla menos que los demás. En la cena, se sienta con el ceño fruncido y los ojos enturbiados. Sin embargo, tiene la velocidad y la agilidad de un conejo. A veces, mientras camina a su lado hacia la sinagoga, Varya se siente sola. Sabe que Simon sólo se adelantó o se quedó atrás, pero siempre siente como si su hermano hubiera desaparecido.

Cuando la puerta vuelve a abrirse, los mismos pocos centímetros, Varya pone una mano sobre su hombro.

—Está bien, Sy. Entra tú y yo me quedo a vigilar. ¿De acuerdo?

De qué o de quién, no está segura: el pasillo está igual de vacío como cuando llegaron. De verdad Varya es tímida: a pesar de ser la mayor, prefiere que los otros vayan primero. Sin embargo, Simon parece aliviado. Se quita un rizo de los ojos antes de dejarla.

A solas, el pánico de Varya se intensifica. Se siente separada de sus hermanos, como si estuviera en una playa viendo que sus barcos se alejan flotando. Debió impedirles venir. Para cuando la puerta se vuelve a abrir, se le ha formado un rastro de sudor sobre los labios y bajo la cintura de la falda. Sin embargo, es demasiado tarde para irse por donde vino y los otros la están esperando. Varya abre la puerta.

Se encuentra en un lugar diminuto lleno de tantas cosas que al principio no ve a ninguna persona. Hay libros amontonados en el piso como modelos de rascacielos. Los anaqueles de la cocina están llenos de periódicos en lugar de comida y hay alimentos no perecederos amontonados sobre el mostrador: galletas, cereal, sopas enlatadas, una docena de variedades brillantes de té. Hay cartas de tarot y cartas de juego, cartas astrológicas y calendarios: Varya reconoce uno en chino, otro con números romanos y un tercero que muestra las fases de la luna. Hay un póster amarillento del *I Ching*, cuyos hexagramas le recuerdan el *Libro de la adivinación* de Klara; un florero lleno de arena; gongs y platos de bronce; un manojo de laurel; una pila de varas de madera grabadas con líneas horizontales, y un plato de piedras, algunas con largos pedazos de cuerda amarrados.

Sólo un rincón junto a la puerta está vacío. Ahí hay una mesa plegable entre dos sillas plegables. A su lado, una mesa más pequeña adornada con rosas de tela roja y una Biblia abierta, en cuyo alrededor están acomodados dos pequeños elefantes de yeso junto con una veladora, una cruz de madera y tres estatuas: una de Buda, una de la Virgen María y una de Nefertiti, que Varya reconoce por un letrero pequeño escrito a mano que dice NEFERTITI.

Varya siente una pizca de culpa. En la escuela hebrea había aprendido que no debía adorar ídolos; escuchó con solemnidad al rabino Chaim leer el tratado Avodah Zarah. Sus padres no querrían que estuviera aquí. Sin embargo, ¿no creó Dios a la adivina, tal como creó a los padres de Varya? En la sinagoga, Varya trata de rezar, pero Dios nunca parece responderle. Cuando menos, la *rishika* va a contestarle.

La mujer está parada en el fregadero, metiendo té suelto en una delicada bola de metal. Lleva un vestido de algodón amplio, sandalias de piel y un turbante azul marino; su cabello largo y castaño cuelga en dos trenzas delgadas. Aunque es alta, sus movimientos son elegantes y precisos.

—¿Dónde están mis hermanos? —la voz de Varya es ronca y se siente avergonzada por la desesperación que se percibe en ella.

Las cortinas están cerradas. La mujer toma una taza del estante superior y pone la bola de metal adentro.

—Quiero saber —dice Varya, con voz más fuerte— dónde están mis hermanos.

Una tetera silba sobre la estufa. La mujer apaga el fuego y vierte el contenido sobre la taza. El agua se derrama en una cuerda gruesa y clara, y la habitación se llena de olor a pasto.

—Afuera —responde.

—No, no están afuera. Yo estaba esperando en el pasillo y nunca salieron.

La mujer camina hacia Varya. Sus mejillas son densas, su nariz protuberante y sus labios inflados. Su piel es morena dorada, como la de Ruby Singh.

—Si no confías en mí, no puedo hacer nada —dice—. Quítate los zapatos. Después, puedes sentarte.

Varya se quita los zapatos de dos colores y los deja junto a la puerta, sintiéndose amedrentada. Quizá la mujer tenga razón; si Varya se niega a confiar en ella, este viaje habrá sido por nada junto con todo lo que arriesgaron: la mirada de su padre, el disgusto de su madre, sus ahorros de cuatro meses. Se sienta frente a la mesa plegable. La mujer pone ante ella la taza de té. Varya piensa en tinturas y pociones, en Rip van Winkle y su sueño de veinte años. Entonces piensa en Ruby. «La *rishika* sabe cosas», dijo. «Nunca le podríamos pagar lo que hizo por nosotros». Varya alza la taza y bebe.

La *rishika* se sienta en la otra silla plegable. Mira los hombros rígidos de Varya, sus manos húmedas, su rostro.

—No te has sentido bien, ¿verdad, cariño?

Varya traga saliva, sorprendida, y niega con la cabeza.

—¿Has esperado sentirte mejor?

Varya se queda quieta, aunque el pulso se le acelera.

—Te preocupas —dice la mujer, asintiendo—. Tienes problemas. Tu cara sonríe, te ríes, pero en tu corazón no eres feliz; estás sola. ¿Tengo razón?

A Varya le tiembla la boca cuando asiente. Tiene el corazón tan lleno que siente que se le podría partir.

—Es una pena —dice la mujer—. Tenemos trabajo pendiente —chasquea los dedos y hace un gesto hacia la mano izquierda de Varya—. Tu palma.

Varya se acerca rápidamente al borde de la silla y le ofrece la palma a la *rishika*, cuyas manos son ligeras y frescas. La respiración de Varya es superficial. No puede recordar la última vez que un extraño la tocó; prefiere mantener una barrera, como un impermeable, entre ella y los demás. Cuando regresa de la escuela, donde los escritorios están aceitosos de huellas dactilares y el parque está contaminado por los niños del preescolar, se lava las manos hasta que se las deja casi en carne viva.

—¿De verdad puede hacerlo? ¿Sabe cuándo voy a morir? —pregunta.

Tiene miedo de lo caprichoso de la suerte: las tabletas de colores lisos que pueden expandir tu mente o ponerla de cabeza; de los hombres elegidos al azar y embarcados a la bahía de Cam Ranh y a la montaña Dong Ap Bia, entre cuyos bambús y pastos de tres metros encontraron muertos a mil hombres. Tenía un compañero en la escuela pública 42, Eugene Bogopolski, cuyos tres hermanos fueron enviados a Vietnam cuando Varya y él sólo tenían nueve años. Los tres regresaron y los Bogopolski hicieron una fiesta en su departamento de la calle Broome. Al año siguiente, Eugene se echó un clavado en una alberca, se golpeó la cabeza contra el concreto y murió. La fecha de la muerte de Varya sería una cosa —quizá la más importante— que podría saber con seguridad.

La mujer observa a Varya. Sus ojos son canicas brillantes y negras.

—Puedo ayudarte —dice—. Puedo hacerte bien.

Voltea la palma de Varya, viendo primero su forma general, después los dedos romos y cuadrados. Suavemente, jala el pulgar de Varya hacia atrás; no se dobla mucho antes de resistirse. Examina el espacio entre el cuarto y el quinto dedo. Aprieta la punta del meñique de Varya.

—¿Qué busca? —pregunta Varya.

—Tu carácter. ¿Has oído hablar de Heráclito? —Varya niega con la cabeza—. Un filósofo griego. «El carácter es destino», según decía. Las dos cosas están unidas como hermanos y hermanas. ¿Quieres saber el futuro? —señala a Varya con la mano libre—. Mira en el espejo.

—¿Y si cambio? —parece imposible que el futuro de Varya ya esté dentro de ella, como una actriz fuera del escenario que espera décadas a que suba el telón.

—Entonces serías especial. Porque la mayoría de la gente no cambia.

La *rishika* voltea la mano de Varya y la pone sobre la mesa.

—21 de enero de 2044. —Su voz es tajante, como si diera la temperatura o el ganador de un juego de pelota—. Tienes mucho tiempo.

Por un momento, el corazón de Varya se suelta y se eleva. En 2044 tendrá ochenta y ocho años, una edad perfectamente decente para morirse. Después hace una pausa.

—¿Cómo lo sabe?

—¿No te dije que tenías que confiar en mí? —la *rishika* alza una ceja poblada y frunce el ceño—. Ahora quiero que vayas a casa y pienses en lo que te dije. Si lo haces, te vas a sentir mejor. Pero no le digas a nadie, ¿de acuerdo? Lo que muestra tu mano, lo que te dije, es entre tú y yo.

La mujer mira fijamente a Varya y ella le devuelve la mirada. Ahora que Varya es quien evalúa y no la persona evaluada, ocurre algo curioso. Los ojos de la mujer pierden su brillo, sus movimientos la elegancia. La fortuna que se le ha leído a Varya es demasiado buena, lo que se vuelve prueba de lo fraudulento de la vidente: probablemente le hace la misma predicción a todos. Varya piensa en el mago de Oz. Como él, esta mujer no es maga ni vidente. Es una embaucadora, una estafadora. Varya se para.

—Le ha de haber pagado mi hermano —dice poniéndose los zapatos.

La mujer también se levanta. Camina hacia la que Varya pensaba que era la puerta de un clóset —un brasier cuelga de la manija, con copas tan grandes como las redes que Varya usa para atrapar mariposas monarca en el verano— pero no, es una salida. La mujer abre la puerta y Varya ve un pedazo de un muro de ladrillos rojos, una porción de escalera para incendios. Cuando escucha las voces de sus hermanos que suben desde abajo, su corazón se vuelve más ligero.

Sin embargo, la *rishika* se para frente a ella como una barrera. Pellizca el brazo de Varya.

—Todo va a salir bien para ti, corazón —hay algo amenazante en su tono, como si fuera urgente que Varya la escuchara, urgente que le creyera—. Todo va a salir bien.

Entre los dedos de la mujer, la piel de Varya se pone blanca.

—Suélteme —dice.

Le sorprende la frialdad de su voz. En la cara de la mujer se endurece el gesto. Suelta a Varya y se hace a un lado.

Varya resuena por la escalera de incendios mientras baja con sus zapatos de dos colores. Una brisa le acaricia los brazos y le enchina el ligero vello de un castaño suave que empezó a aparecer en sus piernas. Cuando llega al callejón, ve que las mejillas de Klara están mojadas de agua salada, su nariz tiene un color rosa brillante.

—¿Qué pasa?

Klara voltea.

—¿Tú qué crees?

—Ah, pero no puedes creer de verdad… —Varya mira a Daniel para que la ayude, pero parece de piedra—. Lo que sea que te haya dicho, no significa nada. Lo inventó, ¿verdad, Daniel?

—Sí —Daniel se da vuelta y empieza a caminar hacia la calle—. Vámonos.

Klara jala a Simon de un brazo. Todavía lleva la bolsa de cordel llena con lo que trajeron.

—Se suponía que le tenías que pagar —dice Varya.

—Se me olvidó —dice Simon.

—No se merece nuestro dinero. —Daniel se para en la acera con las manos sobre la cadera—. ¡Vámonos!

De camino a casa, están silenciosos. Varya nunca se ha sentido más lejana a los otros. En la cena apenas prueba su carne, pero Simon no come para nada.

—¿Qué pasa, cariño mío? —pregunta Gertie.

—No tengo hambre.

—¿Por qué no?

Simon se encoge de hombros. Sus rizos rubios se ven blancos bajo la luz del techo.

—Cómete la comida que preparó tu madre —dice Saul.

Pero Simon se niega. Se sienta sobre las manos.

—¿Qué pasa, cielo? —pregunta Gertie alzando una ceja—. ¿No es lo suficientemente buena para ti?

—Déjenlo en paz —Klara se acerca para agitar el cabello de Simon, pero él se hace a un lado y empuja su silla hacia atrás con un chirrido.

—¡Los odio! —grita, levantándose—. ¡Los odio! ¡*A todos*!

—Simon —dice Saul, levantándose también. Todavía viste el traje que llevó al trabajo. Su cabello es cada vez más fino y claro que el de Gertie, de un extraño rubio cobrizo—. No le hables así a tu familia.

Es inflexible en su papel. Gertie siempre ha sido la de la disciplina. Ahora, ella sólo está boquiabierta.

—Pero es verdad —dice Simon. Hay asombro en su cara.

PARTE UNO

BAILARÍAS, CHICO

1978-1982
Simon

1

Cuando Saul muere, Simon está en clase de física, dibujando círculos concéntricos que se supone que representan los anillos en un electrón, pero que no significan nada para él. Con sus fantasías y su dislexia nunca ha sido un buen estudiante, y se le escapa el propósito del campo de electrones, la órbita que gira alrededor del núcleo de un átomo. En este momento, su padre se dobla en el cruce peatonal de la calle Broome al caminar de regreso del almuerzo. Un taxi toca el claxon hasta detenerse; Saul cae de rodillas; su corazón se vacía de sangre. Su muerte no tiene más sentido para Simon que la transferencia de electrones de un átomo a otro: los dos están ahí un momento y desaparecen al siguiente.

Varya maneja de regreso de la universidad en Vassar; Daniel, de la estatal de Nueva York en Binghamton. Ninguno de los dos lo comprende. Sí, Saul estaba estresado, pero los peores momentos de la ciudad —la crisis fiscal, el apagón— finalmente han quedado atrás. Los sindicatos salvaron a la ciudad de la bancarrota, y Nueva York mira hacia arriba. En el hospital, Varya pregunta por los últimos momentos de su padre. ¿Sintió dolor? «Sólo brevemente», dice la enfermera. ¿Habló? Nadie puede decir que haya hablado. No debería sorprender a su esposa e hijos, acostumbrados a sus largos silencios, y sin embargo Simon se siente engañado, como si le hubieran robado el último recuerdo de su padre, que permanece tan callado en su muerte como lo fue en vida.

Como al día siguiente es *sabbat*, el funeral se realiza el domingo. Se reúnen en la Congregación Tifereth Israel, la sinagoga conservadora de la que Saul era miembro y patrocinador. En la entrada, el rabino Chaim les da a cada uno de los Gold unas tijeras para el *kriah*.

—No, yo no lo voy a hacer —dice Gertie, a la que tienen que guiar por cada paso del funeral como si fuera el proceso de aduana de un país que nunca quiso visitar. Lleva un vestido estrecho que Saul le hizo en 1962: algodón negro resistente con cintura entallada, botones en el frente y cinturón removible—. No pueden obligarme —añade lanzando miradas intensas al rabino Chaim y a sus hijos, que obedientemente cortaron la tela sobre sus corazones, y aunque el rabino Chaim le explica que no es él quien puede obligarla sino Dios, parece que Dios tampoco puede. Al final, el rabino le da a Gertie un listón negro para que lo corte, y ella toma su asiento con una victoria herida.

A Simon nunca le gustó venir aquí. De niño, pensaba que la sinagoga estaba embrujada, con su piedra tosca y oscura y aquel interior lóbrego. Los servicios eran peores: la eterna devoción silenciosa, las plegarias fervientes por la restauración de Sion. Ahora Simon se para ante el ataúd cerrado, con el aire circulando por la abertura en su camisa, y se da cuenta de que nunca volverá a ver el rostro de su padre. Imagina la mirada distante de Saul, su sonrisa recatada, casi femenina. El rabino Chaim llama magnánimo a Saul, una persona de carácter y fortaleza; pero para Simon era un hombre tímido y decoroso que evitaba el conflicto y los problemas, un hombre que parecía tener tan poco que ver con la pasión, que sorprendía que se hubiera casado con Gertie, pues nadie habría pensado en la madre de Simon, con su ambición y sus cambios de humor, como una elección pragmática.

Después del servicio, siguen a los funerarios al cementerio Mount Hebron, donde están enterrados los padres de Saul. Las dos chicas lloran: Varya en silencio, Klara tan estruendosamente como su madre, y parece que Daniel se está conteniendo por pura obligación perpleja. Sin embargo, Simon se descubre incapaz de llorar, incluso cuando bajan el ataúd a la tierra. Lo único que siente es pérdida, pero no la del padre que conoció sino la del hombre que Saul pudo ser. En la cena se sentaban en extremos opuestos de la mesa, perdidos en pensamientos privados. La conmoción se producía cuando uno de ellos alzaba la mirada y sus ojos se encontraban; un accidente, pero un accidente que unía como una bisagra sus mundos separados antes de que alguno apartara la vista.

Ahora no hay bisagra. Por distante que fuera, Saul permitió que cada uno de los Gold asumiera su papel individual: él, el proveedor; Gertie, la generala; Varya, la mayor obediente; Simon, el menor sin cargas. Si el cuerpo de su padre —con un colesterol más bajo que el de Gertie, el corazón más estable que nada— simplemente se había detenido, ¿qué más podía salir mal? ¿Qué otras leyes podían torcerse? Varya se esconde en su litera. Daniel tiene veinte años, apenas es un hombre, pero agradece a los visitantes y saca comida, conduce los rezos en hebreo. Klara, cuya porción de la habitación está más desordenada que la de todos los demás, talla la cocina hasta que le duelen los bíceps. Y Simon cuida a Gertie.

Ese no es su arreglo común, pues Simon siempre ha sido el bebé de Gertie, más que los otros. Alguna vez ella quiso ser una intelectual; se acostaba al lado de la fuente en Washington Square Park a leer a Kafka, Nietzsche y Proust. Sin embargo, a los diecinueve años conoció a Saul, que se había sumado al negocio de su padre al terminar la preparatoria, y a los veinte ya estaba embarazada. Pronto Gertie renunció a la Universidad de Nueva York, donde tenía una beca, y se mudó a un departamento a unas cuadras de Gold's Sastrería y Costura, que Saul heredaría cuando sus padres se retiraran a Kew Gardens Hills.

Poco después de que naciera Varya —mucho antes de lo que Saul consideraba necesario, y para vergüenza suya—, Gertie se convirtió en recepcionista de un despacho de abogados. Por la noche seguía siendo su formidable capitana. Sin embargo, por la mañana se ponía un vestido y se aplicaba aquel labial de cajita redonda antes de dejar a los niños con la señora Almendinger, después de lo cual salía del edificio con la mayor ligereza que jamás tuvo en su vida. Sin embargo, cuando nació Simon, Gertie se quedó en casa nueve meses en lugar de cinco, y que acabaron siendo dieciocho. Lo llevaba a todas partes. Cuando lloraba, no respondía con obstinada frustración, sino que lo mimaba con la nariz y le cantaba, como si estuviera nostálgica por una experiencia que siempre le había molestado porque sabía que no iba a repetirla. Poco después del nacimiento de Simon, mientras Saul estaba en el trabajo, fue al consultorio médico y regresó con un pequeño frasco de píldoras —decía Enovid— que guardó en el fondo de su cajón de ropa interior.

«¡Si-mon!», grita ahora, con un estallido largo como una sirena de niebla. «Pásame eso», diría posiblemente, acostada en la cama y señalando una almohada justo al lado de sus pies. O, en un tono bajo y ominoso: «Tengo un dolor; llevo demasiado tiempo acostada en esta cama», y aunque internamente Simon retrocede, examina el grueso borde de su talón.

—No es un dolor, ma —responde—. Es una ampolla.

Sin embargo, para entonces ella ha seguido adelante y le pide que le lleve el *kadish*, o pescado y chocolate del platón de *shivá* que llevó el rabino Chaim.

Simon podría pensar que Gertie se complace en darle órdenes, de no ser por la manera en que llora por las noches —amortiguada, para que sus hijos no la escuchen, aunque Simon sí la oye— o por las veces en que la ve en posición fetal sobre la cama que compartió con Saul durante dos décadas, y donde parece la adolescente que era cuando lo conoció. Se sienta a la *shivá* con una devoción que Simon nunca pensó que pudiera exhibir, pues Gertie siempre creyó en supersticiones más que en cualquier dios. Escupe tres veces cuando pasa un funeral, arroja sal si el salero se cae y nunca pasó por un cementerio mientras estuvo embarazada, lo que hizo que la familia soportara constantes cambios de ruta entre 1956 y 1962. Cada viernes observa el *sabbat* con esforzada paciencia, como si fuera un invitado del que no puede esperar a deshacerse. Sin embargo, esa semana no lleva maquillaje. Evita la joyería y los zapatos de piel. Como si estuviera en penitencia por el fallido *kriah*, usa el vestido negro entallado de día y de noche, ignorando las manchas de grasa que tiene en un muslo. Como los Gold no tienen sillas de madera, se sienta en el suelo para recitar el *kadish* e incluso trata de leer el libro de Job, cerrando los ojos mientras sostiene el *Tanaj* frente a su cara. Cuando lo deja, parece perpleja y perdida, como una niña que buscara a sus padres, y entonces llega el grito —«¡*Simon*!»— en busca de algo tangible: fruta fresca o un trozo de panqué, que abra una ventana para que entre aire o que la cierre para evitar una corriente; una cobija, un trapo, una vela.

Cuando se reúnen suficientes visitantes para un *minyán*, Simon la ayuda a ponerse un vestido nuevo y pantuflas, y ella sale a rezar. Los acompañan los empleados de toda la vida de Saul: los contadores; las costureras; los diseñadores; los vendedores, y el socio minoritario de Saul, Arthur Milavetz, un hombre flaco y de nariz aguileña de treinta y dos años.

De niño, a Simon le encantaba visitar la tienda de su padre. Los contadores le daban clips para que jugara, o retazos de tela, y se sentía orgulloso de ser el hijo de Saul: por la reverencia con que lo trataban los empleados y por su oficina de grandes ventanas, estaba claro que era alguien importante. Balanceaba a Simon sobre una rodilla mientras mostraba cómo cortar patrones y coser muestras. Más tarde, Simon lo acompañaba a las tiendas de telas, donde Saul seleccionaba sedas y *tweeds* que estarían de moda la siguiente temporada, y a Saks Fifth Avenue, donde compraba los modelos más recientes para hacer copias en la sastrería. Después del trabajo, Simon podía quedarse mientras los hombres jugaban cartas o se acomodaban en la oficina de Saul con una caja de puros a discutir sobre la huelga de maestros y la de basureros, el canal de Suez y la guerra de Yom Kipur.

Todo el tiempo lo acechaba algo cada vez más grande y más cercano hasta que Simon se vio obligado a verlo en toda su terrible majestad: su futuro. Daniel siempre había planeado ser doctor, lo que dejaba a un solo hijo: Simon, impaciente e incómodo consigo mismo, no se diga en un traje cruzado. Para cuando fue adolescente, la ropa de las mujeres lo aburría y las lanas le daban comezón. Resentía la débil atención de Saul, del que presentía que no soportaría su salida del negocio, si algo así era posible. Se enfurecía con Arthur, siempre al lado de su padre y que trataba a Simon como un perrito útil. Sobre todo, sentía algo mucho más confuso: que la tienda era el verdadero hogar de Saul, y que sus empleados lo conocían mejor de lo que lo que sus propios hijos lo harían jamás.

Hoy Arthur lleva tres platones de comida y una charola de pescado ahumado. Dobla su cuello largo como de cisne para besar a Gertie en la mejilla.

—¿Qué vamos a hacer, Arthur? —pregunta ella con la boca sobre su abrigo.

—Es terrible —responde—. Es horrible.

Unas pequeñas gotas de lluvia de primavera se posan en los hombros de Arthur y en los cristales de sus anteojos de armazón de cuerno, pero su mirada es aguda.

—Gracias a Dios por ti. Y por Simon —dice Gertie.

La última noche de *shivá*, mientras Gertie duerme, los hermanos suben al ático. Están exhaustos, cansados, con los ojos nublados e hinchados y los estómagos hechos nudo. La conmoción no se ha desvanecido; Simon no puede imaginar que alguna vez vaya a desvanecerse. Daniel y Varya se sientan en un sofá de terciopelo anaranjado del que se asoma el relleno por los reposabrazos. Klara se sienta en la otomana de retazos de tela que alguna vez perteneció a la señora Blumenstein, ahora muerta. Sirve whisky en cuatro tazas despostilladas. Simon se encorva con las piernas cruzadas en el suelo, girando el líquido ámbar con el dedo.

—Entonces, ¿cuál es el plan? —pregunta, mirando a Daniel y Varya—. ¿Ustedes se van mañana?

Daniel asiente. Él y Varya tomarán los primeros trenes de regreso a la escuela. Ya se despidieron de Gertie y prometieron regresar en un mes, cuando hayan terminado los exámenes.

—No puedo tomarme más tiempo si quiero pasar los exámenes —dice Daniel—. Algunos de nosotros —molesta a Klara con el pie— nos preocupamos por ese tipo de cosas.

El último año de preparatoria de Klara termina en dos semanas, pero ya le dijo a su familia que no asistirá a la graduación. («Todos esos pingüinos, caminando al unísono. No sería yo»). Varya estudia Biología y Daniel espera convertirse en médico militar, pero Klara no quiere ir a la universidad. Quiere hacer magia.

Se ha pasado los últimos nueve años bajo la tutela de Ilya Hlavacek, un viejo actor de vodevil y prestidigitador que también es su jefe en Ilya's Magic y compañía. Klara supo de la tienda por primera vez a los nueve años, cuando le compró a Ilya *El libro de la adivinación*; ahora, él es mucho más un padre para ella de lo que fue Saul. Un migrante checo que se hizo hombre entre las dos Guerras Mundiales, Ilya —de setenta y nueve años, largo y artrítico, con un mechón de cabello blanco como un trol— le relata cuentos fantásticos de sus años en el escenario: cuando recorrió los tugurios de atracciones más siniestros del Medio Oeste, con su mesa de cartas a sólo unos pasos de cabezas humanas en frascos; el circo de Pennsylvania donde desapareció exitosamente un burro siciliano pardo llamado Antonio mientras mil espectadores estallaban en aplausos.

Sin embargo, ha pasado más de un siglo desde que los hermanos Davenport invocaban espíritus en los salones de los ricos y John Nevil Maskelyne lograra que una mujer levitara en el Teatro Egipcio de Londres. Hoy, los magos más afortunados de Estados

Unidos hacen efectos especiales en el escenario o elaboradas presentaciones en Las Vegas. La mayoría son hombres. Cuando Klara visitó Marinka's, la tienda de magia más vieja del país, el joven del mostrador levantó la mirada con desdén antes de dirigirla a un librero con el rótulo BRUJERÍA. («Desgraciado», murmuró Klara, aunque compró *Demonología: las invocaciones de sangre* para ver cómo se estremecía).

Además, Klara se siente menos atraída por los magos de escena —las luces brillantes y la ropa de noche, las levitaciones con alambres— que por aquellos que realizan espectáculos más modestos, donde la magia pasa de una persona a otra como un billete arrugado de un dólar. Los domingos observa al mago callejero Jeff Sheridan en su ubicación habitual junto a la estatua de sir Walter Scott en Central Park. Pero ¿realmente podría ganarse la vida de esa manera? Nueva York está cambiando. En su vecindario, los *hippies* están siendo reemplazados por niños rudos; las drogas, por drogas más duras; las bandas de puertorriqueños se reúnen en la 12 y la avenida A. Una vez, unos hombres detuvieron a Klara y probablemente le habrían hecho algo peor si Daniel no hubiera pasado por ahí exactamente en ese momento.

Varya tira cenizas en una taza vacía.

—No puedo creer que te vayas a ir, con ma así.

—Ese era el plan, Varya; siempre iba a irme.

—Bueno, a veces los planes cambian. A veces tienen que cambiar.

Klara levanta una ceja.

—¿Por qué no puedes cambiar tus planes?

—No puedo, tengo exámenes.

Varya tiene las manos rígidas, la espalda derecha. Siempre ha sido poco comprometida, santurrona, alguien que camina entre las líneas como sobre una barra de equilibrio. En su cumpleaños catorce, sopló todas las velas del pastel menos tres, y Simon, que sólo tenía ocho, se paró de puntitas para apagar el resto. Varya le gritó y lloró con tanta intensidad que incluso Saul y Gertie quedaron perplejos. No tiene la belleza de Klara, ni interés por la ropa o el maquillaje. Su único capricho es su cabello. Lo tiene largo hasta la cintura y nunca se lo ha teñido o decolorado, pero no porque su color natural —un castaño claro sucio como el polvo del verano— sea especial de alguna manera; simplemente lo prefiere como siempre ha sido. Klara se tiñe el suyo con un vívido rojo comercial. Siempre que se tiñe las raíces, el lavabo parece ensangrentado durante días.

—Exámenes —dice Klara con un gesto de rechazo con la mano, como si fueran un pasatiempo infantil del que Varya ya debería haberse librado.

—¿Y adónde planeas ir? —pregunta Daniel.

—Todavía no lo he decidido —Klara habla con tranquilidad, pero sus rasgos se ven tensos.

—Por Dios —Varya echa la cabeza hacia atrás—. ¿Ni siquiera tienes un plan?

—Estoy esperando que se me revele —dice Klara.

Simon mira a su hermana. Sabe que está aterrada por su futuro. También sabe que lo esconde muy bien.

—Y una vez que se te revele el lugar al que vas —dice Daniel—, ¿cómo llegarás ahí? ¿También estás esperando a que se te revele? No tienes dinero para un carro. No tienes dinero para un boleto de avión.

—Hay algo nuevo que se llama pedir aventón, Danny. —Klara es la única que llama a Daniel por su apodo de la infancia, sabiendo que le trae recuerdos de las veces que mojó la cama y de sus dientes de conejo y, sobre todo, de un viaje familiar a Lavallette, Nueva Jersey, en el que no pudo evitar cagarse en los pantalones y arruinó el primer día de vacaciones de los Gold y el asiento trasero del Chevy rentado—. Todos los chicos *cool* lo hacen.

—Klara, por favor —Varya echa con fuerza la cabeza hacia adelante—. Prométeme que no vas a irte de aventón. ¿Así vas a cruzar el país? Te van a matar.

—No me van a *matar* —Klara fuma de jalón y echa el humo a la izquierda, lejos de Varya—. Pero si significa tanto para ti, puedo tomar un autobús.

—Te tomaría días —dice Daniel.

—Es más barato que el tren. Además, ¿en serio crees que ma me necesita? Es más feliz cuando no estoy. —La noticia de que Klara no iría a la universidad fue recibida con largos torneos de gritos entre ella y Gertie, que dieron lugar a un amargo silencio—. De cualquier modo, no estará sola. Sy se quedará aquí.

Extiende una mano hacia Simon y le aprieta una rodilla.

—¿No te molesta, Simon? —pregunta Daniel.

Sí le molesta. Ya puede ver cómo será cuando todos los demás se hayan ido: él y Gertie atrapados a solas en una *shivá* infinita —«¡Si-*mon*!»—, su padre en ninguna parte y en todos lados al mismo tiempo. Durante las noches se escabullirá para correr, con la necesidad de estar en cualquier parte salvo en su casa. Y el negocio —por supuesto, el negocio—, que ahora es suyo por derecho. La idea de perder a Klara, su aliada, es igual de mala, pero por ella se encoge de hombros.

—Nah. Klara debe hacer lo que desee. Sólo tenemos una vida, ¿cierto?

—Eso es lo que sabemos —Klara apaga su cigarro—. ¿Ustedes nunca piensan en eso?

Daniel arquea las cejas.

—¿En la vida después de la muerte?

—No, en lo larga que será su vida —responde Klara.

Ahora que abrió la caja, se hace el silencio en el ático.

—No vas a empezar con lo de esa vieja perra otra vez —dice Daniel.

Klara se estremece, como si fuera ella la que recibiera el insulto. Hace años que no hablan de la mujer de la calle Hester. Esa noche, sin embargo, está borracha. Simon lo ve en su mirada, en la manera en que junta las eses.

—Ustedes son unos cobardes. Ni siquiera podrían decirlo —dice ella.

—¿Decir qué? —pregunta Daniel.

—Lo que les dijo —Klara lo señala con la uña pintada de barniz rojo desgastado—. Anda, Daniel, te reto.

—No.

—Cobarde —Klara dibuja una sonrisa torcida, cerrando los ojos.

—No podría decírtelo aunque quisiera —dice Daniel—. Fue hace años, una década atrás. ¿De verdad crees que lo recuerdo?

—Yo sí —dice Varya—. 21 de enero de 2044. Ahí está.

Toma un sorbo de su bebida, luego otro, y deja la taza vacía en el suelo. Klara mira sorprendida a su hermana. Después toma la botella de bourbon por el cuello y vuelve a llenar la taza de Varya antes que la suya.

—¿Eso qué es? —pregunta Simon—, ¿a los ochenta y ocho años?

Varya asiente.

—Felicidades. —Klara cierra los ojos—. A mí me dijo que moriría a los treinta y uno.

Daniel se aclara la garganta.

—Bueno, son mentiras.

Klara levanta su taza.

—Eso espero.

—Bien —Daniel vacía el suyo—. 24 de noviembre de 2006. Me vas a ganar, V.

—Cuarenta y ocho —dice Klara—. ¿Te preocupa?

—Para nada. Estoy seguro de que la vieja dijo lo primero que se le vino a la mente. Sería tonto creerle —deja la taza en el suelo, que resuena contra el piso de madera—. ¿Y tú, Sy?

Simon está en su cigarro número siete. Jala una fumada y exhala el humo, dejando la mirada en la pared.

—Joven.

—¿Qué tan joven? —pregunta Klara.

—Es cosa mía.

—Ay, por favor —dice Varya—. ¡Qué ridiculez! Sólo tiene poder sobre nosotros si se lo damos, y es obvio que era un fraude. ¿Ochenta y ocho? Por favor. Con una profecía como esa, probablemente me atropelle un camión cuando cumpla cuarenta.

—Entonces, ¿por qué la fortuna de todos los demás fue tan mala? —pregunta Simon.

—No sé. ¿Para darle variedad? No les puede decir lo mismo a todos —la cara de Varya está ligeramente sonrojada—. Ojalá nunca hubiéramos ido a verla. Lo único que hizo fue alojar la idea en nuestras cabezas.

—Es culpa de Daniel —dice Klara—. Él nos obligó a ir.

—¿No crees que ya lo sé? —dice Daniel entre dientes—. Además, tú fuiste la primera que dijo que sí.

En el pecho de Simon florece la furia. Por un momento siente resentimiento contra todos: Varya, racional y distante, con una vida entera por delante; Daniel, que planteó su voluntad de estudiar medicina hace años y obligó a Simon a cargar con la sastrería; Klara, que ahora lo abandona. Odia que todos puedan escapar.

—¡Chicos! —dice—. ¡Deténganse! Sólo cállense, ¿de acuerdo? Papá está muerto, ¿pueden cerrar la puta boca?

Le sorprende la autoridad en su voz. Hasta Daniel parece encogerse.

—Simón dice —contesta Daniel.

Varya y Daniel bajan las escaleras para dormir en sus camas, pero Klara y Simon suben al techo. Llevan almohadas y cobijas y se duermen sobre el concreto bajo el brillo de la luna velada por el esmog. Alguien los sacude antes del amanecer para que despierten. Primero creen que es Gertie, pero después pueden enfocar el rostro delgado y demacrado de Varya.

—Ya nos vamos —murmura—. El taxi está abajo.

Daniel acecha detrás de ella, con la mirada distante detrás de los lentes. La piel que hay debajo tiene un tinte azul plata de alberca, y la semana que acaba de pasar dejó grabado un profundo paréntesis alrededor de su boca; ¿o siempre había estado ahí?

Klara se echa un brazo encima de la cara.

—No.

Varya se lo quita y le acaricia el cabello.

—Despídete.

Su voz es suave, y Klara se sienta. Envuelve los brazos alrededor del cuello de Varya con tanta fuerza que puede tocar sus propios codos.

—Adiós —susurra.

Después de que Varya y Daniel se van, el cielo tiene un brillo rojo, luego ámbar. Simon aprieta la cara contra el cabello de Klara. Huele a humo.

—No te vayas —dice.

—Me tengo que ir, Sy.

— De cualquier modo, ¿qué vas a encontrar?

—¿Quién sabe? —los ojos de Klara están húmedos de fatiga y sus pupilas parecen brillar—. Ese es el punto.

Se levantan y juntos doblan las cobijas.

—Tú también puedes venir —añade Klara mirándolo.

Simon se ríe.

—Sí, claro. ¿Y pierdo dos años más de escuela? Ma me mataría.

—No si nos vamos lo suficientemente lejos.

—No podría.

Klara camina al barandal y se apoya contra él, aún con su suéter azul y peludo y sus *shorts* recortados. No lo está mirando pero Simon puede sentir la fuerza de su atención, cómo vibra con ella, como si supiera que sólo fingiendo indiferencia podrá decir lo que dice después.

—Podríamos ir a San Francisco.

Simon contiene la respiración.

—No digas eso.

Él se inclina a levantar las almohadas y se mete una bajo cada brazo. Mide 1.76, como Saul, con piernas ágiles y musculosas y pecho esbelto. Sus labios carnosos y rojizos y sus rizos rubio oscuro —la contribución de algún ancestro ario, enterrado hace mucho tiempo— le han valido la admiración de las chicas de su salón de segundo grado, pero no es esa la audiencia que él desea.

Las vaginas nunca le han atraído: sus pliegues de col, su corredor largo y oculto. Anhela el empuje largo del pene, su insistencia obstinada y el reto de un cuerpo como el suyo. Sólo Klara lo ha sabido. Después de que sus padres se dormían, ella y Simon salían por la ventana con gas pimienta en la bolsa de piel falsa de Klara, y bajaban a la calle por la escalera para incendios. Iban a Le Jardin para escuchar tocar a Bobby Guttadaro o tomaban el metro a la 12 Oeste, una bodega de flores convertida en discoteca donde Simon conoció al bailarín de go-go que le habló de San Francisco. Estaban sentados en el jardín de la azotea cuando el bailarín les dijo que San Francisco tenía un comisionado del ayuntamiento que era gay y un periódico gay, que la gente gay podía trabajar donde quisiera y tener sexo en cualquier momento porque no había reglas contra la sodomía. «No se lo pueden imaginar», dijo, y desde entonces Simon no podía hacer otra cosa.

—¿Por qué no? —pregunta Klara, volteando—. Claro, ma se enojaría. Pero ya me imagino cómo será tu vida aquí, Sy, y no quiero eso para ti. Tú tampoco lo quieres. Claro, ma quiere que vaya a la universidad, pero ya tiene eso con Danny y V. Tiene que comprender que no soy ella. Y tú no eres papá. Por Dios, tu destino no es ser sastre. *¡Sastre!* —Hace una pausa, como para dejar que la palabra se asimile hasta el fondo—. Todo está mal. Y no es justo. Entonces, dame una razón. Dame una buena razón por la que no debas empezar tu vida.

En cuanto Simon se permite imaginarlo, queda casi abrumado. Manhattan debería ser un oasis, hay clubes gay, hasta baños públicos, pero tiene miedo de reinventarse en un lugar que siempre ha sido su hogar. «*Faygelehs*», murmuró Saul una vez, viendo con odio a un trío de hombres delgados que descargaban una variedad de instrumentos en el sitio que los Singh ya no podían pagar. Gertie también adoptó el insulto en *yiddish*, y aunque Simon fingía que no lo oía, siempre sentía que estaban hablando de él.

En Nueva York viviría por ellos, pero en San Francisco podía vivir por sí mismo. Y aunque no le gusta pensar en eso, aunque de hecho evita el tema de manera patológica, se permite pensar en eso ahora: ¿y si la mujer de la calle Hester tiene razón? Tan sólo pensarlo tiñe su vida de un color distinto; hace que todo se sienta urgente, lleno de brillos, precioso.

—Por Dios, Klara —Simon se reúne con ella en el barandal—. Pero ¿qué habría allí para ti?

El sol se levanta con un rojo sangriento; Klara lo mira con los ojos entrecerrados.

—Tú sólo puedes ir a un lugar. Yo puedo ir a cualquier parte —responde.

Todavía le queda un poco de grasa de bebé y tiene la cara redonda. Sus dientes, cuando sonríe, se ven ligeramente torcidos: medio feroz, medio encantadora. Su hermana.

—¿Alguna vez encontraré a alguien a quien quiera tanto como a ti? —pregunta él.

—Por favor —ríe Klara—. Vas a encontrar a alguien a quien ames mucho más.

Seis pisos abajo, un hombre joven corre por la calle Clinton. Lleva una playera blanca delgada y *shorts* azules de *nylon*. Simon mira cómo ondulan los músculos de su pecho bajo la playera, mira las poderosas piernas hacer su trabajo. Klara sigue su mirada.

—Vámonos de aquí —dice.

2

Mayo llega en un torbellino de sol y color. El pasto del parque Roosevelt se llena de parches de azafrán. Después de su último día en la preparatoria, Klara sale corriendo con el marco del diploma vacío. Se lo enviarán una vez que terminen con la caligrafía, pero para entonces ella ya se habrá ido. Gertie sabe que Klara se irá, así que su maleta está en el pasillo; lo que no sabe es que Simon, cuya maleta está metida abajo de la cama, va a irse con ella.

Dejará atrás casi todas sus pertenencias, llevando consigo sólo lo que es útil o precioso: dos camisetas aterciopeladas a rayas, con cuello; la bolsa de tela roja; el pantalón de pana café que llevaba cuando un chico puertorriqueño le sostuvo la mirada en un tren y le guiñó, su experiencia más romántica hasta el momento; su reloj de oro con correa de piel, regalo de Saul. Y sus New Balance 320 de gamuza azul, los zapatos para correr más ligeros que haya usado.

La maleta de Klara es más grande, ya que incluye la caja que Ilya Hlavaceck le dio el último día que trabajó con él. La noche antes de que se marchen, le cuenta a Simon la historia del regalo.

—Tráeme esa caja que está ahí —le dijo Ilya, señalando algo.

La caja, de madera pintada de negro, había acompañado a Ilya de los espectáculos callejeros a los circos hasta que contrajo polio en 1931: «Un buen momento», bromeaba a menudo, «porque para entonces la fotografía ya había matado al vodevil de cualquier modo». Siempre se refería a ella como «esa caja», aunque Klara sabía que era su posesión más preciada. Klara hizo lo que le pidió y la subió al mostrador para que Ilya no tuviera que levantarse de su silla.

—Mira, quiero que te la quedes —dijo—. ¿Entiendes? Es tuya. Quiero que la uses y la disfrutes. Su destino es estar en la calle, querida, no atrapada con un viejo decrépito como yo. ¿Sabes cómo abrirla? Mira, te enseño. —Klara lo observó levantarse con ayuda del bastón y convertir la caja en una mesa, como tantas veces antes lo había hecho—. Aquí es donde pones tus cartas. Te paras aquí atrás, así. —Klara lo intentó—. Muy bien —dijo con su vieja sonrisa de duende—. Te ves maravillosa con ella.

—Ilya —Klara se sintió avergonzada cuando se dio cuenta de que estaba llorando—. No sé cómo agradecértelo.

—Sólo úsala —Ilya hizo un gesto con la mano y se tambaleó hacia el fondo de la habitación, supuestamente para acomodar unos estantes, aunque ella sospechó que deseaba sufrir su duelo en privado. Klara se la llevó en brazos a casa y la llenó con sus herramientas: tres mascadas de seda; un conjunto de anillos de plata sólida; un monedero lleno de centavos; tres copas de cobre con igual número de pelotas rojas, del tamaño de fresas; y un mazo de cartas tan usado que el papel era flexible como la tela.

Simon sabe que Klara tiene talento; sin embargo, su interés en la magia le parece perturbador. Cuando era niña, parecía algo encantador; ahora sólo es extraño. Espera que su gusto se desvanezca una vez que lleguen a San Francisco, donde con toda seguridad, el mundo real será más emocionante que lo que sea que guarde en la caja negra.

Esa noche, se queda despierto durante horas. Con la muerte de Saul se eliminó una vieja prohibición: Arthur puede dirigir el negocio y Saul no tendrá que saber la verdad sobre Simon. ¿Cómo, sin embargo, contarle a su madre? Simon prepara su caso: se dice que así es como funciona el mundo, el hijo deja al padre cuando se convierte en adulto; en todo caso, los humanos son penosamente lentos. Los renacuajos rompen el cascarón en la boca de sus padres, pero salen de un brinco en cuanto pierden la cola. (Por lo menos, Simon cree que así sucede, siempre sueña despierto en la clase de biología). El salmón del Pacífico nace en agua dulce antes de migrar a los océanos. Cuando llega el momento de desovar y morir, viajan cientos de kilómetros para regresar a las aguas donde nacieron. De igual manera, él siempre podría regresar.

Cuando finalmente se queda dormido, sueña que es uno de ellos. Flota en el semen como un brillante huevo color coral que aterriza en el nido de su madre en una corriente de agua. Después emerge de la concha y se esconde en pozas oscuras, donde come cualquier cosa que encuentra en su camino. Sus escamas se hacen más oscuras; viaja miles de kilómetros. Al principio lo rodea una masa de otros peces, tan cercanos que lo rozan con sus pieles pegajosas, pero conforme nada más lejos, el grupo se hace más escaso. Cuando se da cuenta de que se dirigen a casa, no puede recordar el camino a la vieja corriente olvidada donde nació. Se ha alejado demasiado como para dar vuelta atrás.

Se despiertan temprano por la mañana, Klara sacude a Gertie para despertarla y despedirse, y después la arrulla hasta que su madre se vuelve a dormir. Sale de puntitas por las escaleras con las dos maletas mientras Simon se ata los zapatos. Él sale al pasillo, evitando pisar la tabla que cruje, y va con cuidado hacia la puerta.

—¿A dónde vas?

Se da vuelta y se le acelera el pulso. Su madre está parada en el umbral de su habitación, envuelta en la enorme bata rosa que ha usado desde que nació Varya, y su cabello, que usualmente tiene tubos a esa hora del día, está suelto.

—Sólo... —Simon cambia su peso de un pie a otro—. Iba a comprar un sándwich.

—Son las seis de la mañana, qué rara hora para comprar un sándwich.

Gertie tiene las mejillas rosas y los ojos abiertos de par en par. Un brillo de luz ilumina sus pupilas: pequeños nudos de temor que brillan como perlas negras.

Un temblor de lágrimas aparece en los ojos de Simon. Los pies de Gertie, losas rosadas tan gruesas como chuletas de puerco, están encuadrados bajo sus hombros, su cuerpo tenso como el de un boxeador. Cuando Simon era niño y sus hermanos estaban en la escuela, él y Gertie jugaban a algo que llamaban el Globo Bailarín. Gertie ponía Motown en el radio, algo que nunca escuchaba cuando Saul estaba en casa, e inflaba a medias un globo rojo. Bailaban por el departamento, botando el globo del baño a la cocina, y su única misión era que no se cayera. Simon era ágil, Gertie estruendosa: juntos podían mantener el globo en el aire durante programas de radio enteros. Ahora Simon recuerda a Gertie arremetiendo por la sala, un candelabro rueda contra el suelo («¡No se rompió nada!», gritó) y ella reprime una risa inapropiada que, de haberla liberado, seguramente se habría transformado en un sollozo.

—Ma —dice—. Tengo que vivir mi vida.

Odia la forma en que lo dice, como si estuviera rogándole. De repente, su cuerpo anhela el de su madre, pero Gertie ve hacia la calle Clinton. Cuando regresa la mirada a los ojos de Simon, hay en su expresión una rendición que nunca antes había visto.

—Está bien. Ve por tu sándwich —suspira—. Pero ve a la tienda después de la escuela. Arthur te enseñará cómo funcionan las cosas. Vas a tener que ir todos los días, ahora que tu padre...

Pero no termina la oración.

—Está bien, ma —dice Simon. Le arde la garganta.

Gertie asiente con gratitud. Antes de que pueda detenerse, Simon baja corriendo las escaleras.

Simon se había imaginado el viaje en autobús en términos románticos, pero se pasa dormido la mayor parte del primer trayecto. No puede soportar seguir pensando en lo ocurrido entre él y su madre, así que apoya la cabeza sobre el hombro de Klara mientras ella juega con un mazo de cartas o un par de anillos pequeños de acero: de cuando en cuando lo despierta un ligero chasquido o el sonido del aleteo de las cartas barajadas. A las 6:10 de la mañana siguiente se bajan en una estación de transferencia en Missouri, donde esperan el autobús que los llevará a Arizona, y ahí toman el camión a Los Ángeles. El último trayecto dura nueve horas. Para cuando llegan a San Francisco, Simon se siente la criatura más desagradable de la tierra. Su cabello rubio es un castaño aceitoso y lleva tres días con la misma ropa. Sin embargo, cuando ve el asombroso cielo azul y a los hombres vestidos de piel en la calle Folsom, algo dentro de él brinca como un perro al agua y no puede evitar reírse, sólo una vez: un ladrido de placer.

Durante tres días se quedan con Teddy Winkleman, un chico de su preparatoria que se mudó a San Francisco después de la graduación. Ahora Teddy se junta con un grupo de sijs y se hace llamar Baksheesh Khalsa. Tiene dos compañeros de departamento: Susie, que vende flores afuera de Candlestick Park, y Raj, moreno con cabello negro a la altura de los hombros, que se pasa los fines de semana leyendo a García Márquez en el sofá de la sala. El departamento no es del estilo victoriano lleno de telarañas que Simon se había imaginado, sino una serie de habitaciones frías, húmedas y estrechas, muy parecidas a las del número 72 de Clinton. Sin embargo, la decoración es diferente: tienen telas de batik colgadas en la pared, como pieles de animales, y lucecitas con forma de chiles alrededor de cada puerta. El suelo está lleno de discos y botellas de cerveza vacías, y el olor del incienso es tan fuerte que Simon tose cada vez que entra.

El sábado, Klara circula con pluma roja el anuncio de un departamento: «Dos recámaras / un baño», dice, «$389 al mes. Soleado / espacioso / suelo de madera. ¡Edificio histórico! DEBE GUSTARTE EL RUIDO». Toman el tranvía J a la 17 y Market, y ahí está: Castro, ese paraíso de dos cuadras con el que ha soñado durante años. Simon mira fijamente el Teatro Castro, la marquesina café de Toad Hall, y a los hombres sentados en las escaleras para incendios y a los que fuman en las entradas, con *jeans* ajustados y camisas de franela o incluso sin camisa. Haberlo deseado durante tanto tiempo, y tenerlo por fin y tan pronto, lo hace sentir como si observara su vida futura. «Este es el presente», se dice con vértigo. «Este es el ahora». Sigue a Klara a Collingwood, una cuadra silenciosa con árboles bulbosos a los lados y edificios eduardianos de color caramelo. Se detienen frente a uno amplio y rectangular. El primer piso es un club, cerrado a esa hora, con ventanas que se extienden hasta el techo. A través del cristal, Simon ve sofás morados, bolas de espejos y plataformas altas como pedestales. El nombre del club está pintado en la ventana: PURP.

El departamento está sobre el club. No es espacioso ni tiene dos recámaras: la primera recámara es la sala y la segunda es un clóset grande. Sin embargo, es soleado, con pisos de madera dorada, ventanas salientes y justo pueden pagar el primer mes de renta. Klara abre los brazos. Su playera anaranjada sin mangas se le sube, exponiendo el suave rosa de su panza. Gira una vez, dos veces: su hermana, una tacita, un derviche en la sala de su nuevo departamento.

Compran cosas sueltas de cocina en una tienda de segunda mano de la calle Church y muebles de una venta de garaje en Diamond. Klara encuentra dos colchones individuales en Douglas, todavía con los empaques de plástico, y los suben con dificultad.

Van a bailar para celebrar. Antes de irse, Baksheesh Khalsa les da hachís y píldoras. Raj toca el ukulele con Susie sobre una de sus rodillas; Klara se sienta contra la pared y mira un pescado adivinador que encontró en el pasillo de novedades de la tienda de Ilya. Baksheesh Khalsa se inclina hacia Simon y trata de tener una conversación con él sobre Anuar Sadat, pero las ventanas están saludando a Simon y piensa que preferiría besar a Baksheesh Khalsa. No hay suficiente tiempo: ahora están en una discoteca, bailando entre una masa de personas pintadas de azul y rojo por las luces. Baksheesh Khalsa se quita el turbante y su cabello gira por el aire como una cuerda. Un hombre alto y ancho, cubierto de un brillo verde hermoso, lanza luz como una bola de fuego. Simon se lanza en su busca a través de la multitud y sus caras chocan con una intensidad asombrosa: el primer beso de Simon.

Pronto están volando a través de la noche en un taxi, sus cuerpos se entrelazan en el asiento trasero. El otro hombre paga. Afuera, la luna se tambalea como el número flojo de una puerta; la acera se desenrolla enfrente de ellos, como una alfombra. Entran a un edificio alto y plateado, y suben en elevador a un piso alto.

—¿Dónde estamos? —pregunta Simon siguiéndolo al último departamento del pasillo.

El hombre entra a la cocina pero deja las luces apagadas, de manera que el departamento sólo está iluminado por las lámparas de afuera. Cuando los ojos de Simon se acostumbran a la penumbra, se encuentra en una sala limpia y moderna con un sofá de piel blanca y una mesa de cristal con patas cromadas. Una pintura de manchas neón cuelga en el muro opuesto.

—En el distrito financiero. ¿Eres nuevo en la ciudad?

Simon asiente. Avanza hacia la ventana de la sala y mira los brillantes edificios de oficinas. Muchos pisos más abajo, las calles están casi vacías con excepción de un par de vagabundos e igual número de taxis.

—¿Quieres algo? —grita el hombre con la mano en la puerta del refrigerador. Las píldoras están perdiendo su efecto, pero no le parece menos atractivo: es musculoso pero delgado, con los rasgos pulcros de un modelo de catálogo.

—¿Cómo te llamas? —pregunta Simon.

El hombre toma una botella de vino blanco.

—¿Está bien?

—Claro —Simon hace una pausa—. ¿No quieres decirme tu nombre?

El hombre se reúne con él en el sofá con dos copas.

—Trato de no hacerlo en estas situaciones, pero puedes llamarme Ian.

—Está bien. —Simon se obliga a sonreír, aunque siente unas ligeras náuseas; le da náuseas que lo agrupe con otros (¿cuántos?) en «estas situaciones», y por la cautela del hombre. ¿No es por la apertura que los hombres homosexuales vienen a San Francisco? Sin embargo, quizás Simon tenga que ser paciente. Se imagina saliendo con Ian: acostados sobre una manta en el Golden Gate Park o comiendo sándwiches en Ocean Beach, con el cielo naranja y gris lleno de gaviotas.

Ian sonríe. Tiene por lo menos diez años más que Simon, quizá quince.

—Estoy durísimo.

Simon se sobresalta y una ola de deseo se alza dentro de su cuerpo. Ian ya se está quitando los pantalones, la ropa interior y ahí está, audazmente rojo, con la cabeza erguida de orgullo: el rey de los penes. La erección de Simon roza contra sus *jeans*, se levanta para quitárselos y tira cuando una pierna se atora en su tobillo. Ian se arrodilla frente a él. Ahí, en el breve espacio entre el sofá y la mesa de cristal, Ian jala a Simon hacia él por las nalgas y de repente, asombrosamente, el pene de Simon está en la boca de Ian.

Simon grita y la parte superior de su cuerpo se inclina hacia adelante. Ian sostiene su pecho con una mano y succiona mientras Simon jadea de sorpresa y placer exquisito, largamente soñado. Es mejor de lo que había imaginado que sería; es una alegría agonizante, inconsciente, esa boca es tan concentrada e intensa como el sol. Se hincha y cuando está al borde del orgasmo, Ian se desprende y le sonríe como un profesional.

—¿Quieres ver este piso tan bonito lleno de semen? ¿Te quieres venir sobre este hermoso piso de madera?

Simon jadea de confusión, pues esto es algo muy lejano de lo que tenía en mente.

—¿Tú quieres?

—Sí —dice Ian—. Sí quiero —y ahora gatea; su pene, tan rojo que es casi morado, se extiende hacia Simon como un cetro. Una vena serpenteante corre por su piel.

—Oye —dice Simon—. Vamos a enfriarnos un segundo, ¿okey? Sólo rápidamente, un segundo.

—Claro, hombre, podemos enfriarnos. —Ian le da vuelta para quedar frente a las ventanas y toma el pene de Simon con una mano, bombeando. Simon gime hasta que siente un dolor molesto en las rodillas que lo regresa a la habitación y a Ian, cuyo pene busca persistentemente separar las nalgas de Simon.

—Podríamos sólo... —jadea Simon, tan cerca que incluso le cuesta trabajo hablar—. Podríamos, ya sabes...

Ian se pone en cuclillas.

—¿Qué, quieres lubricante?

—Lubricante —Simon traga saliva—. Eso.

No es lo que quiere, pero al menos le da tiempo. Ian se levanta y desaparece por un corredor. Simon recupera la respiración. «Recuerda esto», se dice, «el momento justo antes». Escucha el ligero rumor de pisadas, un golpe de huesos cuando Ian se coloca en su lugar y deja una botella naranja brillante a un lado. Hay un ruido líquido cuando toma el lubricante y después el sonido pegajoso de Ian frotándolo entre las manos.

—¿Todo bien? —pregunta Ian.

Simon se prepara, las manos contra el piso.

—Todo bien —responde.

El sol entra por las cortinas. Escucha el ruido de una regadera y percibe el olor corporal de otra persona en las sábanas desconocidas. Simon está desnudo en una cama *king-size* bajo sábanas blancas gruesas. Cuando se sienta, le duelen las piernas y siente que podría vomitar. Entrecierra los ojos para ver la habitación: una puerta cerrada a un costado que debe llevar al baño; fotos de arquitectura urbana en marcos negros sencillos; un clóset no tan pequeño, dentro del cual Simon ve filas de camisas y trajes dispuestos por colores.

Sale de la cama y busca su ropa en el suelo antes de darse cuenta de que debió dejarla en la sala; recuerda vagamente la noche anterior, aunque se siente menos real que el sueño más intenso que haya tenido. Sus pantalones y su playera están arrugados bajo la mesa de centro, y sus amados 320 junto a la puerta. Se viste y mira hacia afuera. Hordas de gente caminan por las aceras con portafolios y café. En alguna realidad alterna, es lunes por la mañana.

El agua se detiene. Simon regresa a la habitación justo cuando Ian sale del baño, con una toalla alrededor de la cintura.

—Hola —le sonríe a Simon, se quita la toalla y se frota vigorosamente el cabello—. ¿Quieres algo? ¿Café?

—Eh, estoy bien —contesta Simon. Observa mientras Ian entra al clóset y saca ropa interior y finos calcetines negros—. ¿Dónde trabajas?

—En Martel y McRae. —Ian se abotona una camisa blanca de aspecto costoso y busca una corbata.

—¿Qué es?

—Asesoría financiera —Ian frunce el ceño frente a un espejo—. De verdad no sabes mucho de nada, ¿verdad?

—Oye, te dije que era nuevo aquí.

—Relájate. —Ian tiene una sonrisa sospechosamente atractiva, que podría pertenecer a un abogado de casos de lesiones.

—¿La gente de tu trabajo sabe que te gustan los hombres? —pregunta Simon.

—Claro que no —Ian se ríe—. Y me gustaría que siguiera siendo así.

Sale rápidamente del clóset y Simon se quita de la puerta.

—Oye, tengo que apurarme, pero siéntete como en casa, ¿sí? Sólo asegúrate de jalar la puerta cuando te vayas. Se cierra automáticamente —Ian toma un saco del clóset y hace una pausa en la puerta—. Estuvo divertido.

A solas, Simon se queda muy quieto. Klara no sabe dónde está. Peor aún, Gertie debe estar histérica. Son las ocho de la mañana, lo que significa que son casi las once en Nueva York: seis días desde que se fue. ¿Qué clase de persona es para hacerle esto a su madre? Encuentra un teléfono en la cocina. Mientras llama, se imagina el aparato de su casa, uno de botones color crema. Imagina a Gertie yendo hacia él —su madre, su querida madre; tiene que hacerla comprender— y agarrando el auricular con su fuerte mano derecha.

—¿Hola? —Simon se queda sorprendido: es Daniel—. ¿Hola? —repite—. ¿Hay alguien ahí?

Simon se aclara la garganta.

—Hola.

—Simon —Daniel suelta un suspiro largo y quebrado—. Por Dios. Por Dios. Carajo, Simon. ¿Dónde diablos estás?

—En San Francisco.

—¿Y Klara está contigo?

—Sí, aquí está.

—Está bien —Daniel habla lentamente y con control, como si se dirigiera a un niño pequeño e inestable—. ¿Qué estás haciendo en San Francisco?

—Espera —Simon se frota la frente, que le pulsa de dolor—. ¿No se supone que debías estar en la escuela?

—Sí —responde Daniel con la misma calma extraña—. Sí, Simon, se *supone* que debería estar en la escuela. ¿Quieres saber por qué no estoy en la escuela? No estoy en la escuela porque ma me llamó *histérica* la noche del viernes, cuando no regresaste *a casa*, y como soy el jodido buen hijo que soy, la única persona *razonable* de esta familia, carajo, dejé la escuela para estar con ella. Voy a reprobar este semestre.

A Simon le da vueltas el cerebro. Se siente incapaz de responder a este sermón, así que sólo dice:

—Varya es razonable.

Daniel lo ignora.

—Voy a repetir. ¿Qué carajos estás haciendo en San Francisco?

—Decidimos irnos.

—Ya, eso ya lo entendí. Estoy seguro de que ha sido bárbaro. Y ahora que ya te divertiste, hablemos de lo que vas a hacer después.

¿Qué va a hacer después? Afuera el cielo está despejado. Un azul infinito.

—Estoy viendo las rutas de camiones para mañana —dice Daniel—. Hay un tren que sale de Folsom a la una de la tarde. Tendrás que transbordar en Salt Lake City y después en Omaha. Te va a costar ciento veinte dólares, y espero que no hayas atravesado el país sin nada, pero si eres más estúpido de lo que creo, voy a enviártelos a la cuenta de Klara. En ese caso, tendrás que esperar hasta el jueves. ¿Está bien? ¿Simon? ¿Sigues ahí?

—No voy a regresar. —Simon está llorando, pues se da cuenta de que lo que dice es verdad: ahora existe un cristal entre él y su antiguo hogar, un cristal a través del cual puede ver, pero que no puede atravesar.

La voz de Daniel se hace más suave.

—Mira, chico. Tienes muchas cosas encima, eso lo entiendo. Todos estamos igual. Papá murió; ya sé por qué tuviste ese impulso, pero ahora tienes que hacer lo correcto. Ma te necesita. Gold's te necesita. También necesitamos a Klara, pero ella es... un caso perdido, ¿me entiendes? Mira, ya sé cómo es con ella. No le gusta que le digan que no: imagino que te convenció. Pero no tiene derecho a meterte en sus idioteces. O sea, por Dios, ni siquiera has terminado la preparatoria, eres un niño.

Simon está en silencio. Oye la voz de Gertie en el fondo: «¿Daniel? ¿Con quién estás hablando?».

—¡Espérate, ma! —grita Daniel.

—Me voy a quedar aquí, Dan. En serio.

—Simon —la voz de Daniel se hace más dura—. ¿Te imaginas cómo han sido las cosas aquí? Ma ha perdido la bendita cabeza. Está diciendo que llamará a la policía. Yo estoy haciendo mi mejor esfuerzo, le prometí que recapacitarías, pero no puedo contenerla mucho más tiempo. Apenas tienes dieciséis, eres menor. Técnicamente, eres un fugitivo.

Simon sigue llorando. Se inclina contra la barra de la cocina.

—¿Sy?

Simon se limpia la cara con las palmas y suavemente cuelga el teléfono.

3

Para finales de mayo, Klara ya llenó docenas de solicitudes de empleo, pero no consigue ninguna entrevista. La ciudad está cambiando, y Klara se perdió los mejores momentos: los *hippies*, los Diggers, las reuniones psicodélicas en el Golden Gate Park. Quiere tocar el pandero y escuchar leer a Gary Snyder en los Polo Fields, pero ahora el parque está lleno de gays en busca y vendedores de drogas, y los *hippies* son sólo vagabundos. El sector corporativo de San Francisco no está interesado en ella, pero ella tampoco en él. Va a las librerías feministas de Mission, pero las encargadas miran sus vestidos ligeros con desdén; las cafeterías son de lesbianas que pusieron solas el suelo de cemento y con toda seguridad no necesitan ayuda. A regañadientes, presenta una solicitud en una agencia de trabajos temporales.

—Sólo necesitamos algo para sobrellevar la marea —dice—. Algo fácil, para ganar dinero rápido. No tiene que decir nada de nosotros.

Simon piensa en el club de abajo. Ha pasado por ahí de noche, cuando está lleno de hombres jóvenes y de una embriagadora luz violeta. La tarde siguiente, se queda afuera fumando hasta que un hombre de mediana edad —de apenas 1.52, con brillante cabello naranja— entra por la puerta con un montón de llaves.

—¡Hola! —Simon aplasta su cigarro con el pie—. Soy Simon. Vivo arriba.

Extiende la mano. El otro hombre lo mira con desconfianza y lo saluda.

—Benny. ¿Qué se te ofrece?

Simon se pregunta quién era Benny antes de venir a San Francisco. Parece un chico de teatro con sus tenis negros, *jeans* negros y playera negra fajada.

—Me gustaría trabajar.

Benny empuja la puerta de cristal con un hombro y la mantiene abierta con un pie para dejar que Simon pase.

—¿Ah, sí? ¿Cuántos años tienes?

Pasea por el espacio: enciende las luces, revisa las máquinas de humo.

—Veintidós. Podría atender el bar.

Simon pensó que iba a sonar más maduro que «ser *barman*», pero ahora se da cuenta de que estaba equivocado. Benny hace una mueca y camina hacia el bar, donde acomoda las sillas altas que esperan en pilas.

—En primera —dice—, no me mientas. ¿Qué tienes... diecisiete, dieciocho? En segunda, no sé de dónde seas, pero en California tienes que tener veintiuno para «atender el bar», y no voy a perder mi licencia para vender alcohol por contratar a un jovencito guapo. En tercera...

—Por favor —Simon está desesperado: si no puede encontrar trabajo y Gertie va tras él, no le quedará de otra más que volver a casa—. Soy nuevo aquí y necesito dinero. Puedo hacer cualquier cosa: trapear, sellar manos. Yo...

Benny alza una palma.

—En tercera. Si *fuera* a contratarte, no te pondría en la barra.

—¿Dónde me pondrías?

Benny hace una pausa, con un pie sobre el aro de una silla; luego señala una de las plataformas moradas elevadas, puestas a intervalos regulares alrededor del club.

—Ahí.

—¿De verdad? —Simon mira las plataformas. Miden por lo menos 1.20 de alto y quizá 75 centímetros de ancho—. ¿Qué haría allá arriba?

—*Bailarías*, chico. ¿Crees que podrías hacerlo?

Simon sonríe.

—Claro, puedo bailar. ¿Es lo único que tengo que hacer?

—Es lo único que tienes que hacer. Tienes suerte de que Mikey haya renunciado la semana pasada: si no, no tendría nada para ti. Pero eres guapo, y con el maquillaje... —Benny inclina la cabeza—. Sí, con el maquillaje te verás mayor.

—¿Qué maquillaje?

—¿Tú qué crees? Pintura morada, de la cabeza a los pies. —Benny saca una escoba de una habitación a un costado y empieza a recoger los desechos de la noche anterior: popotes doblados, recibos, la envoltura morada de un condón—. Llega a las siete hoy en la noche. Los chicos te enseñarán cómo.

Son cinco, cada uno con su propia plataforma. Richie —un veterano de cuarenta y cinco años, musculoso y con un corte de cabello militar— se ha ganado la columna número uno, junto a las ventanas principales. Del otro lado, en la número dos, está Lance, un trasplantado de Wisconsin de quien se burlan juguetonamente por su sonrisa fácil y sus oes redondas y canadienses. El pilar número tres es de Lady, travesti de 1.95; el número cuatro es Colin, delgado como un poeta y de ojos tristes, así que Lady le dice Niño Jesús. Adrian —diabólicamente hermoso, sin un pelo en el cuerpo moreno dorado— tiene el pilar número cinco.

—Número seis —grita Lady cuando Simon entra al vestidor—. ¿Cómo te va?

Lady es negra, con pómulos altos y ojos cálidos enmarcados por largas pestañas. Los demás hombres no llevan nada más que ligeras tangas moradas, pero Benny deja que Lady use un diminuto vestido entallado de plastipiel —morado, por supuesto— y enormes zapatos de plataforma.

Sacude la lata de pintura violeta.

—Date vuelta, corazón. Yo te pinto.

Adrian ulula y Simon se da vuelta obedientemente, sonriendo. Ya está borracho. Se inclina hacia el suelo con las nalgas levantadas y las sacude hacia Lady, que grita de placer. Lance enciende el radio —«Le Freak», de Chic— mientras Adrian saca un tubo de maquillaje morado de su bolsa. Le pinta la cara a Simon, esparciendo base coloreada alrededor de sus fosas nasales y la línea del pelo, y después en los lóbulos de las orejas. Terminan minutos antes de las nueve de la noche, cuando es hora de hacer fila para entrar en desfile al club.

Incluso desde tan temprano el Purp está bastante lleno, y por un momento a Simon se le oscurece la vista. Ni en sus más alocadas fantasías de San Francisco se habría imaginado hacer algo así. De no haber sido por la botella de Smirnoff de Klara, ya se habría dado vuelta para salir corriendo del club hacia su departamento, como un extra de una película porno de ciencia ficción. En lugar de eso, cuando los hombres se separan y ocupan sus lugares, Simon se coloca detrás de la columna número seis. Como Lady es la más alta, ayuda a cada uno a subir a sus pedestales. Richie es atlético y dinámico: brinca de arriba abajo con un puño en el aire y a veces sacude una cuerda invisible sobre su cabeza. Lance es gracioso, dulce; una masa de admiradores se coloca enseguida bajo su plataforma y lo anima mientras hace la parada de autobús y el pollo *funky*. Colin se mece sin energía, ahogado en barbitúricos. De cuando en cuando, extiende los brazos y mueve las palmas en el aire como un mimo. Adrian embiste al aire y se pasa las manos por la entrepierna. Simon se ordena no ponerse duro mientras lo mira.

Lady aparece detrás de él.

—¿Estás listo para subir? —susurra.

—Listo —dice Simon, y de repente se eleva. Lady lo deja encima del pedestal, las manos firmes alrededor de su cintura. Cuando lo suelta, hace una pausa. Los hombres de la audiencia lo miran con curiosidad.

—¡Aplausos para el nuevo chico! —grita Richie del otro lado del lugar.

Hay algunos aplausos desperdigados, un grito. El volumen de la música sube: «Dancing Queen», de ABBA, y Simon traga saliva. Mueve las caderas a la izquierda y luego a la derecha, pero el movimiento no es fluido como el de Adrian; se siente torpe e incómodo como una niña buena en un baile escolar. Lo vuelve a intentar brincando como Richie, lo que siente más natural, pero quizá demasiado parecido a lo que hace Richie. Señala a la audiencia con una mano y gira el otro hombro detrás de su espalda.

—¡Vamos, nene! —grita un hombre negro con camiseta blanca de tirantes y *shorts* de mezclilla—. Estoy seguro de que puedes bailar mejor.

A Simon se le seca la boca.

—Relájate —dice Lady detrás de él; aún no se ha ido a su propia plataforma—. Baja los hombros. —No se había dado cuenta de que los tenía levantados hasta las orejas. Cuando los suelta, su cuello se relaja también y siente las piernas más ligeras. Suavemente balancea las caderas y lanza la cabeza. Cuando escucha la música, en lugar de copiar a los demás, su cuerpo se hunde en el ritmo, como cuando corre. El latido de su corazón es vigoroso pero constante. La electricidad recorre su cuerpo de la cabeza a los pies, obligándolo a seguir.

Al día siguiente, cuando se reporta para su turno, encuentra a Benny limpiando la barra.

—¿Cómo me fue?

Benny arquea las cejas, pero no levanta la vista.

—Te fue.

—¿Qué significa eso?

Simon todavía se siente en las nubes al recordar cómo se sintió bailando con esos esculturales y hermosos hombres, cómo se sintió que lo adoraran. Por un momento, en el vestidor, tuvo amigos. No estaba pensando en su casa, en su madre o en lo que su padre pensaría de la multitud.

Benny saca una esponja de detrás de la barra y empieza a tallar una costra de jarabe.

—¿Habías bailado antes?

—Sí había bailado, claro que sí.

—¿Dónde?

—En clubes.

—En clubes. Donde nadie te veía, ¿verdad? Donde eras una cara más entre la multitud. Bueno, pues ahora te están viendo. Y mis chicos saben bailar, son buenos. —Señala a Simon con la esponja—. Necesito que te pongas a su nivel.

A Simon le arde el orgullo. Es cierto, al principio estaba un poco tieso, pero al final de la noche bailaba como los demás, ¿o no?

—¿Y Colin? —pregunta imitando claramente el balanceo diáfano de Colin, su acto de mimo—. ¿Él está al nivel?

—Colin tiene lo suyo —responde Benny—. Les gusta a los jotos artísticos. Tú también necesitas tener algo. Lo que estabas haciendo anoche, moviéndote por la plataforma como si tuvieras bichos en los pantalones... eso no.

—Oye, pero no estoy en mala forma. Soy corredor.

—¿Y qué? Cualquiera puede correr. Barýshnikov, Nuréyev; si miras a esos hombres, ellos no corren: vuelan. Y es porque son artistas. Tú eres guapo, sin duda, pero los que vienen aquí tienen estándares, y vas a necesitar más que tu apariencia para estar al nivel.

—¿Como qué?

Benny exhala.

—Como presencia, *carisma*.

Simon ve que Benny abre la registradora y cuenta las ganancias de la noche anterior.

—Entonces, ¿me vas a correr?

—No, no te voy a correr. Pero quiero que tomes clases, que

aprendas a moverte. Hay una escuela de baile en la esquina de Church y Market: *ballet*. Hay muchos hombres, así que no vas a andar con un montón de niñas.

—¿*Ballet*? —Simon se ríe—. Por favor, no es mi ambiente.

—¿Y tú crees que este sí? —Benny saca dos fajos gordos de billetes y los envuelve con ligas—. Estás fuera de tu zona de confort, chico, eso es un hecho. ¿Qué te importa dar un paso más?

4

Desde afuera, la Academia de Ballet de San Francisco no es más que una estrecha puerta blanca. Simon sube por una escalera alta, gira a la derecha en el descanso y se encuentra una pequeña recepción: pisos de madera que rechinan, un candelabro cubierto de polvo. No creía que los bailarines de *ballet* serían tan ruidosos, pero las mujeres platican en grupos mientras se estiran contra la pared y hombres con mallas negras se gritan unos a otros mientras se masajean los muslos. La recepcionista lo anota en la clase multinivel de las 12:30 —«La clase de prueba es gratis»— y le da unas zapatillas de lona negra de la caja de cosas perdidas. Simon se sienta para ponérselas. Segundos después, se abren las puertas francesas que hay detrás de él. Unas adolescentes con leotardos azul marino se dirigen hacia afuera, con el cabello atado con tanta fuerza que las cejas se les alzan. Detrás de ellas, el estudio es tan grande como la cafetería de una escuela. Simon se recarga contra la pared para dejar que las chicas pasen. Le toma toda su fuerza de voluntad no salir disparado escaleras abajo.

Los otros bailarines recogen sus bolsas y botellas de agua y empiezan a deambular por el estudio. Es un salón viejo y digno con techos altos, pisos gastados y una plataforma elevada para el piano. Los estudiantes llevan cargando unas barras de apariencia pesada de los extremos al centro mientras un hombre mayor entra en el salón. Más tarde, Simon sabrá que es el director de la academia: Gali, un migrante israelí que bailaba con el Ballet de San Francisco antes de que una lesión en la espalda terminara con su carrera. Parece estar cerca de los cincuenta, con un paso poderoso y el cuerpo sólido de un gimnasta. Tiene la cabeza afeitada y también las piernas: lleva un leotardo rojo granate que termina en *shorts* que revelan sus muslos lisos estriados por los músculos.

Cuando pone una mano sobre la barra, el salón se queda en silencio.

—Primera posición —dice Gali colocando los pies hacia afuera y juntando los talones—. Preparamos los dos brazos y tenemos: *plié* en uno, estiro en dos. Alzo el brazo, tres, bajo a *grand plié*, cuatro; cinco, brazos *en bas*, subo en siete. *Tendu* a segunda posición en ocho.

Igualmente podría haber hablado en holandés. Antes de que terminen con los *pliés*, a Simon le arden las rodillas y tiene los dedos acalambrados. Los ejercicios se hacen más desconcertantes conforme la clase continúa: hay *dégagés* y *ronds de jambe*, en los que los dedos del pie hacen amplios círculos en el suelo y después por encima; *pirouettes* y *frappés*; *développés* —la pierna se desenreda del cuerpo y después se vuelve a plegar— y *grand battements* para preparar la cadera y los tendones para los saltos altos. Después del calentamiento, cuarenta y cinco minutos tan tortuosos que Simon no puede imaginarse continuar por la misma cantidad de tiempo, los bailarines quitan las barras y siguen hacia lo que Gali llama el centro, cuando se mueven por el suelo en grupos. Principalmente, Gali camina por el salón gritando sinsentidos rítmicos —«¡Ba-di-da-DUM! ¡Da-pi-pa-PUM!»—, pero durante las *pirouettes*, aparece al lado de Simon.

—Por Dios —sus ojos son oscuros y hundidos, pero bailan—. ¿Es el día de lavar la ropa?

Simon lleva la misma camisa a rayas con cuello que llevaba en el camión a San Francisco, junto con unos *shorts* para correr. Cuando la clase termina, se dirige al baño de hombres, se quita las zapatillas negras —las plantas de sus pies ya están hinchadas— y le dan arcadas en el escusado.

Se limpia la boca con papel de baño y se recarga contra la pared, jadeando. No le dio tiempo de cerrar la puerta del compartimento, y otro bailarín que entra al baño se frena en seco. Fácilmente es el hombre más hermoso que Simon haya visto en persona: esculpido como en ónix, su piel de un negro suntuoso. Su cara es redonda, con amplios pómulos que se curvan como alas. Un aro diminuto de plata le cuelga de una oreja.

—Oye, ¿estás bien? —De la frente del hombre escurren unas gotas de sudor.

Simon asiente y pasa a su lado, tambaleándose. Después de las largas escaleras, deambula aturdido por la calle Market. Afuera están a dieciocho grados y hace viento. Por impulso, se quita la camisa y levanta los brazos sobre la cabeza; cuando siente la brisa en el pecho, lo llena una euforia inesperada.

Lo que acaba de hacer es hermoso masoquismo, más difícil incluso que el medio maratón que ganó a los quince años: colinas, estruendo de pies y Simon en medio de ello, jadeando al lado del litoral del río Hudson. Toca las zapatillas negras, que se guardó en el bolsillo trasero. Parece que se burlan de él. Tiene que volverse como los demás bailarines: experto, majestuoso, invenciblemente fuerte.

En junio, Castro florece. Panfletos de la Propuesta 6 vuelan a la deriva por la calle como hojas; las flores cuelgan sobre los lados de los cajones con tanta abundancia que es casi molesto. El 25 de junio, Simon va al Desfile de la Libertad con los bailarines del Purp. No sabía que existía tanta gente gay en el país, no se diga en una ciudad, pero hay doscientas cuarenta mil personas viendo la inauguración que hace Dykes on Bikes y aplauden cuando se alza en el aire la primera bandera arcoíris. La parte superior del cuerpo de Harvey Milk aparece por el quemacocos de un Volvo en movimiento.

—¡Jimmy Carter! —grita Milk sosteniendo en alto el altavoz rojo, mientras el mar de hombres brama—. ¡Tú que hablas de derechos humanos! Hay entre quince y veinte millones de personas gays en esta nación, ¿cuándo vas a hablar de sus derechos?

Simon besa a Lance, luego a Richie; envuelve las piernas alrededor de la cintura gruesa y musculosa de Richie. Por primera vez en su vida está saliendo con alguien, así lo llama, aunque por lo general sólo es sexo. Está el bailarín go-go del I-Beam y el barista del café Flore, un taiwanés de modales suaves que golpea a Simon tan fuerte en las nalgas que le quedan rojas durante horas. Se enamora intensamente de un fugitivo mexicano con el que pasa cuatro días dichosos en el Dolores Park; al cuarto día, Simon despierta solo al lado del sombrero de tela verde con rosa de Sebastián y no vuelve a ver al joven de nuevo. Sin embargo, hay tantos otros: el adicto en recuperación de Alapaha, Georgia; el periodista del *Chronicle*, de cuarenta y tantos, que siempre está en *speed*; el sobrecargo australiano con el pene más largo que Simon haya visto.

Los fines de semana, Klara despierta antes de las siete y se pone uno de sus dos aburridos trajes sastre de falda color beige que sacó de la caridad. Primero tiene un trabajo temporal en una compañía de seguros, y después en el consultorio de un dentista; regresa de tan mal humor que Simon la evita hasta que toma su primer trago. Odia al dentista, dice, pero eso no explica la exasperación con que mira a Simon cuando él se arregla frente al espejo o cuando regresa de un turno en Purp: embriagado, extasiado, con pintura morada escurriendo en riachuelos por sus piernas. Simon se pregunta si es por los mensajes de voz que llegan todos los días: misivas exaltadas de Gertie, argumentaciones de abogado de Daniel y llamados cada vez más desesperados de Varya, que se mudó a casa después de sus exámenes finales.

—Si no regresas, Simon, voy a tener que dejar la licenciatura —dice Varya con voz temblorosa—. *Alguien* se tiene que quedar con ma y no entiendo por qué siempre tengo que ser yo.

A veces se encuentra a Klara con el cable enredado alrededor de la muñeca y rogando que uno de ellos comprenda.

—Son tu familia —le dice después a Simon—. En algún momento tienes que hablar con ellos.

«Ahora no», piensa Simon. «Todavía no». Si habla con ellos, sus voces van a conseguir llegar al océano cálido y dichoso en el que ha estado flotando, y lo arrastrarán —boqueando, empapado— a tierra firme.

La tarde de un lunes de julio, Simon regresa de la academia y se encuentra a Klara sentada sobre su colchón, jugando con mascadas de seda. Pegada al marco de la ventana detrás de ella hay una fotografía de la madre de Gertie, una mujer curiosa cuyo tamaño diminuto y mirada fiera siempre ha hecho que se sienta incómodo. Le recuerda a las brujas de los cuentos de hadas, no porque haya algo particularmente siniestro en ella, sino porque no parece niña ni adulta, ni mujer ni hombre: es algo en medio.

—¿Qué haces aquí? —le pregunta a Klara—. ¿No tendrías que estar en el trabajo?

—Voy a renunciar.

—Vas a renunciar —repite Simon lentamente—. ¿Por qué?

—Porque lo odio —Klara mete una de las mascadas dentro de su puño izquierdo. Cuando la saca por el otro extremo, se convirtió de negra a amarilla—. Obviamente.

—Pues tienes que conseguir otro trabajo; no puedo pagar la renta solo.

—Ya lo sé. Y lo voy a conseguir. ¿Por qué crees que estoy practicando? —ondula una mascada hacia Simon.

—No seas ridícula.

—Muérete —toma las dos mascadas y las mete en la caja negra—. ¿Crees que eres el único que tiene derecho a hacer lo que quiera? Te estás cogiendo a toda la ciudad. Te desvistes y bailas *ballet*, y yo no te he dicho nada. Si alguien tiene derecho a desalentarme, Simon, no eres tú.

—Yo gano dinero, ¿no? Estoy cumpliendo con mi parte del trato.

—Ustedes, los gays de Castro —Klara lo señala con un dedo—. No piensan en nadie más que en ustedes mismos.

—¿Qué? —dice él, molesto; Klara nunca le habla de esa manera.

—¡Piénsalo, Simon, piensa en lo sexista que es Castro! O sea, ¿dónde están las mujeres? ¿Dónde están las lesbianas?

—¿Qué tiene que ver contigo? ¿Ahora eres lesbiana?

—No —responde Klara, y cuando niega con la cabeza parece casi triste—. No soy lesbiana, pero tampoco soy un hombre gay. Ni siquiera soy heterosexual. Entonces, ¿dónde encajo?

Cuando sus miradas se encuentran, Simon aparta la vista.

—¿Cómo se supone que yo sepa?

—¿Y cómo se supone que lo sepa yo? Por lo menos, si empiezo mi propio espectáculo, puedo decir que lo intenté.

—¿Tu propio *espectáculo*?

—Sí —dice Klara, tajante—. Mi propio espectáculo. No espero que lo entiendas, Simon. No espero que te preocupes por nada más que por ti.

—¡Tú fuiste la que me convenció de venir aquí! ¿De verdad creíste que iban a dejarnos ir sin dar pelea? ¿Pensaste que simplemente iban a dejar que nos quedáramos?

Klara aprieta los dientes.

—No estaba pensando en esas cosas.

—Entonces, ¿en qué diablos estabas pensando?

Las mejillas de Klara se han puesto de un color coral tostado que por lo general sólo le provoca Daniel, pero permanece en silencio, como si consintiera a Simon. No es característico en ella que se censure. Definitivamente, no es característico en ella evitar el contacto visual, que es lo que hace ahora mientras cierra la caja negra con más concentración de la que requiere la tarea. Simon piensa en su conversación de mayo en el techo. «Podríamos ir a San Francisco», había dicho como si acabara de ocurrírsele, como si no supiera exactamente lo que hacía.

—Ese es el problema —dice Simon—. Nunca piensas. Sabes exactamente cómo conseguir algo y sabías cómo traerme contigo, pero nunca piensas en cuáles serán las consecuencias; o quizá sí piensas en ellas, pero no te importan hasta que es demasiado tarde. ¿Y ahora me culpas a mí? Si te sientes tan mal, ¿por qué no te regresas?

Klara se levanta y camina furiosa hasta la cocina. El lavabo está tan lleno de platos sucios que empezaron a invadir el otro lado de la barra. Abre la llave del agua, agarra una esponja y friega.

—Ya sé por qué —dice Simon siguiéndola—. Porque significaría que Daniel tenía razón. Significaría que no tienes planes, que no puedes hacerte una vida sola, lejos de ellos. Significaría que fracasaste.

Está tratando de provocarla: la contención de su hermana lo perturba más que cualquiera de sus explosiones, pero la boca de Klara se mantiene firme mientras sus nudillos se ponen blancos alrededor de la esponja.

Simon ha sido egoísta, lo sabe. Sin embargo, cada día resuenan en su mente pensamientos sobre su familia. De alguna manera, sigue yendo a la academia por ellos: para demostrarles que su vida no se trata sólo de excesos, que también tiene disciplina y progreso personal. Toma su culpa y la transforma en un salto, en una suspensión, en un giro perfecto.

La ironía, por supuesto, es que Saul habría quedado conmocionado al saber que Simon estaba bailando *ballet*. Sin embargo, Simon está convencido de que si estuviera vivo y fuera a verlo, su padre se daría cuenta de lo difícil que es en realidad. Le tomó seis semanas descubrir cómo hacer puntas con los pies, y aún más tiempo concebir el concepto de abrir las ingles. Sin embargo, hacia el fin del verano su cuerpo había dejado de dolerle tanto y se había ganado una mayor parte de la atención de Gali. Le gusta el ritmo del estudio, le gusta tener un lugar adonde ir. Por momentos fugaces se siente como en casa, o como en *una* casa, para muchos de ellos: Tommy, de diecisiete años y sorprendente, antiguo estudiante del Royal Ballet de Londres; Beau, de Missouri, que puede hacer ocho *pirouettes* seguidos, y Eduardo y Fauzi, gemelos de Venezuela, que viajaron de aventón hasta el norte en un camión de soya.

Los cuatro están en la compañía de la academia, Corps. En la mayor parte de las compañías de *ballet*, los bailarines varones actúan como insulsos príncipes de cuentos de hadas o como mobiliario de apoyo; sin embargo, las coreografías de Gali son modernas y acrobáticas, y siete de los doce miembros de Corps son hombres. Entre ellos está Robert, el hombre que Simon vio cuando tuvo arcadas y con quien no ha vuelto a hacer contacto visual desde entonces. Aunque no es que Robert se haya dado cuenta: antes de clases, los otros hombres estiran juntos, pero él calienta a solas junto a la ventana.

—Esnob —dice Beau, arrastrando las letras.

Finales de agosto: un frente frío lleva neblina de atardecer a Castro y Simon lleva una sudadera sobre la playera blanca y las mallas negras. Gira el tobillo derecho y gime cuando truena.

—¿Cuál es su asunto?

—¿Te refieres a si es joto? —pregunta Tommy, golpeándose los muslos de arriba abajo con los puños.

—Es la pregunta del millón —ronronea Beau—. Ojalá supiera.

Robert no sólo sobresale por ser solitario. Sus saltos son metros más altos que los de cualquier otro, sus giros sólo los iguala Beau («Cabrón», murmura Beau cuando Robert gira ocho veces y él seis) y, desde luego, es negro. Pero Robert no sólo es un hombre negro en el blanco Castro, es un bailarín negro de *ballet*, más raro aún.

Simon se queda después de clases para verlo ensayar *El nacimiento del hombre*, la creación más reciente de Gali. Cinco hombres usan sus cuerpos para crear un tubo: sus rodillas dobladas se tocan y sus espaldas se curvan, los brazos entrelazados sobre la cabeza. Robert es el Hombre. Pasa por el tubo guiado por Beau, la partera. Al final de la pieza, Robert emerge por el frente del tubo y baila un solo trémulo, desnudo salvo por una tanga café oscuro.

Corps se presenta en un teatro tipo caja negra en Fort Mason, un grupo de edificios militares remodelados en la bahía de San Francisco. Cuando empiezan a ensayar ahí, Simon va de asistente, toma notas para Gali o hace marcas en el escenario. Una tarde, deambula afuera y ve a Robert fumando en el muelle. Robert lo percibe detrás de él, se da vuelta y asiente con bastante afabilidad. No es exactamente una invitación, pero Simon se descubre caminando hasta el borde del muelle y sentándose.

—¿Un cigarro? —pregunta Robert, ofreciéndole el paquete.

—Claro —Simon está sorprendido; Robert tiene fama de ser un fanático de lo saludable—. Gracias.

Las gaviotas giran en el cielo, chillando; el olor del agua, salobre y salado, llena la nariz de Simon, que se aclara la garganta.

—Te veías genial allá.

Robert niega con la cabeza.

—Esos *tours* me están dando muchos problemas.

—¿Los *tour jetés*? —pregunta Simon, y siente alivio por haber recordado la terminología del paso—. A mí me parecieron estupendos.

Robert sonríe.

—Me lo estás poniendo fácil.

—No, es verdad.

De inmediato desea no haberlo dicho. Suena empalagoso, como un admirador estúpido.

—Está bien —los ojos de Robert brillan—. Dime una cosa que pueda hacer mejor.

Simon desea desesperadamente que se le ocurra algo, sería una especie de coqueteo, pero para él, el baile de Robert es perfecto.

—Podrías ser más amistoso —dice al momento.

Robert frunce el ceño.

—Crees que no soy amistoso.

—La verdad, no. Calientas tú solo. Nunca me habías dicho nada, aunque —añade— yo tampoco te había dicho nada.

—Es cierto —dice Robert. Se sientan en silencio acompañándose. Unos pilares solitarios salen del agua como troncos de árboles. De cuando en cuando un pájaro se posa en uno, chilla dictatorialmente y se va con un fuerte ruido de aleteo. Simon está observándolo cuando Robert se voltea, inclina la cabeza y lo besa.

Simon está sorprendido. Se queda muy quieto, como si de otro modo Robert fuera a irse volando como una gaviota. Los labios de Robert son deliciosamente voluptuosos; sabe a sudor, a humo y ligeramente a sal. Simon cierra los ojos; si el muelle no estuviera debajo de él, se habría deslizado directamente al agua. Cuando Robert se separa, Simon se inclina hacia adelante, como para volver a encontrarse con él, y casi pierde el equilibrio. Robert le pone una mano en el hombro para estabilizarlo, riendo.

—No sabía que... —dice Simon, negando con la cabeza—. No sabía que... te gustaba.

Estaba a punto de decir «que te gustaban los hombres». Robert se encoge de hombros pero no con frivolidad, está pensando, pues su mirada es distante aunque concentrada en algún punto en medio de la bahía. Después la regresa hacia Simon.

—Yo tampoco —responde.

5

Esa tarde, Simon se dirige a casa en tren. Recordar la boca de Robert lo excita tanto que en lo único que puede pensar es en atravesar la puerta y ponerse las manos encima, bombeando mientras invoca la increíble potencia de ese beso. No se da cuenta de que hay una patrulla frente a su departamento hasta que está a media cuadra.

Hay un policía recargado sobre el cofre. Es larguirucho, pelirrojo y apenas parece mayor que Simon.

—¿Simon Gold?

—Sí —dice Simon, reduciendo la velocidad.

El policía abre la puerta trasera de la patrulla y se inclina con un ademán.

—Después de usted.

—¿Qué? ¿Por qué?

—Respuestas en la estación.

Simon quiere preguntar algo más, pero teme darle nueva información al policía —si no sabe que Simon es un menor que trabaja en el Purp, él mismo no se lo va a decir— y apenas puede tragar saliva: algo firme y del tamaño de un puño, como un higo, se le atora en la garganta. El asiento trasero es de plástico duro y negro. Adelante, el pelirrojo voltea, mira a Simon con lujuria y cierra la barrera a prueba de sonido. Cuando se detienen frente a la estación de Mission, Simon lo sigue por un laberinto de cuartos y hombres uniformados. Salen a una pequeña sala de interrogatorios con una mesa de plástico y dos sillas.

—Siéntate —ordena el policía.

En la mesa hay un teléfono negro dañado. El policía se saca un pedazo de papel arrugado del bolsillo de la camisa y teclea los botones con una mano. Después le pasa el auricular a Simon, que mira el teléfono con aprehensión.

—¿Qué, eres idiota? —pregunta el policía.

—Púdrete —murmura Simon.

—¿Qué dijiste?

El hombre lo empuja por los hombros. La silla de Simon se va hacia atrás y él se tambalea para mantenerse en pie. Cuando regresa a la mesa y toma el auricular, le duele el hombro izquierdo.

—¿Hola?

—Simon.

¿Quién más iba a ser? Simon podría patearse solo por ser tan estúpido. De inmediato el policía desaparece, así como el dolor de su hombro.

—Ma —responde.

Es terrible: Gertie está llorando como en el funeral de Saul, con sollozos guturales y pesados, como si fueran algo que tiene en el estómago y que puede expulsar físicamente.

—¿Cómo pudiste? —pregunta—. ¿Cómo pudiste hacerlo?

Simon se estremece.

—Lo siento.

—Lo *sientes*. Entonces espero que regreses a casa.

En su voz hay una amargura que ya había escuchado antes, pero que nunca había estado dirigida a él. Su primer recuerdo: estar acostado sobre el regazo de su madre a los dos años, mientras ella pasa los dedos por sus rizos. «Como los de un ángel», decía, sobreprotectora. «Como un querubín». Sí, él los había abandonado —a todos—, pero sobre todo la había abandonado a ella.

Y sin embargo...

—*Sí* lo siento. Siento lo que hice, siento haberte abandonado. Pero no puedo... no voy... —se queda sin palabras y lo vuelve a intentar—. Tú elegiste tu vida, ma. Yo quiero elegir la mía.

—Nadie elige su vida. Claro que yo no escogí la mía —Gertie ríe, un zarpazo—. Esto es lo que pasa: tú tomas decisiones y después *ellas* toman decisiones. Tus decisiones toman decisiones. Vas a la universidad —por Dios, terminas la preparatoria— y es una manera de inclinar las cosas a tu favor. Con lo que estás haciendo, no sé qué demonios va a pasar contigo y tú tampoco.

—Pero de eso se trata. Me parece bien no saber. Prefiero no saber.

—Ya te di tiempo —dice Gertie—. Me dije «Sólo espera»; pensé que si esperaba, recapacitarías. Pero no.

—Ya recapacité. Quiero estar aquí.

—¿Has pensado en el negocio por lo menos una vez?

Simon se siente envuelto en llamas.

—¿Eso es lo que te importa?

—El nombre —dice Gertie, titubeando—. Cambió: Gold's ahora es Milavetz's, es de Arthur.

Simon se estremece de vergüenza. Sin embargo, Arthur siempre alentó a Saul a que pensara en el futuro. Los estilos en que Saul se especializaba —pantalones sueltos de gabardina de lana, trajes con solapas y piernas anchas— ya estaban pasando de moda cuando Simon nació, y siente cierto alivio al pensar que en manos de Arthur el negocio va a continuar.

—Arthur va a estar bien. Mantendrá actualizada la tienda.

—No me importa la permanencia. Me importa la familia. Hay cosas que se hacen por la gente que las hizo por ti.

—Y hay cosas que haces por ti mismo.

Nunca antes le había hablado así a su madre, pero se muere por convencerla. Se imagina que viene a verlo a la academia: Gertie aplaude en una silla plegable mientras él salta y gira.

—Ah, sí, hay muchas cosas que haces por ti mismo. Klara me dijo que eres bailarín.

Su desdén emana con tanta fuerza del auricular que el policía empieza a reír.

—Sí, lo soy —dice Simon mirándolo con ira—. ¿Y qué?

—No entiendo. Nunca habías bailado.

¿Qué podría decirle Simon? Para él también es un misterio cómo algo en lo que no pensaba antes, algo que le hace sentir dolor, extenuación y muy a menudo vergüenza, se ha convertido en un portal hacia algo completamente distinto. Cuando apunta el pie, su pierna crece centímetros. Durante los saltos se suspende en el aire por minutos, como si le hubieran salido alas.

—Bueno, pues ahora bailo.

Gertie suelta un suspiro largo e irregular; después se queda callada. Y en ese lapso —un lapso que usualmente se habría llenado de más discusión e incluso amenazas— Simon reconoce su libertad. Si fuera ilegal ser un fugitivo en California, ya estaría esposado.

—Si tomaste tu decisión —dice ella—, no quiero que regreses.

—No quieres que... ¿qué?

—No quiero —dice Gertie, enunciando cada palabra— que regreses. Tomaste tu decisión, tú nos dejaste. Entonces, vive con ello. Quédate.

—Por Dios, ma —murmura Simon, apretando el teléfono contra la oreja—. No seas tan dramática.

—Estoy siendo muy realista, Simon. —Hay una pausa mientras inhala. Después, Simon escucha un clic sutil y la línea se muere.

Sostiene el auricular en una mano, atolondrado. ¿No es lo que quería? Su madre lo liberó, lo dio al mundo al que anhelaba pertenecer. Y, sin embargo, siente una punzada de miedo: desapareció el filtro de los lentes, la red de seguridad que tenía bajo los pies, y se siente mareado con su temida independencia.

El policía lo acompaña a la salida. Afuera, en el rellano, sujeta a Simon del cuello de la playera y lo jala hacia arriba con tanta fuerza que Simon tiene que pararse de puntitas.

—¿Sabes? Los fugitivos me dan asco. —Simon trata de tomar aire. Intenta que los dedos de sus pies toquen el concreto. Los ojos del policía son del color del whisky, y tiene escasas pestañas y las mejillas cubiertas de pecas. En la frente, cerca de la línea del cabello, le ve varias cicatrices redondas—. Cuando era niño, ustedes llegaban en camiones a reventar todos los jodidos días. Pensé que ya se habrían dado cuenta de que no los queríamos pero aquí siguen, obstruyendo el sistema como si fueran grasa. No hacen nada útil con sus vidas, sólo viven de la ciudad como parásitos. Yo nací en el Sunset, y mis padres también y *sus* padres también, todos, hasta nuestros parientes que llegaron de Irlanda, y eso excluyendo a los que murieron porque no tenían qué comer. ¿En mi opinión? —se acerca más; su boca es un nudo rosado—. Se merecen lo que sea que les pase.

Simon se retuerce hasta que el policía lo suelta, y tose. De reojo ve un relámpago rojo brillante, un relámpago que se convierte en su hermana. Klara está parada al pie de las escaleras con un vestido negro muy corto con hombreras y Doc Martens cafés, y su cabello vuela como una capa. Parece un superhéroe, radiante y vengador. Se parece a su madre.

—¿Qué haces aquí? —pregunta Simon, jadeando.

—Benny me dijo que había visto una patrulla, y esta es la estación más cercana. —Klara sube corriendo los escalones de granito y se detiene enfrente del policía—. ¿Qué carajos haces con mi hermano?

El policía parpadea, se frena en seco. Algo que Simon no puede ver, que sólo puede sentir, vuela entre el policía y Klara: chispas, calor, una furia ácida como metal. Cuando Klara pone un brazo alrededor de los hombros de Simon, el joven policía se encoge. Se ve tan heterosexual, tan fuera de lugar en esta nueva ciudad, que Simon casi siente lástima por él.

—¿Cómo te llamas? —pregunta Klara, entrecerrando los ojos para ver el pequeño prendedor que el policía lleva en la camisa.

—Eddie —dice el hombre, alzando la barbilla—. Eddie O'Donoghue.

El brazo de Klara alrededor de Simon es firme; sus recientes heridas están perdonadas. El consuelo de su protección hace que

Simon piense en Gertie y se le hincha la garganta. Sin embargo, Eddie sigue mirando a Klara con las mejillas rosas y ligeramente fofas, como si la hermana de Simon fuera un espejismo.

—Lo recordaré —dice. Después baja los escalones de la estación con Simon y lo lleva al corazón de Mission. Están a veintinueve grados, los puestos de fruta de las banquetas están tan rebosantes como el Edén y nadie intenta detenerlos.

6

—¿Qué vas a querer? —pregunta Simon. Busca en la alacena diminuta, que en realidad es un clóset, en cuyas repisas guardan variedad de productos no perecederos: cajas de cereal, latas de sopa, alcohol—. Puedo hacer un vodka tonic, Jack con coca...

Octubre: briosos días gris plata, hay calabazas en los escalones de la fachada de la academia. Alguien le puso un suspensorio a un esqueleto de plástico y lo colgó en la recepción. Simon y Robert han empezado una relación en la academia —se besan en el baño de hombres o en el vestidor vacío antes de clases—, pero es la primera vez que Robert va al departamento de Simon.

Se recarga en el sillón turquesa.

—No bebo.

—¿No? —Simon saca la cabeza del clóset y sonríe con una mano en la puerta—. Tengo por ahí un poco de mota, si es lo tuyo.

—Tampoco fumo. No eso.

—¿Ningún vicio?

—Ningún vicio.

—Salvo los hombres —dice Simon.

La rama de un árbol ondea frente a la ventana de la sala, bloquea el sol, y la cara de Robert se apaga como una lámpara.

—Ese no es un vicio.

Se levanta, pasa a un lado de Simon hasta el fregadero y se sirve un vaso de agua de la llave.

—Oye, amigo —dice Simon—. Tú eres el que quiere mantener esta mierda en secreto.

En clase, Robert sigue calentando solo. Una vez, Beau vio a Robert y a Simon saliendo del baño y chifló colocando los dos meñiques en la boca, pero cuando le preguntó a Simon, este fingió inocencia. Percibe que Robert desaprobaría cualquier divulgación, y sus momentos con él —su risa baja y murmurada, sus palmas sobre la cara de Simon— son demasiado buenos para perderlos.

Ahora Robert se recarga contra el fregadero.

—Sólo por que no hable de eso no significa que lo mantenga en secreto.

—¿Cuál es la diferencia? —Simon pasa los dedos índices por el cinturón de Robert. Nunca había soñado con tener la confianza para hacer algo así, pero San Francisco es una droga. Aunque sólo ha estado ahí cinco meses, siente que ha envejecido una década.

—Cuando estoy en el estudio —dice Robert—, estoy en el trabajo. Me quedo callado por respeto, al lugar de trabajo y a ti.

Simon lo jala hacia sí, hasta que sus caderas quedan juntas. Pone la boca sobre la oreja de Robert.

—Fáltame al respeto.

Robert se ríe.

—No quieres eso.

—Sí quiero —Simon le desabrocha los pantalones a Robert y temete la mano. Sujeta el pene de Robert y bombea. Aún no han tenido sexo.

Robert se echa hacia atrás.

—Por favor, no seas así.

—¿Así cómo?

—Fácil.

—Divertido —dice Simon, corrigiéndolo—. Estás duro.

—¿Y?

—¿Y? —repite Simon. «Pues todo», quiere decir. «Pues, por favor». Pero le sale algo diferente—. Pues cógeme como a un animal.

Es algo que el reportero del *Chronicle* le dijo a Simon una vez. Parece que Robert se va a reír otra vez, pero después tuerce la boca.

—¿Qué estamos haciendo aquí, tú y yo? —pregunta—. No tiene nada de malo. Nada.

A Simon se le calienta el cuello.

—Sí, ya lo sé.

Robert toma su chamarra del respaldo del sillón turquesa y se la pone.

—¿De verdad? A veces, en realidad, no lo sé.

—Oye —dice Simon, aterrado—. No me da vergüenza, si es lo que tratas de decir.

Robert hace una pausa en la puerta.

—Bien —dice. Después cierra la puerta y desaparece por la escalera.

Cuando le disparan a Harvey Milk, Simon está en el vestidor de Purp esperando que empiece una junta del personal. Son las 11:30 de la mañana de un lunes, y los hombres están resentidos por tener que ir en sus horas libres, y más incluso porque Benny llega tarde. Tienen la televisión prendida mientras esperan. Lady está acostada en una banca, con bolsas de té frías sobre los ojos; Simon faltó a la clase para hombres en la academia. El ambiente es sombrío, cargado: una semana antes, Jim Jones guio a la muerte a mil seguidores en Guyana.

Cuando la cara de Dianne Feinstein llena la televisión con voz temblorosa —«Es mi deber hacer este anuncio: tanto el alcalde Moscone como el supervisor Harvey Milk han sido baleados y asesinados»—, Richie grita tan fuerte que Simon brinca en su silla. Colin y Lance están mudos de conmoción, pero Adrian y Lady lloran con grandes lagrimones, y cuando Benny llega —agobiado y pálido; el tráfico está detenido en las cuadras que están alrededor del Civic Center—, tiene los ojos hinchados y rosas. Cierran el Purp por ese día, cuelgan una mascada negra de Lady en la puerta principal, y esa noche se unen al resto de Castro para marchar.

Es finales de noviembre, pero las calles están calientes por los cuerpos. La multitud es tan grande que Simon tiene que tomar una ruta trasera a Cliff's para comprar velas. El encargado le da doce por el precio de dos, y vasos de papel para atajar el viento. En horas, se les han unido cincuenta mil personas. La marcha al Ayuntamiento es guiada por el sonido de un solo tambor, y quienes lloran lo hacen en silencio. Simon tiene las mejillas mojadas. Es por Harvey, pero es por más que Harvey. Esta multitud, que sufre como si fueran niños sin padre, hace que Simon piense en sus padres, ambos ahora muertos para él. Cuando el Coro de Hombres Gay de San Francisco canta un himno de Mendelssohn —«Dios es nuestro refugio»—, Simon deja caer la cabeza.

¿Quién es este Dios, su refugio? Simon no piensa que crea en Dios, pero más bien, nunca ha pensado que Dios crea en él. De acuerdo con el Levítico, Simon es una abominación. ¿Qué clase de Dios crearía una persona que desaprueba tanto? Simon sólo puede pensar en dos explicaciones: o no hay ningún Dios o Simon fue un error, una cagada. Nunca ha estado seguro de qué opción le asusta más.

Para cuando se limpia las mejillas, los otros bailarines de Purp se han perdido entre la gente. Simon busca entre la multitud y se queda suspendido en un rostro familiar: ojos cálidos y negros, un brillo de plata en un lóbulo que oscila sobre una vela blanca encendida: Robert.

Apenas han hablado desde la tarde de octubre en el departamento de Simon, pero ahora se empujan contra la multitud para alcanzarse el uno al otro y encontrarse en algún punto en medio de ese mar.

El estudio de Robert está enclavado en las calles escarpadas y ventosas junto al parque Randall. Cuando abre la puerta y entran al pasillo tambaleándose, ya se están jalando el uno al otro de la playera y pelean con las hebillas de los cinturones. En una cama matrimonial al lado de la ventana, Simon se coge a Robert y Robert se lo coge. Pronto, sin embargo, ya no se siente como coger; una vez que se desvanece el frenesí inicial, Robert es tierno y atento, entra en Simon con tanta emoción —¿emoción por quién? ¿Por Simon? ¿Por Harvey?— que Simon se siente extrañamente tímido. Robert toma el pene de Simon con la boca y se lo chupa. Cuando la presión dentro de Simon crece al punto de estallar, Robert alza la mirada desde abajo y sus ojos se encuentran con tan sorprendente intensidad que Simon se inclina hacia adelante para abrazar la cabeza de Robert mientras se viene.

Después, Robert enciende una lámpara de noche. Su departamento no es espartano como Simon esperaba, sino que está decorado con objetos selectos que Robert consiguió en la primera gira internacional de Corps: platos rusos pintados, dos tiras de grullas japonesas. Incluso guarda los condones en una cajita lacada. Un estante de madera al otro lado de la cama está lleno de libros —*Sula*, *The Football Man*— y la cocina tiene varios sartenes colgados. Una silueta de cartulina resguarda la entrada a la habitación: la imagen de tamaño real de un jugador de futbol en plena atrapada.

Se sientan recargados sobre las almohadas para fumar.

—Lo conocí una vez —dice Robert.

—¿A quién, a Milk?

Robert asiente.

—Fue después de que perdió la segunda campaña, ¿en el 75? Lo vi en un bar, más abajo de la tienda de cámaras. Lo estaban lanzando al aire un montón de tipos y él se reía, y yo pensé: «Esa es la clase de persona que necesitamos. Alguien que no se quede deprimido. No un amargado como yo».

—Harvey era más viejo que tú —Simon sonríe, aunque deja de hacerlo cuando se da cuenta de que acaba de usar el tiempo pasado.

—Sí, pero no actuaba así —Robert se encoge de hombros—.

Mira, yo no voy a los desfiles, no voy a los clubes. Con toda seguridad, no voy a los baños.

—¿Por qué no?

Robert lo mira fijamente.

—¿Cuántas personas ves por ahí que se parezcan a mí?

—Hay negros aquí —Simon se sonroja—. Me imagino que no muchos.

—Sí. No muchos —dice Robert—. Trata de encontrarme uno que baile *ballet* —Robert apaga su cigarro—. ¿El policía que te detuvo? Piensa en lo que te habría hecho si te vieras como yo.

—Habría sido peor —responde Simon—. Ya sé.

Robert le gusta tanto que se siente renuente a enfrentar las obvias diferencias entre ellos. Quiere que su sexualidad sea un ecualizador; quiere concentrarse en la discriminación que enfrentan en común. Sin embargo, Simon puede ocultar su sexualidad. Robert no puede ocultar su negritud y casi todos en Castro son blancos.

Robert enciende otro cigarro.

—¿Por qué no vas a los baños?

—¿Quién dice que no? —pregunta Simon. Pero Robert resopla y Simon se ríe—. ¿Honestamente? Me asustan un poco. No sé si podría soportarlo.

¿Es posible que haya demasiado placer? Cuando Simon piensa en los baños, se imagina un carnaval de gula, un mundo subterráneo tan infinito que parece posible quedarse ahí para siempre. Lo que le dijo a Robert no es mentira: *sí* tiene miedo de no poder soportarlo, pero también tiene miedo de poder, de que su codicia no tenga límites ni final.

—Ya sé —Robert arruga la nariz—. Qué asco.

Simon se levanta sobre un brazo.

—Entonces ¿por qué viniste a San Francisco?

Robert levanta una ceja.

—Vine a San Francisco porque no tenía otra opción. Soy de Los Ángeles, de South Central, un vecindario llamado Watts. ¿Has oído hablar de él?

Simon asiente.

—Es donde fueron los disturbios.

En 1965, cuando tenía cuatro años, Simon fue al cine con Gertie y Klara mientras sus hermanos mayores estaban en la escuela. Aunque no recuerda la película, sí recuerda las noticias que pasaron justo antes. Se oyó la alegre entrada de Universal City Studios y la voz familiar y rítmica de Ed Herlihy, ambas cosas completamente disímiles al metraje en blanco y negro que apareció después: calles sombrías nubladas de humo y edificios en llamas. La música se volvió ominosa mientras Ed Herlihy describía rufianes negros que lanzaban ladrillos —francotiradores que les disparaban a los bomberos desde los techos, saqueadores que robaban licor y corrales infantiles—, pero Simon sólo vio policías con chalecos antibalas y armas que caminaban por calles vacías. Finalmente aparecieron dos negros, pero no podían ser los rufianes que Ed Herlihy había mencionado: esposados y flanqueados por oficiales blancos, caminaban estoicamente sin resistirse.

—Sí —Robert apaga su cigarro en un platito azul—. Me iba bien en la escuela, mi mamá era maestra, pero lo que realmente tenía era poder físico. El futbol era mi juego. En primero de prepa empecé a ir de suplente al equipo universitario. Mi mamá pensaba que me iban a dar una beca para la universidad. Y cuando llegó un cazatalentos de Mississippi, yo también lo empecé a pensar.

Los otros tipos no hablaban así con Simon. En realidad, con los otros tipos, Simon no había hablado mucho de nada, mucho menos de su familia. Pero así era la mayoría de los hombres de Castro: hombres suspendidos en el tiempo como en ámbar, hombres que no querían mirar atrás.

—¿Y te dieron la beca? —pregunta.

Robert hace una pausa; parece evaluar a Simon.

—Estaba muy cerca de ese otro tipo en el equipo —responde—. Dante. Yo estaba en la defensa. Dante era nuestro receptor abierto. Me daba cuenta de que había algo diferente en él y él se daba cuenta de que había algo diferente en mí. No pasó nada hasta mi primer año, en la última práctica de la pretemporada. Se suponía que Dante se iría ese verano; tenía una beca para Alabama. Me imaginé que era la última vez que nos veríamos. Esperamos hasta que todos los demás se fueron del vestidor; nos tomamos nuestro tiempo para ponernos la ropa de calle. Y luego nos la volvimos a quitar.

Robert jala una fumada y exhala. Afuera, Simon todavía puede ver la luz de la marcha. Cada vela marca una persona. Centellean, blancas, como estrellas en la tierra.

—Te juro por Dios que nunca oí que alguien entrara, pero me imagino que alguien entró. Al día siguiente, me corrieron del equipo y Dante perdió su beca. Ni siquiera nos dejaron sacar nuestra mierda del vestidor. La última vez que lo vi, estaba de pie en la parada del camión. Tenía la gorra bajada sobre la cara. Le temblaba la mandíbula y me miró como si quisiera matarme.

—Dios —Simon se mueve en la cama—. ¿Qué le pasó?

—Unos tipos del equipo lo agarraron. También me agarraron a mí, pero no me dejaron tan mal. Yo era más alto, más fuerte. La defensa era mi trabajo, ¿no? Pero no era el de Dante. Le destrozaron la cara, le rompieron la espalda con un bate. Después lo llevaron al campo y lo amarraron a la reja. Dijeron que lo habían dejado respirando, pero ¿qué clase de imbécil se habría creído eso?

Simon niega con la cabeza. Siente náuseas de miedo.

—El juez, ese sí —dice Robert—. Sabía que me iba a volver loco si me quedaba ahí. Por eso vine a San Francisco. Empecé a tomar clases de danza porque sabía que era un lugar del que no me iban a echar por ser joto. No hay nada más gay que el *ballet*, hombre. Pero hay una razón por la que Lynn Swann hace entrenamiento de danza. Es difícil como el carajo. Te hace fuerte.

Robert se acerca para apoyar la cara sobre el pecho de Simon, y este lo abraza. Se pregunta qué puede hacer para proteger a Robert, para consolarlo: apretar su mano o hablar, o acariciar su cabeza recién afeitada. Esta responsabilidad, que acaba de regalarle, no se parece nada a coger: es más intimidante, más de adulto, hay un margen mucho mayor para el fracaso.

En abril, Gali llama a Simon y le pide que vaya rápidamente al teatro. Simon despilfarra en un taxi con la bolsa de danza en las manos. Gali se encuentra con él afuera de la puerta del escenario.

—Eduardo se cayó en el ensayo —le dice Gali—. Se torció el tobillo en un *saut de basque*. Un accidente monstruoso; terrible. Esperamos que sea sólo un esguince. De cualquier manera, estará fuera todo el mes —hace un gesto con la cabeza hacia Simon—. Tú te sabes la coreografía.

No es una pregunta; es una oferta de trabajo en *El nacimiento del hombre*. A Simon se le contrae el corazón.

—Pues..., sí, me la sé, pero...

Quiere decir «no soy lo suficientemente bueno».

—Tú estarías al final de la línea —dice Gali—. No tenemos otra opción.

Simon lo sigue por el largo pasillo que lleva a los vestidores. Eduardo está sentado en el suelo, con la pierna alzada sobre un cajón y una bolsa de hielo en el tobillo. Tiene los ojos rojos, pero le sonríe a Simon.

—Por lo menos, no tendrán que arreglarte el vestuario.

En *El nacimiento del hombre*, los hombres no llevan más que suspensorio. Tienen expuestas hasta las nalgas. Respecto a esto, Purp ha sido un buen entrenamiento: en el escenario Simon se siente poco acomplejado y puede concentrarse sólo en sus movimientos. Las luces son tan brillantes que ni siquiera puede ver a la audiencia, así que hace como si no existiera: sólo existen Simon y Fauzi, Tommy y Beau, esforzándose para cargar a Robert mientras navega por el canal hecho de hombres. Hacen una reverencia como grupo y Simon aprieta sus manos hasta que le duele la suya. Después van en taxi al QT en la calle Polk con el maquillaje de escena. En un arranque de éxtasis, Simon sujeta a Robert y lo besa enfrente de todos. Los otros hombres aplauden, y Robert sonríe con tan tímida indulgencia que Simon vuelve a hacerlo.

Ese otoño, Simon recibe su propio papel en *La nuez perversa*, el *Cascanueces* de Corps. Una crítica del *Chronicle* duplica la venta de boletos, y Gali organiza una fiesta en su casa en Upper Haight para celebrar. Las habitaciones están llenas de muebles de piel color café, y todo huele a unas naranjas con clavo que están en un platón dorado sobre la chimenea. El pianista de la academia toca a Tchaikovsky en el Steinway de Gali. Tiene muérdago en los umbrales de las puertas, y el barullo de la fiesta se interrumpe periódicamente por los gritos de emoción de las extrañas parejas que obligan a besarse. Simon llega con Robert, que lleva una camisa escarlata de botones abiertos y unos pantalones de vestir negros; reemplazó su arete de plata por un diamante del tamaño de una pimienta. Conversan con los patrocinadores junto a los tentempiés antes de que Robert jale a Simon por el pasillo y a través de una puerta de cristal que lleva al jardín.

Se sientan en la terraza. Incluso en diciembre, el jardín es exuberante. Hay árboles de jade, capuchinas y amapolas de California, todas lo suficientemente saludables para crecer entre la neblina. A Simon se le ocurre que le gustaría tener una vida así: una carrera, una casa, una pareja. Siempre supuso que esas cosas no eran para él: que estaba destinado para algo menos afortunado, menos heterosexual. La verdad es que no es sólo su homosexualidad lo que hace que se sienta así. También es la profecía, algo que habría querido olvidar pero que, en cambio, ha arrastrado todos estos años. Odia a la mujer por habérsela hecho y se odia por haberle creído. Si la profecía es una atadura, su creencia es la cadena; es la voz en su cabeza que dice «Apúrate», «Más rápido», «Corre».

—Me dieron el lugar —dice Robert.

La semana anterior solicitó un departamento en la calle Eureka. Tiene renta controlada, cocina y patio trasero. Simon acompañó a Robert a la visita y quedó maravillado por el lavavajillas, la lavadora, las ventanas en mirador.

—¿Ya tienes compañero? —pregunta.

Las capuchinas ondean con sus festivas manos rojas y amarillas. Robert se recarga hacia atrás sobre los antebrazos, sonriendo.

—¿Quieres compartir conmigo?

El pensamiento es embriagador: un cosquilleo recorre la cabeza de Simon.

—Estaríamos cerca del estudio, podríamos conseguir un auto usado y conducir juntos al teatro los días de función. Ahorraríamos en gasolina.

Robert mira a Simon como si acabara de decir que es heterosexual.

—Quieres que vivamos juntos para ahorrar gasolina.

—¡No! No. No es por la gasolina. Por supuesto que no es por la gasolina.

Robert niega con la cabeza. Aún está sonriendo cuando mira a Simon.

—No puedes aceptarlo.

—¿Aceptar qué?

—Lo que sientes por mí.

—Claro que puedo.

—Bien. ¿Qué sientes por mí?

—Me gustas —dice Simon, pero lo dice demasiado rápido.

Robert echa la cabeza hacia atrás y se ríe.

—Eres pésimo para mentir, carajo.

7

Están desempacando en el departamento, Simon, Robert y Klara, a quien no le molestó la mudanza; parece aliviada de tener el departamento de Collingwood para ella sola. Después de un diciembre templado, las temperaturas bajaron hasta menos de cuatro grados. En Nueva York no habría significado nada, pero California ha ablandado a Simon: usa calentadores bajo los *pants* y corre entre el departamento y el camión de mudanza. Cuando Klara se va, Simon y Robert se besan contra el lavavajillas: las manos de Robert están firmes en la cintura de Simon, y Simon acaricia las nalgas de Robert, su pene, su magnífico rostro.

Es 1980, el inicio de una nueva década así como un nuevo año. En San Francisco, Simon está aislado de la recesión global y de la invasión soviética a Afganistán. Él y Robert juntan su dinero para comprar una tele, y aunque las noticias de la noche los inquietan, Castro es como un refugio distante: ahí Simon se siente poderoso y a salvo. Avanza por el escalafón de Corps y para la primavera ya es un miembro pleno de la compañía y no sólo un suplente.

Klara regresó al consultorio del dentista; trabaja como recepcionista en las mañanas y como *hostess* en un restaurante de Union Square de noche. Se pasa los fines de semana haciendo el guion de su espectáculo y ahorra los sobrantes que le quedan de sus ingresos. Los domingos Simon se reúne con ella para cenar en un restaurante indio de la calle 18. Una tarde, lleva un sobre amarillo con doble liga lleno de fotocopias: fotos granulosas en blanco y negro, periódicos viejos, programas y anuncios antiguos. Usa toda la extensión de la mesa para desplegarlos.

—Ella es la abuela —dice.

Simon se inclina sobre la mesa. Reconoce a la madre de Gertie por la foto pegada sobre la cama de Klara. En una imagen, está parada junto a un hombre alto de cabello oscuro sobre un caballo a galope, baja y fornida, con *shorts* y blusa atada al estilo del Oeste. En otra, la portada de un programa, tiene cintura diminuta y pies minúsculos. Con una mano se levanta la orilla de la falda y con la otra jala las correas de seis hombres. Debajo de ellos se lee: «¡LA REINA DEL BURLESQUE! VENGA A VER CÓMO SE SACUDEN Y TIEMBLAN LOS MÚSCULOS DE LA SEÑORITA KLARA KLINE COMO UN PLATO DE GELATINA EN UN VENDAVAL: ¡LA DANZA POR LA QUE JUAN EL BAUTISTA PERDIÓ LA CABEZA!».

Simon resopla.

—¿Es la mamá de ma?

—Sip. Y él —dice Klara, señalando al hombre del caballo— es su papá.

—No jodas —el hombre no es del todo guapo, tiene cejas gruesas como bigotes y la nariz larga de Gertie, pero posee una especie de carisma fulminante. Se parece a Daniel—. ¿Cómo lo sabes?

—He estado investigando. No pude encontrar su acta de nacimiento, pero sabía que había llegado a la isla Ellis en 1913 en un barco llamado *Ultonia*. Era húngara; estoy casi segura de que era huérfana. La tía Helga llegó después. Entonces, la abuela llegó con una tropa de niñas bailarinas y vivió en un internado: la Casa De Hirsch para Niñas Trabajadoras.

Klara toma una hoja en la que fotocopiaron varias fotografías: un gran edificio de piedra, un comedor lleno de niñas de cabello castaño y el retrato de una mujer de aspecto severo —la baronesa De Hirsch, según dice el pie—, con una blusa de cuello alto, guantes y sombrero recto, todos negros.

—O sea, sabrá Dios; la abuela era judía y no tenía familia. Si no hubiera sido por el internado, probablemente habría acabado en la calle. Sin embargo, ese lugar era muy propio. Les enseñaban a todas las niñas a coser y a casarse jóvenes, y la abuela no era así. En algún punto se marchó y fue cuando empezó a hacer esto —Klara señala el programa del burlesque—. Empezó en el vodevil. Actuaba en salones de baile, carpas de variedades, parques de diversiones; también en cinematógrafos, como llamaban a los cines. Y ahí lo conoció.

Con cuidado, levanta una página oculta bajo el programa y se la da a Simon: es un certificado de matrimonio.

—Klara Kline y Otto Gorski —dice Klara—. Era un jinete del salvaje Oeste con Barnum & Bailey, un campeón mundial. Esta es mi teoría: la abuela conoció a Otto de camino a un trabajo, se enamoró y se unió al circo.

Klara saca de su cartera un papel doblado. Es otra foto, pero en ella se ve a la abuela Klara deslizándose de la parte superior de la carpa de un circo hacia abajo, suspendida sólo de una cuerda que sostiene con los dientes. Abajo de la foto está el pie: «¡Klara Kline y sus Fauces de la Vida!».

—¿Por qué me muestras todo esto? —pregunta Simon.

Klara está sonrojada.

—Quiero hacer un espectáculo combinado: sobre todo magia, más un acto de desafío mortal. Estoy aprendiendo a hacer las Fauces de la Vida.

Simon deja de masticar su *korma* de verduras.

—Es una locura. No sabes cómo lo hacía, seguramente había un truco.

Klara niega con la cabeza.

—No hay truco; era real. ¿Otto, el esposo de la abuela? Se mató en un accidente de equitación en 1936. Después de eso, la abuela regresó a Nueva York con ma. En 1941 hizo las Fauces de la Vida cruzando Times Square, del hotel Edison al techo del Palace Theater; a medio camino se cayó. Murió.

—Por Dios. ¿Por qué no lo sabíamos?

—Porque ma nunca hablaba de eso. Fue una historia bastante importante en sus tiempos, pero creo que siempre se sintió avergonzada de la abuela. No era normal —dice Klara, haciendo un gesto con la cabeza inclinada hacia la foto de la madre de Gertie sobre el caballo, con la camisa de mezclilla levantada para mostrar su abdomen musculoso—. Además, fue hace mucho tiempo; ma apenas tenía seis años cuando ella murió. Después de eso, ma se fue a vivir con la tía Helga.

Simon sabe que Gertie se crio con la hermana de su madre, una mujer muy estricta que hablaba prinicipalmente húngaro y que nunca se casó. Llegaba al número 72 de Clinton en las fiestas judías con caramelos duros envueltos en papel de colores. Sin embargo, tenía las uñas largas y puntiagudas, olía a una caja que no se hubiera abierto durante décadas y Simon siempre le había tenido miedo. Ahora observa que Klara regresa las fotocopias a su sobre.

—Klara, no puedes hacer eso, es una locura.

—No me voy a morir, Simon.

—¿Cómo lo sabes?

—Porque sí —Klara abre su bolsa, mete el sobre y la cierra—. Me niego.

—Claro —dice Simon—. Tú y cualquier otra persona que haya vivido.

Klara no responde. Simon sabe que se pone así cuando tiene una idea. «Como un perro con un hueso», decía Gertie, pero no es del todo cierto; es más bien que Klara se vuelve impenetrable, inalcanzable. Existe en alguna otra parte.

—Oye —Simon le sacude un brazo—. ¿Cómo se va a llamar tu acto?

Klara sonríe de esa manera felina que tiene: con los colmillos pequeños y afilados y un temblor brillante en los ojos.

—La Inmortal —responde.

Robert sostiene la cara de Simon entre sus manos. Simon se despertó en pánico de una pesadilla más.

—¿A qué le tienes tanto miedo? —le pregunta Robert.

Simon niega con la cabeza. Son las cuatro de la tarde de un domingo y llevan todo el día en la cama, con excepción de la media hora que se levantaron para hacer huevos tibios y pan con abundante mermelada de cereza.

«Este sentimiento es demasiado bueno», es lo que quiere decir. «No puede durar mucho». Para el verano siguiente, habrá vivido dos décadas: una vida larga para un gato o un pájaro, pero no para un hombre. No le ha contado a nadie sobre la visita a la mujer de la calle Hester ni sobre la sentencia que le dio, que parece acercarse a él al doble de tiempo. En agosto, toma el autobús 38 Geary al borde de Golden Gate Park y camina por el sendero escarpado y sobresaliente de Land's End. Ve cipreses, flores silvestres y lo que queda de los baños Sutro. Hace un siglo, esos baños eran un acuario humano, pero ahora el concreto está en ruinas. Sin embargo, ¿no fue un lujo alguna vez? Incluso el Edén —en especial el Edén— no duró para siempre.

Cuando llega el invierno, empieza a ensayar para el programa de primavera de Corps, *Mito*. Tommy y Eduardo abrirán el espectáculo como Narciso y su sombra, con movimientos en espejo. Sigue *El mito de Sísifo*, en el que las mujeres realizan una serie de movimientos a intervalos, como una canción circular. En la pieza final, *El mito de Ícaro*, Simon representará su primer papel principal: él es Ícaro y Robert es el Sol.

En la noche de apertura, planea alrededor de Robert. Orbita más cerca. Lleva un par de alas grandes hechas con cera y plumas, como las que Dédalo le hizo a Ícaro. La física de bailar con nueve kilos sobre la espalda le causa mareo, así que se siente agradecido cuando Robert se las quita, aunque signifique que se derritieron y que Simon, como Ícaro, va a morir.

Cuando la música —el «Concierto de Varsovia», de Addinsell— llega a la rendición final, el alma de Simon se siente como un cuerpo que asciende sobre la tierra, con los pies flotando en el aire. Anhela a su familia. «Si pudieran verme ahora», piensa. Como ellos no están, se aferra a Robert, quien lo carga al centro del escenario. La luz alrededor de él es tan brillante que Simon no puede ver nada más: ni a la audiencia ni a los otros integrantes de la compañía, que se apiñan tras bambalinas para mirarlos.

—Te amo —susurra.

—Ya sé —dice Robert.

La música es fuerte; nadie puede oírlos. Robert lo acuesta sobre el suelo. Simon acomoda su cuerpo como Gali le mostró, con las piernas dobladas y los brazos alzándose hacia Robert. Robert usa las alas para cubrir a Simon antes de retirarse.

Pasan dos años así. Simon hace el café; Robert tiende la cama. Todo es nuevo hasta que ya no lo es: los *pants* deshilachados de Robert, su gemido de placer. Cómo se corta las uñas cada semana: perfectas medialunas traslúcidas en el lavabo. La sensación de posesión, extraña y embriagadora: «Mi hombre. Mío». Cuando Simon mira hacia atrás, este periodo parece imposiblemente corto. Los momentos vienen a su mente como fragmentos de película: Robert haciendo guacamole en la cocina. Robert estirándose junto a la ventana. Robert saliendo a cortar romero o tomillo de las macetas de arcilla que hay en su jardín. En la noche, las farolas brillan tanto que el jardín puede verse en la oscuridad.

8

—Tus. Movimientos. Deben. Tener. Integridad —dice Gali.

Diciembre de 1981. En la clase para hombres están practicando giros con *fouetté*, en los que el cuerpo gira en equilibrio sobre uno de los metatarsos mientras la otra pierna se extiende hacia un costado. Simon ya se cayó dos veces y ahora Gali está parado detrás de él, una palma contra el estómago de Simon y la otra contra su espalda, mientras el resto de los hombres los miran.

—Alza la pierna derecha. Mantén la presión en el centro. Mantén la alineación —es fácil mantener la alineación cuando los dos pies están en el piso, pero conforme Simon alza la pierna, su espalda baja se arquea y su pecho cae hacia atrás. Gali aplaude con desaprobación—. ¿Ves? Este es el problema, alzas la pierna y el ego te supera. Tienes que empezar con las bases.

Camina al centro para demostrarlo. Simon cruza los brazos.

—Todo —dice Gali mirando a los hombres—. Todo está conectado. Miren —pone los pies en cuarta posición y hace *plié*—. *Aquí* es donde preparamos. *Aquí* es lo importante. Siento la conexión entre mi pecho y mi cadera. Siento la conexión entre mis rodillas y los metatarsos. La estructura del cuerpo tiene alineación y tiene integridad, ¿ven? Entonces, cuando me elevo —alza la pierna de atrás y gira— hay unidad. No hay esfuerzo.

Tommy, el niño prodigio británico, mira a Simon a los ojos. «¿Sin esfuerzo?», gesticula y Simon sonríe. Tommy es un saltador, no un girador, y le gusta compadecer a Simon.

Gali sigue girando.

—Del control viene la libertad. De la restricción viene la flexibilidad. Del tronco —pone una mano sobre su centro, después hace un gesto con la otra hacia la pierna que tiene levantada— salen las ramas.

Vuelve al piso con un *plié* profundo y alza una palma como para decir: «¿Ven?».

Simon lo ve, pero hacerlo es diferente. Cuando la clase termina, Tommy pasa un brazo sobre el hombro de Simon mientras caminan hacia el vestidor, y gruñe. Robert los mira. La lluvia golpea las ventanas, pero la habitación está llena de vapor de sudor y la mayoría de los hombres tienen el pecho desnudo. Cuando Simon se va con Beau y Tommy a almorzar, Robert no los acompaña.

Caminan a Orphan Andy's en la calle 17. Simon se dice que no está haciendo nada malo: la mayor parte de los hombres de la academia son coquetos y no es su culpa que Robert no los acompañe. Ama a Robert, de verdad. Es inteligente, maduro y sorprendente. Le gusta la música clásica tanto como el futbol americano, y aunque todavía no tiene treinta, prefiere leer en la cama que ir al Purp con Simon. «Es *elegante*», dijo Klara la primera vez que lo conoció, y Simon sonrió orgulloso. Sin embargo, eso también es parte del problema: a Simon le gusta la indecencia, le gusta que lo nalgueen, que lo miren con lujuria y que lo chupen, y tiene cierto apetito por la depravación —por lo menos, por lo que sus padres habrían llamado depravación— que finalmente empieza a reconocer.

Después del almuerzo, van a la farmacia por papel para liar cigarros. Simon paga mientras los otros dos lo esperan afuera. Cuando sale, ambos están mirando el cristal de la ventana de la farmacia.

—Dios mío —dice Tommy—. ¿Ya vieron esto?

Señala un anuncio hecho en casa pegado sobre el aparador. EL CÁNCER DE LOS GAYS, dice. Abajo hay tres fotos Polaroid de un hombre joven. En la primera, se levanta la camisa para revelar unas manchas moradas, inflamadas y arrugadas como quemaduras. En la segunda, tiene la boca muy abierta. Ahí también tiene una marca.

—Cállate, Tommy. —Tommy es un famoso hipocondriaco, siempre se queja de dolores en grupos musculares de los que nadie más ha oído hablar, pero la voz de Beau es más aguda de lo habitual.

Se juntan bajo la marquesina de Toad Hall a fumar. Simon inhala, dulzura y humedad, y eso debería calmarlo pero no es así: se siente muerto de miedo. Durante el resto del día no puede borrar las imágenes de su mente, esas terribles lesiones oscuras como ciruelas, o las palabras que alguien más escribió con pluma roja debajo del volante: «Cuídense, chicos. Hay algo allá afuera».

Richie se despierta con un punto rojo en la parte blanca del ojo izquierdo. Simon cubre su turno para que Richie pueda ir al doctor; quiere asegurarse de estar bien para la Nochebuena, la Noche de Verga Navideña de Purp. Pocos clientes visitan a su familia para las fiestas, así que ellos se pintan de rojo y verde, se cuelgan campanas de la cintura de las tangas. El doctor manda a Richie a casa con un antibiótico.

—Dicen que «a lo mejor es conjuntivitis» —explica Richie al día siguiente, mientras pinta la espalda de Adrian de morado—. Hay una linda laboratorista, probablemente tiene diecinueve años, y dice: «¿Alguna posibilidad de que tuviera contacto con materia fecal?». Y yo, con la mano en el corazón, le respondo: «Ay, no, corazón, para nada tocaría eso» —y los hombres se ríen. Más tarde, Simon recordará así a Richie: su risa, su corte militar apenas encanecido, porque para el 20 de diciembre Richie está muerto.

¿Cómo describir la conmoción? Las manchas aparecieron en el florista de Dolores Park, en los hermosos pies de Beau, que una vez giró ocho veces sin detenerse y ahora lo llevan al Hospital General de San Francisco en el carro de Eduardo, convulsionando. Estos son los primeros recuerdos de Simon del pabellón 86, aunque todavía no se llamará así por un año más: el chirrido de los carros metálicos; las enfermeras de la recepción, su calma asombrosa («No, no sabemos cómo se transmite. ¿Su amante está con usted ahora? ¿Sabe que vino al hospital?»); y los hombres, hombres de veinte y treinta años sentados con los ojos bien abiertos en camastros y sillas de ruedas, como si alucinaran. «EXTRAÑO CÁNCER VISTO EN 41 HOMOSEXUALES», dice el *Chronicle*, pero nadie sabe cómo se transmite. Sin embargo, cuando los nódulos linfáticos de las axilas de Lance empiezan a inflamarse, termina su turno en el Purp y se va en taxi al hospital con el artículo en su mochila. Diez días más tarde, los bultos son tan grandes como naranjas.

Robert se pasea por el departamento.

—Tenemos que quedarnos aquí —dice. Tienen suficiente comida para dos semanas. Ninguno de los dos ha dormido en días.

Sin embargo, a Simon le da pánico pensar en una cuarentena. Ya se siente aislado del mundo y se rehúsa a esconderse, se rehúsa a creer que es el fin. Aún no está muerto. Y sin embargo sabe, por supuesto que sabe, o por lo menos teme —la delgada línea entre el miedo y la intuición; cómo uno se disfraza tan fácilmente del otro—, que la mujer tiene razón y que para el 21 de junio, el primer día del verano, él también estará muerto.

Robert no quiere que trabaje en Purp.

—No es seguro —dice.

—Nada es seguro —Simon toma su bolsa de maquillaje y sale por la puerta—. Necesito el dinero.

—Mentira. Corps te paga —Robert lo sigue y lo toma del brazo con fuerza—. Admítelo, Simon. Te gusta lo que obtienes ahí. Lo necesitas.

—Por favor, Rob —Simon se obliga a reír—. No seas dramático.

—¿Yo? ¿Yo soy dramático?

Hay un brillo en los ojos de Robert que hace que Simon se sienta intimidado y excitado al mismo tiempo. Trata de tomar el pene de Robert.

Robert se echa hacia atrás.

—No juegues conmigo así. No me toques.

—Ven conmigo —dice Simon, arrastrando las palabras. Ha estado bebiendo, lo que a Robert le desagrada tanto como su trabajo en Purp—. ¿Por qué nunca vienes a alguna parte?

—No *encajo* en ninguna parte, Simon. No encajo con los blancos. No encajo con los negros. No encajo en el *ballet* ni en el futbol. No encajo con mis padres ni aquí —Robert habla lentamente, como si se dirigiera a un niño—. Así que me quedo en casa. Me hago chiquito. Excepto cuando bailo. E incluso entonces, cada vez que subo al escenario, sé que hay gente en esa audiencia que nunca ha visto a alguien como yo bailando como bailo. Yo sé que a algunos no les va a gustar. Tengo miedo, Simon. Todos los días. Y ahora sabes lo que se siente. Porque tú también tienes miedo.

—No sé de qué hablas —dice Simon con voz ronca.

—Yo creo que sabes exactamente de qué estoy hablando. Esta es la primera vez que te has sentido como yo, como si no estuvieras a salvo en ningún lugar. Y no te gusta.

Simon siente su pulso en el cráneo. La verdad de lo que Robert acaba de decir lo aplasta como a un insecto en la pared, con las alas aún revoloteando.

—Estás celoso —dice apretando los dientes—. Eso es todo. Podrías hacer un mayor esfuerzo, Rob, pero no lo haces. Y estás celoso, estás *celoso*, de que yo sí.

Robert se queda donde está, pero voltea abruptamente hacia un lado. Cuando mira a Simon otra vez, tiene los ojos enrojecidos.

—Tú sólo eres como todos los demás —dice—. Como los *twinks*, los jotos artistas y los malditos osos. Hablan y hablan de sus derechos y de sus libertades, aplauden en todos los desfiles, pero lo único que realmente quieren es tener el derecho de cogerse a un *leather* en un cubil de Folsom o soltar su mierda en un baño. Quieren el derecho de ser tan poco cuidadosos con cualquier otro tipo blanco, cualquier hombre heterosexual. Pero tú no eres cualquier otro blanco. Y por eso este lugar es tan peligroso: porque les permite olvidarlo.

Simon arde de humillación. «Muérete», piensa. «Muérete, muérete, muérete». Sin embargo, el discurso de Robert lo ha dejado en silencio, con ira y vergüenza; ¿por qué será que esos sentimientos son tan inexplicables? Se da la vuelta y sale por la puerta hacia la oscuridad de la calle Castro, donde las luces y los hombres siempre parecen estarlo esperando.

Los nuevos empleados de Purp son terribles —tienen dieciséis años y están asustados, ni siquiera pueden bailar— y la audiencia es pobre: dos tipos apiñados en las esquinas y unos cuantos más gritando febrilmente cerca de las plataformas. Después de su turno, Adrian se siente ansioso.

—Tengo que irme de aquí, carajo —murmura limpiándose con una toalla. También Simon. Se sube en el auto de Adrian para atravesar Castro, pero el dueño de Alfie's está enfermo y el escenario del QT es tan deprimente como el de Purp, así que Adrian da la vuelta y se dirige al centro.

Los baños de Cornholes y Liberty no están abiertos. Se detienen en la librería Folsom Gulch —«Comprometidos con el placer», dice su lema— pero las cabinas están ocupadas y no hay nadie en los juegos. Los baños Boot Camp en Bryant están vacíos. Van rápidamente a Animals, un cubil de sados, y ni Adrian ni Simon están vestidos de piel pero gracias a Dios, por lo menos hay personas ahí, así que echan su ropa en los casilleros antes de que Adrian los conduzca por un laberinto de habitaciones oscuras. Hombres con chaparreras y collares de perro se montan unos a otros en las sombras. Adrian desaparece en un rincón con un chico que lleva puesto un arnés, pero Simon no se atreve a tocar a nadie. Espera a Adrian en la entrada, y regresa una hora después con las pupilas dilatadas y la boca manchada y roja.

Adrian lo lleva a casa. Simon respira. No la cagó, no irrevocablemente, aún no. Se estacionan a una cuadra del departamento de Simon y Robert, se miran uno al otro segundos antes de que Simon se acerque a Adrian, y así es como comienza.

Klara está en el escenario bajo un charco de luz azul. El escenario es una pequeña plataforma diseñada para músicos. Una audiencia dispersa se sienta en mesas redondas o en sillas altas en el bar, aunque Simon no puede decir cuántos de ellos vinieron a verla y cuántos son clientes frecuentes. Klara lleva un esmoquin de hombre con pantalones de pinzas y Doc Martens. Sus trucos son hábiles pero no son gran magia; son ocurrentes e ingeniosos y su guion tiene un aire de estudiado perfeccionismo, como una estudiante de maestría en un examen de grado. Simon agita su martini con un popote y se pregunta qué va a decirle después. Más de un año de planeación y este es el resultado: trucos con mascadas en el único lugar que le permite presentarse, un club de jazz en Fillmore cuyos clientes ya están yéndose hacia la fría noche de primavera.

Sólo queda un puñado cuando Klara desenrolla una cuerda de un atril cercano y se pone una pequeña mordedera café entre los dientes. La cuerda cuelga de un cable suspendido de un tubo en el techo, controlado por una polea que ella puso y que ahora sostiene, en su dirección, el dueño del bar.

—¿Confías en que él lo haga? —le preguntó Simon la semana anterior, cuando Klara le explicó el procedimiento—. ¿Quieres que lo haga yo?

—No mezclo los negocios con el placer.

—¿Yo soy placer?

—Bueno, no. Tú eres familia.

Ahora ve que sube a las ventanas del segundo piso. Durante un breve intermedio, se cambia la ropa por un vestido sin mangas, color carne, cubierto de lentejuelas doradas; la falda de flecos le llega a medio muslo. Klara gira a la deriva en círculos fantasmales antes de pegar los brazos y piernas a su cuerpo. De repente, es un borrón: rojo y oro, cabello y brillos, un vórtice de luz. Conforme se detiene, vuelve a convertirse en su hermana —tiene sudor en la línea del pelo y la mandíbula empieza a temblarle. Estira los pies hacia el escenario y sus rodillas se doblan una vez que baja lo suficiente para alcanzarlo. Escupe la mordedera en su mano y hace una reverencia.

Se oye el golpeteo de un hielo, el rechinido de las sillas al acomodarse, antes de que empiece a emerger el aplauso. Lo que Klara hizo no es magia. No hay truco: sólo una curiosa combinación de fuerza y una ligereza extraña e inhumana. Simon no puede definir si le recuerda una levitación o un ahorcamiento.

Mientras se prepara para el próximo acto, Simon encuentra a Klara en el camerino. Espera afuera mientras ella habla con el dueño, un hombre robusto en *pants* que parece estar en sus cincuenta. Cuando le da la mano y envuelve la otra alrededor de su espalda, apoyándola en la curva de sus nalgas, Klara se pone rígida. Cuando se va, ella mira hacia la puerta antes de avanzar rumbo a la silla donde el dueño dejó su chamarra de piel. Una cartera se asoma de un bolsillo. Ella saca un fajo de billetes y se lo mete en el costado del vestido.

—¿De verdad? —pregunta Simon al entrar.

Klara voltea. La vergüenza de su rostro se convierte en arrogancia.

—Se portó como un imbécil. Y me pagan una mierda.

—¿Y?

—¿Y qué? —se pone el saco del esmoquin—. Tenía cientos, tomé cincuenta.

—Qué noble de tu parte.

—¿De verdad, Simon? —Klara tiene la espalda recta y guarda suministros en la caja negra—. Hago mi primer espectáculo, el espectáculo en el que llevo años trabajando, ¿y eso es lo único que me puedes decir? ¿Quieres hablar de ser noble?

—¿Qué significa eso?

—Significa que los rumores corren —Klara cierra la caja y la sostiene entre sus brazos como un escudo—. Mi compañera de trabajo es prima de Adrian. La semana pasada me dijo: «Creo que mi primo está saliendo con tu hermano».

Simon se pone pálido.

—Pues es mentira.

—No me mientas —Klara se inclina hacia él y su cabello le roza el pecho—. Robert es lo mejor que te ha pasado, carajo. Si quieres echarlo a perder, es tu decisión, pero por lo menos ten la decencia de terminar con él.

—No me digas qué hacer —dice Simon, pero lo peor es que Klara no sabe ni la mitad. Atraviesa el Golden Gate Park en la madrugada, se coge a extraños en Speedway Meadows o en los baños públicos de la 41 y JFK. Masturbaciones en la última fila del Teatro Castro mientras Anita la Huerfanita canta en la pantalla. Hordas de hombres en el terreno baldío de Ocean Beach, calentándose unos a otros.

Y la peor noche: May, el Filete. Una *drag queen* con un vestido de lentejuelas plateadas y tacones gruesos que lo conduce a un hotel de solteros en Hyde. El proxeneta de alguien lo sujeta del cuello de la camisa y busca su cartera, pero Simon le da un rodillazo en la entrepierna y se tambalea por las escaleras. Toman una habitación y encienden la lámpara de la mesita de noche, y entonces Simon se da cuenta de que su acompañante es Lady. Hace semanas que no va a Purp; todos supusieron lo peor, que el cáncer gay la había alcanzado, y por unos segundos Simon siente una ráfaga de alivio, pero Lady no lo reconoce. Saca del bolsillo de su vestido una botella de vodka diminuta. Está vacía, con una cubierta de papel aluminio. Mete una piedra en la cámara e inhala.

El primer día de junio, Simon está de pie bajo la regadera. En la presentación de *Mito* de la noche anterior fue la primera vez en días que Simon tocó a Robert, la primera vez que estuvieron juntos sin pelearse. Ahora Simon trata de masturbarse pensando en Robert, pero no puede venirse sino hasta que piensa en Lady inclinada sobre su pipa casera.

Recoge la botella de *shampoo* y la avienta con todas sus fuerzas contra la repisa del jabón. La repisa salta hacia arriba y golpea la regadera, que se sale del tubo, da un giro brusco y moja todo el techo hasta que Simon puede cerrar la maldita llave del agua. Se desliza hasta sentarse en la porcelana fresca de la tina y solloza. La marca oscura aún lo mira maliciosamente desde su abdomen, aunque cuando se inclina parece más un lunar que el día anterior. Sí: definitivamente podría ser un lunar. Se levanta y acomoda la repisa del jabón antes de pisar el tapete. La luz del sol resplandece en el baño. Se da cuenta de que Robert está parado en la puerta hasta que habla.

—¿Qué es eso? —mira fijamente el estómago de Simon.

—Nada —contesta Simon agarrando una toalla.

—Cómo demonios no. —Robert pone una mano sobre el hombro de Simon y le arranca la toalla—. Dios mío.

Miran la mancha juntos unos segundos. Luego Simon deja caer la cabeza.

—Rob —murmura—. Perdón. Perdóname por lo que nos hice. —Después, dice con vehemencia—: Hay función hoy en la noche. Tenemos que llegar al teatro.

—No, amor —dice Robert—. No es al teatro adonde tenemos que llegar.

Y unos minutos más tarde llama un taxi.

9

Hay doce camas en el pabellón de Simon en el Hospital General de San Francisco. La puerta giratoria que lleva adentro tiene un letrero laminado —CUBREBOCAS BATA GUANTES CAJA DE AGUJAS DE PRUEBAS EN LA SALA NO MUJERES EMBARAZADAS— y un letrero más pequeño que dice «No flores».

Klara y Robert se quedan a pasar la noche en la habitación de Simon, durmiendo en sillas. Su cama está separada de las demás por una delgada cortina blanca. A Simon no le gusta ver a su compañero de habitación, un antiguo chef al que ahora se le ven los huesos; no puede retener nada. En unos días su cama vuelve a estar vacía y la separación ondea con la brisa.

—Tienes que decirle a tu familia —dice Robert.

—No pueden saber que morí así —Simon niega con la cabeza.

—Pero no te has muerto —dice Klara. Tiene el regazo cubierto de panfletos, «Cuando un amigo tiene cáncer: afecto, no rechazo», y sus ojos están húmedos—. Estás justo aquí, con nosotros.

—Sí —Simon siente la garganta apretada: tiene inflamadas las glándulas del cuello. Una noche, cuando Robert y Klara van a comprar comida, Simon se tambalea al borde de la cama y alcanza el teléfono. Le avergüenza darse cuenta de que ni siquiera tiene el número de Daniel pero Klara dejó un montón de cosas en su silla, incluida una agenda delgada. Daniel contesta al quinto timbrazo.

—Dan —dice Simon. Tiene la voz ronca y un tirón en el pie izquierdo, pero se llena de gratitud.

Hay una larga pausa antes de que Daniel conteste.

—¿Quién habla?

—Soy yo, Daniel —se aclara la garganta—. Simon.

—Simon.

Otra pausa, que se alarga tanto que Simon sabe que no acabará a no ser que él la llene.

—Estoy enfermo —dice.

—Estás enfermo —un segundo—. Lamento oírlo.

Daniel habla con rigidez, como si fuera un extraño. ¿Cuánto tiempo ha pasado desde la última vez que hablaron? Simon trata de imaginarse cómo se verá la cara de Daniel. Tiene veinticuatro años.

—¿Qué haces? —pregunta Simon, cualquier cosa para mantener a su hermano en el teléfono.

—Estoy en la escuela de medicina. Acabo de llegar a casa, de clases.

Simon se lo imagina: puertas que se abren y se cierran con un ruido, jóvenes que caminan con la mochila al hombro. El pensamiento lo reconforta tan profundamente que casi puede quedarse dormido. Con el dolor de los nervios y los tirones, pasa la mayor parte de las noches despierto.

—¿Simon? —pregunta Daniel, con voz más suave—. ¿Hay algo que pueda hacer por ti?

—No —responde Simon—. Nada —se pregunta si Daniel siente alivio cuando cuelga.

Junio 13. Dos hombres de la sala de Simon mueren durante la noche. Su nuevo compañero —un chico miao de lentes que no deja de preguntar por su madre— no puede tener más de diecisiete años.

—Una vez vi a una mujer —le dice Simon a Robert, que siempre está sentado a su lado—. Me dijo cuándo iba a morir.

—¿Una mujer? —Robert se acerca un poco más—. ¿Qué mujer, amor? ¿Una enfermera?

Simon se siente aturdido. Le han estado dando morfina para el dolor de nervios.

—No, no una enfermera, una mujer. Fue en Nueva York cuando yo era niño.

—Sy —Klara levanta la mirada desde su silla, donde revuelve un yogur para Simon—. Por favor, no sigas.

Robert mantiene la mirada en Simon.

—¿Y qué te dijo? ¿De qué te acuerdas?

¿De qué se acuerda? Una puerta estrecha. Un número de bronce que gira sobre su gozne. Recuerda la suciedad del departamento, que le sorprendió; se había imaginado una escena de tranquilidad, como algo que podía haber alrededor de Buda. Recuerda un mazo de cartas del que la mujer le pidió que escogiera cuatro. Recuerda las cartas que eligió —cuatro de espadas, todas negras— y la horrible conmoción de la fecha que le dio. Recuerda bajar tambaleándose las escaleras para incendios, con la mano sudada sobre el barandal. Recuerda que la mujer nunca le pidió dinero.

—Siempre lo supe —dice—. Siempre supe que moriría joven. Por eso hice lo que hice.

—¿Por qué hiciste qué? —pregunta Robert.

Simon levanta un dedo.

—Dejar a ma. Por eso.

Saca un segundo dedo, pero pierde la línea de pensamiento. Hablar es para él tratar de llegar a la superficie de un océano. Cada vez más, es como si estuviera a la deriva hacia el fondo, como si supiera qué hay ahí abajo, aunque no puede explicárselo a nadie en tierra.

—Sssh —dice Robert, acariciándole el cabello de la frente—. Ya no importa. Nada importa.

—No, no me entiendes. —Simon nada como perro; traga saliva. Es urgente que diga lo que tiene que decir—. Todo importa.

Cuando Robert sale para ir al baño, Klara se sienta en la cama de Simon. La piel bajo sus ojos está hinchada.

—¿Alguna vez encontraré a alguien a quien quiera tanto como a ti? —dice.

Se mete en la cama junto a él. Simon está tan delgado que los dos caben fácilmente en la cama de hospital.

—Por favor —dice Simon: sus palabras, cuando estaban parados en el techo al amanecer, cuando estaban en el comienzo de todo—. Encontrarás a alguien a quien ames mucho más.

—No —jadea Klara—. No —apoya la cabeza sobre la almohada de Simon. Cuando voltea a verlo, su cabello cae sobre la clavícula de él—. ¿Qué te dijo la mujer?

¿Qué importa ya?

—El domingo —responde Simon.

—Ay, Sy —ahoga el llanto, suena como el ruido que haría un perro encadenado. Klara se pone la mano sobre la boca cuando se da cuenta de que el ruido proviene de ella—. Desearía; desearía...

—No lo desees. Mira lo que me dio a mí.

—¡Esto! —dice Klara observando las lesiones de sus brazos, sus costillas salidas. Incluso su melena rubia se ha adelgazado: luego de que una enfermera lo baña, el drenaje queda tapizado de rizos.

—No, esto —dice Simon, señalando a la ventana—. Nunca habría venido a San Francisco de no haber sido por ella. No habría conocido a Robert. Nunca habría aprendido a bailar. Probablemente seguiría en casa, esperando a que mi vida comenzara.

Está enojado con la enfermedad; se enfurece con la enfermedad. Durante mucho tiempo también había odiado a la mujer. Se preguntaba cómo había podido decirle una fortuna tan terrible a un niño. Sin embargo, ahora piensa en ella de otra manera, como una segunda madre o un dios; ella fue quien le mostró la puerta y le dijo: «Ve».

Klara parece paralizada. Simon recuerda la expresión de su cara después de que se mudaron a San Francisco, la inquietante combinación de irritación e indulgencia, y se da cuenta de por qué lo perturbaba. Le recordaba a la mujer: contando hacia atrás, observándolo. Dentro de él se abre un capullo de amor por su hermana. Piensa en ella en el techo: cómo se paró en el borde y le habló sin mirarlo. «Dame una buena razón por la que no debas empezar tu vida».

—No te sorprende que sea el domingo —dice Simon—. Siempre lo has sabido.

—Tu fecha —murmura Klara—. Dijiste que era de joven. Yo quería que tuvieras lo que siempre habías querido.

Simon aprieta la mano de Klara. Su palma es carnosa, de un rosado saludable.

—Pero lo tengo —responde.

A veces Klara se va para dejar a solas a Simon con Robert. Cuando están demasiado cansados como para hacer cualquier otra cosa, ven videos de los grandes bailarines masculinos, que rentan en la Biblioteca Pública de San Francisco: Nuréyev, Barýshnikov, Nijinsky. Uno de los voluntarios del Proyecto Shanti rueda la televisión desde la sala común, y Robert se acuesta en la cama con Simon.

Simon lo mira fijamente. «Qué suerte tuve de conocerte». Tiene miedo por el futuro de Robert.

—Si se enferma —le dice Simon a Klara—, tiene que entrar en la prueba médica. Prométemelo, Klara; prométeme que te asegurarás de que entre.

Se ha corrido la voz en el pasillo de un medicamento experimental que se mostró promisorio en África.

—Okey, Sy —susurra Klara—. Te prometo que lo intentaré.

¿Por qué durante sus años con Robert tuvo tantas dificultades para expresar amor? Conforme los días se hacen más largos, Simon lo dice una y otra vez: «Te amo», «Te amo», ese llamado y respuesta tan esencial para el cuerpo como el alimento o la respiración. Sólo cuando escucha la respuesta de Robert su pulso se hace más lento, se le cierran los ojos, y por fin es capaz de dormir.

PARTE DOS

PROTEO

1982-1991
Klara

10

Klara puede convertir una mascada negra en una sola rosa roja y un as en una reina. Puede producir monedas de diez centavos de una de uno, de veinticinco centavos de una de diez y dólares del aire. Puede hacer el pase Hermann, la tirada de Thurston, la ilusión de la carta que asciende y la carta en el reverso de la palma. Es experta en la rutina clásica de la copa y la pelota, que pasó del maestro canadiense Dai Vernon a Ilya Hlavacek y después a ella: una ilusión óptica sorprendente y maravillosa en la que una taza de plata vacía se llena de pelotas y dados y después, finalmente, aparece un limón perfecto completo.

Lo que no puede hacer —lo que nunca dejará de intentar— es traer a su hermano de regreso.

Cuando Klara llega a un trabajo, su primera tarea es equipar el espacio para las Fauces de la Vida. No es fácil encontrar centros nocturnos con techos altos, así que también se presenta en teatros de cena y espectáculo, en salas de conciertos y ocasionalmente como artista independiente con un pequeño circo de Berkeley. De cualquier modo, prefiere los centros nocturnos por el humo y el humor oscuro, por el hecho de que puede trabajar en ellos sola y porque están llenos de adultos, las personas para las que prefiere actuar. La mayoría de ellos dicen que no creen en la magia, pero Klara los conoce bien. ¿Por qué otro motivo alguien jugaría a la permanencia

—enamorarse, tener hijos, comprar una casa— frente a todas las pruebas de que no existe? El truco es no convertirlos. El truco es hacer que lo acepten.

Lleva sus herramientas en una bolsa larga abultada: sedal de caída y cuerda de ascenso, llave inglesa y abrazaderas, mordedera giratoria, cordón. Ilya le enseñó que todas las preparaciones son diferentes, así que Klara evalúa la altura del techo, el ancho del escenario, el estilo y la fuerza de las vigas. No hay una brecha entre el fracaso y el éxito: el momento es perfecto o es desastroso, y le vibra el corazón mientras amarra la cuerda de ascenso a la viga desde una escalera, cuando la envuelve tres veces con cordón y pone un freno de seguridad en la cuerda de reverso. En el escenario, mide 1.89 metros sobre el suelo: sus propios 1.67, más diecisiete centímetros cuando apunta los pies y un espacio de cinco centímetros libres para llegar al suelo.

Empezó a presentar La Caída hace dos años. Un asistente jala la cuerda hasta que Klara flota bajo el techo con la mordedera en la boca. Pero en lugar de bajar flotando de regreso, como hizo en los primeros espectáculos, se desploma cuando la cuerda se suelta. La audiencia siempre cree que es un accidente y se escuchan lamentos, a veces gritos, hasta que ella se detiene en seco. Ahora ya casi se acostumbra a la manera en que su mandíbula se sacude cuando absorbe su peso, al latigazo de su cuello y el ardor en los ojos, la nariz y los oídos. Lo único que puede ver es el blanco incandescente de las luces hasta que la cuerda baja unos centímetros más y sus pies tocan el suelo. Cuando levanta la cara y escupe la mordedera en su mano, ve a la audiencia por primera vez, su boca abierta por la maravilla.

—Los amo a todos —murmura, haciendo una reverencia, las palabras que le inspiró Howard Thurston, que las repetía antes de cada espectáculo, de pie detrás del telón, mientras la música culminaba—. Los amo a todos, los amo a todos, los amo a todos.

11

Una noche inusualmente fría de febrero de 1988, Klara está en el escenario del Committee, un teatro de cabaret en Broadway que por lo general ocupa un grupo de comedia del mismo nombre. Ese lunes se lo rentaron a Klara, que pagó más para actuar ahí de lo que jamás recibirá de regreso. Puso una tarjeta de presentación en cada mesa —LA INMORTAL, dice— pero la audiencia es escasa, gente que salió del Condor y del Lusty Lady o que va a ir allá después. Klara es ingeniosa en el acto de la copa y la pelota, pero ya nadie se interesa por nada más que por La Caída, e incluso eso ha perdido novedad. «Basta de magia, bombón —grita alguien—. Muéstranos las tetas». Cuando su acto termina y un grupo de cabaret empieza a acomodarse, Klara se pone la gabardina negra que usa las noches de presentación y camina al bar. Saca la cartera de piel del bolsillo del molesto espectador camino al baño de mujeres, y a su vuelta se la desliza de regreso, vacía.

—Oye.

El estómago le da un vuelco. Se da vuelta, creyendo que verá una cara pecosa y unos ojos color whisky, un uniforme y una placa, pero se encuentra en cambio con un hombre alto de playera, *jeans* sueltos y botas de trabajo; un hombre que alza las manos como si se rindiera.

—No fue mi intención asustarte —dice, pero ahora Klara mira fijamente su piel morena clara y el cabello negro brillante que le llega a los hombros, y está segura de que ha visto antes ambas cosas.

—Me pareces familiar.

—Soy Raj.

—Raj —y se enciende una luz—. ¡Raj! Por Dios, el compañero de Teddy. Quiero decir, de Baksheesh Khalsa —añade, recordando el cabello largo y el brazalete de acero de Baksheesh Khalsa.

Raj se ríe.

—Nunca me cayó bien ese chico. ¿Qué clase de tipo blanco crece y empieza a usar un turbante?

—La clase que se pasa el tiempo en el Haight, supongo.

—Ya no queda nadie. Trabajan en Silicon Valley o son abogados. Con cabello muy corto.

Klara se ríe. Le gusta la rapidez de Raj y también sus ojos, que la inspeccionan. La gente sale del teatro; cuando la puerta principal se abre, Klara ve una noche oscura, moteada de estrellas y las marquesinas neón de los clubes nudistas. Por lo general, después de las presentaciones, viaja en el 30 Stockton hacia el departamento del Barrio Chino donde vive sola.

—¿Qué vas a hacer ahora? —pregunta.

—¿Hacer? —Los labios de Raj son delgados pero expresivos, con una curva sagaz—. Ahora mismo no voy a hacer nada. No tengo ningún plan en absoluto.

—Han pasado diez años. ¿Te imaginas? ¡Diez años! Y tú eres una de las primeras personas que conocí en San Francisco.

Están sentados en Vesuvio's, un café italiano al otro lado de City Lights. A Klara le gusta porque alguna vez lo frecuentaron Ferlinghetti y Ginsberg, aunque ahora lo ocupa un grupo de turistas australianos ruidosos.

—Y aquí seguimos —dice Raj.

—Y aquí seguimos. —Klara tiene vagos recuerdos de Raj en el departamento donde ella y Simon se quedaron durante sus primeros días en la ciudad: Raj leía *Cien años de soledad* en el sofá o hacía *hot cakes* en la cocina con Susie, rubia y de extremidades largas, que vendía flores cerca del parque de beisbol—. ¿Qué fue de Susie?

—Se fugó con un espiritista cristiano. No la he visto desde el 79. Tú llegaste con tu hermano, ¿no? ¿Cómo está?

Klara ha estado acariciando su copa de martini, apretando el tallo estrecho, pero ahora alza la vista.

—Murió.

Raj se atraganta con su bebida.

—¿Murió? Mierda, Klara, lo siento. ¿De qué?

—De sida —dice Klara, y se siente agradecida de que, cuando menos, ahora tengan una razón, un nombre, que no existieron hasta tres meses después de la muerte de Simon—. Tenía veinte años.

—Carajo —Raj vuelve a negar con la cabeza—. Es un cabrón, el sida. Se llevó a uno de mis amigos el año pasado.

—¿A qué te dedicas? —pregunta Klara. Cualquier cosa para cambiar de tema.

—Soy mecánico. Sobre todo hago reparaciones de autos, pero también he estado en la construcción. Mi papá quería que fuera cirujano. Había pocas posibilidades, fue lo que siempre le dije, pero me mandó aquí de cualquier modo. Él se quedó en Dharavi, en los tugurios de Bombay, con medio millón de personas por kilómetro, mierda en el río... pero es el hogar.

—Debe haber sido duro venir aquí sin tu papá —dice Klara mirándolo. Tiene cejas pobladas, pero sus rasgos son delicados: pómulos altos que se estrechan en una mandíbula delgada y una barbilla afilada—. ¿Cuántos años tenías?

—Diez. Me mudé con el primo de mi papá, Amit. Era la persona más lista de mi familia, le dieron una beca para la universidad y en los sesenta se mudó a California para estudiar medicina con una visa de estudiante. Mi papá quería que fuera como él. Yo nunca fui bueno para las ciencias, no me gusta arreglar a la gente, pero sí me gusta arreglar *cosas*, así que mi papá tenía razón a medias sobre mí; aunque me imagino que la mitad no era suficiente. —Tiene una risa nerviosa, el rastro de un acento, aunque Klara necesita escuchar con atención para oírlo—. ¿Y tú? ¿Cuánto tiempo llevas haciendo eso?

—Pues... —responde Klara—. ¿Seis años?

Al principio la rutina era electrizante, pero ahora la extenúa: los arreglos y preparativos que hace sola, el viaje en tren a Berkeley con su gabardina mientras suena hip-hop en la grabadora de alguien más. Llegar a la una de la mañana a casa o a las tres si regresa de la Bahía Este, reposando en la tina mientras la panadería china del primer piso vuelve a la vida. Pasar las noches cosiendo las malditas lentejuelas del vestido con su cacharro de máquina, pero es demasiado pobre para reemplazarla: hay lentejuelas entre los cojines del sofá, lentejuelas en las escaleras, lentejuelas en el desagüe de la regadera.

Hace un año, se lesionó de gravedad haciendo La Caída. Una chica que había contratado a través del *Chronicle* soltó la cuerda sin verificar el freno de seguridad y se deslizó noventa centímetros de la viga. Klara no libró el suelo. Cuando volvió en sí, estaba sobre sus manos y sus rodillas, con el cráneo pulsándole como si le hubieran dado un golpe y los pies hinchados como globos oscuros. No tenía seguro y las facturas del hospital le quitaron casi todo el dinero que había heredado de Saul. Se pasó seis semanas con un inmovilizador, furiosa. Durante el año pasado, sólo trabajó con un chico de diecinueve años del circo, pero en marzo él se irá para unirse al Barnum.

—Te hace feliz, se nota —dice Raj sonriendo.

—Ah —Klara sonríe—. Me hacía. Me hace, pero estoy cansada. Es difícil hacerlo sola. Y es difícil que me contraten. Hay pocos lugares que me contraten, y sólo lo hacen unas pocas veces; te presentas en el mismo lugar durante años, se corre la voz, la publicidad sube y después muere y tú sigues ahí, ya sabes, colgada de una cuerda con los dientes.

—Esa parte me gustó. El truco de la cuerda. ¿Cuál es tu secreto?

—No hay secreto —Klara se encoge de hombros—. Sólo te sostienes.

—Impresionante —Raj arquea las cejas—. ¿Te pones nerviosa?

—Menos que antes, y sólo al principio. Es la expectación; estoy tras bambalinas y siento... pánico escénico, me imagino, pero es más que eso, es emoción, saber que estoy a punto de mostrarle a la gente algo que no ha visto nunca, que podría cambiar la manera en que ve el mundo, aunque sólo sea por una hora —frunce el ceño—. No me siento nerviosa antes de los trucos con mascadas o el de la copa y la pelota. Con eso crecí, pero a nadie le gusta tanto como La Caída.

—Entonces, ¿por qué no cambias el acto? Reduces las cosas pequeñas y vas a lo grande.

—Sería complicado. Necesitaría equipo y un asistente real de tiempo completo. Tendría que encontrar la manera de dominar utilería más grande. Además, mis actos favoritos, de los que sólo he leído en libros... tendría que descifrarlos. Como especie, los magos tienen los labios bien cerrados.

—Entonces, imagínatelo: si pudieras hacer cualquier cosa. ¿Qué harías?

—¿Cualquier cosa? Dios —Klara sonríe—. La Jaula que Desaparece de DeKolta, para empezar. Levantaba en el aire una jaula con un perico adentro, y entonces, ¡bum!, desaparecía. Sé que seguramente tenía que metérsela por la manga, pero nunca he podido descubrir cómo.

—Seguramente era plegable. ¿Cómo estaban unidas los barrotes? ¿Eran más gruesos en medio y más delgados en los extremos?

—No sé —responde Klara, pero ahora está sonrojada y habla rápidamente—. Después está el gabinete de Proteo. Es un clóset pequeño, vertical, con patas largas sobre rueditas, para que los espectadores sepan que no puedes salir por una trampilla. Un asistente voltea el gabinete, abre las puertas y las cierra, y entonces alguien toca desde dentro. La puerta se abre y ahí estás.

—Espejos —dice Raj—. Los espectadores no ven la superficie. Miran a través de ella cualquier objeto que se refleje.

—Claro, eso lo sé. Pero todo es cuestión de ángulos; la geometría tiene que ser perfecta, ese es el truco: la matemática. —Ya se terminó su bebida pero, por una vez, no se da cuenta—. Pero el acto que de verdad querría hacer, mi favorito de todos los tiempos, se llama la Segunda Visión. Lo inventó un mago llamado Charles Morritt. Los espectadores le dan algunos objetos, un reloj de oro, digamos, o una cigarrera, y su asistente, que tiene los ojos vendados, los identifica. Otros magos lo han hecho después, con parloteo, ya sabes: «Sí, aquí hay un objeto interesante, por favor pásenlo», lo que obviamente es algún tipo de código, pero lo único que Morritt decía era «Sí, gracias», siempre. Mantuvo el secreto hasta su muerte.

—Se podía ver a través de la venda.

—Su asistente estaba contra la pared.

—Los espectadores eran ayudantes.

Klara niega con la cabeza.

—De ningún modo. El acto nunca se habría vuelto tan famoso, la gente ha tratado de descifrarlo por más de un siglo.

Raj se ríe.

—Maldición.

—Te digo. Llevo años pensándolo.

—Pues imagino que tendremos que pensar con más ganas —dice Raj.

12

En una ocasión, en el viaje anual de los Gold a Lavellette, Nueva Jersey, Saul despertó a la familia al amanecer. Gertie se quejó y fue la última en levantarse mientras Saul los conducía por la casa de playa rentada, con contraventanas azules y amarillas, y por el sendero que llevaba al mar. Todos estaban descalzos, no había habido tiempo para ponerse zapatos; cuando llegaron al agua, Klara vio por qué.

—Parece salsa catsup —dijo Simon, a pesar de que en el horizonte se volvía de un tono fucsia.

—No —dijo Saul—, es como el río Nilo —y miró el océano fijamente con tal convicción que Klara se sintió plenamente de acuerdo con él.

Años después, en la escuela, Klara aprendió sobre un fenómeno llamado marea roja: las florescencias de las algas se multiplican, haciendo que el agua de las costas se vuelva tóxica y colorida. Este conocimiento la hizo sentirse extrañamente vacía: ya no tenía razón para preguntarse sobre el mar rojo o para maravillarse por su misterio. Reconoció que se le había otorgado algo, pero que le habían quitado otra cosa: la magia de la transformación.

Cuando Klara saca una moneda de la oreja de alguien o transforma una pelota en un limón, no busca engañar sino aportar un tipo distinto de conocimiento, un sentido expandido de posibilidad. El objetivo no es negar la realidad sino echar un vistazo detrás de sus velos, descubriendo sus peculiaridades y sus contradicciones.

Los mejores trucos de magia, los del tipo que Klara quiere realizar, no le restan nada a la realidad. Le suman.

En el siglo VIII a. C. Homero escribió sobre Proteo, dios del mar y pastor de las focas, que podía tomar cualquier forma. Podía predecir el futuro, pero cambiaba de forma para evitar hablar de él, y respondía preguntas sólo si se le atrapaba. Tres mil años después, el inventor John Henry Pepper presentó una ilusión nueva en el Instituto Politécnico de Londres bajo el título «Proteo, o estamos aquí pero no aquí». Un siglo después, en el basurero de una construcción en Fisherman's Wharf, Klara y Raj hurgan buscando pedazos de madera. A estas horas de la noche el sitio está abandonado —hasta los leones marinos duermen, con sus narices fuera del agua— y se llevan nueve tablas en la camioneta de Raj. En el sótano de la casa de Sunset que comparte con otros cuatro hombres, Raj construye un gabinete de noventa centímetros de ancho y 1.80 metros de alto. Klara cubre el interior con papel tapiz blanco y dorado, igual al de John Henry Pepper. Raj instala dos espejos de vidrio dentro del gabinete, también cubiertos de papel tapiz, de manera que parezcan las paredes del gabinete cuando estén recargados sobre estas, mientras que cuando estén abiertos hacia el centro del gabinete, con los bordes tocándose, escondan una abertura dentro de la cual Klara quepa perfectamente. Ahora los espejos reflejan una de las paredes laterales en lugar de la del fondo.

—¡Es hermosa! —dice tomando aire.

La ilusión es impecable. Klara ha desaparecido a plena vista. Ahí, en medio de la realidad, hay otra que nadie puede ver.

El pasado de Raj es cualquier cosa menos mágico. Su madre murió de difteria cuando él tenía tres años; su padre era pepenador, vadeaba a través de montañas de basura para encontrar vidrio, metal y plástico para vender a los chatarreros. Le llevó algunos trozos de chatarra a Raj, que los convirtió en robots diminutos y delicados que ponía en una fila sobre el piso de su departamento de un solo cuarto.

—Él tenía tuberculosis —dice Raj—, por eso me mandó para acá. Sabía que se estaba muriendo y que yo no tenía a nadie más. Si iba a sacarme de ahí, tenía que ser pronto.

Están recostados en la cama de Klara, hay pocos centímetros de espacio entre sus narices.

—¿Cómo lo hizo?

Raj hace una pausa.

—Le pagó a alguien para que falsificara unos papeles que dijeran que yo era hermano de Amit. Era la única manera de lograr meterme, y le costó todo lo que tenía. —Hay una cierta vulnerabilidad en su rostro que ella nunca había visto, o una ansiedad—. Ahora ya soy legal, si es lo que te estás preguntando.

—No —Klara entrelaza su mano con la de Raj y la aprieta—. ¿Tu papá logró venir para acá?

Raj niega con la cabeza.

—Vivió dos años más pero no me dijo que estaba enfermo, así que no tuve oportunidad de verlo antes de que muriera. Creo que tenía miedo de que, si lo visitaba, no me marcharía de su lado. Yo era su único niño.

Klara se imagina a los padres de ambos. En su mente, donde sea que estén, son amigos: juegan ajedrez en parques del más allá y debaten sobre teísmo en bares del cielo llenos de humo. Sabe que se supone que no debe creer en el cielo cristiano, pero sí cree; la versión judía —el Sheol, la Tierra del Olvido— es demasiado desesperanzadora.

—¿Qué pensarían sobre nosotros? —pregunta ella—. Una judía y un hindú.

—Un hindú a duras penas —Raj le pellizca la nariz—, y una judía a duras penas.

Raj elabora para sí una nueva mitología personal. Es el hijo del hijo del legendario faquir que le enseñó a Howard Thurston los más grandes trucos de magia de India: cómo hacer crecer un árbol de mango desde la semilla en segundos, cómo sentarse sobre clavos, cómo lanzar una cuerda suelta al aire para luego trepar por ella. Esto es lo que les dirá a los administradores y agentes, lo que imprimirá en los programas, y cada vez que lo hace siente satisfacción con una pizca de culpa.

No está seguro de si se siente más como el nieto imaginario del faquir, tomando de vuelta algo que le pertenece, o como el estafador Howard Thurston, escabulléndose de Oriente a Occidente con un truco robado en su bolsillo.

—No lo entiendo —dice Raj—. «La Inmortal».

Están sentados en el sillón de Klara. Es abril, son las cuatro en punto y está lloviznando, pero sube calor de la panadería de la planta de abajo y tienen que abrir una ventana.

—¿Qué no entiendes? —Klara lleva puesta una camiseta floja y unos bóxers de Raj, sus pies descalzos descansan sobre los muslos de él—. Yo nunca moriré.

—Habladora —le aprieta la pantorrilla—, entiendo qué significa. Sólo que no entiendo por qué crees que a eso estás jugando.

—¿A qué estoy jugando?

—A la transformación —se levanta un poco sobre un codo—. Una bufanda se transforma en una flor. Una pelota se convierte en un limón. Una bailarina húngara —dice mientras mueve las cejas juguetonamente; Klara le contó sobre su abuela— se convierte en una estrella estadounidense.

Raj tiene grandes planes: nuevos vestuarios, nuevas tarjetas de presentación, locaciones más grandes. Está aprendiendo el truco de las agujas de India del Este, en el que un mago se traga agujas sueltas y un hilo, se separa las mejillas para que lo inspeccione el público, y luego regurgita las agujas perfectamente ensartadas. Incluso reservó una fecha en el Teatro ZinZanni, un restaurante con escenario cuyo dueño es cliente del taller de reparaciones.

Klara no puede recordar cuándo exactamente decidieron ir juntos en el negocio o cuándo comenzaron a pensar en ello como un negocio. Aunque en realidad tampoco puede recordar muchas otras cosas, pero ama a Raj: su descarga de energía, su genialidad para animar objetos. Ama ese cabello suyo, oscuro y lacio, que siempre está quitándose de encima de los ojos, y ama su nombre, Rajanikant Chapal. Construye un canario mecánico para la Jaula que Desaparece —moldeado en yeso hueco, con plumas reales pegadas—, y usa una varita para manipular su cabeza y sus alas. Ella ama cómo esa ave cobra vida en sus manos.

El mejor truco de Klara no es las Fauces de la Vida, sino la fuerza de voluntad que se requiere para ignorar los localizadores del público y sus pantalones de mezclilla deslavados. Al presentar su número, da cuerda hacia atrás al reloj hasta un tiempo en que la gente se maravillaba con las ilusiones, y los espiritistas hablaban con los muertos, cuando pensaban que los muertos tenían algo que decir. William e Ira Davenport —unos hermanos de Rochester, Nueva York, que conjuraban fantasmas mientras estaban atados a sillas de madera dentro de un gran gabinete— son los médiums mejor conocidos de la época victoriana, pero se inspiraron en unas hermanas. En 1848, siete años antes de la primera presentación de los Davenport, Kate y Margaret Fox escucharon golpeteos en una habitación de su granja de Hydesville. Pronto, la casa Fox fue tildada de embrujada y las hermanas comenzaron una gira nacional. En Rochester, su primera parada, los médicos que examinaron a las hermanas declararon que eran ellas las que producían los ruidos al hacer tronar los huesos de sus rodillas. Sin embargo, un equipo de investigación más grande no pudo encontrar ninguna razón terrenal para el golpeteo, ni tampoco para el sistema de comunicación —un código basado en el conteo— que utilizaban las hermanas para traducirlo.

En mayo, Klara irrumpe mientras Raj está bañándose:

—¡Tiempo!

Raj abre un poco la puerta empañada de la regadera.

—¿Qué?

—La Segunda Visión, el truco de Morritt: ¡es el tiempo, se hace con el tiempo! —se ríe, es tan obvio, tan simple.

—¿El truco donde leen la mente? —Raj sacude la cabeza como un perro, el agua salpica las paredes—. ¿Cómo?

—Conteo sincronizado —responde Klara, pensando mientras habla—. Él sabía que el público estaba escuchando para descubrir un código secreto, un código basado en palabras. ¿Cómo podía resolver esa cuestión? Creando un código basado en el silencio: en la duración del silencio *entre* sus palabras.

—¿Y el silencio corresponde a qué, a letras? ¿Tienes idea de cuánto tiempo tomaría formar palabras completas?

—No, no podrían ser letras, aunque tal vez tenían una lista, una lista de objetos comunes... ya sabes, carteras, bolsos y, no sé, sombreros. Y si Morritt decía *gracias* después de doce segundos, su asistente sabía que se trataba de un sombrero. Para el tipo de sombrero podían tener otra lista, de materiales, digamos: un segundo para piel, dos para lana, tres para tejido... Podríamos hacerlo, Raj, sé que podríamos.

Él la mira como si estuviera loca, y claro que lo está, pero eso nunca la ha detenido. Incluso, años después, cuando ya han hecho el acto cientos de veces —aun cuando Klara está embarazada de Ruby, aun después de que nace Ruby—, Klara nunca se siente tan cerca de Raj como cuando realizan la Segunda Visión. Juntos se tambalean al borde del fracaso, mientras Raj sostiene un objeto y Klara hace un gran esfuerzo para escuchar su señal antes de recorrer velozmente sus listas numeradas. Un tenis Reebok. Un paquete de Salvavidas. La marcada inhalación de sorpresa del público cuando atina. Con razón requiere un trago o tres para calmarse después del espectáculo, horas antes de que esté lo suficientemente amodorrada para poder dormir.

Dos días antes de su estreno en el Teatro ZinZanni, Raj regresa al departamento de Klara después de su turno en el taller de reparaciones. Tendrán que trabajar durante toda la noche en la Jaula que Desaparece.

—¿Conseguiste el alambre? —pregunta arrojando su abrigo sobre una silla.

—No estoy segura. —Klara traga saliva. Se suponía que ayer tenía que haber ido por un paquete de alambre grueso de latón a la tienda de materiales para arte sobre Market, que Raj utilizaría para terminar la jaula—. Creo que se me olvidó.

Raj se acerca a ella.

—¿Cómo que se te olvidó? O fuiste a la tienda o no fuiste.

Ella no le ha contado a Raj sobre los episodios de pérdida de conciencia. Ya han pasado meses sin que tenga uno, pero ayer Raj trabajó un turno extra y ella no tuvo ninguna distracción de los pensamientos que pululan por su mente cuando está a solas: la ausencia de su padre, la decepción de su madre. Estuvo pensando cómo deseaba que su hermano Simon pudiera verla ahora, no en el pequeño escenario de luz azul en Fillmore sino en un verdadero teatro, con utilería de verdad y un socio de verdad. Así que salió de su departamento para dirigirse a un bar en Kearny y bebió hasta que se detuvieron los pensamientos.

—Pues sí, se me olvidó —dice Klara con resentimiento, pues eso es lo que hace Raj: nunca deja pasar nada—. Y el alambre no está aquí, así que no debí haber ido por él. Iré mañana.

Camina a la habitación y hace como que ajusta la serie de luces alrededor de la ventana. Raj la sigue, la toma del brazo.

—¡No me mientas, Klara! Si no lo hiciste, di que no; tenemos un espectáculo que dirigir y a veces parece que me importa más a mí que a ti.

Raj diseñó sus tarjetas de presentación —LA INMORTAL, decían, CON RAJ CHAPAL— y los nuevos trajes de Klara. Consiguió un saco de esmoquin en una tienda de saldos de trajes y le pagó a un sastre para que lo ajustara al cuerpo de Klara. Para las Fauces de la Vida ordenó un traje con lentejuelas doradas de un catálogo de patinaje sobre hielo. Klara se resistió —ella piensa que es de mal gusto, que no parece de vodevil—, pero Raj dice que destellará bajo las luces.

—Esto me importa más que cualquier otra cosa —responde con un siseo—, y yo no te mentiría. Es ofensivo.

—Está bien... mañana —dice Raj entrecerrando los ojos.

13

En junio de 1982, días después de la muerte de Simon, Klara llegó al número 72 de Clinton para su funeral. Después de un vuelo nocturno desde San Francisco, se detuvo afuera de la entrada del edificio de departamentos, temblando. ¿Cómo se había convertido en una persona que no había visto a su familia en años? Subiendo por las largas escaleras, pensó que iba a vomitar. Sin embargo, cuando Varya abrió la puerta y la abrazó —«Klara», jadeó y envolvió con su cuerpo delgado el de Klara, más lleno—, el tiempo que había pasado lejos no importó, todavía no. Eran hermanas. Eso era lo que importaba y nada más.

Daniel tenía veinticuatro años. Había estado ejercitándose en el gimnasio de la Universidad de Chicago, donde se preparaba para la escuela de medicina. Ahora, cuando se quitó la sudadera y Klara vio su pecho pálido y musculoso, con dos pedazos gemelos de vello oscuro, se sonrojó. El acné le cubría la barbilla, pero su solemnidad de adolescente había cambiado por un entrecejo y una mandíbula fuertes, y una larga nariz romana. Se parecía a Otto, su abuelo.

Gertie insistió en una ceremonia judía para el entierro. Cuando Klara era niña, Saul le explicó las leyes judías con dignidad y persistencia, como Josefo hizo con los romanos. «El judaísmo no es una superstición», dijo, «sino una forma de vivir por la ley: ser judío es observar las leyes que Moisés trajo del monte Sinaí». Sin embargo, a Klara no le interesaban las reglas. En la escuela hebrea le encantaban las historias. ¡Miriam, profeta amargada, cuya piedra rodante proporcionó agua durante cuarenta años de vagabundeo! ¡Daniel, ileso en el cubil de los leones! Ellos le sugerían que podía hacer cualquier cosa; entonces, ¿por qué querría sentarse en el sótano de la sinagoga durante seis horas cada semana para estudiar el Talmud?

Además, era un club de chicos. Cuando Klara tenía diez años, veinte mil mujeres dejaron sus máquinas de escribir y sus bebés para hacer la Huelga de la Equidad en la Quinta Avenida. Gertie lo vio en la televisión con una esponja en la mano, los ojos brillantes como cucharas, aunque apagó la vieja Zenith en cuanto Saul llegó a casa. El *bat mitzvah* de Klara no fue individual en el *sabbat* como las ceremonias de sus hermanos, sino en un grupo de diez chicas —a ninguna de las cuales se le permitió recitar de la Torá o de la *haftará*— durante el servicio menor del viernes por la tarde. Ese año, el Comité de Leyes y Estándares Judíos decidió que las mujeres podían contar para un *minyán*, pero la cuestión sobre si las mujeres podían ser rabinos, argumentaron, necesitaba mayor estudio.

Ahora, mientras estaban con lo que quedaba de su familia y Gertie recitaba *Kel Maleh Rachamim* en hebreo, algo cambió. Un cerrojo se abrió, entró el aire y con él una marea colosal de pena —¿o era alivio?— por las palabras que había oído desde la infancia. No podía recordar cada uno de sus significados, pero sabía que conectaban a los muertos, Simon y Saul, con los vivos: Klara y Varya, Gertie y Daniel. En las palabras de la plegaria, no faltaba nadie. En las palabras de la plegaria, los Gold estaban juntos.

Tres meses más tarde, regresó a Nueva York para los días santos. Era una agonía estar con cualquiera, como tallar una lija en una quemadura, pero aun así reunió el dinero para el boleto de avión: era menos agonizante estar con las personas que también habían amado a Simon. Al principio fueron amables unos con otros. Sin embargo, a media semana esa suavidad voló como el polvo. Daniel cortaba manzanas con brusquedad.

—Siento que ni siquiera lo conocí —dijo.

Klara tiró la cuchara que estaba usando para tomar miel.

—¿Por qué? ¿Porque era joto? ¿Eso es lo que piensas de él, que sólo era un joto?

Sus palabras salieron disparadas. Varya la miró con disgusto. Klara había llenado una botella de agua con licor transparente y la había escondido abajo del lavabo del baño, en una canasta llena de sales de baño y *shampoos* viejos.

—Baja la voz — dijo Varya. Gertie estaba en cama, donde permanecía siempre que no estaban en algún servicio.

—No —le dijo Daniel a Klara—. Porque nos abandonó. No nos dijo *una mierda*. ¿Sabes cuántas veces llamamos, Klara? ¿Sabes cuántos mensajes le dejamos rogándole que nos hablara, preguntándole por qué se había ido? Y que tú estuvieras de acuerdo, guardando sus secretos, sin siquiera llamarnos —se le quiebra la voz—, sin siquiera llamarnos cuando se enfermó…

—Yo no tenía derecho —dice Klara pero la voz le sale débil, pues siente culpa constantemente. Ahora se da cuenta: la partida de su hermano fue la bomba que los hizo estallar, incluso más que la muerte de Saul. Varya y Daniel estaban llenos de resentimiento, Gertie de sufrimiento. Y si Klara no hubiera convencido a Simon de irse, ¿aún estaría vivo? Ella era la única que creía en las profecías; era la única que vigilaba su trayectoria, empujando hasta que se inclinara y girara a la izquierda. Y sin importar cuántas veces recordara las palabras de Simon en el hospital, cómo había apretado su mano, cómo le había agradecido, no podía evitar sentir que las cosas habrían sido diferentes si se hubieran ido a Boston, Chicago o Filadelfia, si se hubiera guardado sus malditas creencias para ella sola.

—Quería ser leal con él —murmuró.

—¿Sí? ¿Y dónde estaba tu lealtad con nosotros? —Daniel miró a Varya—. V puso toda su vida en pausa. ¿Crees que quiere estar aquí? ¿Veinticinco años y viviendo aún con ma?

—Sí, a veces creo que sí. A veces creo que le gusta vivir a lo seguro. A veces —dice Klara, mirando a Varya—. Creo que te sientes más cómoda así.

—Muérete —dice Varya—. No sabes nada sobre cómo han sido los últimos cuatro años. No sabes nada de responsabilidad o de deber. Y probablemente nunca lo sepas.

Mientras parecía que Daniel se había llenado, al parecer Varya se había encogido. Estaba trabajando como asistente administrativa en una compañía farmacéutica, luego de abandonar la licenciatura para vivir con Gertie. Una tarde, Klara vio que Varya se inclinaba sobre la cama de Gertie a la altura de la cintura; Gertie tenía los brazos alrededor de Varya y se estremecía. Klara retrocedió, avergonzada. El privilegio del contacto de su madre, su confianza, era algo que Varya se había ganado.

Gertie pasó los días de penitencia en una niebla de miseria. Después de la muerte de Saul, había dicho: no lo volveré a hacer. No podía, una vez más, soportar las consecuencias del amor, así que le dijo adiós a Simon antes de que él se despidiera de ella. «No quiero que regreses».

No había regresado. Y ahora nunca lo haría.

—Se abren tres libros en el paraíso en *Rosh Hashaná* —dijo el rabino Chaim la primera noche de los días sagrados—. Uno para el perverso, uno para el virtuoso y otro para los que están en medio. Los perversos están inscritos en el libro de la muerte, los virtuosos en el libro de la vida, pero el destino de los que se encuentran en medio está suspendido hasta *Yom Kipur*, y seamos honestos —añadió mientras la audiencia sonreía—, es la mayoría de nosotros.

Gertie no podía sonreír. Sabía que era malvada. Todos los rezos del mundo no podían hacer una diferencia; sin embargo, tenía que intentarlo, dijo el rabino Chaim cuando ella fue a verlo en privado. Sus ojos eran generosos a través de los lentes, su barba se movía apaciblemente. Ella pensó en la familia del rabino —su ocupada esposa, que hablaba en raras ocasiones, y sus tres saludables hijos—, y por un segundo lo odió.

Otro pecado.

El rabino Chaim puso una mano sobre su hombro.

—Nadie está libre de pecado, Gertie. Sin embargo, Dios no rechaza a nadie.

Entonces ¿dónde estaba Él? Desde la muerte de Saul, Gertie se había comprometido de nuevo con el templo y sus promesas, se había entregado como una amante; incluso se había inscrito a las lecciones de hebreo. Y no obstante después de haber llorado suficientes lágrimas para llenar el Hudson, no sentía perdón, ningún cambio. Dios permanecía tan distante como el sol.

En *Yom Kipur*, Gertie soñó que visitaba Grecia. Era un lugar donde nunca había estado, aunque había visto fotos en una revista en el consultorio del dentista. En el sueño, estaba parada en un acantilado y abrazaba dos urnas de cerámica, cada una llena de cenizas: las de su esposo y las de su hijo. Desde el acantilado, Gertie podía ver iglesias de techos azules y casas blancas que se metían en la montaña, como una ofrenda retirada. Cuando vertió las urnas en el agua sintió una libertad abrumadora, una soledad total tan vertiginosa que ella sintió la atracción del agua.

Cuando despertó, tenía náuseas por no haber enterrado a Simon y a Saul de acuerdo con la costumbre judía. La pendiente oscura de la pena era tan mala como la atracción del agua.

Su camisón estaba empapado en sudor. Se puso la bata rosa y se arrodilló sobre el piso de madera al pie de la cama.

—Simon, perdóname —murmuró mientras sus rodillas se sacudían. Afuera de la ventana el sol empezaba a alzarse y ella lloró por él, por todos los soles que Simon, su luminoso hijo, nunca vería—. Perdóname, Simon. Es mi culpa, mi culpa, lo sé. Perdóname, hijo.

No tenía consuelo. Nunca habría consuelo. Sin embargo, el sol, entrando por la ventana de la habitación, se sentía cálido sobre su espalda. Podía escuchar el claxon de los taxis en Rivington y las tiendas que se abrían a la vida.

Caminó tambaleante a la sala, donde los niños —siempre los llamaría así— se habían dormido. Klara estaba acurrucada contra Varya en el sofá. Las largas piernas de Daniel colgaban sobre el brazo del sillón favorito de Saul. Cuando regresó a la habitación, tendió la cama y sacudió la almohada de Saul hasta que quedó esponjada. Se puso un traje oscuro de lana y medias color carne, metió los pies en los tacones negros que llevaba al trabajo, se maquilló la cara y se puso tubos calientes en el cabello. Cuando volvió a salir, Varya estaba haciendo café; levantó la vista, sorprendida.

—Mamá.

—Es martes —dijo Gertie con voz rasposa por la falta de uso—. Necesito ir a trabajar.

La oficina: el tintineo de las llaves, el aire acondicionado. Para 1982, Gertie tenía su propia computadora, un monstruo gris mágico que debía cumplir sus deseos.

—Muy bien —dijo Varya tragando saliva—. Bien. Vamos al trabajo.

Cuatro meses después, en enero de 1983, Klara vio a Eddie O'Donoghue entre los espectadores en un club del Haight. Mientras la levantaban para las Fauces de la Vida, su cara alzada hacia arriba se hizo cada vez más pequeña y su placa reflejó el brillo del reflector. A Klara le tomó un momento reconocerlo como el policía que una vez había hostigado a Simon; después el cuerpo se le puso más caliente. Se tambaleó al aterrizar, hizo una reverencia sin gracia y salió del escenario. Pensó en todas las veces que había deslizado una mano dentro del bolsillo de un hombre y tomado un billete de veinte o dos, más si lo necesitaba. ¿La estaba buscando? ¿Para vengarse, quizá, porque lo había insultado en los escalones de la estación?

No, no tenía sentido. Era cautelosa cuando robaba carteras; tenía una vista cuidadosa que lo observaba todo. Un mes después, esos ojos vieron a Eddie otra vez en un espectáculo en North Beach. Esta vez no llevaba uniforme, sólo una playera de cuello redondo y *jeans* Dockers. Klara requirió toda su capacidad de concentración para la rutina de la copa y la pelota, para ignorar esos brazos cruzados y aquella sonrisa apretada, que vio después en un centro nocturno de la calle Valencia. Esta vez, ella casi dejó caer sus aros de acero. Después de la presentación caminó hacia Eddie, sentado en una silla alta de piel en el bar.

—¿Qué te pasa?

—¿Qué me pasa? —preguntó el policía, parpadeando.

—Sí, ¿qué te pasa?—Klara se sentó en la silla alta a su lado, que chilló—. Es la tercera presentación a la que vienes. Entonces, ¿qué te pasa?

Eddie frunció el ceño.

—Vi la foto de tu hermano en el periódico.

—Jódete —dijo ella, y se sintió tan bien como el alcohol al quemar un virus, así que lo volvió a decir—. Jódete. No sabes nada sobre mi hermano.

Eddie se encogió. Había envejecido desde que lo vio afuera de la estación de policía de la calle Mission. Había arrugas bajo sus ojos y cabello anaranjado revuelto alrededor de su barbilla. Su cabello rubio afresado estaba en desorden, como si acabara de despertarse.

—Tu hermano era joven. Fui duro con él —Eddie la mira a los ojos—. Me gustaría disculparme.

Klara se queda rígida. No esperaba algo así. Sin embargo, no podría perdonarlo. Tomó su gabardina y su bolsa de lona y salió del bar lo más rápido que pudo sin atraer la atención del administrador: un cerdo que nunca perdía la oportunidad de presionarla a tomarse un trago. Afuera estaba sorprendentemente frío, y una canción punk *hardcore* surgía de la entrada de Valencia Tool &

Die. Klara entrecerró los ojos. Parecía insondable que Eddie estuviera vivo mientras Simon no lo estaba, y sin embargo así era; estaba vivo y en ese momento corría hacia ella, con mirada firme y nuevamente decidida.

—Klara —dijo—. Tengo que decirte algo.

—Que lo sientes, ya lo sé. Gracias. Estás absuelto.

—No. Algo más, de tu espectáculo —dijo Eddie—. Me ha transformado.

—Te ha transformado —Klara ahoga la risa—. Qué dulce. ¿Te gusta mi vestido? ¿Te gusta cómo se me ven las nalgas cuando giro?

—Qué grosera —hace un gesto.

—Es honesto. ¿Crees que no sé en realidad por qué vienen los hombres a mis espectáculos? ¿Crees que no sé lo que sacas de él?

—No, creo que no lo sabes —se sentía herido, pero sostuvo su mirada con una necedad que la sorprendió.

—Está bien. ¿Qué obtienes de él?

Abrió la boca justo cuando la puerta del Die expulsó a un grupo de punks, que hicieron una pausa para fumar contra la fachada vacía. Tenían las cabezas rapadas o teñidas, y les colgaban cadenas de los cinturones. En comparación, Eddie se veía terriblemente convencional, e hizo una pausa incómoda. Hacía años, Klara pudo haber sentido simpatía por él, por cualquiera, pero ahora su simpatía se había agotado. Se dio vuelta y caminó con prisa hacia la calle 20.

—Cuando era niño —dijo Eddie detrás de ella—, me encantaban los cómics. Flash. El Átomo, el que sea. Veía a Linterna Verde cuando miraba el cielo. Si pasaba junto a un incendio, sabía que era Johnny Blaze. Pensé que mi reloj de pulsera era el de Jimmy Olsen; carajo, pensaba que *yo* era Jimmy Olsen. «Alucinas», me decía mi papá. «Eso es lo que pasa». Pero no, eran mis sueños.

Klara cruza los brazos, abrazando más su gabardina, pero deja de caminar. Mira exactamente frente a ella cuando Eddie la alcanza y la rodea para quedar enfrente.

—Por supuesto, no le podía decir eso a mi papá —dijo—. Estamos hablando de un católico irlandés de verdad anticuado y conservador, un organizador de un sindicato, miembro de la Antigua Orden de los Hibernianos. «¿Me oyes? Alucinas», decía. «Y no quiero volver a oír una palabra». «Muy bien», decía yo. Y no volví a hablar de ello. Fui al Sagrado Corazón y me uní a la fuerza y me imaginé que podía seguir siendo uno de ellos. Un héroe, ¿cierto? Sin embargo, no era como ellos. Era un hombre, o menos incluso, un cerdo. Odiaba a los chicos y a los gays y a los *hippies* jodidos, a todos los que no habían trabajado tan duro como yo y que de cualquier modo les iba mejor que a mí. A las personas, pensaba, como tu hermano.

Klara comenzó a llorar. No requería ningún esfuerzo hacerla llorar. El mes siguiente se cumpliría un año desde que se acostó al lado de Simon y lo vio respirar por última vez.

—Estaba equivocado —dijo Eddie—. Cuando te vi, apareciendo una carta de la nada o trabajando con los aros de acero, me acordé de los cómics. ¿Cómo era posible ser más de lo que eras, más de lo que empezaste siendo? Me imagino que una forma de decirlo es que me diste fe. Otra forma es que imaginé que a lo mejor no estoy demasiado perdido aún.

Durante segundos, Klara no pudo hablar. Finalmente, sin que ella lo supiera, le había recordado a alguien la magia. Le había dado fe a Eddie.

—No te estás burlando de mí, ¿verdad? —le preguntó.

Eddie sonrió como un niño, y esa ingenuidad la hizo llorar aún más.

—¿Por qué lo haría? —dijo y se inclinó hacia adelante, con las manos en los bolsillos, para besarla.

Klara se quedó quieta por la conmoción. La habían besado muchas veces, pero sólo ahora se daba cuenta de lo íntimo que era este acto. Apenas había hablado con alguien desde la muerte de Simon; por lo general era demasiado doloroso incluso ver a Robert. Dentro de ella, una parvada se elevó y voló hacia Eddie, desesperadamente. Sin embargo, cuando él se separó para sonreírle, una sonrisa de placer y de buena fortuna, su desesperación se convirtió en repulsión. ¿Qué pensaría Simon?

—No —dijo en voz baja. La mano de Eddie apareció detrás de su cuello para acercarla más, porque no la había oído o porque decidió fingir que no la había oído, y ella se permitió que la besara por segunda vez. Al hacerlo, podía fingir ser un tipo diferente de persona: alguien que besaba a un hombre porque le gustaba, no porque la hiciera olvidar el duro acantilado de roca del que estaba colgada de las uñas.

—No —repitió, y como Eddie aún no la soltaba, le pegó en el esternón. Él se quejó y se tambaleó hacia atrás. Un camión de la ruta 26 pasó por Valencia, soltando una nube por el escape, y Klara corrió hacia él. Cuando el gas se aclaró, Eddie estaba a solas junto a un farol con la boca abierta y Klara se había ido.

Ese otoño, durante los días sagrados, regresó a Nueva York por tercera vez. Klara y Varya cortaban manzanas para el *kugel*, Gertie cocinaba fideos y Daniel contaba historias de su vida en Chicago. Varya, de veintisiete años, finalmente se había mudado a su propio departamento. Había empezado la licenciatura en la Universidad de Nueva York, donde estudiaba Biología Molecular. Su enfoque era la expresión genética: asistía a un profesor visitante en la remoción de genes mutantes de organismos de crecimiento rápido —bacterias y levaduras, gusanos y moscas de la fruta— para ver si alteraban su probabilidad de enfermedad. Al final, esperaba hacer lo mismo en humanos.

Durante las noches, Klara se subía a la cama con Zoya, que, a su avanzada edad, había adoptado una indisposición monárquica a caminar a cualquier parte. Con la gata sobre el abdomen y Varya en la otra litera, le pedía que le contara historias de su trabajo. Le daba esperanza: la coincidencia de la expresión genética y las infinitas variables que podrían usarse para ajustar el color de los ojos, la predisposición a la enfermedad, incluso a la muerte. No se había sentido tan cercana a sus hermanos en años y todos, incluso Gertie, parecían más ligeros. Cuando Gertie sugirió que los Gold representaran el *kaparot* antes de *Yom Kipur*, en el que se balancea un pollo vivo sobre la cabeza mientras se recita del *majzor* —«hijos del hombre, que habitan en tinieblas y a la sombra de la muerte», entonó, «aprisionados por la miseria y por cadenas de hierro»—, Klara estalló en risas; el *jaroset* que tenía en la boca salpicó la camisa de Daniel.

—Es lo más deprimente que he oído —dijo.

—¿Y qué pasa con el pobre pollo? —preguntó Daniel, quitándose la manzana masticada de Klara con dos dedos. La indignación de Gertie desapareció y de repente ella también se estaba riendo: un milagro, le pareció a Klara, quien no había oído a su madre reírse en años.

Sin embargo, Klara aún no podía explicarle a nadie lo que había significado para ella perder a Simon. Al mismo tiempo, lo perdió a él y se perdió a sí misma, la persona que era en relación con él. También había perdido tiempo, pedazos enteros de vida que sólo Simon había presenciado: el dominio de su primer truco de monedas a los ocho, sacar monedas de las orejas de Simon mientras se reía. Las noches en que se escapaban por la escalera para incendios para ir a bailar a los clubes calientes y atestados del Village: las noches en que lo observaba mirar a los hombres, cuando dejaba que ella lo viera. La manera en que sus ojos brillaron cuando le dijo que iría a San Francisco, como si fuera el regalo más grande que alguien le hubiera dado. Incluso al final, cuando discutieron sobre Adrian, era su hermano pequeño, su persona favorita sobre la tierra. Alejándose de ella.

En el número 72 de Clinton, se acostó en su antigua cama y cerró los ojos hasta que su presencia fue tangible. Ciento treinta y cinco años antes, las hermanas Fox escucharon ruidos de golpes en su habitación de Hydesville. En una tarde gris y ventosa de septiembre de 1983, Simon tocó para que Klara lo escuchara. Fue más que un rechinido en las tablas del suelo, más que el quejido de una puerta: un golpe bajo y sonoro que parecía llegar de las entrañas del número 72 de Clinton, como si el edificio se tronara los nudillos.

Klara abrió los ojos de par en par. Podía oír los latidos de su corazón en sus oídos.

—¿Simon? —aventuró.

Contuvo la respiración. Nada.

Klara negó con la cabeza. Estaba yendo demasiado lejos.

No había olvidado para nada el golpe del 21 de junio de 1986, el cuarto aniversario de la muerte de Simon. Había pasado los aniversarios previos en bares, tomando vodka solo hasta que olvidaba qué día era, pero ese año se obligó a hacer café, a atarse las Doc Martens y caminar hasta Castro. Fue asombroso: muchos de los clubes gays habían cerrado junto con los baños, pero el Purp seguía abierto. Incluso parecía que lo acababan de pintar. Deseó poder contarle a Simon o a Robert. A Robert nunca le había gustado el Purp, pero Klara sabía que le encantaría enterarse de que había sobrevivido.

Robert. Solía encontrarse con él en el centro. En 1985 el presidente Reagan seguía sin reconocer el sida, y en protesta dos hombres se encadenaron a un edificio en la Plaza de Naciones Unidas. Klara y Robert le llevaron comida y ejemplares del *Bay Area Reporter* a una creciente masa de voluntarios. Si Robert no tenía demasiadas náuseas, dormían afuera. Klara le rogó a una enfermera que había cuidado a Simon que incluyera a Robert en la prueba de Suramin y recibió el último lugar disponible. Pero el medicamento le daba náuseas, tantas náuseas que no podía bailar, así que lo dejó después de algunos días. Klara golpeó la puerta del departamento de la calle Eureka donde Robert ahora vivía solo.

—Se lo debes a Simon —gritó—. Ahora no lo puedes dejar.

Para agosto ya no se hablaban. Para octubre, todos los pacientes de la prueba estaban muertos.

Cuando Klara lo leyó en el periódico, sintió su cuerpo entero en llamas, como si pudiera derretirse y colarse a través del suelo por la quemadura. Trató de llamar a Robert, pero habían desconectado su línea. Cuando llegó a la academia, Fauzi le dijo que Robert se había mudado otra vez a Los Ángeles. «Sólo recogió y se fue». Eso había sido siete meses antes. No había podido contactarlo desde entonces.

Encontró una flor anaranjada en la tierra y la colgó en la manija del Purp. Esa noche hizo el asado de Gertie, que a Simon le encantaba, y se desvistió para bañarse. Bajo el agua, su cabello se extendió como el de Medusa. Pudo oír un eco de voces, pisadas amortiguadas en las escaleras, y después un crujido. Lo reconoció instantáneamente como el ruido que había oído en Nueva York.

Salió disparada de la superficie del agua, mojando el piso.

—Si eres real —dijo—, si eres tú, hazlo otra vez.

El ruido se escuchó por segunda vez, como un bate golpeando una pelota.

—Dios —empezó a temblar y sus lágrimas golpearon el agua—. Simon.

14

Junio de 1988: Raj está en el escenario del Teatro ZinZanni mientras Klara se maquilla en el vestidor. Es el teatro más bonito en el que ha estado, con un espejo dorado y una pantalla de televisión que muestra lo que ocurre en el escenario.

—La vida no se trata sólo de desafiar a la muerte —dice Raj, mientras su voz sale de las bocinas a cada lado de la televisión—. También se trata de desafiarse a uno mismo, de *insistir* en la transformación. Mientras uno pueda transformarse, amigos, no puede morir. ¿Qué tiene Clark Kent en común con el camaleón? Justo cuando están al borde de la destrucción, cambian. ¿Adónde han ido? Adonde nadie puede verlos. El camaleón se convirtió en una rama. Clark Kent se convirtió en Superman.

Klara ve al Raj en miniatura de la pantalla abrir los brazos. Se delinea los labios con un lápiz rojo brillante.

Tres meses después, Klara vuela a Nueva York: sus visitas en los días sagrados se han vuelto una tradición. Está mareada de felicidad. La Segunda Visión fue un éxito, y aunque la jaula colapsable se clavó como venas en la manga del saco de Klara —iban a pedirle a la costurera que lo arreglara—, al parecer en la audiencia nadie se dio cuenta. El Teatro ZinZanni les agendó diez espectáculos más.

Klara quiere que Raj conozca a su familia, pero no se pueden permitir comprar dos boletos a Nueva York. Pronto, sin embargo, dice él, tendrán el dinero para ir a cualquier parte. En *Rosh Hashaná*, Klara jala a Varya al cuarto de las literas. Parece que su cuerpo es todo de helio, como si pudiera elevarse al techo con sólo quitarse los zapatos.

—Creo que quizá nos vamos a casar —dice.

—Empezaron a salir en marzo —dice Varya—. Sólo han pasado seis meses.

—En febrero —la corrige Klara—. Siete meses.

—Pero Daniel ni siquiera se lo ha propuesto a Mira.

Mira es la novia de Daniel. Se conocieron un año antes, cuando Ella estaba estudiando la licenciatura en Historia del Arte, y ya había ido a conocer a Varya y a Gertie. En cuanto Daniel encuentre trabajo, planea proponérselo con un anillo de rubí que Saul le dio a Gertie.

Klara le acomoda un rizo a Varya detrás de la oreja.

—Estás celosa.

Observa a Varya, no acusándola, y es eso, la ternura en la voz de Klara, lo que hace que Varya se desconcierte.

—Claro que no, estoy contenta por ti —responde.

Varya debe pensar que es otro de los arrebatos de Klara, algo que abandonará en uno o dos meses. No sabe que ya casi lo consuman, que Klara tiene su vestido y Raj su traje, que planean ir al Ayuntamiento en cuanto Klara regrese de Nueva York. Con toda seguridad no sabe del bebé.

Fue una sorpresa que no los sorprendió. Klara sabe lo que ocurre cuando no te cuidas, pero eso no significa que no se haya cuidado. Fue más que eso, fue lo repentino, el escarceo a la orilla de la causalidad —«si esto, entonces algo»— con el hombre que ama. ¿Qué es engendrar un bebé sino hacer aparecer una flor de la nada, convertir una mascada en dos?

Dejó de beber. Para el tercer trimestre tenía la mente clara, nunca había estado mejor, pero ese es el problema, está demasiado vacía, kilómetros de espacio donde Klara se sienta y piensa. Se distrae imaginándose al bebé. Cuando patea, Klara ve sus pequeños pies. Le dijo a Raj que tenían que llamarlo Simon. Durante el último mes, cuando está tan hinchada que los zapatos ya no le quedan, cuando no puede dormir más de treinta minutos seguidos, se imagina la cara de Simon y ya no resiente al bebé. Entonces, cuando un doctor saca a la criatura del cuerpo de Klara una noche tormentosa de mayo y Raj grita «¡Es una niña!», ella sabe que debe haber cometido un error.

—No puede ser —delira de dolor; siente como si una bomba le hubiera explotado en el cuerpo y ella, la estructura vacía, está al borde del colapso.

—Ay, Klara —dice Raj—. Claro que sí.

Envuelven a la niña y se la llevan a Klara. La cara de la bebé es florida, sorprendida de estar viva. Sus ojos son tan oscuros como pequeñas aceitunas.

—Estabas tan segura —dice Raj. Se está riendo.

Nombran Ruby a la bebé. Klara recuerda que una amiga de Varya tenía ese nombre, una niña que vivía en el departamento de arriba en el 72 de Clinton. Rubina. Es hindi, lo que la madre de Raj habría apreciado. Él se muda al departamento de Klara y arrulla a Ruby, le canta canciones de cuna en su hindi oxidado: «*Soya baba Soya. Macjan roti chini*».

En junio, la familia de Klara va de visita. Les muestra Castro —Gertie sujeta con fuerza su cartera cuando pasan junto a un grupo de *drag queens*—, y los lleva a una presentación de Corps. Klara se sienta al lado de Daniel con el estómago hecho un nudo —no sabe cómo responderá él cuando vea hombres bailando *ballet*—; sin embargo, cuando los bailarines hacen su reverencia, aplaude más fuerte que nadie. Esa noche, mientras el asado de Gertie está en el horno, Daniel le cuenta a Klara sobre Mira. Se conocieron en el comedor de la universidad y desde entonces han pasado largas noches en los bares de Hyde Park y en comederos de veinticuatro horas debatiendo sobre Gorbachov, la explosión de la NASA y los méritos de *E.T.*

—Te desafía —observa Klara. Ruby está durmiendo, su cálida mejilla pegada al pecho de Klara, y por una vez siente que no hay nada malo en el mundo—. Eso es bueno.

En el pasado, Daniel habría contestado: «¿Me desafía? ¿Qué te hace pensar que necesito eso?», pero ahora asiente.

—Y cuánto —dice con un suspiro tan satisfecho que Klara casi siente vergüenza de oírlo.

Gertie adora a la bebé. Carga constantemente a Ruby, mirando su nariz del tamaño de una frambuesa, mordisqueando sus dedos miniatura. Klara busca un parecido entre ellas y encuentra uno: ¡sus orejas! Pequeñas y delicadas, curvas como conchas. Sin embargo, cuando Gertie conoce a Raj, abre la boca y la cierra, silenciosa como un pez. Klara observa que su madre hace un inventario de la piel oscura de Raj, de sus botas de trabajo, de su desparpajo secular. Jala a Gertie al baño.

—Ma —dice entre dientes—. No seas racista.

—¿Racista? —pregunta Gertie, sonrojándose—. ¿Es demasiado pedir que la niña sea criada como judía?

—Sí —responde Klara—. Lo es.

Varya está llena de consejos.

—¿Ya intentaste darle leche tibia? —pregunta cuando Ruby llora—. ¿Y pasearla en la carriola? ¿Tienes un columpio para bebés? ¿Tiene cólicos? ¿Dónde está su chupón?

A Klara le da vueltas la cabeza.

—¿Qué es un chupón?

—¿Qué es un chupón? —repite Gertie.

—No puede ser cierto —dice Varya—. ¿No tiene chupón?

—Y este departamento no es a prueba de niños —añade Gertie—. Espera a que empiece a caminar: se podría partir la cabeza con esta mesa, caerse por las escaleras.

—Está bien —dice Raj—. Tiene todo lo que necesita.

Toma a la bebé de los brazos de Varya, que se resiste un momento de más.

—¡Entrégala! —bromea Daniel picando a Varya en las costillas, lo que incita una bofetada de respuesta y un grito tan fuerte que Klara casi les pide que se vayan. Sin embargo, cuando se van al día siguiente los extraña desesperadamente, Gertie se mete con dificultad en el asiento delantero de un taxi; Varya y Daniel se despiden desde la ventana de atrás. Mientras estaban ahí, era fácil ignorar el hecho de que Simon y Saul no estaban. A su papá le encantaban los bebés. Klara todavía recuerda haber visitado el hospital después de que Simon nació de nalgas, con el cordón umbilical enrollado en el cuello como un collar. Saul se paró frente a la sala de cuidados intensivos para observar a su niño medio azul nacido al revés, el último. En la casa, él podía cargarlo durante horas. Cuando Simon se retorcía en el sueño o hacía pucheros, Saul reía con un placer desproporcionado.

Cuando eran niños, los hermanos creían que Saul podía responder cualquier pregunta que desearan hacer. Sin embargo, a Klara y a Simon les empezaron a disgustar sus respuestas. Desdeñaban su rutina de trabajo y de estudio de la Torá, su uniforme de pantalón de vestir, gabardina y sombrero. Ahora Klara siente más simpatía por él. Saul descendía de migrantes y Klara sospecha que vivía con miedo de perder lo que la vida le había dado. Comprende también la soledad de la paternidad, que es la soledad de la memoria: saber que ella conecta un futuro que sus padres no podrán conocer, con un pasado que su hija no podrá conocer. Ruby se acercará a Klara con preguntas. ¿Qué le responderá Klara, con insistencia frenética nunca antes oída? A Ruby el pasado de Klara le parecerá un cuento; Saul y Simon no serán más que los fantasmas de su madre.

Para octubre, han pasado meses desde la última vez que Klara y Raj actuaron. Klara no podía hacer las Fauces de la Vida mientras estaba embarazada; ahora, las noches que pasa despierta con Ruby nublan su atención y no puede contar bien en el acto de lectura mental. No han podido recuperar los costos de sus materiales. Sus escasos ahorros se han ido en pañales, juguetes y ropa que a Ruby ya no le queda en una hora. Raj camina del Tenderloin a North Beach, preguntando en los centros nocturnos y los teatros, pero la mayoría lo rechazan. El administrador del Teatro ZinZanni sólo puede darles cuatro fechas ese otoño.

—Tenemos que irnos —le dice Raj en la cena—. Llevar el espectáculo de gira; San Francisco está quemado. Los de aquí son como robots, son computadoras. Hay que darles muerte —se pelea con una computadora invisible.

—Espera —dice Klara alzando un dedo—. ¿Oíste eso?

Ya le ha hablado antes a Raj de los golpes de Simon, pero él siempre dice que no los oye. Esta vez no es posible que no lo oyera. El ruido fue fuerte como un disparo; incluso la bebé lloró. Tiene cinco meses, el cabello negro sedoso de Raj y la sonrisa de gato de Cheshire de Klara.

—No hay *nada ahí.* —Raj deja el tenedor.

A Klara la complace que Ruby pueda oír los golpes. Carga a la bebé y le besa los nuevos dientes puntiagudos.

—Ruby —canta—. Ruby sabe.

—Concéntrate, Klara. Estoy hablando de movernos, de hacer dinero. De darle nueva vida a esta cosa —Raj aplaude frente a su cara—. La ciudad está acabada, nena. Está muerta. Tenemos que abandonarla. Buscar oro en otra parte.

—A lo mejor nos expandimos demasiado rápido —dice Klara cuando Ruby empieza a llorar; el aplauso la asustó—. A lo mejor tenemos que calmarnos.

—¿Calmarnos? Eso es lo último que necesitamos hacer. —Raj empieza a pasearse de un lado a otro—. Tenemos que movernos. Tenemos que seguir moviéndonos. Te quedas demasiado tiempo en un lugar y te quemas en todas partes. Ese es el secreto, Klara. No podemos dejar de movernos.

Tiene la cara encendida como una lámpara de Halloween. Raj tiene grandes ideas, igual que Klara; es una de las cosas que le gustan de él. Ella piensa en la caja negra de Ilya. «Su destino es estar en la calle», dijo Ilya. A lo mejor el de ella también.

—¿Adónde iríamos? —pregunta.

—A Las Vegas —dice Raj.

—Por supuesto que no —ríe Klara.

—¿Por qué?

—Es de mal gusto —dice, contando con los dedos—. Es exagerado y excesivo. Es vulgar, pero ridículamente caro. Y nunca hay mujeres protagonistas.

Las Vegas le recuerda la primera y única convención de magia a la que asistió: un evento ostentoso en Atlantic City en el que la fila para el baño de hombres era más larga que la de mujeres.

—Sobre todo —añade—, es falso. No hay nada real en Las Vegas.

Raj arquea las cejas.

—Tú eres maga.

—Exactamente. Soy una maga que actuaría en cualquier lugar menos en Las Vegas.

—En cualquier lugar menos en Las Vegas. Podría ser el título de nuestro nuevo espectáculo.

—Qué lindo. —Ruby se queja y Klara maniobra con incomodidad para quitarse la playera. Antes caminaba desnuda por el departamento, pero ahora se avergüenza de su cuerpo—. Preferiría que viviéramos como nómadas.

—Okey —dice Raj—. Viviremos como nómadas entonces. Nos quedamos unos cuantos meses en cada ciudad, vemos el mundo.

Ruby se despega, distraída. Klara se baja la playera y Raj carga a Ruby de las axilas.

—San Francisco está lleno de recuerdos, Rubycita —dice—. Si te quedas aquí, te metes con los fantasmas.

¿Se imagina Klara que la está mirando a ella? Los ojos de Raj son como puntas de lápiz. Sin embargo, tal vez se equivoca; cuando vuelve a mirarlo, atiende a la bebé haciendo trompetillas sobre su suave piel morena.

Klara se levanta para recoger los platos.

—¿Dónde nos quedaríamos?

—Conozco a alguien —dice Raj.

Esa noche, Raj y Ruby se duermen fácilmente, pero Klara no puede. Se sale de la cama y pasa junto a la cuna de Ruby hacia el clóset, donde guarda la caja negra de Ilya. Adentro hay cartas y aros de hierro, sus pelotas y sus mascadas de seda. Ya no la usa muy seguido, los actos más deslumbrantes superaron sus trucos de prestidigitación, pero ahora se lleva dos mascadas a la mesa redonda de la cocina. Los viejos foquitos con forma de chiles de Raj están acomodados alrededor de la ventana; para evitar que se dé cuenta, los deja apagados. Antes de sentarse, saca la botella de vodka de atrás del congelador y se sirve un trago.

Antes trabajaba así hasta tarde. De adolescente, esperaba hasta que escuchaba que la respiración de Simon se acompasaba hasta distinguir los ruidos amortiguados del sueño de Varya, hasta que Daniel empezaba a roncar, y después sacaba sus herramientas de abajo de la cama y las llevaba a la sala. Disfrutaba el silencio inusual y la sensación de que todo el departamento era suyo. También entonces dejaba las luces apagadas y se acomodaba en el suelo junto a la ventana de la sala para poder ver con la luz de los faroles de Clinton. Durante meses, esas sesiones fueron su secreto. Sin embargo, una noche de invierno entró en la sala y se encontró con que su padre le había ganado.

Por segundos, no se dio cuenta de su presencia. Estaba sentado en su sillón favorito —de respaldo alto y tapizado con terciopelo color verde— leyendo un libro. Había fuego reciente en la chimenea, los troncos completos brillaban.

Klara casi se dio media vuelta, pero se detuvo. Si él podía estar sentado ahí a la una de la mañana, ¿por qué ella no? Salió de la oscuridad del pasillo hacia el umbral de la sala, donde Saul por fin la percibió.

—¿No puedes dormir? —preguntó ella.

—No —dijo Saul y levantó su libro. Era la Torá, por supuesto. Klara no sabía cómo no se había hartado de esta. Para entonces, ya la había leído de todas las maneras posibles: de adelante para atrás, de atrás para adelante, en fragmentos breves elegidos aleatoriamente, y en fragmentos largos en los que trabajaba durante semanas. A veces, miraba una sola página por varios días.

—¿Qué parte estás leyendo? —le preguntó Klara, una pregunta que usualmente evitaba para evitar también una conferencia sobre el sacrificio de la hija de Jefté, o sobre los babilonios que se negaron a venerar la estatua dorada del rey Nabucodonosor y así sobrevivieron cuando los arrojó a un horno.

Saul dudó. Para ese momento ya casi se había hecho a la idea de que no podrían hacer un estudio de la Torá en familia. Incluso Gertie se distraía cuando él leía de los libros.

—La historia del rabino Eliezer y el horno —respondió—. Fue el único sabio que creía que un horno impuro podía purificarse.

—Ah. Es una buena historia —dijo Klara de manera idiota, porque no podía recordar la historia. Esperaba que Saul continuara, pero en lugar de eso la miró a los ojos y sonrió de sorpresa o de alegría por su reacción. Ella se adentró más en la habitación, sosteniendo un mazo de cartas en una mano. Cuando se sentó junto a la ventana, Saul regresó al Talmud. Se quedaron así hasta que el tronco crujió y los dos bostezaron. Cuando regresaron a sus respectivas habitaciones, Klara durmió mejor de lo que lo había hecho en meses.

Gertie nunca aprobó la magia de Klara. Pensaba que, con toda seguridad, Klara iba a crecer y se olvidaría de ella; sin duda iría a la universidad, como Varya, y tendría la carrera que ella nunca había tenido. Sin embargo, Saul era diferente. Y por eso Klara podía irse de su casa semanas después de su muerte, por eso podía hacer algo así sin odiarse: porque no era su madre quien se había ido sino su padre, quien se había quedado despierto con ella durante largas noches en perfecto silencio y quien, la mañana de su muerte, levantó la mirada de la Mishná para verla convertir una mascada azul en una roja.

—Es maravilloso —dijo mientras la seda se deslizaba a través de sus manos y sonrió de una manera pícara que le recordaba a Ilya—. Vuelve a hacerlo, ¿sí? —Así que lo hizo una y otra vez hasta que él bajó el gran libro, cruzó una pierna y la observó realmente, no de la manera vaga como a menudo miraba a sus hijos sino con verdadero interés y asombro, como había observado a Simon de bebé. De modo que él habría comprendido su decisión de irse, ¿o no? De cualquier manera, el judaísmo le había enseñado a seguir adelante, sin importar que trataran de hacerla prisionera. Le había enseñado a crear sus propias oportunidades, a convertir la roca en agua y el agua en sangre. Le había enseñado que ese tipo de cosas eran posibles.

A las cuatro de la mañana Klara está atontada, con las manos asediadas por el satisfactorio dolor muscular que causan horas de trabajo. Piensa en devolver las mascadas a la caja de Ilya, pero en cambio se las mete en el puño izquierdo y después en la punta del pulgar derecho; cuando abre la mano, las mascadas desaparecieron. Piensa en qué significa dejar San Francisco, en si viajar de un lado a otro alguna vez se sentirá como estar en casa, y lo que llega a su mente es una de las historias de Saul. El año es 1948, el escenario, una cocina en un departamento de la calle Hester. Un hombre y un niño están sentados a cada lado de una mesa; sus cabezas se tocan sobre un radio Philco PT-44. El niño era Saul Gold. El hombre era Lev, su padre.

Cuando oyeron que el mandato británico había expirado, Lev se tapó la boca con las manos. Tenía los ojos cerrados y agua salada escurrió sobre su barba.

—Por primera vez nosotros, los judíos, estaremos a cargo de nuestro propio destino —dijo tomando la barbilla estrecha de Saul—. ¿Sabes qué significa? Siempre tendrás un lugar a dónde ir: Israel siempre será tu hogar.

En 1948 Saul tenía trece años. Nunca antes había visto llorar a su padre. De repente, se dio cuenta de que lo que él entendía como su hogar —un departamento de dos habitaciones en un edificio de ladrillo recién remodelado sobre la panadería Gertel's—, para su padre no era más que utilería en el escenario de alguien más, lo que en cualquier momento se podía desmontar y llevar tras bambalinas. En su ausencia, el hogar estaba en el ritmo de la halajá: la plegaria diaria, el *sabbat* semanal, los días santos anuales. Su cultura estaba en el tiempo. En el tiempo, y no en el espacio, estaba su hogar.

Klara devuelve la caja de Ilya al clóset y se mete en la cama. Alzándose sobre un codo, alcanza la cortina y hace un espacio por el que puede ver una uña de luna. Siempre había pensado en su hogar como un destino físico, pero quizá Raj y Ruby fueran suficiente hogar. Quizá el hogar, como la luna, la seguiría adondequiera que fuera.

15

Le compraron una casa rodante a un compañero de trabajo de Raj. Klara esperaba que fuera deprimente, pero Raj retoca la mesa de madera en el gabinete de la cocina, quita las cubiertas de plástico anaranjado y las reemplaza con un laminado que parece mármol. «*Hit the road, Jack*», canta. Monta estantes al lado de la cama y les pone protecciones de aluminio para evitar que los libros se caigan cuando la casa rodante se mueva. Durante el día la cama se convierte en un sofá, y libera una pequeña porción de piso donde Ruby puede jugar. Klara cose unas cortinas de terciopelo rojo y pone la cuna de Ruby al lado de la ventana trasera para que pueda ver pasar el mundo. Cargan su equipo en la unidad de almacenaje pegada a la parte trasera de la casa.

Una mañana fría y soleada de noviembre, se dirigen hacia el norte.

Klara asegura a Ruby en el asiento para auto.

—Di adiós, Rubini —dice Raj, estirándose hacia atrás para alzarle la mano—. Dile adiós a todo eso.

«Los amo a todos», piensa Klara mirando el templo taoísta, la panadería debajo del departamento, la anciana que lleva cajas de comida china en bolsas de plástico rosa. «Adiós a todo».

Consiguen dos actuaciones en un casino de Santa Rosa, cuatro en un hotel de Lake Tahoe. La audiencia le sonríe a Raj —presentador y hombre de familia— y a Ruby, de ojos grandes bajo un sombrero de copa de tamaño infantil, que Raj usa para recoger propinas después de cada espectáculo. Guarda el dinero bajo el asiento del conductor en una caja con cerrojo. En Tahoe compra un teléfono para autos para las reservaciones. Klara quiere llamar a su familia, pero Raj se lo impide.

—La cuenta ya es muy cara —dice.

Cuando llega el invierno, viajan al sur. Los Ángeles tiene una competencia terrible, pero les va bien en los pueblos universitarios y mejor en los casinos del desierto. Sin embargo, Klara odia los casinos. Los administradores siempre la confunden como asistente de Raj. La gente se sube a las mesas de cartas y a las máquinas tragamonedas porque quieren ver a una mujer joven girar con un vestido ajustado o porque están demasiados borrachos para irse a casa. Les gusta el truco de las agujas indias de Raj, pero abuchean en la Jaula que Desaparece. «Le entró por la manga», grita alguien como si la falla del truco fuera una ofensa personal. Klara empieza a recordar con nostalgia los pequeños espectáculos en San Francisco, los escenarios maltrechos y oscuros, pero se olvida de los espectadores molestos, olvida que nadie en realidad quiere lo que ella vende, allá o aquí.

Durante el día, mientras Raj está en reuniones, ella le lee a Ruby en el tráiler. Admira el paisaje del desierto, las montañas azules y el cielo helado, pero no le gusta el ambiente, al mismo tiempo lánguido y agitado, o el calor que se aprieta contra ella como unas manos. Guarda en el estuche del maquillaje botellas miniatura de vodka, que prefiere por la claridad y el golpe repentino, por la manera en que le desgarra la garganta. En la mañana, cuando Raj se va, le sirve dos dedos a su café instantáneo. Algunas veces camina con Ruby a una tienda cercana y compra una botella de Coca-Cola, que sirve mejor para disimular el olor. Raj sabe que dejó de beber durante su embarazo, pero también piensa que nunca ha regresado a ello. Sin embargo, ahora es diferente, algo más constante y difícil de detectar ha sustituido los olvidos y las arcadas: una ligera pero constante ausencia de los hechos de su vida. Antes de que Raj llegue a casa, avienta las botellas al cuarto de juegos. De regreso a la casa rodante, se lava los dientes y escupe por la ventana.

—¡Eso! —dice Raj contando cheques—. Así debe de ser.

—No nos podemos quedar aquí mucho tiempo más —dice Klara. Están estacionados ilegalmente atrás de un Burger King cerrado porque Raj no quiere pagar renta en un estacionamiento para casas rodantes.

—Nadie sabe que estamos aquí, amor —dice él—. Somos invisibles.

Las estaciones están mal. Cuando llama a casa durante *Janucá*, inclinada sobre el teléfono del auto mientras Raj está en la gasolinera, está nevando en Nueva York y en la casa rodante hay treinta grados centígrados.

—¿Cómo están? —pregunta Daniel, y a ella le sorprende darse cuenta de cuánto lo extraña. Cuando visitó San Francisco, lo vio jugar con Ruby y por primera vez se lo imaginó como padre.

—Estoy bien —responde fingiendo una chispa, fingiendo un brillo—. Estoy bien.

Klara les oculta dos cosas a sus hermanos: los golpes de Simon y el hecho de que su muerte coincidió con la profecía. Simon nunca compartió su fecha con Varya ni con Daniel, y no han vuelto a hablar de la mujer de la calle Hester desde la *shivá* de Saul. Sin embargo, ese conocimiento se infecta dentro de Klara. Después de los espectáculos, mientras se quita el maquillaje y Raj recoge las propinas, calcula cuánto tiempo más vivirá si la mujer también tenía razón sobre ella.

«No me voy a morir», le dijo a Simon. «Me niego».

Era más fácil para ella adoptar esa postura hasta que la primera predicción de la mujer se hizo realidad. Cuando Simon murió, Klara volvió a cuando tenía nueve años, volvió a la puerta del departamento de la calle Hester. A decir verdad, ella no quería conocer la fecha de su muerte, en realidad no. Sólo quería conocer a la mujer.

Nunca había oído de una mujer maga. («¿Por qué somos tan pocas?», le preguntó una vez a Ilya. «Por una cosa», respondió, «la Inquisición. Por dos cosas más: la Reforma y los juicios de las brujas de Salem. Una cosa más, la ropa. ¿Alguna vez has tratado de esconder una paloma en un vestido de noche?»): Cuando Klara entró al departamento, la mujer estaba parada frente a la ventana. Llevaba dos largas trenzas castañas, lo que hacía que su cara se viera simétrica y llena. Años más tarde, Klara se salió de clases para caminar por la sala principal del Museo Metropolitano de Arte. Ahí vio una estatua que representaba la cabeza de Jano, en préstamo del Museo Vaticano, y pensó en la adivina. Los rostros de la estatua veían en diferentes direcciones, representando el pasado y el presente, pero eso no hacía que la figura se viera distorsionada; más bien, tenía una coherencia circular. Klara sólo resintió que la estatua representara a Jano —dios de los comienzos así como de las transiciones y el tiempo— como un hombre.

—Guau —Klara miró los mapas y los calendarios, el I Ching y los palillos chinos de la fortuna en el departamento de la mujer—. ¿Usted sabe usar todas estas cosas?

Para su sorpresa, la mujer negó con la cabeza.

—Esas son cosas para decorar —respondió—. A la gente que viene aquí le gusta pensar que sé cosas por una razón. Así que tengo utilería.

Cuando caminó hacia Klara, su cuerpo tenía el poder y la electricidad de un vehículo en movimiento. Klara casi se hizo a un lado, pero no: se mantuvo fuerte y en su posición.

—La utilería hace que todos se sientan mejor —dijo la mujer—. Pero no necesito nada de eso.

—Usted sólo sabe —susurró Klara.

El espacio entre sus cuerpos estaba tan cargado como la brecha entre dos imanes. Klara se sintió lívida, como si fuera a flotar hacia los brazos de la mujer si se relajaba.

—Sólo lo sé —dijo la mujer. Alzó la barbilla, ladeó la cabeza y miró a Klara sesgadamente—. Como tú.

«Como tú»: se sintió como una prueba de su existencia. Klara quería más. No había pensado que le interesaría saber la fecha de su muerte, pero ahora estaba embelesada. Quería permanecer más tiempo bajo el hechizo de la mujer, un hechizo en el que, como en un espejo, Klara se veía. Preguntó su suerte.

Cuando la mujer respondió, el hechizo se rompió.

Klara sintió como si acabaran de golpearla. No puede recordar si le agradeció a la mujer o cómo llegó al callejón. Simplemente estaba ahí, con la cara llena de lágrimas y las palmas manchadas de mugre del barandal de la escalera para incendios.

Trece años más tarde, la mujer tuvo razón sobre Simon, justo como Klara temía. Sin embargo, ese era el problema: ¿la mujer era tan poderosa como parecía, o Klara había dado los pasos que habían hecho realidad la profecía? ¿Cuál podía ser peor? Si la muerte de Simon era prevenible, un fraude, entonces Klara estaba en falta, y quizá ella también fuera un fraude. Después de todo, si la magia existe al lado de la realidad, dos rostros mirando en diferentes direcciones, como la cabeza de Jano, entonces Klara no puede ser la única con acceso a ella. Si duda de la mujer, entonces tiene que dudar de sí. Y si duda de ella misma, tiene que dudar de todo lo que cree, incluidos los golpes de Simon.

Lo que necesita es una prueba. En mayo de 1990, en una noche cálida cuando Raj y Ruby están dormidos, Klara se sienta en la cama.

Tiene que medirles el tiempo, como lo hace en la Segunda Visión. Un minuto por letra.

Se levanta y camina hacia el gabinete de la cocina, donde dejó el reloj de Simon, un regalo de Saul, con correa de piel y una pequeña carátula de oro. Se sienta donde hay suficiente luz de luna para ver cómo avanza la delgada manecilla pequeña.

—Vamos, Sy —murmura.

Cuando llega el primer golpe, empieza a contar el tiempo. Pasan siete minutos, luego ocho; doce cuando suena un segundo golpe. «V».

Mira el reloj como si fuera una llave, como si fuera la cara sonriente de Simon. El siguiente golpe llega cinco minutos más tarde: «E».

Ruby se queja.

«Ahora no», piensa Klara. «Por favor, ahora no». Pero el quejido se convierte en un gorjeo y después el llanto de Ruby irrumpe en la noche como el amanecer. Klara escucha que Raj se levanta de la cama, lo escucha murmurar hasta que la bebé sólo solloza, y después aparece en la cocina.

—¿Qué estás haciendo?

Carga a Ruby sobre su pecho, para que la cabeza esté alineada con la de él. Sus ojos brillan en la oscuridad.

—Nada. No podía dormir.

Raj arrulla a Ruby.

—¿Por qué no?

—¿Cómo voy a saber?

Él levanta la mano libre —«sólo preguntaba»— y regresa a la oscuridad. Ella escucha que acuesta a Ruby en su cuna.

—Raj —mira hacia adelante para observar la puerta clausurada del Burger King—. No soy feliz.

—Ya sé. —Va a sentarse en el asiento del copiloto y lo echa hacia atrás para estirar las piernas. Lleva el cabello amarrado en una cola de caballo, han pasado días desde la última vez que se lo lavó, y sus ojos están llorosos de cansancio—. Nunca quise esto para nosotros. Quería algo mejor; todavía quiero algo mejor, para ella. —Raj señala con la barbilla la cuna de Ruby—. Quiero que tenga una casa. Quiero que tenga vecinos. Quiero que tenga un perrito, si eso es lo que quiere, pero los perritos no son baratos. Tampoco los vecinos. Estoy tratando de ahorrar, Klara, pero ¿qué estamos haciendo? Es mejor que antes, pero para nada es suficiente.

—Tal vez hasta aquí llegamos —la voz de Klara es irregular—. Estoy cansada y sé que tú también. Tal vez es tiempo de que los dos consigamos trabajos de verdad.

Raj resopla.

—Yo me salí de la preparatoria. Tú nunca fuiste a la universidad. ¿Crees que Microsoft nos quiera?

—Microsoft no. Algún otro lugar. O podríamos regresar a la escuela. Yo siempre he sido buena en matemáticas; podría hacer un curso de contaduría, y tú tienes talento como mecánico. Eras muy bueno.

—¡Tú también! —estalla Raj—. *Tú* eras talentosa. *Tú* eras brillante. La primera vez que te vi, Klara, en ese espectaculito en North Beach, te vi en el escenario y pensé: «esa mujer. Es diferente». Tus sueños eran demasiado grandes y tu cabello demasiado largo, no dejaba de enredarse en las cuerdas, pero tú girabas en el techo como nada que hubiera visto antes y creí que nunca ibas a bajar. No estoy listo para que nos rindamos. Y tampoco creo que tú lo estés. ¿De verdad te gustaría sentar cabeza? ¿Conseguir un trabajo acomodando papeles o trabajar con el dinero de otra gente?

Su discurso la conmueve de las maneras más profundas y enterradas. Klara siempre ha sabido que ella tiene que ser un puente: entre la realidad y la ilusión, entre el presente y el pasado, entre este mundo y el siguiente. Sólo tiene que descifrar cómo.

—Está bien —dice lentamente—. Pero no podemos seguir así.

—No, no podemos —Raj tiene los ojos puestos directamente al frente—. Tenemos que pensar más en grande.

—¿Como qué?

—Como Las Vegas.

—Raj —Klara se aprieta las cuencas de los ojos con las palmas—. Ya te lo dije.

—Ya lo sé —Raj se mueve en su asiento y se inclina hacia ella sobre el brazo—. Pero quieres una audiencia, quieres causar un impacto; quieres que te conozcan, Klara, y aquí no pueden conocerte. Pero la gente viaja de todas partes para ir a Las Vegas, en busca de algo que no pueden tener en casa.

—Dinero.

—No, entretenimiento. Quieren romper las reglas, poner el mundo de cabeza. ¿No es eso lo que tú quieres? ¿No es eso lo que haces? —la toma de la mano—. Mira, yo nunca quise ser una estrella. Tú nunca quisiste ser asistente. Siempre has sentido que tienes que hacer algo grandioso, algo mejor que esto, ¿verdad? Y yo siempre he creído en ti.

—Ya no soy así. Algo se fue. Soy más débil.

—Has estado mejor desde que dejaste de beber. Sólo eres débil cuando te metes en tu cabeza, cuando te quedas atorada ahí y no puedes salir. Tienes que mantenerte aquí —dice, sosteniendo la mano bajo su barbilla—. Sobre el agua. Concéntrate en lo que es real, como Ruby y tu carrera.

Cuando Klara piensa en Ruby es como tratar de aferrarse a una roca en medio de un río, como tratar de agarrar algo pequeño y duro mientras todo está jalándola.

—Si vamos a Las Vegas —dice— y no puedo hacerlo, si no nos contratan. O si... simplemente no puedo, ¿entonces qué?

—Yo no pienso así —dice Raj—. Y tú tampoco deberías.

—Las Vegas —dice Gertie—. Van a las Vegas.

Klara escucha que la mano de su madre tapa el auricular. Después la escucha gritando: «Varya, ¿me oíste? Las Vegas. Dijo que se van a Las Vegas».

—Ma —dice Klara—. Puedo oírte.

—¿Qué?

—Es mi decisión.

—Nadie dijo que no lo fuera; con toda seguridad no sería mi decisión.

Hay un clic del otro auricular cuando lo levantan.

—¿Van a Las Vegas? —pregunta Varya—. ¿Para qué? ¿De vacaciones? ¿Van a llevar a Ruby?

—Por supuesto que vamos a llevar a Ruby. ¿Qué otra cosa podríamos hacer con ella? Y no nos vamos de vacaciones, vamos a mudarnos.

Klara mira por la ventana de la casa rodante. Raj está paseando mientras fuma. Después de unos segundos, voltea hacia Klara para ver si sigue hablando por teléfono.

—¿Por qué? —pregunta Varya, horrorizada.

—Porque quiero ser maga. Y ahí es donde tienes que estar si quieres ser mago, si quieres hacer dinero siendo mago. Y además, V, tengo una hija; no tienes idea de lo caro que es. La comida de Ruby, los pañales, la ropa…

—Yo crié cuatro hijos —dice Gertie—. Y nunca fui a Las Vegas ni una vez.

—Ya sabemos —dice Klara—. Yo soy diferente.

—Ya sabemos —suspira Varya—. Si eso te hace feliz.

Raj está caminando de regreso al auto antes de que ella cuelgue.

—¿Qué dijeron? —pregunta, acomodándose en el asiento del conductor para poner la llave en la marcha—. ¿Lo desaprobaron?

—Sip.

—Ya sé que son tu familia —dice, incorporándose a la carretera—. Pero si no lo fueran, tampoco te caerían bien.

Se detienen a dormir en un campamento de Hesperia. Klara se despierta con el sonido de la voz de Raj. Se da vuelta y mira apenas el reloj de Saul: las 3:15 de la mañana, y Raj está sentado junto a la cuna de Ruby. La está observando a través de los barrotes, murmurando sobre Dharavi.

Láminas de metal pintadas de azul brillante. Mujeres vendiendo caña de azúcar. Casas con paredes de bolsas de yute; enormes chimeneas que se elevan, como los lomos de los elefantes, en las calles. Le cuenta de los cortes de electricidad y los manglares, la choza donde nació.

—Esa es la casa de *Tata*. Demolieron la mitad cuando yo era niño. Probablemente la otra mitad ya tampoco esté. Pero podemos imaginarla así. Imaginar que la mitad sigue en pie —dice—. Cada piso es un negocio. En el piso de *Tata* hay botellas de vidrio y objetos de plástico y de metal. En el siguiente piso hay hombres que fabrican muebles; en el de arriba de ese, están haciendo portafolios y bolsas de piel. En el piso de hasta arriba hay mujeres que cosen pantalones de mezclilla diminutos y playeras, ropa para niños como tú. —Ruby gorjea y mueve una mano, azulada y blanca a la luz de la luna. Raj la toma—. Dicen que tu pueblo es intocable, peor que los que salieron de abajo de los pies de Brahma. Pero tu pueblo es de trabajadores. Tu pueblo es de tenderos, campesinos y reparadores. En los poblados, no tienen permitido entrar a los templos o a los altares; sin embargo, Dharavi es su templo —dice—. Y Estados Unidos es el nuestro.

Klara tiene la cabeza volteada hacia la cuna, pero su cuerpo está rígido. Raj nunca le ha hablado de esas cosas. Cuando le pregunta de Dharavi o del levantamiento en Cachemira, cambia de tema.

—Tu *tata* estaría orgulloso —dice Raj—. Y tú deberías estar orgullosa de él.

Raj se levanta. Klara oprime la mejilla contra la almohada.

—No lo olvides, Ruby —dice, tapándola con la cobija hasta la barbilla—. No lo olvides.

16

En Las Vegas, se detienen en un estacionamiento para casas rodantes llamado King's Row. Está a quince minutos del Strip y cuesta doscientos dólares al mes, que Raj entrega con resentimiento porque secaron la alberca, y todas las lavadoras, con excepción de una, están descompuestas.

—Sólo es por ahora —le dice a Ruby, besando su nariz de botón de champiñón—. Pronto vamos a vender esta cosa.

Mientras él levanta el vehículo con gatos eléctricos y engancha las cajas, Klara explora el entorno. Hay un cuarto de juegos con una mesa de tenis y una máquina expendedora medio vacía. Parece que las otras casas rodantes han estado ancladas ahí por meses, tienen porches de madera en los que los residentes han puesto macetas o banderas de Estados Unidos.

Rentan un carro a largo plazo, un Pontiac Sunbird 82, y manejan al Strip. Klara nunca ha visto algo así. Cascadas que nunca se secan, flores tropicales constantemente abiertas. Los hoteles son metálicos y angulosos como estaciones espaciales. «Chicas sexys en vivo», dice alguien entre dientes y una postal se materializa en la mano de Klara. Los dioses desfilan frente al Caesars; una mujer está bocabajo a un lado de la calle, su cabeza sobre una cartera rosa de piel. Mujeres que bailan y Elvis falsos se paran al lado de un muñeco Chucky vivo que saluda a Klara con la mano que sostiene el cuchillo.

El hotel más nuevo se alza como un libro abierto, dos edificios estrechos conectados por la costura. Se lee «The Mirage» con letras mayúsculas cursivas rojas sobre un anuncio electrónico. Dice: «En nuestras primeras diez horas hemos pagado el premio sencillo más alto en la historia de Las Vegas. ¡4.6 millones! ¡Disfruten el bufet!». Después las letras desaparecen, tímidas, y vuelve a aparecer «The Mirage». Un volcán que hay frente al hotel hace erupción cada noche, les dicen, al sonido de Grateful Dead y el músico de tabla hindú Zakir Hussain. Hay un atrio con un bosque tropical artificial y un espacio cerrado para tigres de verdad. Es exactamente lo que Klara nunca ha querido, pero piensa en Ruby. Ahí hay dinero. Entran al *lobby*, donde cuelgan candelabros gigantes y pétalos de cristal del tamaño de llantas de autos. Detrás del mostrador, desde el suelo hasta el techo, hay un acuario de quince metros de ancho. Escucha un rugido agudo, que piensa que es la cascada o el volcán antes de reconocer una sierra: el edificio sigue en construcción.

—Mira —dice Raj. Señala un anuncio largo sobre la recepción. Muestra a Siegfried y Roy, con las caras apretadas a cada lado de un tigre blanco. «Diario a la 1 y a las 7 p. m.». Es la 1:45. Siguen las señales hacia el teatro. Como el espectáculo ya comenzó, no hay nadie que recoja boletos. Raj se desliza por la puerta con Ruby sobre la cadera y jala a Klara hacia dos asientos vacíos. Siegfried y Roy están vestidos con camisas de seda sin abotonar, sacos cortos de piel y pantalones de cuero con braguetas. Montan un dragón mecánico que exhala fuego, y azotan la cabeza de tres metros mientras unas mujeres en bikinis de conchas bailan con bastones de cabeza de cristal. Al final del espectáculo, Roy se sienta sobre un tigre blanco que está sobre una bola de espejos. Junto con Siegfried y doce animales exóticos más, levitan hasta el puente de la tramoya.

Es un sueño americano retorcido, un sueño del sueño americano: cuarenta años antes, la pareja se conoció en un trasatlántico y huyeron de la Alemania de la posguerra con un chita metido en un baúl. Ahora su espectáculo tiene un personal de doscientas cincuenta personas.

Cuando los hombres hacen reverencias, Raj pone la boca contra la oreja de Klara.

—Sólo tenemos que encontrar la manera de entrar. Alguien que conozca a alguien —dice.

Klara amamanta a Ruby en el futón, con un ojo en el reloj de Simon. Las mismas dos letras aparecen como antes: «V», después «E». El siguiente lapso es largo, catorce minutos, y le preocupa haberse perdido mientras hacía eructar a Ruby. Entonces vuelve a oír el ruido.

«N».

—¡*Ven*!

Ruby se queja. La leche de Klara se está secando.

—¿Qué? —grita Raj desde afuera. Está acostado bajo la casa rodante, viendo el tablero.

—Nada —responde Klara. Raj no querrá oír lo que acaba de ocurrírsele: si Simon se está comunicando con ella desde el más allá, entonces ¿quién podría decir que Saul no lo hace también?

Klara cierra su brasier para amamantar y arrulla a la bebé, pero siente un dolor en la nariz como si fuera a empezar a llorar. Ruby está viva y la necesita. Klara necesita a Simon, necesita a Saul, pero ellos están…

¿Muertos? Quizá. Sin embargo, quizá no completamente.

Raj no consigue nada con sus contactos en los casinos del sur de California, pero el propietario del hotel de Lake Tahoe tiene un primo cuyo cuñado administra el Golden Nugget. Raj, con su mejor atuendo, va a encontrarse con el hombre en una parrilla del Strip. Cuando regresa está eufórico, con energía para quemar y una mirada salvaje en los ojos, como éxtasis.

—Amor —dice—. Conseguí un número de teléfono.

17

Klara nunca ha actuado en un lugar como el proscenio del Mirage. La tramoya está a nueve metros del suelo; hay dos plataformas móviles, cinco ascensores de escenario, veinte luces y dos mil butacas. La cuerda de ascenso está montada y el gabinete de Proteo espera sobre sus ruedas tras bambalinas. Tres ejecutivos del Mirage están sentados en la primera fila.

Durante el monólogo de apertura de Raj, Klara permanece tras bambalinas, con el sudor fluyendo por los costados de su vestido de lentejuelas. Por primera vez Ruby está en la guardería: un servicio en el piso diecisiete para los niños de los empleados del hotel. Klara tiene un nudo en el estómago; trata de concentrarse, por el bien de Ruby. «Sacude las manos. Traga. Sonríe, maldita sea». Se para en el escenario sobre tacones dorados.

Luz. Calor. No puede distinguir a los ejecutivos, con la camisa desfajada y el rostro en las sombras. Se mueve nerviosamente en el gabinete de Proteo. Uno se va durante la Jaula que Desaparece, pretextando una conferencia telefónica. Los dos que quedan se despabilan con la Segunda Visión, pero Klara cuenta mal el tiempo de La Caída y tiene que alzar las rodillas para evitar golpear el escenario demasiado pronto. Cuando abre los ojos, uno de los hombres está viendo su localizador y el otro se aclara la garganta.

—¿Es todo? —grita.

Un tramoyista enciende las luces de la sala y Raj sale de bambalinas. Sonríe con la sonrisa de un vendedor, pero la ira emana de él como calor. Por una fracción de segundo, la enormidad de esta oportunidad —la enormidad de su fracaso— le roba el aliento a Klara. En el refrigerador de la casa rodante hay tres frascos de comida para Ruby. Ella y Raj han estado comiendo comida rápida y puede sentirlo en su cuerpo, la combinación de exceso y carencia. Tienen sesenta y cuatro dólares en la caja cerrada en la guantera. Si no les dan otro trabajo, ¿qué van a hacer?

Klara piensa en Ilya, su mentor. Él fue quién le enseñó que los trucos de magia fueron creados para hombres: los bolsillos de los sacos tienen el tamaño perfecto para guardar las tazas de acero y la prestidigitación es más fácil con manos más grandes. Después le enseñó cómo reinventarlos. Klara usa bolas de un material que puede comprimirse y aprendió a trabajar sin errores con el cajón de una mesa de cartas. Sin embargo, no había manera de evitar el tamaño de sus palmas, y en cuanto se trataba de magia de habilidad manual, sólo podía confiar en la técnica.

—Tienes que ser tan buena como los mejores hombres en la magia —le dijo Ilya, mientras le ayudaba a ejercitarse cortando con una sola mano hasta que los dedos le pulsaban de dolor—. Y después tienes que ser todavía mejor.

Esos trucos de habilidad manual eran su fuerte. Todavía lo son. Sin embargo, Klara y Raj están tratando de ser Siegfried y Roy. En el proceso, Klara se olvidó de la vieja y humilde magia en la que se crio. Se olvidó de sí misma.

—No —dice—. Todavía no.

Camina hacia las patas para recuperar la caja negra de Ilya, que ese día llevó sólo por suerte. La carga a lo largo del escenario y baja hacia la audiencia, después convierte la caja en una mesa frente a los ejecutivos. De cerca, los hombres no se parecen para nada. Uno es compacto e higiénicamente calvo, con ojos azules alertas detrás de lentes de aro de plata. Lleva una camisa de seda roja. El otro, con una camisa a rayas negras y blancas, es alto y con forma de pera, el cabello oscuro peinado en una cola de caballo. Sobre su nariz hay unos lentes color lavanda, y una delicada cruz de oro cuelga de su cuello.

Raj camina al borde del escenario y se sienta atrás de Klara. Tiene el cuerpo rígido, pero la está observando. Ella saca su mazo favorito del compartimento secreto de la mesa y extiende las cartas sobre la mesa de Ilya.

—Elige tres —le dice al hombre calvo—. Ponlas boca arriba.

Él saca el as de tréboles, la reina de diamantes y el siete de corazones. Ella los regresa al mazo. Después aplaude.

El as sale volando, flota en medio del aire antes de aterrizar sobre una silla. Ella aplaude otra vez: la reina sale del centro. Cuando aplaude por tercera ocasión, el siete de corazones aparece en su mano.

—¡Ja! —dice el hombre—. Muy bonito.

Klara no se permite el halago. Tiene trabajo que hacer; el truco de la carta que asciende, para ser exactos. Saca un plumón permanente del cajón y se lo da al hombre de los lentes lavanda.

—Corta las cartas —dice—. Donde quieras —lo hace, revelando el tres de espadas—. Excelente. ¿Podrías firmar esta carta?

—¿Con el plumón?

—Con el plumón. Así tengo que ser honesta. Podría haber otro tres de espadas en el mazo, pero no uno que sea como el tuyo. Vamos a ponerlo de vuelta a mitad del mazo, así. Pero aquí hay algo chistoso. Cuando volteo la carta superior del mazo —la voltea—, ahí está tu tres. Es extraño, ¿no? Ahora hay que ponerlo donde pertenece, en el centro. Pero espera: si golpeo la carta de hasta arriba por segunda vez, ahí está tu tres otra vez. Asciende por el mazo.

La carta que asciende es uno de los trucos más difíciles que Klara se sabe y no lo ha practicado en años. No debería ser capaz de hacerlo, pero algo la está ayudando. Algo la está regresando a la persona que siempre ha sido.

—Ahora te voy a enseñar con mucho cuidado cómo la pongo en medio del mazo. Incluso la voy a dejar un poco salida esta vez, para que estés seguro de que no te miento, ¿la ves? Yo también. Entonces, ¿por qué —dice, volteando la carta superior otra vez— está arriba por *tercera* vez? Y ahora, veamos; creo que siento que se mueve. Es extraño, pero podría jurar que está hasta abajo. ¿Podrías sacar la carta de hasta abajo, por favor?

Lo hace y es su carta. Se ríe.

—Bien hecho. No habría notado el doble alzamiento si no hubiera estado buscándolo.

Aún tiene un ojo en el localizador. Klara lo hace su objetivo. Siente que el meñique se le acalambra, ha pasado un año desde la última vez que hizo sus ejercicios, pero no tiene tiempo para sacudirse las manos. Toma un puñado de monedas de veinticinco centavos cuando guarda el mazo y señala la taza metálica a los pies del hombre calvo.

—¿Te molesta si la uso? Gracias; muy amable. No sé si ya te diste cuenta, no sé si lo has estado viendo, pero este lugar está lleno de monedas.

Sostiene la taza en la mano derecha y extiende la izquierda para mostrarles que está vacía. Cuando truena los dedos, aparece una moneda entre su pulgar izquierdo y su índice. Lo echa en la taza, donde tintinea. Saca dos monedas del cuello de la camisa del hombre calvo, una de cada oreja y dos del bolsillo de la camisa del hombre más grande.

—Ahora, esta es tu taza, no mía. No tiene un compartimento secreto, ningún almacén para monedas. Así que apuesto que se están preguntando cómo lo hago. Apuesto a que ya tienen sus predicciones —Klara hace un gesto hacia los lentes del hombre de cabello oscuro. Él se los entrega y ella los mete a la taza. Una moneda se desliza sobre cada uno de los cristales—. Es una respuesta natural: todo el tiempo le damos lógica a la vida. Ustedes ven que saco monedas una y otra vez. Bueno, suponen que deben estar en mi mano izquierda y cuando les muestro mi mano izquierda, cuando se dan cuenta de que no estoy sosteniendo nada ahí, cambian la lógica.

Ahora piensan que están en mi mano derecha. Sería útil, ¿no es así? Muy cerca de la taza. No pueden ver que podría estar cambiando —pasa la taza a su mano izquierda— los métodos —revela la mano derecha, vacía.

Tose; dos monedas salen de su boca. El hombre de cabello oscuro deja el localizador en el bolsillo de su camisa. Ahora ella tiene su atención.

—Usted es un hombre religioso —dice Klara, observando la cruz de su cuello—. Mi padre también lo era. A veces pensaba que era mi opuesto. Sus reglas contra mi ruptura de las reglas. Su realidad contra mis fantasías. Pero de lo que me he dado cuenta, lo que creo que él ya sabía, es que creíamos en lo mismo. Usted podría llamarle una trampilla, un compartimento secreto o podría llamarle Dios: un lugar para lo que no sabemos. Un espacio donde se hace posible lo imposible. Cuando recitaba el *kidush* o encendía las velas en el *sabbat*, estaba haciendo trucos de magia.

Raj tose para advertirle: «¿Qué estás haciendo?». Pero ella sabe hacia dónde va. Siempre lo ha sabido.

—Sabíamos algo sobre la realidad, mi padre y yo. Y apuesto a que ustedes también. ¿Es que la realidad es demasiado? ¿Demasiado dolorosa, demasiado limitada, demasiado restrictiva para la alegría o la oportunidad? No, yo creo que la realidad no es suficiente —dice.

Klara deja la taza en el piso y saca una copa y una pelota del cajón. Pone la copa vacía hacia abajo sobre la mesa y coloca la pelota encima.

—No es suficiente para explicar lo que no comprendemos —alza la pelota y la sostiene con fuerza en su puño—. No es suficiente para dar cuenta de las inconsistencias que vemos, oímos y sentidos. —Cuando abre el puño, la pelota ha desaparecido—. No es suficiente para fijar nuestras esperanzas, nuestros sueños, nuestra fe. —Alza la copa de acero para revelar que la pelota está debajo—. Algunos magos dicen que la magia destroza la cosmovisión; sin embargo, yo creo que la magia mantiene unido al mundo. Es materia oscura; es el adhesivo de la realidad, la masa que llena los hoyos entre todo lo que sabemos que es cierto. Y requiere magia revelar lo inadecuada —deja la copa hacia abajo— que es —hace un puño— la realidad.

Cuando abre el puño, la pelota roja no está ahí. Lo que hay es una fresa perfecta.

El silencio se extiende desde la alfombra del suelo hasta el techo a quince metros, desde el fondo del escenario hasta el balcón. Entonces Raj empieza a aplaudir y el hombre calvo se le une. Sólo el hombre de la cruz dorada retiene el aplauso. En cambio, dice:

—¿Cuándo pueden empezar?

Klara observa la fresa que tiene en la palma, está húmeda, la puede oler. Hay un rugido en sus oídos como la cascada que escuchó afuera del Mirage, ¿o era una sierra?

El hombre calvo saca de su bolsillo un calendario encuadernado en piel.

—Estoy pensando en diciembre, enero... ¿en enero? La ponemos justo antes de Siegfried y Roy.

El hombre más grande tiene voz de algo que se mueve bajo el agua.

—Se la van a comer viva.

—Sí, pero para abrir. Le daríamos media hora mientras la gente entra, quieren ver algo; es una chica guapa —eres una chica guapa— va a ganarse su atención, a dejar ases en los asientos y *¡bang!* Tigres, leones, explosiones. Los acabamos.

—Van a necesitar trajes nuevos —dice el otro hombre.

—Ah, una renovación completa de los trajes. Tendrán un equipo de producción: quitamos la jaula, quitamos el gabinete, mejoramos la cuerda y el truco de lectura mental; traemos un miembro del público al escenario, ese tipo de cosas; vamos a prepararlos para eso. —Suena el localizador de alguien. Los dos hombres revisan sus bolsillos—. Miren, vamos a hablar. Tienen cuatro meses antes de abrir, van a estar bien.

—Dios —dice Raj en cuanto se cierran las puertas del elevador—. Una fresa —se ríe, desplomado en una esquina donde se juntan dos paredes de cristal—. Nunca sabré cómo lo conseguiste, pero fue perfecto.

—Yo tampoco sé. —Raj deja de reírse, pero su sonrisa sigue abierta—. Es en serio —dice Klara—. Nunca en mi vida había visto esa fresa. No tengo idea de dónde salió.

Su primera idea es que los olvidos volvieron: a lo mejor condujo al mercado, compró un paquete de fresas y se metió una en el bolsillo. Pero no tiene sentido; Raj es el único que maneja el carro rentado y no hay ningún mercado a una distancia prudente de King's Row.

—¿Quién te crees? —pregunta Raj. Hay algo animal en su rostro, algo salvaje, como un lobo que vigila a su presa—. ¿Una maga que se cree sus propios trucos?

Meses atrás, ella se habría sentido herida. Esta vez no. Notó algo.

Algo en la mirada de Raj; algo que confundió con ira, pero no es eso.

Él le tiene miedo.

18

Raj trabaja con el equipo de producción para montar las Fauces de la Vida y la puesta en escena de Segunda Visión. Diseña utilería nueva para el truco de las Agujas Indias: agujas más grandes para que se noten mejor desde el escenario, y un cordel rojo en lugar de hilo. El director de entretenimiento del Mirage le pregunta a Klara si dejaría que Raj la corte a la mitad con un serrucho —«Facilísimo, no duele nada»—, pero ella se niega. Él piensa que a ella le da miedo el truco, pero la verdad es que podría darle una clase de una hora sobre P. T. Selbit y sus inventos misóginos: Destruir a una Chica, Estirar a una Dama, Machacar a una Mujer, todos perfectamente calculados para aprovechar la sed de sangre de la posguerra y el sufragio femenino.

Klara no será la mujer que se deje cortar por la mitad, ni encadenar; tampoco la van a rescatar ni a liberar. Ella se salvará a sí misma. Ella será el serrucho.

Sin embargo, sabe que si protesta con más fuerza, podrían perder el trabajo. Deja que la vestuarista le suba doce centímetros al borde de su vestido y que le baje cinco a su escote, también deja que le ponga relleno al pecho. En los ensayos, Raj se para con orgullo, pero Klara se va encogiendo. El fulgor que sintió durante la audición se va atenuando día con día: la opacan los reflectores de 500 watts, la oscurece la niebla de las máquinas de humo. Había pensado que los del Mirage la querían tal como era, pero la quieren con el triple de potencia, completamente desbordada. La quieren «estilo Las Vegas». Para ellos es una novedad, igual al volcán rosa afuera del hotel: su propia maga.

El cartílago de Ruby se está convirtiendo en hueso y sus huesos se están fusionando. Su cuerpo es setenta por ciento agua, el mismo porcentaje de agua de la Tierra. Tiene colmillos delicados y un conjunto de protuberantes muelas. Puede decir «vete», «no» y «venmigo», que quiere decir «ven conmigo», lo que le derrite el corazón a Klara. Grita de alegría cuando ve las lagartijas rosas que se arrastran por King's Row y aprieta piedritas con fuerza en sus puños. Cuando se inaugure el espectáculo y obtengan su primer cheque, Raj quiere vender la casa rodante y rentar un departamento, buscar una escuela preescolar y un pediatra, pero a Klara se le está terminando el tiempo: si la mujer de la calle Hester tenía razón, morirá en dos meses.

No se lo dice a Raj, él pensaría que incluso está más loca. Además, casi nunca lo ve: entre ensayos, él se queda en el teatro. Desde una red a veintisiete metros por arriba del escenario, monta un sistema particular de cables y poleas sobre los listones de acero. Usa las trampas del escenario y los listones para que Klara desaparezca después de la reverencia al final de La Caída. Construye una nueva mesa de cartas con ayuda del equipo de construcción y les ayuda a cargar la utilería del taller al escenario. El director de escena lo adora, pero algunos de los técnicos lo resienten. En una ocasión, de camino a recoger a Ruby, Klara pasa al lado de dos asistentes de escena; están parados justo dentro de las puertas del teatro, viendo que Raj marca el escenario con cinta adhesiva.

—Tú eras el que ponía esas marcas —dice uno—; si no tienes cuidado, Gandhi te va a dejar sin trabajo.

Klara camina a Vons, empujando a Ruby en su carriola de plástico rojo. Se roba ocho frascos de puré de camote Gerber del pasillo cuatro, que entrechocan en su bolsa cuando camina hacia la salida. Las puertas automáticas se abren y siente una bocanada de aire caliente. Es una tarde de finales de noviembre, pero el cielo todavía tiene un tono azul claro. Se sienta bajo un farol de la calle, abre uno de los frascos de puré y le da de comer a Ruby con el dedo índice.

Dos esferas de luz blanca se acercan, cada vez más grandes, y un Oldsmobile plateado se detiene frente a ella. Klara le cubre los ojos a Ruby y entrecierra los suyos, pero el auto no se mueve: se detiene frente a ella como si le estuviera bloqueando la salida del estacionamiento. En el asiento del conductor hay un hombre que la mira fijamente; tiene el cabello rubio rojizo y despeinado, sus ojos son de un color dorado pálido y su boca está completamente abierta. Es idéntico a Eddie O'Donoghue, el policía de San Francisco.

Klara se levanta rápidamente y carga a Ruby sobre su cadera; en el proceso se le cae el frasco de papilla, que se rompe y derrama el puré anaranjado, pero ella no se detiene: camina y después empieza a correr de regreso a las multitudes anónimas del Strip. Va entretejiéndose entre los turistas, empujando torcidamente la carriola vacía con una mano y recordando cómo él le metió la lengua en la boca, cuando choca contra la espalda de una mujer corpulenta con dos largas trenzas castañas.

A Klara se le congela la sangre. Es la adivina. Toma a la mujer del hombro.

La mujer se da vuelta, es sólo una adolescente. Bajo las luces parpadeantes del Stage Door Casino, su cara se vuelve roja, luego azul.

—¿Qué demonios te pasa? —Las pupilas de la chica están dilatadas y tiene un cierto arrojo como de toro en la barbilla.

—Discúlpame —susurra Klara, retirándose—. Pensé que eras otra persona.

Ruby grita desde su cintura. Klara sigue adelante con torpeza, pasa el Caesars Palace y el Hilton Suites, pasa Harrah's y Carnaval

Court. Nunca había pensado que sentiría tanto gusto de ver la estúpida espuma rosa del volcán del Mirage. Sólo después de que entra al hotel se da cuenta de que dejó la carriola de Ruby vacía frente al Stage Door.

No quiere escuchar los golpes —quiere que regresen por donde vinieron—, pero sólo se van haciendo más fuertes. Simon está enojado con ella, piensa que se está olvidando de él. Una hora después de su primera prueba de vestuario, Klara entra al baño de mujeres del Mirage y pone a Ruby sobre el lavabo junto a un jarrón de flores artificiales. Saca su reloj. «Ven» llega rápidamente, como antes. Un minuto después escucha el siguiente golpe: «A». Trece minutos más tarde escucha el siguiente golpe: una «M», ocho minutos después una «I».

Piensa que está por comenzar una nueva palabra, pero entonces se da cuenta de lo que le está diciendo: «Ven a mí». Después de varios minutos, tiene una palabra más.

«Nosotros».

Simon y Saul. «Nosotros». El baño le da vueltas. Klara pone las manos sobre el mármol y deja caer la cabeza sobre el pecho. No está segura de cuánto tiempo ha pasado cuando escucha la voz de Ruby. La bebé no está llorando; ni siquiera balbucea. Lo que está diciendo es tan claro como el día:

—Ma. Ma. Ma-má.

Dentro de Klara, un largo tallo se dobla y se rompe. Siempre es así: la familia que la creó y la familia que ella creó, la jalan en direcciones opuestas. Alguien está golpeando la puerta.

—¿Klara? —grita Raj entrando al baño.

En lugar de su ropa usual —una playera blanca manchada y ceniza, y un overol viejo— lleva puesto su vestuario: una chaqueta de cola hecha a la medida y un sombrero de copa, liso y negro como el plumaje de un pingüino. Ruby está sentada al otro lado de la barra, se arrastró hasta uno de los lavabos dorados del Mirage y está jugando con el dispensador automático de jabón. Tiene espuma azul en la boca y está llorando.

—¿Qué demonios, Klara? ¿Qué te pasa? —Raj toma a Ruby en sus brazos, le ayuda a escupir y le enjuaga la boca con las manos. Moja una toalla de papel y le limpia los ojos y la nariz con suavidad. Luego pone las dos manos sobre el lavabo y se inclina hacia adelante para recargar con cuidado la barbilla sobre el cabello oscuro de la bebé. A Klara le toma un momento darse cuenta de que Raj está llorando.

—Estabas hablando con Simon, ¿verdad? —pregunta Raj.

—He estado midiendo el tiempo entre los golpes. Antes no sabía si eran reales, pero ahora lo sé: sí lo son, acaban de deletrear...

Raj se inclina hacia ella como si la fuera a besar, pero sólo posa la nariz sobre su mejilla antes de retroceder.

—Klara —al mirarla, hay algo vívido en su rostro, algo vivo, algo que ella cree que es amor antes de darse cuenta de que es furia—, lo huelo en tu aliento.

—¿Oler qué? —pregunta Klara para hacer tiempo. Se tomó dos botellitas de Popov en la casa rodante; se suponía que le ayudarían a mantenerse tranquila.

—Debes ser alguna especie de masoquista para hacernos esto ahora, ¿o crees que yo siempre voy a estar aquí para recoger los destrozos?

—Fue sólo un trago —detesta cómo tiembla su voz—. Eres un controlador.

—¿Es lo que te dices a ti? —Raj abre más los ojos— Si yo no te hubiera encontrado hace años, ¿dónde crees que estarías?

—Estaría mejor. —Estaría en San Francisco, haciendo su propio espectáculo. Se sentiría sola, pero a cargo.

—Serías una borracha —dice Raj—. Un fracaso.

Ruby mira a Klara desde los brazos de Raj. A Klara se le sube la sangre a las mejillas.

—La única razón por la que sigues haciendo lo que haces —dice Raj— es porque te encontré, y la única razón por la que estabas sobrellevando la situación antes de que te encontrara es porque estabas estafando a la gente. Robabas, Klara, sin vergüenza alguna. ¿Y crees que lo único que estabas haciendo era darle un buen espectáculo a la gente?

—Estaba dándole a la gente un buen espectáculo. Lo estoy haciendo —dice Klara—. Estoy tratando de ser una buena madre. Quiero tener éxito, pero tú no sabes cómo es estar dentro de mi mente. No sabes lo que he perdido.

—¿Que no sé lo que has perdido? ¿Acaso tú sabes, tienes la más remota idea, de lo que pasó en mi país? —Raj se limpia los ojos con la palma de la mano libre—. Tu papá tenía un negocio, una familia. Tú todavía tienes una mamá, una hermana y un hermano mayor que es doctor. Mi papá buscaba entre la basura, mi madre murió tan joven que no puedo recordarla. Amit murió en el 85 en un avión, a unos minutos de Bombay, la primera vez que trató de regresar a casa. A tu familia le fue bien; le *va* bien.

—Sé lo difícil que ha sido tu vida —susurra Klara—, nunca he tratado de menospreciarla; pero mi hermano murió, mi padre murió. A ellos no les fue bien.

—¿Por qué? ¿Porque no vivieron hasta los noventa? Piensa en lo que tuvieron mientras estuvieron aquí. Por otro lado, personas como yo sobrevivimos agarrados de los dientes, y si tuvimos mucha, mucha suerte, si somos jodidamente excepcionales, logramos llegar a algún lado. Pero siempre te pueden sacar volando —Raj niega con la cabeza—. ¡Por Dios, Klara! ¿Por qué crees que no te hablo de mis problemas, de mis problemas de verdad? Porque tú no lo puedes soportar. No tienes espacio en la mente para los problemas de nadie más que los tuyos.

—Es horrible que me digas eso.

—Pero ¿es verdad?

Klara no puede hablar; su cerebro está enredado, con los cables cruzados, el monitor se apagó. Raj revisa el pañal de Ruby y le vuelve a amarrar las agujetas de los diminutos zapatos. Toma la pañalera del hombro de Klara y camina hacia la puerta del baño.

—Te lo juro, Klara, pensé que estabas mejorando. En cuanto tengamos el seguro médico, en cuanto tengamos un día libre, te voy a llevar a que alguien te atienda. No te puedes perder ahora; estamos demasiado cerca.

Diciembre 28 de 1990. Si la mujer tiene razón, a Klara le quedan cuatro días de vida. Si la mujer tiene razón, morirá en la noche del estreno.

Debe haber alguna salida, alguna puerta secreta. Es una maga, maldita sea. Lo único que tiene que hacer es encontrar la jodida puerta secreta.

Se lleva una pelota roja a la cama y juega con ella bajo las sábanas. Ya logró descifrar cómo convertirla en una fresa. Una caída francesa de la mano derecha a la izquierda hace que la pelota desaparezca; luego pasa la mano izquierda sobre la derecha. Cuando hace un pase de traslado y abre el puño izquierdo, ahí está la fruta fresca y fragante. Se come cada fresa y guarda los tallos verdes bajo el colchón. Después se escabulle de la casa rodante.

Es una noche negra, muy negra, pero deben estar a más de treinta y dos grados. Puede escuchar a la gente moverse en sus casas rodantes: se bañan y cocinan, comen y discuten, se oyen gemidos de la pareja de adolescentes del Gulf Stream que constantemente está teniendo sexo. Hay vida por todas partes: se agita dentro de esas latas de aluminio, tratando de salir.

Camina hacia la alberca. Tiene forma de riñón y un brillo azul ácido de otro mundo. No hay camastros, el gerente alega que siempre se los roban, así que Klara se queda parada del lado hondo. Se quita la blusa y los *shorts*, y los deja caer en un montón de ropa. Aún tiene el abdomen suave y arrugado por Ruby. Cuando se quita la ropa interior, parece que florece su vello púbico.

Salta.

El agua la rodea como una membrana. Los pies de Klara se ven más cerca de lo que están y parece que se le doblan los brazos. La alberca se ve menos honda de dos metros, aunque ella sabe que es una ilusión. Se llama refracción: la luz se dobla cuando entra en un nuevo medio, pero el cerebro humano está programado para suponer que viaja en línea recta. Lo que ve difiere de lo que está ahí.

Ha escuchado lo mismo de las estrellas: parece que parpadean cuando la luz, vista desde la atmosfera terrestre, se dobla. El ojo humano procesa el movimiento como una ausencia, pero la luz siempre está ahí.

Klara sale a la superficie del agua, toma una bocanada de aire.

Tal vez el punto no es resistirse a la muerte. Tal vez el punto es que no existe tal cosa. Si Simon y Saul se están comunicando con ella, la conciencia sobrevive a la muerte del cuerpo. Si la conciencia sobrevive a la muerte del cuerpo, entonces todo lo que le han dicho sobre la muerte es falso. Y si todo lo que le han dicho sobre la muerte es falso, entonces quizá en realidad la muerte no es la muerte.

Se voltea para flotar sobre su espalda. Si la mujer tiene razón, si pudo ver en 1969 la muerte de Simon, entonces la magia existe en este mundo: un conocimiento extraño y resplandeciente en el corazón de lo incognoscible. No importa si Klara muere o cuándo lo haga; puede comunicarse con Ruby así como ahora lo hace con Simon. Puede cruzar los límites, como siempre quiso hacerlo.

Ella puede ser el puente.

19

La marquesina afuera del hotel cambió. «Esta noche», dice, «La Inmortal, con Raj Chapal». El espectáculo no comenzará sino hasta las once de la noche, un especial de Año Nuevo, pero la entrada ya está atestada de turistas. Raj estaciona el Sunbird en el estacionamiento para empleados: por lo general ella carga las bolsas y él carga a Ruby, pero esa noche Klara no suelta a la bebé. Le puso a Ruby un vestido rojo de fiesta que Gertie le mandó por su primer cumpleaños, con mallas blancas gruesas y zapatos negros de charol.

Caminan a través del *lobby*. Los peces brillan y se escabullen en el acuario de quince metros. Hay una multitud frente al hábitat de los tigres, pero los animales están dormidos con las barbas aterciopeladas apoyadas en el concreto. Raj y Klara giran hacia el elevador. Ahí es donde se separan: Raj llevará las bolsas al teatro y Klara a Ruby a la guardería.

Raj voltea hacia ella y le pone una mano en la mejilla. Su palma es cálida y está llena de callos por el trabajo en el taller.

—¿Estás lista?

A Klara se le acelera el pulso. Mira su cara. Es hermosa: el cuello de cisne de cada pómulo, la barbilla angular. Lleva el cabello largo a la altura de los hombros en una cola de caballo, como siempre; la maquillista se lo va a secar y le pondrá silicona para que brille.

—Quiero que sepas que estoy orgulloso de ti —dice Raj. Tiene los ojos brillantes y Klara inhala por la sorpresa—. Ya sé que he sido duro contigo. Ya sé que las cosas han estado tensas, pero te amo; nos amo. Y tengo fe en ti.

—Pero no crees en mis trucos. No crees en la magia.

Klara sonríe. Siente lástima por él, por todo lo que no sabe.

—No —responde él, frustrado, como si hablara con Ruby—. Eso no existe.

Algunas familias caminan hacia los elevadores, se mueven alrededor de Klara y Raj, entre ellos, y Raj baja la mano. Cuando vuelven a estar solos, la devuelve adonde estaba pero ahora es más dura, su palma le acaricia la quijada.

—Escucha. Sólo porque no crea en tus trucos no significa que no crea en ti. Creo que eres genial en lo que haces; creo que tienes el poder de conmover a la gente. Eres una artista, Klara. Un espectáculo.

—No soy un *show* de ponis. No soy un payaso.

—No —responde Raj—. Eres una estrella.

Raj deja las bolsas y se acerca a ella. Con los brazos alrededor de su espalda, la jala hacia él y la aprieta. Ruby suelta un chillido contra el pecho de Klara. Su familia de tres. Ya le parecen fantasmas, gente que conocía antes. Piensa en los días —que se sienten tan lejanos ya— cuando pensaba que Raj podía darle todo lo que quería.

—Voy arriba —dice ella.

—Okey —Raj le hace cara de pescado a Ruby, que se ríe—. Dime adiós, Ruby. Dile adiós a tu papá, deséale suerte.

La mujer que dirige la guardería abre la puerta cuando Klara toca. La habitación a sus espaldas está llena de los niños de los tramoyistas y de los artistas, los recepcionistas y los cocineros, los directores y las camaristas.

—Es una noche de locos —parece un rehén, con la cara demacrada detrás de la cadena—. Feliz Año Nuevo, caray.

Klara oye que se estrella un vidrio y una serie de gritos.

—Por Dios —grita la mujer, volteándose. Después vuelve a mirar a Klara—. ¿Te importa si lo hacemos rápidamente? Hola, tú.

Abre la cadena de la puerta y le sacude un dedo a Ruby. Klara abraza más fuerte a la bebé; todo lo que hay de racional en ella se resiste a dejarla ir.

—¿Qué, no vas a dejarla esta noche? ¿No tienes un espectáculo?

—Sí —responde Klara—. Sí tengo.

Acaricia el cabello negro relamido de Ruby, le acaricia con suavidad las mejillas regordetas. Sólo quiere que la bebé la mire, pero Ruby se retuerce: los otros niños la distraen.

—Adiós, mi amor —Klara oprime la nariz contra la frente de Ruby e inhala la dulzura lechosa, el sudor agrio, la humanidad esencial de su piel. La absorbe—. Te veré pronto.

Cuando vuelve a subir al elevador, es como si Simon la hubiera estado esperando. Ella lo ve en el cristal, su rostro emana un arcoíris como un charco de aceite. Sube al piso cuarenta y cinco. Sólo quería apreciar la vista desde las alturas, pero la suerte está de su lado: cuando baja a un pasillo, una camarista va saliendo de la *suite* del *penthouse*. En cuanto la mujer se sube al elevador, Klara se abalanza hacia la puerta. La detiene con el dedo meñique y entra.

La *suite* es más grande que cualquier departamento que Klara haya visto. La sala y el comedor tienen sillones de piel color crema y mesas de cristal; la habitación tiene una cama California King así como una televisión. El baño es tan grande como su casa rodante, con un *jacuzzi* extragrande y dos lavabos de mármol. En la cocina hay un refrigerador de acero con botellas de alcohol de tamaño normal en lugar de miniaturas. Saca una botella de Bombay Sapphire y Johny Walker etiqueta negra, una de Veuve Clicquot. Alterna entre las tres y tose con la champaña cuando vuelve a empezar el ciclo.

Se le había olvidado apreciar la vista. Las cortinas gruesas y plegadas, también de color crema, están cerradas. Cuando toca un botón redondo en la pared, se abren para revelar el Strip, que brilla de electricidad. Klara trata de imaginar cómo se veía sesenta años atrás, antes de que veinte mil hombres construyeran la presa Hoover, antes de los letreros neón y las apuestas, cuando Las Vegas era sólo una ciudad adormilada de ferrocarrileros.

Va hacia el teléfono y marca. Gertie contesta al cuarto timbre.

—Ma.

—¿Klara?

—Mi espectáculo es esta noche. La inauguración; quería oír tu voz.

—¿La inauguración? Qué maravilla —Gertie se queda sin aliento como una niña. Klara escucha risas en el fondo y un grito disperso—. Estamos celebrando aquí. Estamos...

—¡Daniel está comprometido! —la voz de Varya; debe haber levantado el otro auricular.

—¿Comprometido? —lo comprende un momento después—. ¿Comprometido con Mira?

—Sí, tonta —responde Varya—. ¿Con quién más?

El calor se filtra a través de Klara como tinta. Un nuevo miembro en la familia. Sabe por qué están celebrando, por qué significa tanto.

—Qué maravilla —responde—. Es maravilloso.

Cuando cuelga, la *suite* se siente fría y abandonada, como una fiesta de la que todos los invitados acaban de irse; sin embargo, ella no estará sola por mucho tiempo más.

Los magos nunca han sido muy buenos para morirse.

David Devant tenía cincuenta años cuando los temblores lo sacaron del escenario. Howard Thurston se desplomó en el piso después de una actuación. Houdini murió por su propia confianza: en 1926 dejó que un miembro de la audiencia lo golpeara en el estómago, y el golpe provocó el estallido del apéndice. Y después estaba la abuela. Klara siempre había supuesto que murió por la caída de las Fauces de la Vida en Times Square, pero ahora lo dudaba. La abuela había perdido recientemente a Otto, su esposo. Klara sabe lo que se siente estar aferrada al mundo por los dientes. Sabe lo que se siente querer soltarse.

Abre su bolsa y saca la cuerda, enrollada como una serpiente. Es la primera que usó para las Fauces de la Vida, en San Francisco. Klara recuerda el tejido duro y fuerte, su rebote repentino. Se para en la mesa de la sala y la enreda alrededor del cuello de la enorme instalación de luz que hay arriba.

Ha estado esperando que algo le demuestre que las profecías de la mujer eran ciertas. Pero aquí está el truco: Klara tiene que probarlo. Ella es la respuesta al acertijo, la segunda mitad del círculo. Ahora trabajan juntas, espalda con espalda, cabeza con cabeza.

No es que no esté aterrada. Pensar en Ruby en la guardería, gateando por la habitación sobre sus piernas regordetas, gritando de alegría, hace que cada célula de su cuerpo se estremezca. Se detiene.

Quizá deba esperar una señal. Un golpe, sólo uno.

Está tan segura de que el golpe va a llegar que se sorprende cuando, después de dos minutos, no ha llegado. Se truena los nudillos y recuerda respirar. Otro minuto pasa y después cinco más.

A Klara le empiezan a temblar los brazos. Sesenta segundos más y se rendirá. Sesenta segundos más y empacará su cuerda, regresará con Raj y actuará.

Y entonces llega.

Su respiración es inestable, su pecho se estremece; llora unas lágrimas densas y desordenadas. Ahora los golpes son insistentes, retumban rápidamente como granizo. «Sí», le dicen. «Sí, sí, sí».

—¿Señorita?

Alguien está en la puerta pero Klara no se detiene. Colgó un letrero de «No molestar» en la perilla. Si es la camarista, lo verá.

La mesa de la sala se ve costosa, es de cristal con esquinas agudas, pero sorprendentemente ligera. La empuja hacia la pared y la reemplaza con una silla alta de la barra de la cocina.

—¿Señorita? ¿Señorita Gold?

Más golpes. Klara siente una ráfaga de miedo. Atraviesa la cocina y toma un trago de whisky, después de ginebra. El mareo llega tan repentinamente que tiene que inclinarse y echar la cabeza abajo para no vomitar.

—¿Señorita Gold? —dice la voz, más fuerte—. ¿Klara?

La cuerda cuelga esperándola, su vieja amiga. Se sube a la silla y se amarra el cabello atrás.

Una mirada más hacia afuera, a la corriente de personas y las luces. Un momento más para tener a Ruby y a Raj en su mente; pronto hablará con ellos.

—¿Klara? —grita la voz.

Es el 1º de enero de 1991, justo como la mujer se lo prometió. Klara toma sus manos y se lanzan al cielo, que está muy oscuro. Flotan como hojas, pequeñas en el universo infinito; se dan vuelta y centellean, dan vuelta otra vez. Juntas iluminan el futuro, incluso desde tan lejos.

Raj tiene razón. Klara es una estrella.

PARTE TRES

LA INQUISICIÓN

1991-2006
Daniel

20

Daniel vio a Mira tres veces antes de que hablaran: primero en un cubículo de estudio en la biblioteca Regenstein, escribiendo en un pequeño cuaderno rojo; después en el café estudiantil en el sótano de Cobb, saliendo por la puerta con un café en la mano. Su andar tenía una electricidad que sintió cuando pasó rozándolo. La vio otra vez dos semanas más tarde, corriendo alrededor del Stagg Field, pero no fue sino hasta mayo de 1987 cuando ella se acercó a él.

Daniel estaba sentado en el comedor, comiendo un sándwich de puerco desmenuzado. (Gertie habría tenido un ataque cardiaco si hubiera sabido que estaba comiendo puerco. Incluso había empezado a desarrollar un gusto por el tocino, que mantenía en el refrigerador de su departamento de Hyde Park y que juraba que ella podía oler siempre que regresaba a Nueva York). A las tres de la tarde, el lugar estaba casi vacío; Daniel comía a esa hora porque su rotación de prácticas era de 6:00 a. m. a 2:30 p. m. Sintió una ráfaga cuando se abrieron las puertas principales, y otro tipo de estremecimiento cuando reconoció a la joven que acababa de entrar. Sus ojos se pasearon por la sala y después empezó a caminar hacia Daniel. Él fingió que no la había advertido hasta que se detuvo enfrente de su mesa para cuatro personas.

—¿Te importa si...? —tenía una voluminosa bolsa de piel sobre un hombro y los brazos llenos de libros.

—No —dijo Daniel, mirando hacia arriba como si no se hubiera dado cuenta de que estaba ahí hasta el momento antes de entrar en acción. Quitó una lata aplastada de Coca-Cola y la envoltura de un popote, así como una canasta de plástico rojo llena de desechos de su sándwich: trozos de grasa de puerco y salsa—. Por supuesto que no.

—Gracias —dijo la chica en un tono frío de negocios. Se sentó en diagonal a Daniel, sacó un cuaderno y una lapicera y empezó a trabajar.

Daniel estaba intrigado. Parecía que no quería saber nada de él. Desde luego, podría haber tenido otras razones para elegir esa mesa: su distancia del bufet o el hecho de que estaba junto a las ventanas en un raro espacio que recibía el sol de Chicago.

Él buscó un libro en su mochila y la estudió de reojo. Era pequeña pero no delgada, con cara redonda que terminaba en una barbilla estrecha y fina. Tenía cejas elegantes y pobladas y ojos color avellana con pestañas sorprendentemente pálidas. Su piel era aceitunada y tenía pecas. El cabello castaño le llegaba hasta las clavículas.

El reloj marcó las 3:30, luego las 4:00. A las 4:15, se aclaró la garganta.

—¿Qué estás estudiando?

La chica tenía un *walkman* Sony azul con plata en el regazo. Se quitó los audífonos.

—¿Disculpa?

—Sólo me preguntaba qué estudias.

—Ah —respondió—. Historia del arte. Arte judío.

—Ah —dijo Daniel, alzando las cejas y sonriendo de una manera que esperaba que denotara su interés, aunque el tema no le interesaba mucho.

—Ah. No estás de acuerdo.

—¿No estoy de acuerdo? Dios, no —Daniel se sonrojó—. Tienes derecho a estudiar lo que quieras.

—Gracias —respondió ella con humor seco.

Daniel se sonrojó aún más.

—Disculpa, sonó condescendiente. No quise decirlo así. Yo *soy* judío —añadió con solidaridad. Ella miró lo que quedaba de su sándwich—. Ancestralmente.

—Estás perdonado, entonces —dijo la mujer, pero sonrió—. Soy Mira.

—Daniel. —¿Debía saludarla de mano? Por lo general no se sentía tan incómodo alrededor de las mujeres. En cambio, le devolvió la sonrisa.

—Entonces —dijo Mira—, ¿ya no eres religioso?

—No —admitió.

De niño, a Daniel lo reconfortaba la sinagoga: los hombres barbados con chales de seda y sus rituales, las manzanas con miel y hierbas amargas, los rezos. Creó una plegaria privada que repetía cada noche con exactitud fiel, como si el error en una frase pudiera causar que algo terrible le ocurriera. Sin embargo, *sí* le habían ocurrido cosas terribles: la muerte de su padre, después la de su hermano. Poco después de la muerte de Simon, Daniel había dejado de rezar por completo. No le perturbaba su abandono a la religión. Después de todo, no había habido una lucha. Su creencia seguía voluntariamente, de manera lógica, al modo en que el coco desaparecía una vez que uno veía bajo la cama. Ese era el problema con Dios: no resistía un análisis crítico. No lo podía soportar: desaparecía.

—Eres un hombre de pocas palabras —dijo Mira.

Algo en su tono lo hizo reír.

—Es que, bueno, hablar de religión... puede poner incómodas a las personas, o a la defensiva. —En caso de que Mira se pusiera a la defensiva, añadió—: Veo mucho valor en la tradición religiosa.

Ella inclinó la cabeza con interés.

—¿Como qué?

—Mi padre era devoto. Yo respeto a mi padre, así que respeto lo que él creía —Daniel hizo una pausa para reunir sus pensamientos; nunca antes los había expresado—. De alguna manera, veo la religión como el pináculo del logro humano. Al inventar a Dios, desarrollamos la capacidad de considerar nuestros propios rasgos, y lo equipamos con el tipo de tecnicismos útiles que nos permiten creer que sólo tenemos cierto control. La verdad es que la mayor parte de la gente disfruta cierto nivel de impotencia. Sin embargo, pienso que *sí* tenemos control, tanto, que nos da un miedo mortal. Como especie, Dios podría ser el regalo más grande que nos hayamos dado. El regalo de la cordura.

La boca de Mira está hecha un pequeño semicírculo hacia abajo. Pero pronto su expresión se volverá tan familiar para Daniel como sus pequeñas manos frías o el lunar que tiene en el lóbulo izquierdo.

—Yo rastreo obras de arte robadas por los nazis —dice, después de un momento—. Y lo que he percibido es lo lejos que viajan los objetos. Por ejemplo, el *Retrato del doctor Gachet* de Van Gogh. Lo pintó en 1880 en Auvers-sur-Oise, alrededor de un mes antes de que se suicidara. La obra cambió de manos cuatro veces, del hermano de Van Gogh a la viuda de su hermano y a dos coleccionistas independientes antes de que lo adquirieran los Städel en Frankfurt. Cuando los nazis saquearon el museo en 1937, lo tomó Hermann Göring, quien lo subastó a un coleccionista alemán. Sin embargo, aquí es donde las cosas se ponen interesantes: ese coleccionista se lo vendió a Siegfried Kramarsky, un banquero judío que huyó del Holocausto a Nueva York en 1938. Es maravilloso, ¿no?, que la pintura terminara, después de todo, en manos judías y directamente de un asociado de Göring —Mira juega con sus audífonos; de repente, parece tímida—. Supongo que necesitamos a Dios por la misma razón por la que necesitamos el arte.

—¿Porque es bueno mirarlo?

—No —Mira sonrió—. Porque nos muestran lo que es posible.

Era precisamente el tipo de idea reconfortante que Daniel había rechazado hacía mucho, pero se sentía atraído por Mira a pesar de ello. Ese fin de semana bebieron vino y escucharon «Graceland» de Paul Simon en una grabadora que Mira tenía acomodada en la ventana abierta de su departamento en un tercer piso sin elevador. Cuando puso las manos en los bolsillos traseros de los *jeans* de él y lo acercó hacia ella, Daniel sintió tanta alegría que casi fue vergonzoso. No se había dado cuenta de lo solo que estaba, o de cuánto tiempo llevaba solo.

En su boda, cuando miró a los invitados y sólo vio a Gertie y a Varya, algo se quebró en su corazón. Que Klara y Mira nunca se hubieran conocido seguía siendo una de las tristezas más grandes de su vida. Mira era eminentemente práctica y Klara con toda seguridad, no, pero compartían el sentido del humor y un aire de desafío juguetón, aunque a veces no tanto. No sabía cuánto dependía de su hermana para este propósito hasta que conoció a su mujer. Durante la ruptura del vaso, se imaginaba su vida hasta ese momento como algo también quebrado: su ignorancia y angustia, sus pérdidas grandes y absurdas. De los pedazos reuniría algo nuevo con Mira. Observó sus brillantes ojos color avellana, centelleando detrás de una capa de lágrimas, y sintió que su alma se relajaba como si entrara en un baño caliente. Mientras siguiera mirándola, esa sensación de paz pulsaría hacia afuera para empujar el dolor hacia el perímetro de su conciencia.

Más tarde, desnudo con su esposa —Mira roncaba, con la frente sudorosa sobre su pecho—, Daniel empezó a temblar. Rezó. Las palabras vinieron a su mente, tan necesarias como la orina. (Una analogía terrible, lo sabía; Mira se habría sentido horrorizada si se lo hubiera dicho, y sin embargo le parecía aún más adecuada que las metáforas elevadas que había oído en su infancia.) «Por favor, Dios», pensó. «Por favor, Dios, que esto dure».

En las semanas siguientes, cuando recordaba la plegaria, Daniel se sentía avergonzado, pero también, de alguna manera, más ligero; era como si se hubiera cortado un mechón de cabello. No había pensado que la religión pudiera hacer esto por él. En realidad, las semillas de su ateísmo se habían sembrado años antes de las muertes de Klara, Simon y Saul. Habían empezado con la mujer de la calle Hester. Había sentido tanta vergüenza de su paganismo, de su deseo de conocer lo desconocido, que su vergüenza se convirtió en repudio. Nadie, juró, tendría ese tipo de poder sobre él: ninguna persona, ninguna deidad.

Sin embargo, quizá Dios no tuviera nada que ver con la fascinación aterradora e impactante que lo llevó con la adivina; tal vez no se relacionara en absoluto con sus declaraciones ridículas. Para Saul, Dios había significado orden y tradición, cultura e historia. Daniel seguía creyendo en la elección, sin embargo, quizá eso no cancelaba la creencia en Dios. Se imaginaba un nuevo Dios, uno que le advirtiera cuando estuviera yendo por el camino equivocado pero que nunca lo obligara con demasiada fuerza; uno que le aconsejara pero que no insistiera; uno que lo guiara, como un padre. Un Padre.

Varios años después, cuando estaban casados y vivían en Kingston, Nueva York, le preguntó a Mira si se había sentado intencionalmente a su lado en el comedor años atrás.

—Por supuesto —dijo Mira. Cuando se rio, un rayo de luz que entraba por la cocina volvió sus ojos monedas de oro—. La cafetería estaba vacía. Si no, ¿por qué habría escogido tu mesa?

—No sé —respondió Daniel, avergonzado por haberlo preguntado o por haber dudado de ella—. A lo mejor querías compañía o sol. Recuerdo que estaba soleado.

Mira lo besó. Sintió la banda fría de su anillo de matrimonio, un anillo de oro que combinaba con el suyo, en su nuca.

—Sabía exactamente lo que estaba haciendo —dijo ella.

21

Diez días antes del Día de Acción de Gracias de 2006, Daniel está sentado en la oficina del coronel Bertram, de la Estación de Reclutamiento Militar de Albany. En estos cuatro años en la estación de reclutamiento del ejército, Daniel sólo ha visitado la oficina del coronel algunas veces: por lo general para discutir un caso poco usual, una vez para recibir un ascenso de médico a oficial médico en jefe, y hoy espera recibir un aumento.

El coronel Bertram está sentado en un sillón de piel detrás de un escritorio amplio y brillante. Es más joven que Daniel, con un mechón de cabello rubio rasurado a los costados, y de complexión estrecha y firme. Apenas parece más viejo que los ansiosos oficiales de reserva que llegan a montones para evaluación.

—Ha tenido una carrera larga —le dice.

—¿Disculpe?

—Ha tenido una carrera larga —repite—. Ha servido bien a su país, pero voy a ser directo, mayor. Algunos de nosotros creemos que es tiempo de que se tome un descanso.

Contrataron a Daniel después de la escuela de medicina. Durante los primeros diez años de su carrera, trabajó en el Hospital Comunitario Militar Keller en West Point. Era el tipo de trabajo que siempre se había imaginado hacer, de alto riesgo e impredecible, pero lo agotaron las horas y el infatigable sufrimiento. Cuando hubo trabajo en la ERM, Mira lo alentó a que enviara una solicitud. El puesto no era glamouroso, pero Daniel fue disfrutando su estabilidad y ahora con dificultad podía imaginarse volver al hospital, o peor, al desempleo.

A veces teme que su preferencia por la rutina sea una muestra de cobardía. No se le escapa la paradoja de su trabajo, que se trata de confirmar que los jóvenes son lo suficientemente saludables para ir a la guerra. Por otro lado, también se percibe como un guardián. Su trabajo es actuar como un filtro: separar a los que están listos para la guerra de los que no lo están. Los solicitantes lo miran con esperanza ansiosa, como si les pudiera dar permiso para vivir, no licencia para morir. Desde luego, hay algunos rostros que muestran un terror puro, y en ellos Daniel ve a los padres militares o la pobreza sin fin que los llevó a las fuerzas armadas en primer lugar. Siempre les pregunta si están seguros de querer ir a la guerra. Siempre le responden que sí.

—Señor —por un momento la mente de Daniel se vuelve oscura—. ¿Es por Douglas?

El coronel inclina la cabeza.

—Douglas estaba apto. Debió dársele autorización.

Daniel recuerda los papeles del joven: la espirometría y su flujo respiratorio estaban muy por debajo de lo normal.

—Douglas tenía asma.

—Douglas es de Detroit —el coronel Bertram deja de sonreír—. En Detroit todos tienen asma. ¿Considera que deberíamos rechazar a los jóvenes de Detroit?

—Desde luego que no. —Por primera vez, a Daniel se le esclarece la gravedad de la situación. Sabe que el reclutamiento ha bajado en diez por ciento. Sabe que el ejército ha reducido los estándares del examen de aptitud mental; no habían admitido a tantos solicitantes de categoría cuatro desde la década de los setenta. Ha oído que ciertos oficiales han escrito exenciones por detenciones por mala conducta: robo, asalto, incluso muerte imprudencial vehicular y homicidio.

—No se trata sólo de Douglas —dice.

—Mayor —el coronel Bertram se inclina hacia adelante, y su insignia de comandante, una estrella laureada, captura la luz. Daniel se imagina al coronel inclinado sobre el escritorio con la insignia en la mano, pasándole una bola de algodón embebida en pulidor—. Tiene buenas intenciones; todos lo sabemos. Sin embargo, es de una generación diferente. Es conservador y eso está bien: no quiere que muera alguien que no tenga que ir. Algunos de esos jóvenes no están bien, se lo concedo. Buscamos una razón. Sin embargo, hay un tiempo para ser conservadores, mayor, y este no lo es. Necesitamos hombres, necesitamos números, por Dios y por el país, y a veces tenemos que aceptar a un hombre con una rodilla lastimada o con un poco de tos, pero si su corazón está en el lugar adecuado, es lo suficientemente bueno. Y justo ahora, doctor Gold, necesitamos corazón. Necesitamos algo lo suficientemente bueno. Necesitamos —el coronel recoge un montón de formatos— excepciones.

—Escribo excepciones cuando se ameritan.

—Escribe excepciones cuando usted *cree* que se ameritan.

—Pensé que era la descripción de mi trabajo.

—Usted trabaja para mí. Yo le doy la descripción de su trabajo, y estoy seguro de que no quiere en su expediente un Artículo 15 que apeste como la mierda.

—¿Por qué? —la boca se le amarga a Daniel—. Nunca he actuado en contra del código.

Un Artículo 15 terminaría su carrera en el ejército. Nunca tendría un ascenso; incluso podrían darlo de baja. Además, caería en desgracia, y la humillación lo quemaría vivo.

Sin embargo, su orgullo no es el único asunto. Mira trabaja en una universidad pública. Cuando Daniel dejó el trabajo en el hospital, tenían más dinero del que necesitaban, pero desde entonces asumieron los gastos de Gertie. La madre de Mira tuvo un diagnóstico de cáncer, y su padre, de demencia. Después de que su madre murió, mudaron a su padre a un asilo cuyo pago anual ha consumido gran parte de sus ahorros y seguirá haciéndolo: su padre tiene sesenta y ocho y está bastante saludable.

—Por insubordinación. —Un trozo de clara de huevo tiembla bajo el labio inferior del coronel. Levanta el papel aluminio en el que tenía envuelto su sándwich y lo dobla a la mitad—. Por no conseguir satisfacer los estándares militares.

—Es mentira.

—¿Soy un mentiroso? —pregunta el coronel, tranquilamente. Sigue sosteniendo el pedazo de papel aluminio y lo dobla una y otra vez.

Daniel sabe que se le dio una oportunidad para corregirse. Sin embargo, pensar en el Artículo 15 lo quema por dentro. Se siente indignado por la amenaza, por la injusticia.

—Eso o un borrego —responde—. Un borrego que hace lo que cualquier jefe le dice.

El coronel se detiene. Se guarda en el bolsillo el pedazo de papel aluminio, que ahora tiene el tamaño de una tarjeta. Después se levanta de su silla y se inclina hacia Daniel con las palmas sobre la mesa.

—Queda suspendido de su labor. Dos semanas.

—¿Quién va a hacer mi trabajo?

—Tenemos otros tres tipos que pueden hacer exactamente lo que hace usted. Eso es todo.

Daniel se levanta. Si saluda, el coronel Bertram notará que le están temblando las manos, así que no lo hace, aunque sabe que su situación se volverá mucho peor.

—Usted ha de pensar que es alguien muy especial —dice el coronel cuando Daniel se voltea hacia la puerta—. Un verdadero héroe estadounidense.

Mientras Daniel camina hacia el estacionamiento, le zumban los oídos. Deja que el auto se caliente y mira el Edificio Federal Leo W.

O'Brien, un cuadrado alto de cristal que alberga al ERM de Albany desde 1974. Después de una renovación en 1997, a Daniel le dieron una amplia oficina nueva en el tercer piso. El centro de Albany no es la gran cosa, pero cuando Daniel se sentó por primera vez en esa oficina, lo llenó un sentido de propósito y de certeza, la sensación de que su vida lo había estado dirigiendo desde el principio hasta este momento, y de que había llegado ahí al tomar decisiones prudentes y estratégicas.

Daniel sale en reversa del estacionamiento y empieza el trayecto de cincuenta minutos a Kingston. ¿Qué le va a decir a Mira? Antes de hoy, los hombres buscaban su consejo, pedían su consentimiento: era un oráculo. Ahora no puede distinguirse de cualquier otro hombre, como un sacerdote sin su hábito.

—Bastardo —dice Mira cuando Daniel se echa en sus brazos y le cuenta—. Nunca me gustó ese tipo, ¿Bertram? ¿Bertrand? *Bastardo* —se para sobre la punta de los pies y pone las palmas sobre las mejillas de Daniel—. ¿Dónde está la ética? ¿Dónde está la maldita ética?

Afuera, la luz del garaje ilumina el bosque que bordea su jardín. Un venado olfatea unos troncos después de la primera línea de árboles. El paisaje se ha vuelto café demasiado rápido este año.

—Úsalo en tu beneficio —dice Mira—. Pasaremos las siguientes dos semanas armando tu caso. Mientras tanto, tendrás un respiro; piensa qué te gustaría hacer.

En su mente, como si fuera una pantalla de televisión, Daniel piensa en la lista de condiciones descalificatorias: «Úlcera, várices, fístulas, acalasia u otros trastornos de la motilidad gastrointestinal. Atresia o microtia grave. Síndrome de Ménière. Dorsiflexión de 10°. Falta de pulgares». Una y otra y otra: miles de regulaciones en conjunto. Para las mujeres es incluso más restrictivo. «Quistes ováricos. Sangrado anormal». Sorprende que alguien pueda pasarlo, pero de nuevo, también es una maravilla que la mayor parte de las personas, a pesar de las altas tasas de cáncer, diabetes y enfermedades cardiovasculares, sigan viviendo después de los setenta y ocho años.

—¿Qué has tenido ganas de hacer? —continúa Mira. Está tratando de ser fuerte por él, pero su ansiedad es obvia: siempre quiere mantenerse ocupada cuando está preocupada—. Podrías volver a construir el cobertizo, o ponerte en contacto con tu familia.

Muchos años antes, Mira le preguntó con su franqueza característica por qué no era cercano a sus hermanas.

—No es que *no* seamos cercanos —respondió.

—Bueno, no son cercanos —dijo Mira.

—A veces sí —dijo Daniel, aunque la verdad era más confusa. A veces pensaba en sus hermanas y sentía un amor que cantaba desde su cuerpo como un *shofar*, rico de alegría, agonía y reconocimiento eterno: ellos tres estaban hechos del mismo polvo de estrella que él, ellos, a los que conocía desde el principio del principio. Sin embargo, cuando estaba con ellas, la menor infracción hacía que se sintiera irreversiblemente resentido. A veces era más fácil pensar en ellas como personajes —la rígida Varya; Klara, soñadora e imprudente—, que confrontarlas en su plena y poco atractiva adultez: su aliento matinal y sus elecciones tontas, sus vidas que serpenteaban entre maleza poco familiar.

Esa noche, cae a la deriva en el sueño y se vuelve a despertar. Está pensando en sus hermanas y en las olas, el proceso de dormirse se parece al de una playa contra la que choca el océano. En una de sus vacaciones en Nueva Jersey, Saul llevó a los hermanos de Daniel al cine, pero Daniel quería nadar. Tenía siete años. Él y Gertie llevaron sillas de plástico a la playa y Gertie leyó una novela mientras Daniel jugaba a ser Don Schollander, que había ganado cuatro medallas en Tokio el año anterior. Cuando la marea se llevó a Daniel hacia el horizonte, se lo permitió, electrificado por la distancia cada vez mayor entre él y su madre. Cuando se cansó de tragar agua, se había alejado casi cincuenta metros de la playa.

El océano le inundaba la nariz y la boca. Sus piernas eran largas e inútiles. Escupió y trató de gritar, pero Gertie no lo oía. Sólo porque una repentina ráfaga le voló el sombrero a la arena se puso en pie, y al recuperarlo vio la cabeza de Daniel.

Soltó el sombrero y corrió hacia Daniel en lo que le pareció cámara lenta, aunque nunca se había movido tan rápido. Llevaba un vestido diáfano sobre el traje de baño, cuya bastilla tenía que alzar; con un gemido de consternación, se quitó el vestido completo y lo dejó abandonado en la arena. Abajo llevaba un traje negro de una pieza con una faldita que dejaba ver sus muslos robustos y celulíticos. Chapoteó en el agua poco profunda antes de inhalar hondamente y arrojarse a las olas. «Apúrate», pensó Daniel tragando agua salada. «Apúrate, mamá». No la había llamado así desde que era un niño pequeño. Por fin, sus manos aparecieron bajo sus axilas. Lo arrastró afuera del agua y juntos se derrumbaron sobre la arena. Todo el cuerpo de su madre estaba rojo, y tenía el cabello pegado a la cabeza como el casco de un aviador. Respiraba a grandes bocanadas que Daniel pensó que eran de extenuación antes de darse cuenta de que estaba llorando.

En la cena, contó con suntuosidad la historia del casi ahogamiento, pero por dentro, brillaba con aquel nuevo apego a su familia. Durante el resto de las vacaciones, perdonó el continuo balbuceo de Varya durante su sueño. Permitió que Klara se bañara primero cuando regresaban de la playa, aunque sus baños tomaban tanto tiempo que Gertie una vez golpeó la puerta para preguntarle por qué, si necesitaba tanta agua, no se llevaba el jabón al océano. Años más tarde, cuando Simon y Klara se fueron de casa, y después de eso, cuando Varya se alejó de él, no podía comprender por qué ellos no sentían lo que él: el dolor de la separación y la alegría de regresar. Esperó. Después de todo, ¿qué podía decirles? «No se vayan tan lejos. Nos van a extrañar». Sin embargo, conforme pasaron los años y no volvieron, se sintió herido y desesperado, luego sintió amargura.

A las dos de la mañana, baja al estudio. Deja la luz apagada; el brillo azulado de la pantalla de la computadora es suficiente. Teclea la dirección de la página de Raj y Ruby. Cuando se carga, aparecen grandes palabras rojas en la pantalla.

«¡Experimente las MARAVILLAS DE LA INDIA sin dejar su asiento! Deje que RAJ Y RUBY lo lleven en un VIAJE EN ALFOMBRA MÁGICA a las maravillas de otro mundo, desde el truco de las agujas indias hasta el misterio de la gran cuerda que asombró a HOWARD THURSTON, el más grande MAGO ESTADOUNIDENSE DEL SIGLO XX».

Las mayúsculas danzan y parecen parpadear. Abajo de ellas brillan las caras de Raj y Ruby, con bindis en la frente. Hay un álbum de fotografías que rota en el centro de la página. En una imagen, Raj está atrapado en una canasta que Ruby apuñaló con dos espadas. En otra, Raj sostiene una serpiente tan gruesa como el cuello de Daniel.

Es excesiva, piensa Daniel. Exagerada. Sin embargo, es Las Vegas: claramente, excesivo es un buen argumento de ventas. Él ha ido dos veces; primero para la despedida de soltero de un amigo y después a una conferencia médica. En ambas ocasiones le impactó como una monstruosidad característicamente estadounidense, como si todo fuera una versión de caricatura inflada de sí mismo. Había restaurantes llamados Margaritaville y Cabo Wabo, volcanes que exhalaban humo rosa y las Forum Shops, un centro comercial construido con la apariencia de la antigua Roma. ¿Quién podría sentir, viviendo ahí, que estaba en el mundo real? Por lo menos, Raj y Ruby viajaban: la base de su espectáculo era el Mirage, pero un enlace llamado Giras y Horarios muestra que iban a actuar en el Mistery Lounge de Boston ese fin de semana. En dos semanas, empezarían una gira de un mes en Nueva York.

Daniel se pregunta qué plan tendrán para Acción de Gracias. Raj ha mantenido a Ruby lejos de los Gold, apareciéndola y desapareciéndola cada dos años como un conejo en un sombrero. Daniel la vio como una apasionada niña de tres años, después como una niña seria y observadora de cinco y nueve años, y al último como una preadolescente taciturna. Esa visita terminó con una fuerte discusión sobre las Fauces de la Vida, el acto especial de Klara. Raj se lo estaba enseñando a Ruby, lo que molestó a Daniel. No podía concebir que Raj quisiera recrear la imagen de Klara colgando de una cuerda por medio de su hija.

—Mantengo vivo su recuerdo —había protestado Raj—. ¿Pueden ustedes decir lo mismo?

No habían vuelto a hablar desde entonces, aunque no sólo era culpa de Raj. Había habido muchas ocasiones en que Daniel pudo haberlo buscado, por supuesto antes de ese desencuentro e incluso después. Sin embargo, estar en presencia de Raj y Ruby siempre le había dejado una sensación dolorosa. Cuando Ruby era pequeña, se parecía a Raj, pero en su adolescencia había tomado las mejillas plenas y con hoyuelos de Klara y su sonrisa de gato de Cheshire. El cabello largo y rizado le caía hasta la cintura como el de Klara, con excepción de que el de Ruby era castaño —el color natural de Klara— en lugar de rojo. A veces, cuando ella estaba de mal humor, Daniel experimentaba una sensación fantasmagórica de *déjà vu*. Con facilidad holográfica, Ruby se convirtió en su madre, y Klara miraba a Daniel acusadoramente. No había estado lo suficientemente cerca de ella, no sabía lo enferma que estaba. También había sido su idea visitar a la adivina, lo que había afectado a todos sus hermanos, pero quizá a Klara más que a nadie. Todavía recuerda cómo se veía en el callejón después de la visita: con las mejillas húmedas y la nariz roja, los ojos al mismo tiempo alertas y extrañamente vacíos.

El único número de teléfono que Daniel tiene es el fijo de Raj. Como viajan, hace clic en «Contacto». Se enlistan las direcciones de correo del mánager, el publicista y el agente de Raj y de Ruby sobre una caja que dice «¡Escríbele a los Chapal!». Quién sabe si alguna vez lo revisan —la caja parece diseñada para correo de admiradores—, pero decide intentarlo.

Raj:

Soy Daniel Gold. Ha pasado algún tiempo, así que pensé en escribirles. Vi que van a viajar a Nueva York en las siguientes semanas. ¿Algún plan para Acción de Gracias? Estaríamos felices de que se quedaran con nosotros. Parece una pena pasar tanto tiempo sin ver a la familia.

Saludos,

DG

Daniel vuelve a leer el correo y le preocupa que sea demasiado casual. Pone *Querido* antes de *Raj*, después lo borra (Raj no le es querido, y ni Daniel ni Raj toleran lo falso, es una de las pocas cosas que tienen en común). Daniel escribe *tienen* antes de *algún plan para Acción de Gracias*, y sustituye *estaríamos felices* por *me daría gusto* antes de *que se quedaran con nosotros*. Borra la última línea, ¿en realidad son familia?, y la vuelve a escribir. Son bastante cercanos. Da clic en enviar.

Se imaginaba que a pesar de la suspensión despertaría a las 6:30 a la mañana siguiente —un hombre de cuarenta y ocho años es sumamente predecible—; sin embargo, cuando suena su celular, el sol está muy alto en el cielo. Ve su reloj entreabriendo los ojos, sacude la cabeza y vuelve a entreabrir los ojos: son las once. Busca algo en su mesa con una mano, encuentra sus lentes y su teléfono, se pone los primeros y contesta el segundo. ¿Raj le estará contestando tan pronto?

—... la?

Escucha pura estática.

—Daniel —dice una voz—,... oy... di...

—Disculpe —dice Daniel—. Se está cortando. ¿Qué pasa?

—Es... di... aquí en... servicio...

—¿Di?

—Eddie —dice la voz insistentemente—. Eddie O... hue...

—¿Eddie O'Donoghue? —Incluso entrecortado, algo del nombre sacude la memoria de Daniel. Se sienta y acomoda la almohada debajo de su cuerpo.

—... es... poli... conocimos... cisco... Su... mana... FBI...

—Por Dios —dice Daniel—. Desde luego.

Eddie O'Donoghue fue el agente del FBI que se asignó al caso de Klara. Asistió al funeral en San Francisco, y después Daniel se lo encontró en un bar de Geary. Al día siguiente, Daniel se despertó con una terrible migraña y no podía imaginarse por qué había compartido tanto con Eddie, pero esperaba que el agente estuviera lo suficientemente ebrio para olvidarse.

—... detenerme —dice Eddie, y de repente su voz se vuelve clara—. Listo. Santa Madre de Dios, el servicio es una mierda. Cómo puede soportarlo.

—Tenemos un número fijo —responde Daniel—. Es mucho más confiable.

—Escucha, no puedo hablar mucho; estoy en la carretera, pero ¿es una buena hora para ti? ¿A las cuatro, cinco de la tarde? ¿Algún lugar en el centro? Hay algunas cosas que quiero compartir contigo.

Daniel parpadea. La llamada, la mañana entera, parece irreal.

—Está bien —dice—. Podemos encontrarnos en la Casa Hoffman. A las 4:30.

Hasta que cuelga, no se da cuenta de que hay una gran sombra en el umbral de la puerta: su madre.

—Dios, ma —dice Daniel, cubriéndose con las cobijas. Gertie aún tiene el poder de hacerlo sentir como un niño de doce años—. No te había visto.

—¿Con quién hablabas? —Ella lleva su bata rosa de retazos, ¿cuántas décadas la ha tenido? Daniel no quiere calcular; y su cabello grueso y canoso se parece al de Beethoven.

—Con nadie —dice—. Con Mira.

—Por supuesto que no era Mira, no soy imbécil.

—No. —Daniel se levanta de la cama, se pone una sudadera de SUNY Binghamton y las pantuflas de piel con borrego. Después va hacia la puerta y besa a su madre en la mejilla—. Pero eres una entrometida. ¿Ya desayunaste?

—¿Ya desayuné? Por supuesto que ya comí. Es casi mediodía y tú aquí, durmiendo como un adolescente.

—Me suspendieron.

—Ya sé, me dijo Mira.

—Entonces trátame con pincitas.

—¿Por qué crees que no te desperté?

—Ay, no sé —dice Daniel bajando las escaleras—. ¿Porque ya no soy un niño?

—Mal —Gertie se escabulle detrás de él y pasa por delante, sermoneando dramáticamente hasta la cocina—. Porque te estoy tratando con pincitas. Nadie te trata con más pincitas que yo. Ahora siéntate si quieres que te prepare café.

Gertie se había mudado a Kingston tres años antes, en el otoño de 2003. Hasta entonces, había insistido en quedarse en la calle Clinton. Por lo general Daniel la visitaba una vez al mes, pero ese año se había saltado marzo y abril: el trabajo era caótico por la invasión a Irak, y Gertie le había asegurado que pasaría la Pascua judía con una amiga.

Cuando él llegó el 1º de mayo, ella estaba en cama con la bata puesta, leyendo *El proceso* de Kafka. Las ventanas estaban cubiertas con papel kraft. Donde antes estaba colgado el espejo con marco de madera sobre su cómoda, ahora había un clavo desnudo. Había arrancado de los goznes el espejo del baño, que también era la puerta del gabinete de las medicinas, para exponer una farmacia atiborrada de frascos con píldoras de prescripción.

—Ma —dijo Daniel con la garganta seca—. ¿Quién te prescribió todo esto?

Gertie entró al baño. Su mirada tenía esa apariencia necia de «¿A quién, a mí?».

—Doctores.

—¿Cuáles doctores? ¿Cuántos doctores?

—Pues no estoy segura. Vi a un tipo por mis problemas del estómago y a un tipo para mis huesos. Está el médico general, el oculista, el dentista, la alergóloga, aunque no la he visto en meses, el doctor de mujeres, la fisioterapeuta, que piensa que tengo escoliosis, que nadie me ha diagnosticado aunque toda mi vida he tenido dolor en la espalda; hay un huesito en mi esternón que te juro que se sale cuando hago lo que el doctor Kurtzburg llama «giros pesados» —levantó una mano cuando Daniel iba a empezar a protestar—, y debería darte gusto que me estén tratando, cuidando, procurando, a una vieja sola que necesita el cuidado que pueda conseguir en este mundo, y que lo tenga. Tú —repite con la mano alzada— deberías estar contento.

—No tienes escoliosis.

—Tú no eres mi doctor.

—Soy algo más que eso. Tu hijo.

—Acabo de recordar a la dermatóloga. Ella vigila mis lunares. La gente cree que son marcas de belleza, pero la belleza podría matarte. ¿Alguna vez pensaste que Marilyn Monroe pudo haber muerto por un lunar? ¿Por ese en su cara, por el que era tan famosa?

—Marilyn Monroe se suicidó. Se tomó un montón de barbitúricos.

—A lo mejor —dice Gertie de manera conspiratoria.

—¿Por qué quitaste los espejos?

—Por tu hermano, tu hermana y tu padre —dijo Gertie. Daniel entró en la cocina. Sobre la barra había una copa de vino con un aro de moscas de fruta—. Y esa es para Elijah, no la toques.

Cuando Daniel tiró el Manischewitz pestilente por el lavabo, se levantó y dispersó una nube de moscas. Gertie resopló. Al otro lado del fregadero había una charola de aluminio con *kugel* de tienda, sin cubrir: la pasta estaba brillante y dura como plástico. Ahí, como en la habitación, las ventanas estaban cubiertas con papel.

—¿Por qué tapaste las ventanas?

—Ahí también hay reflejos —dijo Gertie con las pupilas dilatadas, y Daniel supo que tenía que hacer algo.

En un principio Gertie se negó, pero después se había sentido halagada al pensar que Daniel quería que estuviera cerca, y aliviada por el fin de su soledad. La sacaron de Manhattan en agosto. Varya se había mudado a California para trabajar en el Instituto Drake de Investigaciones en torno al Envejecimiento, pero voló al este para ayudar. En la tarde, el departamento estaba tan desnudo que Daniel sintió pena por haberlo hecho. Después de que sacaron el sillón de terciopelo verde de Saul, un mueble horrendo que toda la familia adoraba, lo único que quedaba era desarmar las literas.

—No quiero ver —dijo Gertie, mitad amenazadora, mitad desesperanzada. Habían comprado las literas en Sears cuarenta años antes, y ella no las desarmó incluso después de que Klara y Simon murieron. Al principio dijo que todos necesitaban un lugar para dormir si Daniel, Mira y Varya la visitaban al mismo tiempo, pero cuando Daniel sugirió que por lo menos podían desarmar una de las dos, Gertie se puso tan ansiosa que él aceptó no volver a abordar el asunto. Antes de que Mira la acompañara al auto, Gertie insistió en que le tomaran una foto con las literas. Se paró sosteniendo su cartera y sonriendo alegremente, como una turista frente al Taj Mahal, antes de salir rápidamente de la habitación, volteando hacia la pared para que no le pudieran ver la cara.

Daniel cerró la puerta principal detrás de ella y regresó a la habitación. Al principio no vio a Varya; sin embargo, unos sollozos se desprendían de su litera en lo alto, y cuando Daniel levantó la vista, vio su pie derecho asomándose por el borde. Las lágrimas le resbalaban de cada ojo, dejando dos círculos húmedos sobre el colchón.

—Ay, V —dijo. Empezó a acercarse hacia ella, pero después lo pensó mejor: sabía que no le gustaba que la tocaran. Durante años, le lastimó su costumbre de evadir los abrazos y su distancia en general. Sólo quedaban ellos dos, y a veces pasaban semanas antes de que ella devolviera sus llamadas. Sin embargo, ¿qué podía hacer? Era demasiado tarde para que cualquiera de los dos cambiara.

—Sólo estaba recordando —dijo Varya, respirando—. Cuando dormía aquí.

—¿Cómo, cuando éramos niños?

—No. Cuando éramos mayores. Cuando estaba —hipó— de visita.

La palabra parecía cargada de significado, pero Daniel no tenía idea de qué significaba. Así era siempre con ella: el paisaje que ella veía era diferente, algunas cosas eran portentosas u ominosas, Varya veía con temor lo que a él le parecía un pedazo de acero inmaculado. A veces pensaba en preguntarle, pero entonces cualquier canal abierto entre ellos se cerraba, y así ocurrió en ese momento. Varya se limpió la cara rápidamente con una mano y balanceó las piernas hacia la escalera.

Sin embargo, no pudo bajar. La escalera estaba sujeta a la litera de arriba con tornillos tan viejos que la fuerza repentina del peso de Varya ocasionó que se arrancaran de la madera. La escalera se estrelló contra el piso; Varya gritó con un pie colgando. El salto de la litera de arriba al piso no era nada peligroso, pero se aferró al barandal mirando dudosa por el borde.

Daniel estiró los brazos hacia ella.

—Ven aquí, pajarraco —dijo.

Varya hizo una pausa. Después se ahogó la risa y se acercó a él. Le puso las manos bajo las axilas y ella lo sujetó por los hombros mientras la bajaba al suelo.

22

Quince años antes, el funeral de Klara tuvo lugar en el Columbarium de San Francisco. Raj había planeado enviar su cuerpo a la parcela de la familia Gold en Queens, pero al principio Gertie lo prohibió. Cuando Daniel enfrentó a su madre, ella le argumentó que la ley judía prohibía que quienes cometieran suicidio fueran enterrados a tres metros de otro judío muerto, como si sólo la adherencia más estricta pudiera proteger a los Gold que quedaban. Daniel se enfureció con Gertie hasta que ella cedió; habría podido pegarle. Nunca antes se había sentido capaz de algo así.

Daniel y Mira acababan de mudarse a Kingston. Mira había conseguido una plaza de profesor asistente en la Universidad Estatal de Nueva York en New Paltz, en Historia del Arte y Estudios Judíos, y Daniel tenía un puesto nocturno en el hospital. Iba a empezar su trabajo en un mes y su boda sería en seis meses, y nunca antes se había sentido tan incapaz. La muerte de Simon ya había sido bastante terrible; ¿cómo había sido posible que también perdieran a Klara? ¿Cómo podría soportarlo la familia? Después del funeral, Daniel se dirigió hasta un bar irlandés en Geary, apoyó la cabeza sobre la barra y se puso a llorar. Apenas era consciente de cómo se veía o de lo que decía —«Dios, ay, Dios; todos se están muriendo»—, hasta que alguien le respondió.

—Sí —dijo el hombre de la silla de junto—. Pero nunca se vuelve más fácil.

Daniel alzó la vista. El hombre tenía más o menos su edad, cabello rubio rojizo y patillas gruesas. Sus ojos, de un color extraño, más dorado que café, estaban enrojecidos. Una barba incipiente se extendía de sus mejillas a la parte inferior de su cuello.

Levantó su Guinness.

—Eddie O'Donoghue.

—Daniel Gold.

Eddie asintió.

—Lo vi en el funeral. Investigué la muerte de su hermana. —Buscó en el bolsillo de su pantalón negro y sacó una identificación del FBI. Decía AGENTE ESPECIAL, al lado de una firma ininteligible.

—Ah —consiguió decir Daniel—. Gracias.

¿Eso era lo que uno decía en esas circunstancias? A Daniel le daba gusto, mucho gusto, que se investigara la muerte de Klara; él tenía sus propias sospechas, pero le preocupaba que los federales se involucraran.

—Si no le importa que le pregunte —dijo—, ¿por qué tomó el caso el FBI? ¿Por qué no lo hizo la policía local?

Eddie guardó su identificación y miró a Daniel. A pesar de sus ojos enrojecidos y su aspecto descuidado, parecía un joven.

—Yo estaba enamorado de ella.

Daniel casi se ahoga con su propia saliva.

—¿Cómo?

—Estaba enamorado de ella —repitió Eddie.

—¿De… mi hermana? ¿Le fue infiel a Raj?

—No, no. Dudo que lo conociera en ese entonces. De cualquier modo, ella no me correspondía.

Apareció el cantinero.

—¿Les ofrezco algo, jóvenes?

—Uno más para mí; y también para él, yo pago. —Eddie hizo un gesto con la cabeza hacia el vaso de bourbon de Daniel, un bourbon que Daniel acababa de darse cuenta que se lo estaba tomando.

—Gracias —dijo Daniel. Cuando el cantinero se fue, volvió a ver a Eddie—. ¿Cómo la conoció?

—Estaba trabajando en San Francisco y su madre nos llamó; dijo que su hermano había huido y nos pidió que lo detuviéramos. Eso ocurrió, ¿qué, hace unos doce años? No tenía más de dieciséis. Me porté rudo con él y no debí hacerlo. No creo que su hermana alguna vez me haya perdonado. De cualquier modo, ella me despertó. Cuando la vi afuera de la estación, con el cabello volando hacia atrás y las botas que llevaba, pensé que era la mujer más hermosa que había visto. No sólo porque era bella, sino porque también era poderosa. Así la recuerdo.

Eddie se terminó la cerveza y se limpió la espuma de los labios.

—Un par de años más tarde, vi su cara en un volante —continuó—. Empecé a ir a sus presentaciones. La primera vez debió haber sido a principios de 1983; había tenido un día horrendo, muchos drogadictos se habían matado unos a otros en el Tenderloin, y cuando me senté a verla, me sentí… transportado. Una noche se lo dije. Le conté cómo me había ayudado, cómo su espectáculo me había hecho diferente. Tardé meses en reunir el valor; pero ella no quería tener nada que ver conmigo.

El cantinero regresó con sus bebidas y Daniel bebió de un solo trago. No tenía idea de qué responder a las revelaciones de Eddie, que eran lo suficientemente íntimas para ponerlo incómodo. De cualquier manera, entumecían su desesperación: mientras Eddie hablaba, su hermana estaba suspendida en la habitación.

—Voy a ser honesto con usted —dijo Eddie—. No estaba bien. Mi papá acababa de morir y bebía demasiado. Sabía que tenía que irme de San Francisco, así que solicité ingresar al FBI. Recién salido de Quantico, me emplearon en Las Vegas para trabajar en casos relacionados con el fraude de hipotecas. Cuando pasé por el Mirage y vi el rostro de Klara en un anuncio, pensé que me había vuelto loco. Al día siguiente la vi en un estacionamiento en Vons. Yo iba manejando un Oldsmobile y ella estaba en la banqueta con una bebé.

—Ruby.

—¿Así se llama? Una niña linda, incluso cuando gritaba. Su hermana salió corriendo; seguramente la asusté, pero no era mi intención. En cuanto la vi, quise hablar con ella, así que decidí que iría a la inauguración. Me imaginé quedándome hasta el final, y me aseguraría de que las cosas fueran limpias. Sin resentimientos. Nada que la pusiera nerviosa.

Los dos miraban hacia adelante; era el don de sentarse paralelamente en la barra, pensó Daniel: que se podía tener una conversación sin mirar nunca a la otra persona a los ojos.

—La noche anterior, no podía dormir. Llego temprano al Mirage; estoy paseando afuera del teatro cuando veo que los tres entran: Klara, su hombre y la bebé —dice Eddie—. Está discutiendo con el tipo, me doy cuenta a un kilómetro. Cuando él se va hacia el teatro, ella lleva a la bebé al elevador. Los elevadores son de cristal, así que me meto en el que está al lado y me mantengo agachado para ver dónde se baja. Dejó a la bebé en la guardería del piso diecisiete y subió al cuarenta y cinco. No parecía saber a dónde iba hasta que una camarera salió de la *suite* del *penthouse*. Cuando la camarera se fue, Klara se deslizó hacia adentro.

Daniel estaba agradecido por la penumbra del bar y el licor, agradecido porque había lugares a los que uno podía ir una tarde en busca de oscuridad. La barba que le empezaba a crecer estaba salada por sus lágrimas.

—Era viernes en la noche —continuó Eddie—, y todos habían salido. Nunca había escuchado a Las Vegas tan tranquila. Y esto es algo que uno aprende cuando es policía; la paz está bien, también la tranquilidad, pero si duran demasiado tiempo no son paz ni tranquilidad. Salí corriendo por el pasillo y toqué la puerta. «Señorita», grité. «Señorita Gold». Pero no hubo respuesta. Así que fui a buscar una llave a la recepción y volví a subir... —bebió hasta el fondo de su cerveza—. No debería seguir.

—Está bien —dijo Daniel. Ya la había perdido. Lo que escuchara ahora haría poca diferencia.

—Al principio, no sabía lo que estaba viendo. Pensé que estaba practicando. Estaba colgada de la cuerda, como en su espectáculo.

Estaba girando, un poco, pero la mordedera colgaba al lado de su quijada. Puse las manos sobre su cuerpo, quería sanarla. Traté de darle respiración en la boca.

Daniel se equivocaba. Lo que había oído sí hacía diferentes las cosas.

—Basta.

—Lo siento —en la oscuridad, las pupilas de Eddie estaban dilatadas y brillaban—. Ella no se lo merecía.

«Love me tender», de Elvis, sonaba en la rocola. Daniel tomó su vaso.

—¿Cómo es que le dieron el caso? —preguntó.

—Yo fui el que la encontró. Eso sirvió de algo. Y después lo peleé. Los casos principales de asesinato, los crímenes que cruzan las fronteras de los estados, el secuestro, todo ese tipo de cosas están bajo la jurisdicción del FBI, no de la policía. Por supuesto, parecía un suicidio, pero tenía el radar puesto y algo no me cuadraba. Sabía que habían cruzado fronteras estatales y que ella había estado robando. Y sabía que tenía un mal presentimiento sobre Chapal.

—Raj —dijo Daniel, sorprendido—. ¿Sospechaba de él?

—Soy agente, sospecho de todos. ¿Usted?

Daniel hizo una pausa.

—Apenas lo conocía. Sí pienso que era controlador, no le gustaba que ella estuviera en contacto con nosotros —aprieta los ojos. Era horrible que conjugara en pasado.

—Lo voy a investigar —promete Eddie—. ¿Tiene alguna otra sospecha?

Daniel deseaba tener otras sospechas. Quería una razón, pero lo único que tenía era una coincidencia. Cuando Simon murió, Daniel no había pensado en la mujer de la calle Hester. Su muerte había sido tan impresionante para borrar cualquier otro pensamiento de la mente de Daniel, y después de todo, Simon nunca había compartido su profecía con ellos. Sin embargo, Daniel recordaba la de Klara: la mujer había dicho que moriría a los treinta y uno, y fue exactamente la edad que tenía.

—Sólo se me ocurre una cosa —dijo—. Es ridículo, pero es extraño.

Eddie alzó las manos.

—No lo juzgaría.

El dolor le atravesó el cráneo a Daniel. No estaba seguro de si era el alcohol o la revelación que estaba por hacer, una que ni siquiera le había hecho a Mira. Cuando terminó de contarle a Eddie de la mujer de la calle Hester, de su reputación y de su visita, de la coincidencia con la muerte de Klara, Eddie frunció el ceño. Dijo que lo investigaría, pero Daniel no tuvo muchas esperanzas. Sintió que había decepcionado al agente, que Eddie quería secretos o conflictos, no un recuerdo de infancia con una adivina viajera.

Seis meses más tarde, cuando la muerte de Klara se dictaminó como suicidio, Daniel no se sorprendió. Era la hipótesis más simple y, lo había aprendido, la hipótesis más simple por lo general era correcta. Su consejero en la escuela de medicina había sido estudiante del doctor Theodore Woodward y le gustaba citar lo que Woodward les decía a sus residentes de medicina: «Cuando oigan pisadas de cascos, piensen en caballos, no en cebras».

Catorce años después y diez estados al este, Daniel entra en la Casa Hoffman para volverse a encontrar con Eddie. La Casa Hoffman era una fortificación y mirador durante la independencia; ahora sirven hamburguesas y cerveza. Aparte de su arquitectura —una construcción holandesa de piedra, persianas blancas, techos bajos y pisos de madera de planchas amplias—, el único recordatorio de la historia de la Casa Hoffman es la visita anual de entusiastas de la guerra que llegan a representar la quema británica de Kingston.

En un principio, a Daniel le intrigaban los intérpretes. Le impresionaba su atención a los detalles. Hacían sus trajes a mano, con base en documentos y pinturas originales, y llevaban sus armas en sacos de lino blanco. Sin embargo, ahora le molestaban: las mujeres bulliciosas con enaguas y bonetes, los hombres que se paseaban con mosquetes falsos como actores que se hubieran escapado de un teatro comunitario. Los cañones todavía lo hacían brincar, y además la premisa le molestaba. ¿Por qué tenían que representar el drama de una guerra acontecida hacía tanto cuando ocurría una en el presente? Le molestaba la determinación de los representantes a vivir en un tiempo diferente. Le recordaba a Klara.

Hoy, en el Hoffman, sólo está Eddie O'Donoghue. Está sentado en un gabinete de madera al lado de la chimenea, con una cerveza. Frente a él hay un vaso intacto de whisky.

—Reserva Woodford —dice Eddie—. Espero que esté bien.

Daniel aprieta la mano de Eddie.

—Qué buena memoria.

—Para eso me pagan. Me da gusto verte.

Se miran uno al otro: Daniel y Eddie, Eddie y Daniel. Como Eddie, Daniel tiene por lo menos diez kilos más que en 1991. Como Daniel, Eddie debe tener casi cincuenta años, si no es que ya los tiene. Las cejas de Daniel se extienden como exploradores intrépidos, crecen tan rápido que Mira le compró para *Januká* una recortadora profesional; la cara de Eddie se ha suavizado e hinchado alrededor de la mandíbula, como un perro avergonzado. Sin embargo, sus ojos, como los de Daniel, están brillantes por el reconocimiento. Daniel se siente nervioso; sólo puede imaginar que algo nuevo surgió en el caso de Klara pero le da gusto ver a Eddie, a quien siente como un amigo.

—Agradezco que te hayas salido del trabajo para encontrarte conmigo —dice Eddie y Daniel no lo corrige —. No te voy a hacer esperar.

Daniel se avergüenza de sus *jeans* gastados y del suéter que Mira le regaló hace una década. Eddie lleva una camisa de vestir y pantalones, un saco *sport* está doblado sobre el respaldo del gabinete. Levanta un portafolios negro, lo deja sobre la mesa y lo abre.

Saca un cuaderno y una carpeta, también negra. Eddie saca una hoja de papel y se la ofrece a Daniel.

—¿Alguna de estas personas te parece familiar?

En la página hay por lo menos doce fotografías fotocopiadas. Daniel busca sus lentes en el bolsillo del saco. La mayoría son fotos policiales, pequeños cuadros dentro de los que una variedad de personas de cabello y ojos oscuros miran con desconfianza o con ira, aunque dos adolescentes sonríen y un hombre joven hace la señal de amor y paz. Debajo de las tomas hay tres fotos de una mujer robusta de cabello blanco. Se ven como las fotos de seguridad que se toman en el vestíbulo de un edificio.

—No me parece. ¿Quiénes son?

—Los Costello —responde Eddie—. ¿Esta mujer? —señala la primera toma, le muestra una mujer de quizá setenta años. Su cabello está ondulado como el de una estrella de cine de 1940, sus ojos sumamente delineados y fríos—. Es Rosa, la matriarca. Este es su esposo, Donnie; estas dos son sus hermanas. Esta fila es de sus hijos, tuvo cinco, y abajo están *sus* hijos: son nueve más. Dieciocho personas en total. Dieciocho personas a cargo del fraude de adivinación más sofisticado en la historia de Estados Unidos.

—¿Fraude de adivinación?

—Así es —Eddie cruza las manos y se inclina hacia atrás para ver su efecto—. Ahora, la adivinación es sumamente difícil de denunciar. Está prohibida en algunas partes del país, pero difícilmente se vigilan esas prohibiciones. Después de todo, tenemos gente que predice cómo va a funcionar el mercado de acciones. Tenemos gente que predice el clima y a la que le pagan por ello. Diablos, hay horóscopos en todos los periódicos. Además, es un asunto cultural; a estas personas se les llama los rom, los romaníes; quizá los conozca como gitanos. Huyeron de los mongoles, de los europeos y de los nazis. Históricamente son pobres, marginados. No van a la escuela, se les enseña a adivinar la fortuna desde que nacen. Así que cuando se levantan cargos de fraude contra alguno,

¿qué es lo primero que hace la defensa? Lo expresan como un asunto de libertad de expresión. Lo enmarcan como discriminación. Entonces, ¿qué hacemos? ¿Cómo apresamos a los Costello por catorce delitos federales?

Algo amargo empieza a subir hasta la garganta de Daniel. Se da cuenta de que Eddie no tiene información sobre Klara. Eddie tiene información sobre la mujer de la calle Hester.

—No sé —responde—. ¿Cómo?

—Te voy a contar la historia de un hombre que llamamos Jim —Eddie baja la voz—. Este hombre, Jim, había perdido un hijo por cáncer. Su esposa se divorció de él, tenía la ansiedad hasta el tope y constantes dolores musculares. Entonces, se trata de un hombre realmente enfermo, un hombre al que nadie en el mundo de la medicina normal trataría porque es tan desagradable, tan molesto, que sus relaciones con los doctores convencionales se deterioran; imagina a un tipo así, no nos sorprende que termine en la puerta de alguien diferente, alguien que dice «yo puedo ayudarte; yo puedo hacerte bien». Alguien como Rosa Costello.

Rosa Costello. Daniel mira su fotografía. Sabe que no es la mujer que conoció en 1969. Sus labios son demasiado gruesos; su cara tiene forma de corazón. En pocas palabras, es más bonita. Sin embargo, en su mente se transforma. Su cara asume la barbilla retadora de la mujer, sus ojos inexpresivos y vagos.

—Así es como comienza —dice Eddie—. Esta adivina, Rosa Costello, dice «Voy a venderle una vela por cincuenta dólares, y voy a encenderla por usted y a decir esta plegaria, y usted percibirá la diferencia en sus nervios». Y cuando Jim no siente una diferencia, ella dice: «Muy bien, entonces vamos a hacer más. Déjeme venderle estas hojas, hojas espirituales, y las vamos a quemar y a decir una plegaria diferente». Adelantamos rápidamente dos años, y este hombre ha experimentado varios rituales de sanación y dos sacrificios muy dramáticos que hacen una suma total de cerca de cuarenta mil dólares. Finalmente, Rosa dice: «Su dinero es el problema, está maldito y causa dificultades, así que tiene que traerme diez mil dólares más y vamos a remover la maldición». La suma se ofrece como una donación. Esta familia tiene denominación de Iglesia: la Iglesia del Espíritu Libre, le llaman.

Daniel no había pensado que tuviera hambre, pero cuando aparece un mesero a su lado, está hambriento. Eddie ordena las alitas de la taberna. Daniel elige los calamares.

—Lo que tienes que comprender de estos casos —continúa Eddie una vez que quedan a solas—, es que hacen que los fiscales huyan despavoridos; sin embargo, los Costello eran diferentes. Los Costello se reían de nosotros; cuando encontramos sus bienes, encontramos carros, motocicletas, botes, joyería de oro. Encontramos casas en el canal intracostero. Encontramos cincuenta millones de dólares.

—Por Dios.

—Espera —dice Eddie, levantando una mano—. Antes de meter las declaraciones, su abogado defensor presenta una moción de veinticuatro páginas para que se descarte el caso sobre la base de la libertad de religión. ¿Recuerdas que ellos son su propia Iglesia? ¡La Iglesia del maldito Espíritu Libre! Además, declara, no es otra cosa que el ejemplo más reciente en una larga línea de persecuciones a los gitanos. Ahora, ¿estoy diciendo que todos los gitanos son embaucadores y canallas? Por supuesto que no. Sin embargo, tenemos a nueve con cargos de estafa, falsa declaración de ingresos, fraude postal, fraude telegráfico, lavado de dinero. Exigimos los registros de nacimiento, queríamos a todos los involucrados en este asunto. Sólo hubo una persona que no pudimos encontrar.

Eddie señala las tomas de seguridad de la mujer del vestíbulo. Lleva un abrigo café largo y zapatos grises que se cierran con velcro. Sus manos se apoyan sobre el barandal de una puerta giratoria y el cabello blanco le cuelga en dos trenzas largas y delgadas.

—Dios mío —dice Daniel.

—¿Esa es la mujer?

Daniel asiente. Ahora lo ve: la frente amplia, la boca fruncida y poco amistosa. Recuerda haber observado esa boca mientras entonaba su futuro. Recuerda la partición de sus labios, la lengua rosa húmeda.

—Quiero que la mires con atención —dice Eddie—. Quiero que estés seguro.

—Estoy seguro —Daniel suelta el aire—. ¿Quién es?

—Es la hermana de Rosa. Podría estar involucrada; podría ser que no lo esté. Lo que sabemos es que parece estar aislada del resto de la familia. Se ubica a los rom viviendo en grupos, por lo cual es poco usual que la mujer que viste trabaje sola. Sin embargo, en algo es típica: siempre estaba viajando. Y es inteligente. Trabaja bajo diferentes identidades. No tiene licencia, lo cual es ilegal en la mayor parte del país, pero también la mantiene fuera del sistema.

—Esta familia —dice Daniel—, ¿no acepta pago alguno al principio? Porque así fue con nosotros. No pidió que le pagáramos, o mi hermano no le pagó. Siempre me pareció extraño.

Eddie se ríe.

—¿Que si no aceptan pagos? Aceptan todos los pagos posibles. Quizá esta mujer se puso fácil con ustedes porque eran niños.

—Pero si fuera cierto, entonces ¿por qué nos habría dicho cosas tan horribles? Klara tenía nueve años. Yo tenía once, y todavía me asusta a morir. Lo único que he podido deducir es que solía espantar a sus clientes para engancharlos; mientras peor los asustara, era más probable que regresaran. Que se hicieran dependientes.

Cuando era residente médico en Chicago, Daniel estudió con un doctor que usaba técnicas similares: insistía en que la depresión de alguien no podría controlarse sin visitas regulares, o le decía a un paciente obeso que sin cirugía moriría.

—O no importaba lo que dijera, porque ya había agotado el mercado. La adivinación romaní por lo general es muy predecible: hablan sobre tu vida amorosa, tu dinero, tu trabajo. ¿Lo de decirles la fecha de su muerte? Es atrevido, es astuto. Los rom hacen un par de cosas más: los hombres pavimentan, venden autos usados, hacen trabajo físico y de reparación, pero incluso si el mundo deja de producir pavimento, si dejamos de usar autos, ¿qué es lo que ha estado presente desde que somos seres humanos? Nuestro deseo de saber. Y pagaríamos cualquier cosa para satisfacerlo. Los gitanos han estado prediciendo la suerte durante cientos de años con igual cantidad de éxito económico. Sin embargo, esta mujer va un paso adelante. Si les dice cuándo van a morir, está ofreciendo un servicio que incluso los demás gitanos no dan. No tiene competencia.

La chimenea hace que Daniel sude. Se quita el suéter, y se acomoda la camisa polo que lleva debajo. Se le ocurre que no le ha dicho a Mira en dónde está, y que se supone que se encontrará con ella en el templo a las seis. Sin embargo, no puede irse; no ahora, ni siquiera puede escribirle un mensaje de texto ahora que finalmente ha descubierto cómo enviárselos.

—¿Qué más sabes de ellos? —pregunta cuando el mesero llega con su comida.

Eddie arrastra una alita por una salsa de color naranja eléctrico, y después la hunde en un denso aderezo ranch.

—¿De los Costello? Llegaron a Florida desde Italia en la década de los treinta, probablemente huyendo de Hitler. Como todos los rom, son muy reservados. Cuando no están con clientes, hablan su propia lengua; ni siquiera tratan de asimilarse. Necesitan a los *gazhe* para tener dinero, o sea, a los que no somos rom, como nosotros, pero también creen que estamos contaminados —se limpia la boca—. Son las mujeres las que leen la fortuna. Lo ven como un don de Dios. Sin embargo, como las mujeres interactúan con los *gazhe*, los rom creen que ellas también están contaminadas. Son muy obsesivos con la limpieza y la pureza. Si entras en una casa romaní, verás que es impecable

—Pero la mujer a la que vi tenía la casa atiborrada. Casi podría decir que sucia —Daniel frunce el ceño—. ¿Le preguntaron a la familia por ella?

—Por supuesto, pero no dijeron nada. Por eso estoy hablando contigo.

—¿Qué quieres saber?

—Lo que estoy a punto de pedirte —Eddie hace una pausa—, soy consciente de que es algo delicado. Soy consciente de que quizá no quieras hablar de ello, pero te pido que lo intentes. Como te dije, no hemos encontrado mucho. Desde luego, esta mujer no está registrada, pero no vamos a presentar cargos por ello. En lo que estamos interesados es en el hecho de que se le ha relacionado con varias muertes. Suicidios.

La respuesta del cuerpo de Daniel es tan simple, tan instantánea: pierde totalmente el apetito. Podría vomitar.

—Ahora bien, no hemos encontrado una relación directa, causal —dice Eddie—. Estas son personas que han ido a verla dos, diez, a veces veinte años antes. Sin embargo, son muchas, cinco, incluida tu hermana. Lo cual es suficiente para que uno se haga preguntas —cruza los brazos y se inclina hacia Daniel—. Así que esto es lo que quiero saber. Quiero saber si dijo o hizo algo para empujarlos en esa dirección. O si se lo hizo a Klara.

—A mí no. Yo le dije lo que quería de ella, y ella me lo dio. Fue sólo una transacción. No percibí que a ella le importara lo que yo hiciera con la información después de que me fuera —tiene una sensación que le avanza por el cuello, rápida y como con muchas patas, como un ciempiés, aunque cuando Daniel usa el índice para sentir bajo el cuello de su camisa, no siente nada. Se le ocurre que Eddie no ha mencionado si esta es una conversación o un interrogatorio—. En cuanto a Klara, no estoy seguro. Nunca me dijo que se sintiera presionada, pero ella fue diferente desde un principio.

—¿Cómo diferente?

—Era vulnerable. Un poco inestable. Susceptible, me imagino. Lo cual pudo haber sido algo con lo que nació, o quizá lo desarrolló con el tiempo. —Daniel hace su comida a un lado. No quiere ver el manto del calamar, cortado en anillos perfectos, o los brazos que se curvan hacia adentro—. Ya sé lo que te dije después del funeral: pensé que era una coincidencia muy extraña el hecho de que esta adivina predijera la muerte de Klara. Pero estaba perturbado, no pensaba con claridad. Sí, la adivina tenía razón, pero sólo porque Klara eligió creer en ella. No hay misterio en ello.

Daniel hace una pausa. Siente una profunda ansiedad, aunque le toma un momento identificar por qué.

—Por otro lado —añade Daniel—, si *crees* que esta mujer tuvo algo que ver con ello, si seguimos pensando en esa pequeña posibilidad, entonces francamente me culpo. Fui yo el que oyó de ella, yo arrastré a mis hermanos a su departamento.

—Daniel. No puedes culparte. —Eddie coloca la mano sobre su cuaderno, pero su expresión se suaviza con compasión—. Que lo hagas es como culpar a nuestro hombre, Jim, por haber ido a ver a Rosa. Que lo hagas, es culpar a la víctima. No pudo haber sido fácil para ti, tampoco, ir con esta mujer a una edad tan temprana. Escuchar cuándo dijo que ibas a morir.

Daniel no ha olvidado su fecha, el 24 de noviembre de ese año, pero tampoco ha creído en ella. La mayor parte de las personas que conoce que murieron jóvenes fueron receptoras desafortunadas de diagnósticos mortales: sida, como Simon, o un cáncer intratable. Sólo dos semanas atrás, Daniel se hizo su examen físico anual. De camino hacia el laboratorio se sintió agitado, pero después avergonzado por haber permitido que la superstición lo afectara. Fuera de un poco de aumento de peso y un colesterol en el límite, estaba en perfecta salud.

—Desde luego —responde—. Yo era un niño; fue una experiencia desagradable. Sin embargo, la quité de mi mente hace mucho tiempo.

—¿Y si Klara no pudo? —pregunta Eddie, extendiendo el dedo índice para hacer énfasis—. Eso es lo que hacen los estafadores: presionan al más vulnerable. Mira, ¿esta susceptibilidad de la que hablas? Piensa en ella como un gen. Es posible que la adivina haya sido el factor ambiental que lo desencadenó. O quizá lo percibió en Klara. Quizá se enfocó en ella.

—Quizá —responde Daniel, pero se siente molesto. Se da cuenta de que es posible que Eddie haya usado una metáfora médica para apelar a la experiencia de Daniel, pero la idea suena pseudocientífica y sus esfuerzos, condescendientes. ¿Qué sabe Eddie de la expresión genética, mucho menos del fenotipo de Klara? Es mejor que Eddie se dedique a lo que mejor hace. Daniel no le diría cómo realizar un interrogatorio.

—¿Y qué me dices de tu hermano? —Eddie observa sus notas—. Murió en 1982, ¿no es así? ¿La adivina predijo eso?

Algo en el gesto de Eddie, el breve vistazo que echa a la carpeta abierta, suficiente para sugerir que tuvo que buscar la fecha, pero demasiado breve como para haberlo hecho realmente, molesta más a Daniel. No duda de que Eddie sabe el año de la muerte de Simon tanto como muchísimas cosas más de él, cosas que Daniel con toda seguridad desconoce.

—No tengo idea. Él nunca nos dijo lo que le había dicho; sin embargo, mi hermano siempre hacía exactamente lo que quería. Era un hombre homosexual que vivía en San Francisco en los ochenta y se contagió de sida. Para mí parece bastante claro.

—Muy bien —Eddie mantiene las muñecas sobre la mesa, pero levanta los dedos y las palmas. Un gesto de apaciguamiento: no se le escapó la ansiedad en la voz de Daniel—. Te agradezco la información que me diste. Si algo más se te viene a la mente —le pasa una tarjeta desde el otro lado de la mesa—, tienes mi número de teléfono.

Eddie se levanta y cierra su carpeta, golpeando una vez sobre la mesa para acomodar los papeles que están adentro. Mete la carpeta en su portafolios y se echa el saco sobre un hombro.

—Oye, te investigué —dice—. Vi que sigues trabajando con nuestras tropas.

—Así es —responde Daniel, pero se le cierra la garganta y no puede continuar.

—Qué bueno —dice Eddie de salida, dando palmadas en la espalda de Daniel como un entrenador de ligas menores—. Sigue así.

Daniel camina apresurado a su automóvil y arranca con una sacudida. Se siente al mismo tiempo emocionado y exhausto; no se había dado cuenta de lo perturbador que podría ser volver a la historia de la mujer con tanto detalle o escuchar el resumen de las transgresiones de su familia. Es tan doloroso contemplar las muertes de sus hermanos, que Daniel lo ha hecho únicamente cuando está solo: acostado despierto mientras Mira duerme, o mientras conduce al trabajo en el invierno con el camino iluminado por los faros, el radio resonando en el fondo.

Lo que le contó a Eddie es verdad: no cree en las afirmaciones de la adivina. Él cree en las malas decisiones; cree en la mala suerte. Y sin embargo, el recuerdo de la mujer de la calle Hester es como una aguja minúscula que se le clava en el estómago, algo que se tragó hace mucho y que flota indetectable, salvo por los momentos cuando se mueve de cierta manera y siente un pinchazo.

Nunca se lo ha contado a Mira. Ella creció en Berkeley, una estudiosa hija de músicos, padre cristiano, madre judía, que componían canciones interreligiosas para niños. Mira ama a sus padres pero no puede soportar escuchar «*Oy* para el mundo» o «El pequeño *Mensch* del tambor», y le tiene poca paciencia a las instituciones *New Age*. No es una sorpresa que haya gravitado hacia el judaísmo: le gusta su intelectualidad y su moralidad, sus leyes.

Antes de que se casaran, Daniel pensó que ella consideraría infantil la historia de la adivina. No quería alejarla. Después de la muerte de Klara, había deseado compartírsela, pero una vez más no lo hizo. Ahora temía que Mira frunciera el ceño de preocupación; una pequeña y delicada «V», como un ganso seguro de su dirección. Temía que viera en él una convergencia con Klara: su excentricidad, su falta de razón; incluso su enfermedad. Y él no tenía nada en común con Klara, Daniel estaba seguro de eso. No había razón para hacer que Mira pensara en ello.

23

Raj y Ruby los visitarán para Acción de Gracias. El viernes, Raj respondió el correo electrónico de Daniel y se pusieron de acuerdo.

Llegarán el martes, dos días antes de la fecha, así que Daniel y Mira pasan el fin de semana ocupados con los preparativos. Lavan las sábanas de la habitación de invitados y preparan el sofá cama en el estudio de Daniel. Limpian la casa: Mira, la cocina y la sala; Daniel, las habitaciones y los baños; Gertie, el comedor. Van a Rhinebeck para comprar verduras en Breezy Hill Orchard y quesos en Grand Cru. Antes de volver a cruzar el río a Kingston, se detienen en Bella Vita para comprar un centro de mesa con tulipanes, granadas y rosas color chabacano. Daniel lo lleva de regreso al auto. Contra el apagado cielo de noviembre, parece que las flores brillan.

Dos horas antes de lo acordado, suena el timbre mientras Mira está dando clases y Gertie toma una siesta. Daniel baja las escaleras a trompicones, usando todavía su playera de Binghamton y mocasines viejos, maldiciéndose por no haberse cambiado. A través de la mirilla: un hombre y una niña, o no una niña, una adolescente casi tan alta como su padre. Daniel abre la puerta. Afuera está helando; un riachuelo de gotas descansa sobre la cobriza melena lustrosa de Ruby.

—Raj —dice Daniel—. Y Rubina.

Instantáneamente, se siente incómodo por haber dicho su nombre completo, un nombre que está en su acta de nacimiento y que, según él sabe, ocupa en raras ocasiones. Sin embargo, ella parece tan cambiada, ya no se ve como la niña que recuerda, sino como una adulta que no ha conocido, que le pareció mejor usar el nombre igualmente adulto y desconocido: Rubina.

—Hola —dice Ruby. Lleva un conjunto de terciopelo color fucsia metido en unas botas abrigadoras de corte alto. Cuando sonríe, se parece tanto a Klara que Daniel casi se estremece.

—Daniel —dice Raj, avanzando para ofrecerle la mano—. Qué gusto verte.

La última vez que Daniel vio a Raj parecía poco apuesto, como un perro callejero: barbilla aguda, pómulos salidos, nariz recta. Ahora está arreglado y saludable, la parte superior de su cuerpo se ve tonificada bajo un suéter de cachemira con capucha. Lleva el cabello pulcramente amarrado. Tiene un mechón gris en la sien, pero su cara tiene menos arrugas que la de Daniel. Lleva un jugo color verde marrón poco atractivo.

—Igual a ustedes —responde Daniel—. Pasen. Gertie está durmiendo y Mira está dando clases, pero las dos estarán aquí pronto. ¿Quieren algo de beber?

—Me encantaría un vaso de agua —responde Raj.

Mete una maleta plateada por el pasillo. Ruby tiene una bolsa de tela de Louis Vuitton. Se voltea para subírsela a un hombro. En la parte trasera de sus pantalones hay dos palabras con lentejuelas: «*Juicy*», con elaboradas letras mayúsculas, y con otras más pequeñas y menos atractivas, «*Couture*».

—¿Seguro? —pregunta Daniel, cerrando la puerta—. Tengo un Barolo fantástico en el garaje.

¿Por qué está tratando de impresionar a Raj? ¿Para compensar su playera holgada y sus mocasines? Ya está pensando en qué va a cocinar al día siguiente para el desayuno: una tortilla española, quizá, con queso fontina y lo que quede de los jitomates de la casa.

—Ah —dice Raj—. No es necesario, pero gracias.

—No es problema —de repente, Daniel siente desesperación por beber algo—. Sólo está languideciendo allá abajo, esperando una ocasión como esta.

—De verdad —dice Raj—. Yo estoy bien, pero sírvete.

Hay una pausa cuando sus miradas se encuentran y Daniel comprende: Raj no bebe. Un gran reloj de plata se desliza por su muñeca.

—Desde luego —dice Daniel—. Entonces agua. Vamos a que se instalen. La habitación de visitas tiene una cama matrimonial y hay un sofá cama en mi estudio. Les preparamos los dos.

Ruby ha estado escribiendo algo en un teléfono delgado con tapa rosa, el tipo de Motorola Razr que todos los adolescentes tienen, pero ahora lo cierra de un golpe.

—Papá, yo me quedo en el sofá cama.

—Incorrecto —dice Raj.

—Y quiero una copa de Barolo —añade.

—Incorrecto otra vez —dice Raj.

Ruby entrecierra los ojos y hace una mueca, pero cuando Raj alza las cejas, la mueca de Ruby se convierte en una verdadera sonrisa.

—Papito tonto —dice, siguiendo a Daniel al estudio—. Papito aguafiestas. Papito aguafiestas de piernas largas.

A la mañana siguiente, un miércoles, Daniel se despierta a las diez y maldice. Escucha la regadera en la habitación principal —Mira— y espera que Raj y Ruby también se hayan quedado dormidos. A Daniel le sorprende lo tarde que se quedaron despiertos la noche anterior, y le sorprende aún más lo bien que se la pasaron, una cena agradable de dos horas con su madre, su esposa, su cuñado y su sobrina, como si algo así fuera normal para ellos, seguida por chocolates y té en la sala. Daniel sacó el Barolo después de todo, e incluso Gertie se fue a la cama después de las once.

Daniel se quedó despierto aún más tarde. Su computadora de escritorio está en el estudio, donde Ruby estaba durmiendo; Mira también estaba en la cama, así que Daniel aprovechó la oportunidad para tomar su *laptop* de la mesita de la cama y llevarla al baño de la habitación principal.

La maleta Louis Vuitton le picó la curiosidad. La mayor parte de las firmas de diseñador no significaban nada para él, pero reconoció las icónicas letras cafés. El reloj de Raj, también, claramente era caro. Y el suéter de cachemira: ¿quién se pone ese tipo de cosas? Así que Daniel investigó. Sabía que les estaba yendo bien: en 2003, cuando Roy Horn fue atacado por uno de los tigres blancos del dueto, Ruby y Raj reemplazaron a Siegfried y a Roy como el acto principal del Mirage; sin embargo, de lo que se enteró por medio de Google lo sorprendió. Su casa, una propiedad bardeada completamente blanca, había aparecido en *Luxury Las Vegas* y *Architectural Digest*. Las rejas estaban marcadas con unas «RC» ornamentales y se abrían para dar entrada a un camino de kilómetro y medio que llevaba a doce hectáreas de mansiones y jardines interconectados. Había un centro de meditación, un cine y un hábitat donde podían visitarse cisnes negros y avestruces por una elevada tarifa. Para el cumpleaños trece de Ruby, Raj le había comprado un poni de las Shetland, un espécimen bastante sobrealimentado llamado Krystal, con el que Ruby posó para la revista de adolescentes *Bossy*: los brazos de Ruby colgaban alrededor del cuello del poni, su melena oscura caía sobre la crin rubia de *Krystal*. En el artículo, un PDF que Daniel encontró en línea, *Bossy* identifica a Ruby como la millonaria más joven de Las Vegas.

¿Por qué Daniel no sabía todo esto? ¿Es que no quería saberlo? Había evitado leer sobre el acto de Ruby y Raj, principalmente porque lo hacía pensar en el desastre de su último encuentro y en la culpa que sentía por haberse distanciado de ellos. Ahora no podía evitar volver a pensar en la noche anterior. Daniel y Mira compraron su casa en 1990, cuando no podían permitirse algo en Cornwall-on-Hudson o Rhinebeck, y todavía pensaban que Kingston iba en alza. Daniel se imaginó a Raj y a Ruby manejando a su ciudad, en espera de un sitio histórico —Kingston una vez había sido la capital de Nueva York—, y descubriendo una ciudad que seguía luchando por mantenerse a flote tras el cierre de la fábrica de IBM que empleaba a siete mil residentes. Los vio pasar por el centro tecnológico abandonado y la calle principal, que había caído en un descuido andrajoso. ¿Cómo debieron haber visto el sofá cama en el estudio de Daniel y el queso costoso; el primero, una vergüenza y el segundo, un intento por compensarla?

No podía soportar contemplar su regreso al trabajo el lunes y lo que podía ocurrir si se mantenía firme en cuanto a las excepciones. Días antes, había presentado una solicitud para revisar su caso ante el Consejo de Defensa del Área local, un abogado militar que proporcionaba representación para miembros del servicio acusados. Sabe que Mira tiene razón, que lo mejor es ser conscientes de las opciones que tiene para defenderse, pero tan sólo la solicitud es humillante. Sin un trabajo, ¿quién sería él? Alguien que se sienta en el tapete de un baño con la espalda contra el escusado a leer sobre el solárium de su cuñado, pensó; una imagen bastante terrible como para obligarlo a irse a la cama, sólo para poder dormir y dejar de verlo.

Ahora se viste bien y baja rápidamente las escaleras. Raj y Ruby están sentados en la barra de la cocina, bebiendo jugo de naranja y comiendo *omelettes*.

—Mierda —dice Daniel—. Perdón, yo quería cocinarles.

—No hay nada de qué disculparse. —Raj se acaba de bañar y lleva otro suéter de apariencia costosa, verde salvia esta vez, y unos *jeans* oscuros—. Nos las arreglamos.

—Siempre nos despertamos temprano —dice Ruby.

—Las clases de Ruby empiezan a las 7:30 —dice Raj.

—Menos los días de actuación —dice Ruby—. En esos días, dormimos hasta tarde.

—¿Ah, sí? —dice Daniel. El café le ayudará. Por lo general, Mira lo tiene listo para él, pero ese día la jarra está vacía—. ¿Por qué?

—Porque salimos muy tarde. A veces hasta a la una, o más tarde —dice Ruby—. Esos días tomo clases en casa.

Ella todavía está en pijama: unos pantalones de Bob Esponja y un top blanco con un brasier rosa abajo. El efecto es desconcertante, los pantalones infantiles y el top, que no es exactamente estrecho, pero que de cualquier manera muestra un poco más de lo que Daniel querría ver.

—Ah —vuelve a decir—. Suena complicado.

—¿Ves? —le pregunta Ruby a Raj, volteando hacia él.

—No es complicado —dice Raj—. Los días de escuela, temprano. Los días de actuación, tarde.

—¿Has visto a mi madre? —pregunta Daniel.

—Sip —dice Ruby—. Ella también se despertó temprano y tomamos café juntas. Después se fue al tai chi —baja su tenedor con un ruido—. Oye, ¿tienen extractor de jugos?

—¿Extractor? —pregunta Daniel.

—Sí. Papá y yo encontramos esto en el refrigerador —Ruby alza el vaso; el jugo de naranja se acerca precariamente al borde—, pero preferimos hacer jugo fresco.

—Me temo que no tenemos —responde Daniel—. Un extractor.

—Está bien —Ruby ríe. Corta un pedazo doblado de omelet—. Entonces, ¿qué tipo de cosas hacen ustedes para desayunar?

Daniel sabe que sólo le está sacando plática, pero le cuesta trabajo seguirla. Lo peor es que la cafetera no está funcionando. Llenó el filtro con grano, echó agua y encendió el interruptor que empieza el proceso de infusión, pero la lucecita roja sigue apagada.

—En realidad no desayuno mucho —responde—. Por lo general sólo me llevo una taza de café al trabajo.

Se oyen suaves pisadas en la escalera y Mira entra a la cocina. Su cabello, brillante y recientemente seco, se eleva como un ala.

—Buenos días —dice.

—Buenos días —responde Raj.

—Buenos días —responde Ruby. Voltea hacia Daniel—. ¿Por qué no fuiste hoy al trabajo?

—Te faltó conectarla, amor —dice Mira. Se cruza detrás de él, tocándole la espalda baja, y conecta la máquina a la pared. La lucecita roja se enciende de inmediato.

—Es el día previo a Acción de Gracias, Ru —dice Raj—. Nadie trabaja.

—Ah —dice Ruby—. Claro —toma otra punta del omelet. Come a su manera, de afuera hacia adentro, dejando en el centro una capa gruesa de relleno—. Eres doctor, ¿no?

—Sí —la humillación de que su carrera, que estableció hace tanto tiempo, ahora sea precaria, se exacerbó por la mansión de Raj, su suéter de cachemira, su extractor de jugos. A Daniel le requiere un esfuerzo monumental recordar la pregunta de Ruby—. Trabajo para la estación de reclutamiento del ejército. Me aseguro de que los soldados estén suficientemente saludables para ir a la guerra.

—Bueno, eso sí que es un oxímoron —se ríe Raj—. ¿Te gusta?

—Mucho —responde Daniel—. He estado en el ejército por más de quince años.

Aún se siente orgulloso de decirlo. El café empieza a gotear en la jarra.

—Muy bien —responde Raj, como si llegara a un punto muerto.

—¿Y a ustedes? —pregunta Mira—. ¿Les está gustando su trabajo?

—Nos encanta —sonríe Raj.

Mira se inclina con los codos sobre la barra.

—Es tan emocionante, tan diferente de nuestro mundo. Nos encantaría tener la oportunidad de verlos actuar. Están invitados en cualquier momento al Centro de las Artes de Ulster, aunque me temo que podría no estar a la altura de sus estándares.

—Ustedes son bienvenidos a ir a Las Vegas —dice Raj—. Tenemos un espectáculo semanal de jueves a domingo.

—Cuatro noches seguidas —dice Mira—. Ha de ser extenuante.

—No lo creo —la voz de Raj es suave, pero dejó de sonreír—. Por otro lado, Rubina...

—Papá —dice Ruby—. No me llames así.

—Pero así te llamas.

—Sí, es algo así como «mi nombre de bautizo» —Ruby arruga la nariz—, pero no es *mi nombre.*

—Ups —dice Daniel, sonriendo—. Yo también te llamé Rubina ayer.

—Ah, está bien —responde Ruby—. O sea, eres un extraño.

La palabra resuena en la habitación durante segundos antes de que ella se agache.

—Ay, Dios —dice—. Perdón, no quise decir... No eres un *extraño.*

Ve implorante a Raj. A Daniel lo conmueve el gesto: la adolescente que corre detrás de las piernas de su padre para esconderse, aferrándose a ellas.

—Está bien, corazón —Raj la despeina—. Todos comprendemos.

Se amontonan en el auto de Daniel, los cinco, todos le ofrecen el asiento delantero a Gertie y acceden cuando ella prefiere sentarse al lado de Ruby en el asiento trasero. Conducen al museo marítimo y al distrito histórico y hacen un breve paseo por la reserva Mohonk. Daniel hace una carrera con Ruby por un campo, y el lodo que vuela les mancha las chamarras. El aire que entra en sus pulmones se siente gloriosamente frío y él jadea de placer. Cuando empieza a nevar, espera que Ruby se queje, pero ella aplaude.

—¡Es como Narnia! —exclama y todos se ríen mientras regresan al auto.

Ella también lo sorprende de otras maneras. En la cena, por ejemplo, cuando Gertie hace un recuento de sus enfermedades, un tema que Gertie alienta y que Daniel y Mira temen, por lo que comparten miradas de pánico cuando comienza.

—Tengo un callo en un pie que desde hace un año no se cura —dice—. Esa es parte de la historia; después, por la infección, me dio algo que se llama linfadenitis. Los nódulos linfáticos de mis piernas están inflamados; tengo bultos de pus del tamaño de pelotas de golf. En poco tiempo se extendieron a mis ingles y el cabello me dejó de crecer completamente.

—Ma —dice Daniel entre dientes—. Estamos comiendo.

—Perdón —dice Gertie—. Pero no estaba respondiendo a los antibióticos, entonces el doctor me vio y me dijo que si iba a cirugía drenarían mis nódulos y eso podría arreglar mi problema. Había dos doctores trabajando en mí, uno viejo y otro más joven, y el más joven dice: «Señora Gold, no va a creer la porquería que encontramos». Después me conectaron a un tubo de drenaje y tuve que quedarme en el hospital hasta que sacaron toda la sangre y los fluidos.

—Ma —dice Daniel. Raj dejó su tenedor y Daniel se siente mortificado; le gustaría poner cinta de aislar sobre la boca de su madre, pero Ruby se inclina hacia adelante con interés.

—Entonces, ¿qué fue? —pregunta—. ¿Qué estaba ocasionando todo eso?

—Bueno —dice Gertie—. Como estamos comiendo, no creo que deba decirlo, pero ya que a ti te interesa…

—A nosotros no —dice Daniel con firmeza—. Ahora no —y lo peculiar es que Ruby parece casi tan decepcionada como Gertie. Cuando Mira le pregunta a Raj sobre su agenda de gira, Ruby se inclina hacia su abuela.

—Me cuentas en la casa —murmura, y Gertie se sonroja con un placer tan extraño que Daniel casi se estira para agradecerle a Ruby.

Esa noche, mientras se lava los dientes, Daniel piensa en Eddie. La pregunta de Eddie sobre Simon, si la adivina predijo su muerte, lo perturba.

Daniel no sabe cuándo dijo la adivina que iba a morir Simon. Simon sólo dijo *joven* en el ático del 72 de Clinton esa noche ebria y confusa, siete días después de la muerte de su padre. Sin embargo, «joven» podría haber sido a los treinta y cinco. «Joven» podría haber sido a los cincuenta. El detalle era tan vago que Daniel lo descartó. Parecía más probable que la muerte de Simon fuera consecuencia de sus propias acciones. No porque fuera homosexual —cualquier leve incomodidad que Daniel sintiera por la sexualidad de Simon estaba lejos de ser una homofobia moralizante—, sino porque fue descuidado, egoísta. Sólo pensaba en su propio placer. Uno no puede seguir así por siempre.

Sin embargo, el resentimiento que Daniel siente con Simon oculta algo más profundo y más oscuro: está igualmente enojado consigo mismo. Por no haber sido capaz de conocer a Simon, de conocerlo verdaderamente mientras estaba vivo. Por su fracaso en comprenderlo, incluso en la muerte. Él era su único hermano, y Daniel no lo había protegido. Sí, habían hablado después de que llegara a San Francisco, y Daniel había tratado de convencerlo de regresar a Nueva York, sin embargo, cuando colgó, Daniel se enfureció tanto que arrojó el teléfono al piso, contra el linóleo donde se desarmó, y había pensado que quizá de cualquier modo la vida de Gertie sería más fácil sin Simon. Desde luego, el pensamiento fue tan temporal como cruel, pero ¿no podría haber intentado con más ganas? ¿No habría podido tomar el siguiente autobús a San Francisco en lugar de cerrarse en su propio resentimiento y esperar a que el tiempo le diera la razón?

«Presionan al más vulnerable», le había dicho Eddie de la adivina. «Pueden ver fácilmente esa característica».

Es verdad, piensa Daniel, que Simon era vulnerable. Tenía siete años, pero no sólo por eso. Tal como había algo diferente en Klara, también había algo diferente en él. Era imposible decir si ya sabía a esa edad que era homosexual, pero de cualquier modo era elusivo, difícil de asir. No era tan verbal como sus hermanos. Tenía pocos amigos en la escuela, le encantaba correr pero corría solo; quizá la profecía plantó dentro de él algo como un germen. Quizá lo incitó a ser descuidado, a vivir al borde del peligro.

Daniel escupe en el lavabo y vuelve a pensar en la teoría de Eddie: que la vulnerabilidad innata que Klara tenía pudo haberse desencadenado o dispuesto en su visita a la adivina. Con toda certeza hay situaciones en las que la unión entre psicología y fisiología es innegable, aunque no se comprenda del todo; el hecho de que el dolor no se origine en los músculos o en los nervios sino en el cerebro, por ejemplo. O que los pacientes cuya actitud sea positiva tienden a vencer más fácilmente las enfermedades. Cuando era estudiante, Daniel trabajó como asistente de investigación en un estudio que exploraba el efecto placebo. Los autores tenían la hipótesis de que las esperanzas del paciente ocasionaban el efecto, y de hecho, los pacientes a quienes se les dijo que la tableta de almidón que consumían era un estimulante pronto mostraron un aumento en el ritmo cardiaco, la presión sanguínea y el tiempo de reacción. Un segundo grupo de pacientes, a quienes se les dijo que el placebo era una píldora para dormir, se durmieron en un promedio de veinte minutos.

Desde luego, el efecto placebo no era algo nuevo para Daniel, pero era otra cosa que había atestiguado de primera mano. Vio que un pensamiento podía mover moléculas en el cuerpo, que el cuerpo se aceleraba para coincidir con la realidad del cerebro. Por esta lógica, la teoría de Eddie tenía perfecto sentido: Klara y Simon creían que habían tomado píldoras con el poder de cambiar sus vidas sin saber que habían tomado un placebo, desconociendo que las consecuencias se originaban en sus propias mentes.

En Daniel se derrumba una columna alta. Lo inunda la pena, así como algo más: empatía por Simon, insoportablemente tierna, que ha mantenido oculta durante años. Daniel apoya las manos en la superficie de mármol y se inclina hasta que pasa. Necesita llamar a Eddie.

La tarjeta de Eddie está en el estudio. Ruby está adentro con la puerta cerrada, pero la luz está encendida. Cuando Daniel toca, no hay respuesta. Toca por segunda vez antes de abrir la puerta con preocupación.

—¿Ruby?

Está sentada bajo las cobijas con unos audífonos enormes puestos las orejas y un libro, *El oscuro pasajero*, en las piernas. Cuando ve a Daniel se estremece.

—Mierda —dice, quitándose los audífonos—. Me asustaste.

—Perdón —dice Daniel levantando una mano—. Sólo quería tomar algo. Puedo regresar en la mañana.

—Está bien —voltea el libro—. No estoy haciendo nada.

Durante el día llevaba maquillaje, delineador y algún tipo de brillo en los labios, pero ahora tiene la cara lavada y se ve más joven. Su piel es un tono más claro que el de Raj, y aunque sus ojos son oscuros como los de él, tiene las mejillas llenas de Klara. También la sonrisa de ella, desde luego. Daniel cruza hasta el escritorio, encuentra la tarjeta de Eddie en el cajón superior y se la guarda en el bolsillo. Está a punto de irse cuando Ruby vuelve a hablar.

—¿Tienes fotos de mi mamá?

A Daniel se le oprime el corazón. Hace una pausa, viendo hacia la pared. *Mi mamá.* Nunca antes había escuchado que alguien se refiriera a Klara de esa manera.

—Sí —cuando se da vuelta, Ruby se lleva las rodillas al pecho. Lleva los pantalones de Bob Esponja y una sudadera suelta, con ligas para el cabello en la muñeca como pulseras—. ¿Te gustaría verlas?

—Nosotros también tenemos unas —dice rápidamente—. En

casa, pero todas ya las he visto un millón de veces. Entonces, sí, me gustaría verlas.

Él va a la sala para sacar los viejos álbumes de fotos. Qué extraño es que Ruby esté ahí. Su sobrina. Daniel y Mira, desde luego, no son padres. Cuando le pidió a Mira que se casara con él, ella le habló de su endometriosis, etapa cuatro.

—No puedo tener hijos —confesó.

—Está bien —dijo Daniel—. Hay otras opciones. La adopción...

Pero Mira le explicó que no quería adoptar. La habían diagnosticado, de manera inusual, a los diecisiete, así que había tenido años para pensar en ello. Iba a encontrar otra satisfacción en la vida, eso había decidido; no necesitaba ser madre. Daniel descubrió que no podía decirle adiós. Sin embargo, en privado, se lamentaba. Siempre se había imaginado como padre. Cuando veía que un padre sacaba de un restaurante a un niño dormido, con la cabeza apoyada contra su cuello, Daniel pensaba en sus propios hermanos. Sin embargo, la paternidad también lo asustaba. Sólo había tenido a Saul, rígido y distante, para comparar. Era imposible saber cómo sería él. En ese entonces, pensó que sería mejor que Saul, pero tal vez era falso. Era igualmente posible que fuera peor.

Regresa al estudio con dos álbumes de fotos. Ruby está sentada con las piernas cruzadas sobre la cama, con la espalda apoyada contra la pared. Hace un gesto con la mano al espacio que hay a su lado, y Daniel se sienta. No es lo suficientemente flexible para cruzar las piernas, así que cuelgan por el futón cuando abre el primer álbum.

—Hace años que no veo estas fotos —dice. Pensó que sería doloroso, pero lo que siente cuando ve la primera fotografía, los cuatro niños Gold en los escalones del número 72 de la calle Clinton, Varya como una adolescente de piernas largas, Simon como un niño pequeño rubio, es alegría. Por la manera como lo llena, con esa calidez, podría llorar.

—Ella es mi mamá —Ruby señala a Klara. Tiene cuatro o cinco, y un vestido de fiesta verde.

—Claro que sí —se ríe Daniel—. Le encantaba ese vestido; gritaba cuando tu abuela se lo lavaba. Siempre que lo usaba hacía como que era Clara, de *El cascanueces*. ¡Y éramos judíos! Volvía locos a mis papás.

Ruby sonríe.

—Tenía una personalidad fuerte, ¿no?

—Muy fuerte.

—Yo también. Creo que es una de mis mejores cualidades —dice Ruby. Daniel se siente contento, pero cuando voltea a verla, nota que está seria—. De otro modo, la gente te mangonea. En especial si eres mujer. En especial si estás en el negocio del entretenimiento. Papá me ha dicho eso, pero creo que mamá habría estado de acuerdo.

Daniel se espabila. ¿Alguien ha estado mangoneando a Ruby?, ¿cómo? Sin embargo, ella da vuelta a la página para descubrir más fotos del mismo día, de los hermanos en parejas.

—Ellos son la tía Varya y el tío Simon. Él murió antes de que yo naciera, de sida —mira a Daniel en busca de confirmación.

—Es cierto. Era joven, demasiado joven.

Ruby asiente.

—Algún día habrá una píldora para eso: Truvada. ¿Sabías? No cura el VIH, pero evita que lo contraigas. Leí un artículo al respecto en el *New York Times*. Ojalá hubiera habido en ese entonces, para tío Simon.

—Sí, lo oí, es increíble.

Incluso milagroso e impensable en el momento más alto de la epidemia, cuando decenas de miles morían cada año sólo en Estados Unidos. En la década de los noventa, cuando se presentaron los medicamentos para el sida, los pacientes tenían que tomar hasta treinta y seis píldoras diarias, y a principios de los ochenta ni siquiera había opciones. Daniel se imagina a Simon, de sólo veinte años, muriendo de una enfermedad desconocida y sin nombre. ¿El hospital habría sido capaz de hacer algo para que se sintiera más cómodo? Tiene la misma sensación que hace unos momentos en el baño, esa insoportable empatía, mucho más intrusiva que el resentimiento.

—Mira a la abuela —dice Ruby señalando—. Se ve tan feliz.

Abuela. Otra palabra que Daniel nunca había oído, se siente profundamente conmovido por ella, por el hecho de que Ruby piense en los Gold como su familia.

—Estaba feliz. Ahí está con tu abuelo, Saul. Debían tener más o menos veinte años.

—Murió antes que el tío Simon, ¿verdad? ¿Cuántos años tenía?

—Cuarenta y cinco.

Ruby cruza las piernas.

—Dime una cosa de él.

—¿Una cosa?

—Sí, algo genial. Algo interesante que yo no sepa.

Daniel hace una pausa. Podría hablarle de los Gold, pero en cambio piensa en un frasco con letras verdes y tapa blanca.

—¿Has visto los pepinillos miniatura? Saul estaba obsesionado con ellos. También era muy particular: empezó comiendo Cains, Heinz y Vlasic antes de descubrir una marca que se llamaba Milwaukee's, que mi mamá tenía que encargar de Wisconsin porque no había en muchas tiendas de Nueva York. Se podía comer un frasco de una sentada.

—Qué raro —Ruby se ríe—. ¿Sabes qué es chistoso? Me gusta comer pepinillos con sándwiches de crema de cacahuate.

—No es cierto —Daniel hace un ruido de falso disgusto.

—¡Sí! Los corto y los pongo encima. Sabe bien, lo juro; hay una especie de tronido dulce y ácido, y después la dulzura de la crema de cacahuate y también lo crujiente.

—No lo creo —dice Daniel y ahora los dos se están riendo. El sonido es extraordinario—. No lo creo para nada.

A la medianoche, deja a Ruby con el montón de álbumes de fotos y sube al primer piso de la casa. En la cocina, hace una pausa. Estaba tan contento, sentado con Ruby, que el sentimiento sigue detrás de él: parece tonto o innecesario hacer cualquier cosa más que entrar en la cama con Mira. Sin embargo, cuando encuentra la tarjeta de Eddie en el bolsillo de sus *pants*, su alegría se transforma y siente una nostalgia que colinda con el duelo. Habría podido tener más momentos de esa conexión durante años, con Ruby o con un hijo propio. Tal vez, piensa, hay otra razón por la que no presionó a Mira para que reconsiderara la adopción. Quizá sentía que no se lo merecía. Después de todo, como Saul había estado tanto tiempo en el trabajo, Daniel había tratado de ser un líder para sus hermanos. Había tratado de enfrentar el peligro, lo impredecible, el caos. Y mira en qué había resultado.

«Que lo hagas», había dicho Eddie, «es culpar a la víctima». Sin embargo, es demasiado tarde: Daniel *sí* lo pensaba así. Ha pasado décadas culpándose por algo que nunca había sido su culpa. La compasión de Daniel por sí mismo se intensifica, su ira contra la adivina se arraiga. Quiere que la atrapen; no sólo por Simon y Klara, sino también por sí mismo.

Camina a la puerta principal y la abre suavemente. Hay un sonido de succión y se enfrenta al glacial aire de noviembre, pero sale y cierra la puerta detrás de él. Después abre su celular y marca el número de Eddie.

—¿Daniel? ¿Pasó algo?

Daniel se imagina al agente en un cuarto de hotel de Hudson Valley. Quizá Eddie esté trabajando durante la noche, con una taza de café barato junto al codo. A lo mejor está pensando en la adivina tan fijamente como Daniel, el pensamiento compartido que los conecta como un cable.

—Me acordé de algo —dice Daniel. Debe haber dos grados de temperatura afuera, pero su cuerpo se siente caliente—. Me preguntaste sobre Simon, si la adivina había predicho su muerte, y te dije que no sabía, pero sí nos dijo que iba a morir joven. Así que digamos que él sabía que era homosexual. Tiene dieciséis, nuestro padre ha muerto y está conmocionado por la profecía; siente que es su única oportunidad para vivir la vida que quiere, así que es descuidado, descuida el sentido y la seguridad.

—Okey —dice Eddie lentamente—. ¿Simon no fue más específico?

—No, no fue más específico. Te digo: éramos niños, fue una conversación, pero le da credibilidad, ¿no?, ¿a lo que dijiste antes? ¿De que también a él lo presionó?

—Puede ser —dice Eddie, pero suena desapegado. Ahora Daniel se lo imagina de manera diferente: acostado de lado, con el teléfono sobre el hombro. Busca con una mano en la mesa de noche para apagar la luz otra vez, pues la revelación de Daniel lo decepciona—. ¿Algo más?

El calor está abandonando a Daniel para dar paso a la depresión. Entonces, algo se le ocurre. Si Eddie no se siente conmovido con esta información, quizá incluso está desilusionado con el caso, entonces Daniel debe hacer su propia investigación.

—Sí. Una pregunta —cuando respira, nubes de aire blanco flotan como paracaídas—. ¿Cómo se llama?

—¿De qué te va a servir cómo se llama?

—Voy a tener un nombre para llamarla —dice Daniel, pensando rápido. Usa un tono casual para tranquilizar a Eddie—. Algo que no sea *la adivina*, o peor, *la mujer*.

Eddie hace una pausa y se aclara la garganta.

—Bruna Costello —dice finalmente.

—¿Qué? —hay un sonido fuerte en los oídos de Daniel, un flujo de adrenalina.

—Bruna —dice Eddie—. Bruna Costello.

—Bruna Costello —Daniel saborea cada una de las palabras—. ¿Y dónde está?

—Esas son dos preguntas —dice Eddie—. Cuando termine, yo te llamo. Cuando todo se haya dicho y hecho.

24

La mañana del Día de Acción de Gracias, Daniel se despierta más temprano que Raj y Ruby. Son las 6:45, hay una luz rosada y el alboroto de las ardillas, un venado que mordisquea el pasto seco. Hace una jarra de café cargado y se sienta en la mecedora al lado de la ventana de la sala con la *laptop* de Mira.

Cuando busca a Bruna Costello en Google, el primer enlace que aparece es el sitio de las personas más buscadas del FBI. «Proteja a su familia, su comunidad local y a la nación ayudando al FBI a detener a los terroristas y fugitivos buscados», dice la página web. «En algunos casos se ofrecen recompensas». Ella está en la categoría de «En busca de información», una pequeña foto en blanco y negro en la cuarta hilera. Está borrosa, un *close-up* de cámaras de seguridad. Cuando Daniel hace clic en su nombre, la foto se agranda, y lo que ve es la misma imagen que Eddie le mostró en la Casa Hoffman.

> La Oficina Federal de Investigación (FBI) busca el apoyo del público para identificar a las presuntas víctimas de Bruna Costello, sospechosa de fraude en relación con un círculo de adivinos de Florida. Otros miembros de la familia Costello han sido convictos por crímenes federales incluyendo estafa, falsa declaración de ingresos, fraude postal, fraude telegráfico y lavado de dinero. A la fecha, Costello es la única sospechosa que ha eludido el interrogatorio.
>
> Costello viaja en una casa rodante Gulf Stream Regatta 1989 (ver más fotos). Previamente ha vivido en Coral Springs y Fort Lauderda-

le, Florida y se desconoce si viaja extensamente a través de Estados Unidos. En la actualidad se piensa que reside a las afueras de Dayton, Ohio, en el pueblo de West Milton.

Daniel hace clic en «Más fotos». Hay una fotografía del tráiler, un camión plano y amplio pintado de color crema sucio, o quizá originalmente blanco, con una gruesa franja café. Abajo de «Más fotos» hay otro enlace titulado «Alias».

Drina Demeter
Cora Wheeler
Nuri Gargano
Bruna Galletti

Y media docena más. Abruptamente, Daniel cierra la computadora. Seguramente Eddie sabía su ubicación. Entonces, ¿por qué no se lo dijo? Debía pensar que Daniel estaba inestable y que tenía la intención de vengarse.

¿Es así? Es verdad que Daniel se siente motivado por primera vez desde su suspensión. Siente la presencia de la mujer como una canción que se canta en la siguiente habitación o como una ráfaga que le mueve el cabello, desafiándolo a acercarse más.

Mira y Raj se ocupan de los vegetales mientras Gertie hace su famoso relleno. Daniel y Ruby se ocupan del pavo, una bestia de ocho kilos sazonada con mantequilla, ajo y tomillo. Es temprano por la tarde; mientras la mayor parte de la comida se está horneando o espera entrar al horno y Mira limpia las repisas, Raj hace una llamada de negocios en la habitación de invitados. Gertie toma una siesta. Ruby y Daniel se sientan en la sala: Daniel en la mecedora con la *laptop*, Ruby en el sofá con un libro de sudokus. Afuera de la ventana, cae nieve que se derrite en cuanto toca el vidrio.

Daniel está investigando a los gitanos: cómo se originaron en India, cómo escaparon de la persecución religiosa y la esclavitud. Viajaron al oeste, hacia Europa y los Balcanes, y empezaron a leer la fortuna como refugiados. Medio millón de ellos murieron asesinados en el Holocausto. Le recuerda a la historia de los judíos. Éxodo y vagabundeo, resiliencia y adaptación. Incluso el famoso proverbio romaní, *Amari čhib s'amari zor* —«Nuestra lengua es nuestra fuerza»—, suena como algo que habría dicho su padre. Daniel toma de su bolsillo un recibo de la tintorería y escribe la frase, junto con un segundo proverbio: «Los pensamientos tienen alas».

Últimamente se le ha dificultado mantener una conexión con Dios. Un año antes, decidió explorar la teología judía. Pensó en ello como un tributo a Saul, y esperaba encontrar consuelo por la muerte de sus hermanos. Sin embargo, halló poco: en los temas de muerte e inmortalidad, el judaísmo tenía poco que decir. Mientras otras religiones se preocupaban por la muerte, los judíos se preocupaban más por la vida. La Torá se concentraba en *olam haze*: «este mundo».

—¿Estás trabajando? —pregunta Ruby.

Daniel alza la mirada. El sol está anidado justo encima de los montes Catskills, las montañas tienen un suave color azul celeste y durazno. Ruby está acurrucada contra el brazo del sofá.

—En realidad no —Daniel cierra la tapa de la *laptop*—. ¿Tú?

—En realidad no —Ruby se encoje de hombros y cierra su libro de sudokus.

—No entiendo cómo hacen esos acertijos —dice Daniel—. A mí me parecen muy difíciles.

—Tenemos mucho tiempo libre en lo que hacemos el espectáculo. Si no encuentras algo más en lo que seas bueno, te vuelves loco. A mí me gusta resolver cosas.

Ruby echa las piernas a un lado, ese día envueltas en unos *pants* Juicy diferentes. Su cabello es un voluminoso nido de pájaros hecho chongo. Daniel se da cuenta de que la extrañará cuando se vaya.

—Serías una buena doctora —dice él.

—Eso espero —cuando alza la cabeza para mirarlo, su rostro es vulnerable. Qué sorpresa: le importa lo que él piense—. Eso quiero ser.

—¿Ah, sí? ¿Y su espectáculo?

—No voy a hacer eso por siempre.

Habla con un tono plano, resuelto, que Daniel no puede diseccionar del todo. ¿Raj sabrá al respecto? Nunca podría tener una relación con otro asistente como la que tiene con Ruby. Daniel piensa en la conversación que tuvieron la mañana anterior, la tensión cuando Ruby y Raj discutieron su agenda. Raj dijo que era simple. «Rubina», dijo, «por otro lado...».

Ruby se echa el cabello sobre un hombro. No está decidida, se da cuenta Daniel. Está molesta.

—O sea, por Dios —dice—, quiero ir a la universidad, quiero ser una persona real. Quiero hacer algo que sea importante.

—Tu madre no quería ser una persona real.

Las palabras se le salen a Daniel antes de que pueda detenerlas. Su voz es baja y está sonriendo, pues de alguna manera, cuando piensa en Klara, es lo primero que le llega a la mente: sus agallas, su atrevimiento. No lo que le pasó después.

—¿Y? —Ruby se sonroja. Hay algo en sus ojos que destella con la luz de la lámpara de la sala—. ¿Y qué que así haya sido mi mamá?

—Perdón —Daniel siente náuseas—. No sé qué me pasó.

Ruby abre la boca y la vuelve a cerrar. Ya está perdiéndola; está yéndose a ese lugar ajeno y adolescente: las montañas del resentimiento, unas cavernas que él no puede ver.

—Tu madre era especial —dice Daniel. Siente urgencia de convencerla de esto—. Eso no significa que tengas que ser como ella. Quiero que lo sepas.

—Ya lo sé —dice Ruby, sin energía—. Todos me lo dicen.

Sale para hacer una caminata por la nieve. Daniel la observa caminar por el lodazal con las botas altas y la sudadera con capucha; unos mechones de cabello oscuro flotan junto a su rostro antes de desaparecer entre los árboles.

25

—Aleluya, alabemos a Dios en su santuario. Alabémoslo en el firmamento de su poder. Alabémoslo por sus actos poderosos. Alabémoslo de acuerdo con su abundante grandeza. Alabémoslo en el sonido del cuerno. Alabémoslo con el salterio —Gertie hace una pausa— y el arpa.

—¿Qué es un salterio? —pregunta Ruby.

Cuando regresó de su caminata, otra vez estaba alegre. Ahora se sienta entre Raj y Gertie a un lado de la mesa. Mira y Daniel se toman de las manos al otro lado.

—No sé —dice Gertie, frunciendo el ceño hacia el *Tehillim*.

—Espera, voy a buscarlo en Wikipedia —Ruby saca su teléfono del bolsillo y marca con eficiencia las pequeñas teclas—. Okey. «El salterio inclinado es un tipo de salterio o cítara que se toca con un arco. A diferencia del salterio de siglos anteriores, el salterio de arco parece ser una invención del siglo XX» —cierra el teléfono—. Bueno, fue útil. Sigue, abuela.

Gertie regresa al libro.

—Alabémoslo con la pandereta y el baile. Alabémoslo con el sonido fuerte de los címbalos. Que todo lo que tenga aliento alabe a HaShem. Aleluya.

—Amén —dice Mira en voz baja. Aprieta la mano de Daniel—. Comamos.

Daniel también le aprieta la mano, pero se siente inquieto. Esa tarde supo de una explosión en el distrito de Sadr en Bagdad. Cinco coches bomba y un mortero mataron a más de doscientas personas, sobre todo chiitas. Toma un trago largo de vino, un Malbec. Se había tomado una copa o dos de un vino blanco que Mira descorchó mientras cocinaban, pero sigue deseando la niebla agradable en la que se adentra cuando bebe.

Gertie mira a Ruby y a Raj.

—¿A qué hora se van mañana?

—Temprano —responde Raj.

—Desafortunadamente —dice Ruby.

—Tenemos un espectáculo en la ciudad a las siete —dice Raj—. Tenemos que estar ahí antes del mediodía para encontrarnos con el equipo.

—Ojalá no tuvieran que irse —dice Gertie—. Ojalá se quedaran un poco más.

—Yo también lo desearía —dice Ruby—. Pero puedes venir a visitarnos a Las Vegas. Tendrías tu propia *suite*. Te puedo presentar a Krystal. Es un poni de las Shetland y un encanto total. Probablemente se come media hectárea de pasto diario.

—Por Dios —dice Mira riendo. Corta algunos ejotes a la mitad con su tenedor—. Ahora tengo una solicitud personal. No quería sacar el tema porque estoy segura de que las personas les piden este tipo de cosas todo el tiempo, como nuestros amigos siempre están tratando de que Daniel los diagnostique; pero tenemos dos magos en la casa y no podemos dejar que se vayan antes de tratar.

Raj arquea las cejas. El comedor casi se queda en silencio, resultado de la cercanía del bosque de Kingston.

Mira deja el tenedor; está sonrojada.

—Cuando era niña, un mago callejero me hizo un truco de cartas. Me pidió que eligiera una mientras barajaba el mazo, lo cual no pudo haber tomado más de un segundo. Elegí un nueve de corazones y él adivinó. Le hice repetir el truco para asegurarme de que el mazo no estaba lleno de nueves de corazones. Nunca he podido saber cómo lo hizo.

Raj y Ruby comparten una mirada.

—Influencia —dice Ruby—. Cuando un mago manipula tus decisiones.

—Pero justo es eso —dice Mira—. Él no hizo o dijo nada para influenciarme. Yo tomé totalmente la decisión.

—Eso creíste —dice Raj—. Hay dos tipos de influencia. Con la psicológica, un mago utiliza el lenguaje para dirigirte hacia una elección particular. Sin embargo, la influencia física, que probablemente usó, es cuando un objeto particular resalta del resto. Es posible que haya hecho una pausa por un microsegundo más en el nueve de corazones que en cualquiera de las otras cartas.

—Aumento de exposición —añade Ruby—. Es una técnica clásica.

—Fascinante —Mira se apoya en la silla—. Aunque les confieso que casi me siento... ¿decepcionada? Supongo que no esperaba que la solución fuera tan racional.

—La mayor parte de los magos son increíblemente racionales —Raj está cortando carne de una pierna de pavo, colocando cortes limpios a un lado de su plato—. Son analistas. Tienes que serlo para desarrollar ilusiones. Para engañar a la gente.

Algo en la frase inquieta a Daniel. Le recuerda lo que siempre resintió de Raj: su pragmatismo, su obsesión con los negocios. Antes de que Klara conociera a Raj, la magia era su pasión, su más grande amor. Ahora Raj vive en una mansión enrejada y Klara está muerta.

—No estoy seguro de que mi hermana lo viera de esa manera —dice Daniel.

Raj deja a un lado una cebolla cambray.

—¿A qué te refieres?

—Klara sabía que la magia se podía usar para engañar a la gente, pero trataba de hacer lo opuesto, revelar una verdad más grande. Jalar la hebra.

El candelabro en el centro de la mesa mantiene en la sombra la mitad inferior de Raj, pero sus ojos están iluminados.

—Si me preguntas si creo en lo que hago, si siento que estoy proporcionando una especie de servicio esencial, bueno, yo podría hacerte la misma pregunta. Esta es mi carrera y para mí significa tanto como la tuya para ti.

A Daniel se le hace difícil masticar la comida que tiene en la boca. Tiene el terrible pensamiento de que Raj ha sabido sobre la suspensión del trabajo desde el comienzo y ha fingido todo el tiempo por generosidad o lástima.

—¿A qué te refieres?

—¿Tú sientes que es noble enviar hombres jóvenes a una batalla mortal? —pregunta Raj—. ¿Te motiva una verdad más grande?

Gertie y Ruby miran de Raj a Daniel. Daniel se aclara la garganta.

—Tengo una profunda creencia en la importancia del ejército, sí. Si lo que hago es noble o no, no depende de mí. ¿Lo que hacen los soldados? Eso es nobleza, sí.

Suena bastante convincente, pero Mira nota la tensión en su voz. Inclina la cabeza hacia su plato. Daniel sabe que lo está evitando por cortesía, para que lo que sea que está en su mirada no lo ponga en evidencia, pero eso sólo hace que se sienta más como un fraude.

—¿Incluso ahora? —pregunta Raj.

—Especialmente ahora.

Daniel recuerda bien el horror del 9/11. Su mejor amigo de la infancia, Eli, trabajaba en la torre sur. Después de que se estrelló el segundo avión, Eli se paró en la escalera del piso 78, enviando personas hacia el elevador exprés. «Muy bien», gritó. «Todos afuera». Antes de eso, algunas personas estaban paralizadas por el miedo. Más tarde, un colega que había estado en las torres durante el bombazo de 1993 se refirió a él como una voz que los despertó. Eli llegó al techo, punto de rescate en 1993, y llamó a su esposa. «Te amo, amor», dijo. «Quizás llegue tarde a casa». Cayó junto con la torre a las diez de la mañana.

—¿Especialmente ahora? —pregunta Raj—. ¿Cuando han diezmado la infraestructura de Irak? ¿Cuando los sádicos abusan de hombres inocentes en Abu Ghraib? ¿Cuando no se encuentran por ninguna parte armas de destrucción masiva?

Raj mira a Daniel a los ojos. Esta celebridad de Las Vegas, este mago de ropa costosa, Daniel lo subestimó.

—Papá —dice Ruby.

—¿Quieren ejotes? —pregunta Mira, levantando el plato.

—¿Y tú nos permitirías que un tirano brutal continúe asesinando y reprimiendo a cientos de miles? —pregunta Daniel—. ¿Qué me dices de la violencia genocida de Sadam contra los kurdos y de la violencia en Kuwait? ¿De los secuestros de Barzani? ¿De la guerra química, de las fosas comunes?

El vino ya le hizo efecto. Se siente poco claro, confuso y contento, por lo tanto, de ser capaz de enlistar los crímenes de Hussein a voluntad.

—Estados Unidos nunca se ha guiado por una brújula moral a la hora de hacer alianzas políticas. Sacaron operaciones militares de Pakistán. Apoyaron a Hussein durante el punto más alto de sus atrocidades. Y ahora están a la caza de algo que no existe. El programa de armas de destrucción masiva de Irak terminó en 1991. Ahí no hay nada; sólo que petróleo.

Lo que Daniel se niega a admitir es que teme que Raj tenga razón. Vio las fotos horrorosas de Abu Ghraib: los hombres encapuchados y desnudos, golpeados y electrocutados. Hay rumores de que colgarán a Hussein en diciembre durante *Eid al-Adha*, el día sagrado musulmán: una perversión de la religión, y no del enemigo.

—Eso no lo sabes —responde.

—¿No? —Raj se limpia la boca con una servilleta—. Hay una razón por la que ningún país se siente entusiasta por la guerra en Irak; excepto Israel.

Lo dice como si fuera una reflexión a destiempo, como si por una vez hubiera olvidado a su audiencia. ¿O fue premeditado? Los

Gold lo entienden, se juntan instantánea y cerradamente. Daniel tiene sus propias reservas sobre el sionismo, pero ahora siente la mandíbula rígida y su corazón late apresuradamente, como si alguien hubiera insultado a su madre.

Mira deja los cubiertos.

—¿Perdón?

Por primera vez desde su llegada, la confianza de Raj se baja como una capucha.

—No tengo que decirles que Israel es un aliado estratégico, o que la invasión de Bagdad tenía como objetivo reforzar su seguridad regional tanto como la nuestra —dice tranquilamente—. Eso es todo lo que quiero decir.

—¿De verdad? —los hombros de Mira están rígidos, su voz reprimida—. Honestamente, Raj, sonó más como si estuvieras acusando a los judíos.

—Pero los judíos ya no son la víctima. Son uno de los grupos de votantes más influyentes de Estados Unidos. El mundo árabe se opone a una guerra estadounidense en Irak, pero los árabes estadounidenses nunca tendrán el poder de los judíos estadounidenses —Raj hace una pausa. Debe saber que toda la mesa está contra él; sin embargo, como se siente amenazado o porque ha decidido no estarlo, sigue adelante—. Mientras tanto, los judíos actúan como si aún fueran víctimas de una terrible opresión. Es un estado mental que se les hace útil cuando quieren oprimir a otros.

—Ya basta —dice Gertie.

Se arregló para esta cena: lleva un vestido entallado marrón con medias y zapatos de piel. En el pecho lleva un broche de vidrio que le dio Saul. A Daniel le duele ver el dolor en su rostro. La apariencia de Ruby es aún peor. La sobrina de Daniel está viendo su plato, vacío de comida. Incluso a la luz de las velas, puede ver que sus ojos empiezan a brillar.

Raj mira a su hija. Por un momento parece arrepentido, casi confundido. Después echa la silla hacia atrás con un chirrido.

—Daniel —dice—. Salgamos a caminar.

Raj lleva a Daniel tras la primera línea de maples —hace unas semanas estaban rojos, ahora están desnudos— a un claro que hay más allá: un estanque bordeado de espadañas y abedules. Es más bajo que Daniel, quizá 1.75 contra el 1.82 de Daniel, pero a Daniel le sorprende la seguridad de Raj; cómo camina a pasos largos para salir de la casa hacia el claro, como si se sintiera tan cómodo en la propiedad de Daniel como se siente estando en su casa. Es suficiente para que Daniel dé el primer golpe.

—Hablas de la guerra como si supieras con certeza a quién culpar, pero es terriblemente fácil hacer alegatos cuando estás sentado en una mansión con reja haciendo trucos con monedas. Tal vez deberías intentar hacer algo que de verdad sea importante. —¿Dónde oyó esa frase antes? De Ruby. «Quiero ir a la universidad», le dijo. «Quiero ser una persona real. Quiero hacer algo que sea importante». Daniel puede sentir el calor en sus mejillas, su pulso en la garganta, y de repente sabe exactamente qué va a herir más a Raj—. Incluso tu propia hija piensa que no eres más que un espectáculo de Las Vegas. Me dijo que quiere ser doctora.

El estanque refleja la luz de la luna y el rostro de Raj se contrae como un puño. Daniel ve la debilidad de Raj con tanta seguridad como conoce la suya: Raj teme perder a Ruby. No sólo la ha mantenido alejada de los Gold porque no le caen bien, sino también por la amenaza que representan. Una familia alterna; una vida alterna.

Sin embargo, Raj sostiene la mirada de Daniel.

—Tienes razón. Yo no soy doctor. No tengo un título universitario y no nací en Nueva York. Sin embargo, crié a una chica increíble. Tengo una carrera exitosa.

Daniel se pierde, pues de repente ve el rostro del coronel Bertram. «Usted debe pensar que es alguien muy especial», dijo el coronel, con una sonrisa sobre su insignia. «Un verdadero héroe estadounidense».

—No —responde—. Te robaste una carrera. Te robaste el acto de Klara. —Hace años que quiere hacer este alegato y lo aviva encontrar por fin el momento de decirlo.

La voz de Raj se hace más baja y más lenta.

—Yo era su *socio* —dice, con un efecto que no es de calma sino de contención terrible.

—Una mierda. Eras un presumido. Te importaba más el espectáculo que ella.

Con cada palabra, Daniel siente una corriente de convicción y algo que inicialmente es borroso se conforma en una imagen más clara: el eco de otra historia, la historia de Bruna Costello.

—Klara confiaba en ti —dice Daniel—. Y tú te aprovechaste de ella.

—¿Estás bromeando? —Raj echa la cabeza hacia atrás unos centímetros y el blanco de sus ojos brilla a la luz de la luna. En ellos, Daniel ve posesión, anhelo y algo más: amor—. Yo la cuidé. ¿Sabes lo jodida que estaba? ¿Alguno de ustedes sabía? Perdía la noción. Su memoria estaba hecha pedazos. No podría haberse vestido por las mañanas de no haber sido por mí. Además, era tu hermana. ¿Qué hiciste para ayudarla? ¿Conociste a Ruby alguna vez? ¿Le hablaste en *Janucá*?

A Daniel le da un vuelco el estómago.

—Debiste habernos dicho.

—Apenas los conocía. Nadie en su familia me dio la bienvenida. Me trataron como si estuviera violando su propiedad, como si no fuera lo suficientemente bueno para Klara, para los Gold; refinados, con derecho, que tanto sufrían.

La burla en la voz de Raj hiere a Daniel, y por un momento no puede hablar.

—No sabes nada de lo que pasamos —dice finalmente.

—¡Eso! —dice Raj, señalándolo, y sus ojos están tan vivos, su brazo tan electrificado, que Daniel tiene la impresión, absurda, de que Raj está a punto de hacer un truco de magia—. Ese exactamente es el problema. Han pasado por tragedias. Nadie lo niega. Sin embargo, *esa no es la vida que están viviendo ahora*. El aura está rancia. La historia, Daniel, está rancia. No puedes dejarla ir, porque si lo haces ya no serían víctimas. Sin embargo, hay millones de personas que aún viven en la opresión. Yo vengo de ellas. Y esas personas no pueden vivir en el pasado, no pueden vivir en sus cabezas. No pueden darse ese lujo.

Daniel retrocede, se aleja hacia la oscuridad de los árboles como si pudiera cubrirse. Raj no espera su respuesta: se da vuelta y camina de regreso, rodeando el estanque. Pero hace una pausa camino a casa.

—Una cosa más —la voz de Raj le llega fácilmente, pero su cuerpo está en las sombras—. Tú afirmas que estás haciendo algo importante, algo que tiene trascendencia. Sin embargo, te estás engañando. Lo único que estás haciendo es ver que otras personas hagan el trabajo sucio a miles de kilómetros de distancia. Eres un subalterno, un alcahuete. Y tienes miedo, Dios mío. Tienes miedo de que nunca puedas hacer lo que hizo tu hermana; pararte en el escenario, tú solo, noche tras noche, y desnudar tu jodida alma sin saber si te van a aplaudir o a abuchear. Es posible que Klara se haya suicidado, pero aun así era más valiente que tú.

26

Raj y Ruby se van antes de las ocho de la mañana. Llovió durante la noche y su auto rentado está mojado a la entrada de la casa. Raj y Daniel llenan la cajuela sin hablar. El aguanieve se aferra al terciopelo amarillo de la última sudadera de Ruby. Le da un abrazo rígido a Daniel. Está igual de fría con Raj, pero Raj es el padre de Ruby: finalmente tendrá que perdonarlo. No va a pasar lo mismo con Daniel, quien siente una desesperación visceral cuando Ruby se sube al asiento del copiloto y cierra la puerta. Cuando avanzan en reversa por el camino, se despide con la mano, pero Ruby ya se agachó para ver su teléfono y lo único que ve es su cabello.

Mira conduce a New Paltz por una reunión del departamento. Daniel camina hacia el refrigerador y empieza a sacar las sobras de ayer. El pellejo de pavo, antes crujiente, se ha puesto húmedo y arrugado. La grasa del sartén está opaca, un charco color beige.

Vuelve a calentarse un plato lleno en el microondas y come en la mesa de la cocina hasta que siente náuseas. No puede soportar estar sentado en la mesa del comedor, donde los Chapal y los Gold cenaron, al parecer, hace años. Por primera vez, Daniel sintió un lazo con Ruby; sintió que *podía* estar más cerca de ella, que no necesitaba avergonzarse de su papel en la muerte de su madre. Y ahora, la ha perdido. Quizá Ruby los vuelva a visitar cuando tenga dieciocho y pueda tomar sus propias decisiones, pero Raj no la volverá a llevar y nunca la alentaría a que fuera. Daniel podría tratar de acercarse a Ruby, pero quién sabe cómo podría responder. El fracaso del Día de Acción de Gracias no fue sólo culpa de Raj.

Después de la última pelea con Raj, hace años, Daniel encontró consuelo en el trabajo. Pero ya no puede hacerlo: esta vez, cuando piensa en la oficina, se siente estrangulado. El único modo en que sería capaz de mantener su trabajo es si cede su poder, que radica en su capacidad para tomar decisiones. Y si hace eso, si elige el trabajo sobre la integridad, la seguridad sobre el libre albedrío, será justo el peón que Raj dijo que era.

Su celular suena en la habitación. Daniel sube las escaleras, y cuando ve el número en la pantalla toma el teléfono de manera tan abrupta que el cargador se desprende del contacto.

—¿Eddie? —pregunta.

—Daniel. Te hablo con la actualización del caso. Querías que te mantuviera informado.

—¿Sí?

La voz de Daniel es pesada, exhausta.

—Le retiramos todos los cargos.

Daniel se deja caer en la cama. Aprieta el teléfono contra su oreja y el cable lo sigue como una cola.

—No pueden hacer eso.

—Mira —Eddie exhala—, es una zona muy gris. ¿Cómo puedes probar que ella mató a esas personas cuando nunca las tocó, ni siquiera las instó, no con esas palabras? He pasado los últimos seis meses tratando de atrapar a esa mujer. Cuando fui contigo, casi habíamos cerrado el caso; sin embargo, pensé que podría haber algo que se me estaba escapando: alguna prueba que sólo tú conocías. Y tú hiciste lo que pudiste, fuiste honesto. Simplemente, no fue suficiente.

—¿Qué es suficiente? ¿Cinco suicidios más? ¿Veinte? —la voz de Daniel se quiebra en la última sílaba, algo que no le había ocurrido desde la infancia—. Pensé que habías dicho que no tenía registro. ¿No puedes arrestarla por eso?

—Sí, no tiene registro. Pero apenas está ganando dinero. La Oficina piensa que es una pérdida de tiempo. Además, es una vieja. No va a vivir mucho tiempo más.

—¿Y eso qué importa? Ustedes buscan gente que ha hecho cosas horribles, cosas espantosas, no importa cuánto tiempo pase para que haya justicia. El objetivo es que haya justicia.

—Cálmate, Daniel —dice Eddie y a Daniel se le calientan las orejas—. Yo quería que esto pasara tanto como tú, pero tengo que dejarlo.

—Eddie —dice Daniel—. Hoy es mi día.

—¿Tu día?

—La fecha que me dijo. La fecha en que dijo que iba a morir.

Esta es la última carta de Daniel. Nunca pensó que lo compartiría con Eddie, pero está desesperado por hacer que el agente reconsidere su postura.

—Ay, Daniel —suspira Eddie—. No hagas eso. Sólo vas a torturarte, ¿y para qué?

Daniel se queda en silencio. Afuera ve una nevisca delicada y cristalina. Los copos de nieve pesan tan poco que no se puede decir si flotan hacia el cielo o hacia la tierra.

—Cuídate, ¿de acuerdo? —le pide Eddie—. Lo mejor que puedes hacer hoy es cuidarte.

—Tienes razón —dice Daniel, inexpresivo—. Comprendo y agradezco todo lo que has hecho.

Cuando cuelgan, Daniel avienta el teléfono contra la pared. Se quiebra en dos partes con un tronido sordo. Lo deja en el suelo y baja las escaleras para ir al estudio. Mira ya deshizo la cama de Ruby, puso las sábanas en la lavadora y convirtió el futón en un sofá. Incluso aspiró, un gesto generoso, pero sólo hace que Daniel sienta que Ruby nunca estuvo ahí.

Daniel se sienta en su escritorio y abre «Los más buscados» del FBI. Eliminaron a Bruna Costello de la página de «En busca de información». Cuando escribe su nombre en el buscador, aparece una breve línea de texto: «Su búsqueda no coincide con ningún documento».

Daniel se recarga en la silla del escritorio y gira llevándose las manos al rostro. Regresa al mismo recuerdo que ha tenido muchas veces antes: la última vez que habló con Simon. Simon le llamó desde el hospital, aunque entonces Daniel no lo sabía. «Estoy enfermo», dijo. Daniel estaba sorprendido; le tomó un momento identificar la voz de Simon, que al mismo tiempo era más madura y más frágil de lo que nunca antes había sido. Aunque no lo demostró, Daniel sintió tanto alivio como resentimiento. En la voz de Simon escuchó el canto de sirena de la familia: cómo te atrae a pesar de toda lógica; cómo te obliga a descartar tus propias convicciones, tu identidad moral, en favor de una profunda dependencia.

Si Simon hubiera ofrecido la más mínima disculpa, Daniel lo habría perdonado. Pero no lo había hecho; en realidad, no había dicho mucho. Le preguntó a Daniel cómo estaba, como si fuera una llamada casual entre dos hermanos que no se habían distanciado durante años. Daniel no sabía si algo estaba verdaderamente mal o si Simon sólo estaba siendo Simon: egocéntrico, evasivo. Quizá había decidido llamar a Daniel tan irreflexivamente como había decidido irse a San Francisco.

—¿Simon? —preguntó Daniel—. ¿Hay algo que pueda hacer por ti?

Pero sabía que su voz era fría, y Simon colgó pronto.

«*¿Hay algo que pueda hacer por ti?*».

No puede salvar a Simon o a Klara; ellos pertenecen al pasado. Pero quizá pueda cambiar el futuro. La ironía es impecable: el mismo día que Bruna Costello profetizó su muerte, él puede encontrarla y obligarla a confesar cómo se aprovechó de ellos. Y después puede asegurarse de que nunca lo vuelva a hacer.

Daniel deja de girar. Se quita las manos del rostro y parpadea contra la luz artificial del estudio. Después se inclina sobre el teclado y trata de recordar frases de la publicación del FBI. Había una foto de un tráiler crema con café, una serie de alias. Y el nombre de un pueblo en Ohio, algo Milton; había leído *El paraíso perdido* en la universidad y esa palabra se había arraigado en su mente cuando lo leyó. ¿East Milton? No: West Milton. Busca en Google y aparecen enlaces de una escuela primaria y una biblioteca, así como un mapa de West Milton delineado en rojo y con una forma como la de Italia sin el tacón. Hace clic en las imágenes y ve un centro pintoresco con tiendas que exhiben la bandera de Estados Unidos. Una foto muestra una pequeña cascada al lado de un vuelo de escaleras. Cuando Daniel hace clic, lo envía a un foro de discusión.

«Cascadas y escalera de West Milton», publicó alguien. «Este lugar no está bien cuidado. La gente tira basura y las escaleras y el barandal no son seguros».

Parece un mejor lugar para esconderse que la avenida principal. Daniel regresa al mapa: West Milton está a diez horas manejando desde Kingston. Pensar en ello hace que se le acelere el pulso. No conoce la ubicación precisa de Bruna, pero las cascadas parecen promisorias y todo el pueblo no tiene más de siete kilómetros cuadrados, ¿qué tan difícil puede ser encontrar una casa rodante deteriorada?

Escucha un timbre agudo que viene de la cocina. En esos días, usan tan poco el teléfono fijo que le cuesta un momento ubicarlo. Las únicas personas que tienen el número son vendedores y miembros de la familia, y algún vecino. Esta vez, no tiene que ver el identificador de llamadas para saber que es Varya.

—V —dice.

—Daniel —no pudo acompañarlos en la cena de Acción de Gracias porque se había comprometido a dar una conferencia en Ámsterdam—. Tu celular está apagado, sólo quería reportarme.

La voz de Eddie se cortaba desde la autopista, pero la voz de Varya pasa a través del auricular a seis mil kilómetros de distancia con tanta claridad que podría estar parada enfrente de él. Habla con un autocontrol relajado para el que Daniel no tiene paciencia.

—Ya sé por qué me llamas —dice.

—Bueno —dice con risa crispada—. Demándame —hace una pausa que Daniel no se esfuerza por llenar—. ¿Cómo estás hoy?

—Voy a encontrar a la adivina; la voy a cazar y la voy a obligar a disculparse por lo que le hizo a nuestra familia.

—No es gracioso.

— Habría estado bien que vinieras ayer.

—Tenía una presentación.

—¿En Acción de Gracias?

—Resulta que los holandeses no lo celebran —endurece el tono y el resentimiento de Daniel vuelve a elevarse—. ¿Cómo les fue?

—Bien —no le va a decir nada—. ¿Cómo estuvo la conferencia?

—Bien.

Le enfurece que a Varya le importe lo suficiente para llamarle, pero no cualquier otro día y no lo suficiente como ir a verlo. En cambio, lo observa desde arriba mientras él da vueltas como un ratón, sin bajar jamás a intervenir.

—Entonces, ¿cómo estás al pendiente de estas cosas? —pregunta apretándose el teléfono contra la oreja—. ¿Tienes una hoja de cálculo? ¿O lo memorizaste todo?

—No seas desagradable —dice ella y Daniel titubea.

—Estoy bien, Varya —se inclina sobre la barra de la cocina y usa la mano libre para frotarse el puente de la nariz—. Todo va a estar bien.

Se siente arrepentido en cuanto cuelgan. Varya no es el enemigo, pero ya habrá mucho tiempo para arreglar las cosas. Va al mostrador y toma sus llaves de una canasta de mimbre.

—Daniel —dice Gertie—. ¿Qué estás haciendo?

Su madre está parada en la puerta. Lleva su vieja bata rosa y las piernas desnudas. La piel alrededor de sus ojos está húmeda y extrañamente de color lavanda.

—Voy a salir a dar una vuelta en el auto —dice.

—¿A dónde?

—A la oficina. Hay unas cosas que quiero hacer antes del lunes.

—Es el *sabbat*. No deberías trabajar.

—El *sabbat* es mañana.

—Empieza hoy en la noche.

—Entonces me quedan seis horas —responde Daniel.

Pero sabe que no habrá regresado para entonces. No va a regresar antes del amanecer. Entonces les contará todo a Gertie y a Mira. Les contará cómo capturó a Bruna y cómo confesó. También le va a contar a Eddie, que quizá vuelva a abrir el caso.

—Daniel —Gertie le bloquea la salida—. Estoy preocupada por ti.

—No te preocupes.

—Estás bebiendo demasiado.

—No es cierto.

—Y me estás ocultando algo —lo mira fijamente, con curiosidad y pesar—. ¿Qué me estás ocultando, mi amor?

—Nada. —Por Dios, lo hace sentir como si fuera un niño. Si tan sólo se quitara del paso—. Estás paranoica.

—No creo que debas ir. No está bien... en el *sabbat*.

—El *sabbat* no significa nada —dice Daniel agresivamente—. A Dios no le importa. A Dios le importa una mierda.

De repente, la idea de Dios parece tan encolerizante e inútil como la llamada de Varya. Dios no cuidó a Simon ni a Klara, y con toda seguridad no hizo justicia. Pero ¿qué esperaba Daniel? Cuando se casó con Mira, eligió volver al judaísmo. Se imaginaba —eligió— un Dios en el cuál creer, y ese era el problema. Desde luego, la gente elige cosas en qué creer todo el tiempo: relaciones, ideologías políticas, boletos de lotería. Pero Daniel ahora se da cuenta de que Dios es diferente. Dios no debería estar diseñado a partir de las preferencias personales, como unos guantes a medida. No debería ser un producto del anhelo humano, que es lo suficientemente poderoso para crear una deidad de la nada.

—Daniel —dice Gertie. Si no deja de repetir su nombre, Daniel va a gritar—. No lo dices en serio.

—Tú tampoco crees en Dios, ma —responde—. Sólo quieres creer.

Gertie parpadea con los labios apretados, aunque se mantiene muy quieta. Daniel le pone una mano en el hombro y se inclina para besarla en la mejilla. Cuando se va, ella sigue parada en la cocina.

Camina al cobertizo detrás de la casa. Adentro están las herramientas de jardinería de Mira: los paquetes de semillas medio vacíos, los guantes de piel y la regadera plateada. Mueve la manguera verde del estante inferior para alcanzar la caja de zapatos que está detrás. Dentro de la caja hay una pequeña pistola. Cuando se unió al ejército, le dieron entrenamiento para disparar armas, así que tener una parecía razonable. Fuera de un viaje anual al campo de tiro en Saugerties, no la ha usado, pero renovó su permiso en marzo. Carga la pistola y la lleva al auto dentro de su chamarra. Es posible que tenga que intimidar a Bruna para hacerla hablar.

Justo después del mediodía se incorpora a la autopista. Para cuando se da cuenta de que olvidó borrar el historial de búsquedas de la computadora, ya está en Pennsylvania.

27

Pasa Scranton temprano por la tarde. Cuando llega a Columbus, son casi las nueve. Tiene los hombros entumecidos y le duele la cabeza, pero está ansioso por el café barato y la expectativa. Las ciudades se hacen más rurales: Huber Heights, Vandalia, Tipp City. Un pequeño letrero verde y beige señala West Milton. Casas bajas recubiertas de aluminio, después colinas suaves y campos de cultivo. No hay ningún tráiler ni estacionamientos para casas rodantes, pero Daniel está resuelto. Si él quisiera esconderse, iría al bosque.

Consulta el reloj: 10:32 y no hay más autos en el camino. La cascada del foro de discusión está en la esquina de las carreteras 571 y 48, atrás de una tienda de muebles. Daniel se estaciona y camina hacia el mirador. No ve nada excepto la escalera, que está desvencijada como decía el reporte. Los escalones están resbalosos con hojas mojadas, el barandal carcomido de óxido.

¿Y si Bruna se fue de West Milton? Sin embargo, es demasiado pronto para rendirse, se dice al caminar de vuelta al auto. El bosque se extiende sin detenerse hasta el siguiente pueblo. Si se fue, es posible que no haya ido lejos.

Continúa hacia el norte, siguiendo el río Stillwater a Ludlow Falls, población 209. Después de un campo en la avenida Covington, puede ver el puente que lleva a la ruta 48 sobre otra cascada, más impresionante aún. Se estaciona al borde del pasto, saca su abrigo de lana y mete la pistola en el bolsillo. Después camina sobre la colina, bajo el puente.

Las cataratas Ludlow son casi de dos pisos de alto y parecen rugir. Una vieja escalera lleva por lo menos nueve metros hacia el desfiladero, hasta un camino que linda con el río y sólo alumbrado por la luz de la luna.

Baja lentamente al principio, y después más rápido conforme se ajusta al ancho y el ritmo de los escalones.

El desfiladero está carcomido, es más difícil de avanzar. Su abrigo no deja de atorarse entre las ramas y se tropieza dos veces con raíces expuestas. ¿Por qué pensó que esto era una buena idea? El desfiladero es muy estrecho para meter una casa rodante, la entrada es demasiado inclinada. Sigue caminando con la esperanza de encontrar otra escalera o un camino que lleve a un terreno más alto, pero su expectativa pronto se convierte en fatiga. En un punto, se resbala con el borde húmedo de una roca y tiene que sujetarse con las cuatro extremidades para evitar caer al río.

Sus manos se aferran a musgo y a piedra. Las rodillas de sus pantalones están empapadas; los latidos se fueron al estómago y se instalaron ahí, incorrectamente. Hay tiempo para que dé vuelta y regrese. Podría rentar una habitación en un motel, asearse y llegar a casa en la mañana, decirle a Mira que se quedó dormido en la oficina. Es posible que ella se sintiera molesta, pero le creería. Sobre todo, él es leal.

Sin embargo, se desprende con cuidado de la roca para ponerse de rodillas y levantarse. Encuentra mejor tracción más lejos del agua, donde el suelo está seco. Conforme el desfiladero se estrecha, empieza a ascender. No está seguro de cuánto tiempo ha pasado cuando se da cuenta de que las cascadas quedaron atrás a la distancia. Debió caminar a su alrededor, hacia el lado sur.

Daniel ve tierra más plana arriba. Avanza a tumbos aunque más rápidamente, aferrándose a troncos de árboles y ramas bajas para ayudarse a seguir por el desfiladero. Conforme trepa, adaptando su mirada a la oscuridad, nota que parte del claro está bloqueado por algo angular. Rectangular.

Una casa rodante está estacionada en un claro de tierra plana más allá de los árboles densos. Para cuando llega al labio más alto del desfiladero, está sin aliento, pero se siente como si pudiera trepar dos veces más. El tráiler está cubierto de lodo. La nieve se acumula en el techo. Las ventanas están cubiertas y la palabra *Regatta* está escrita con letra script oblicua a lo largo de un costado.

Le sorprende encontrar la puerta sin cerrojo. Sube las escaleras y entra.

Un momento antes de que sus ojos se adapten a la oscuridad; es difícil ver con las ventanas cerradas, pero el entorno básico es discernible. Está parado en un área habitacional atiborrada, su rodilla izquierda toca un sofá sucio tapizado con un patrón abstracto horrible. Hay una mesa enfrente del sofá o apenas una mesa, una superficie que se dobla desde la pared, en ese momento llena de cajas. Dos sillas plegables de metal están metidas entre la mesa y los asientos del frente, también cubiertas de cajas. A la izquierda de la mesa hay un fregadero y otro espacio de mostrador con una variedad de velas y figuras.

Camina más al fondo del tráiler, pasa por un baño secundario retacado de cosas antes de llegar a una puerta cerrada. En el centro de la puerta, a la altura de los ojos, cuelga de dos tachuelas una cruz de madera. Gira la perilla.

Una cama individual está arrinconada, pegada a la pared. A su lado hay una caja con una Biblia encima, así como un plato, vacío salvo por una envoltura de plástico. Encima hay una pequeña ventana cuadrada. La cama está cubierta con sábanas de franela a cuadros y un edredón azul marino bajo el que se extiende un solo pie.

Daniel se aclara la garganta.

—Levántese.

El cuerpo se mueve. El rostro está volteado hacia un lado, escondido entre largos mechones de cabello. Lentamente, una mujer se coloca bocarriba y abre un ojo, luego el otro. Por un momento, lo mira inexpresivamente. Después inhala de manera brusca y se incorpora para sentarse. Lleva un camisón de algodón con pequeñas flores amarillas.

—Tengo una pistola —dice Daniel—. Vístase. —Ya se siente disgustado por ella. Tiene el pie desnudo, con el talón duro y agrietado—. Vamos a hablar.

La lleva a la sala y le ordena que se siente en el sofá. Ella lleva el edredón azul de la habitación y lo mantiene envuelto alrededor de sus hombros. Daniel quita las cortinas negras de las ventanas para poder verla mejor a la luz de la luna.

Sigue siendo robusta, aunque quizá se vea más grande así, envuelta en el edredón. Su cabello es blanco y descuidado y le cuelga sobre los senos; su cara está cubierta de arrugas delicadas y capilares, tan precisas que podrían estar dibujadas a lápiz. La carne bajo sus ojos es blanda y rosada.

—Te conozco —su voz es pesada—. Te recuerdo. Fuiste a verme en Nueva York. Estabas con tus hermanos, dos niñas y un pequeño niño.

—Están muertos. El niño y una de las niñas. —La boca de la mujer está apretada. Se mueve bajo el edredón—. Sé su nombre —continúa Daniel—. Es Bruna Costello. Conozco a su familia y sé lo que han hecho. Pero quiero saber sobre usted; quiero saber por qué hizo lo que nos hizo a nosotros.

La boca de la mujer está fija.

—No tengo nada que decirte.

Daniel saca la pistola de su abrigo y dispara dos balas al piso de aluminio. La mujer grita y se cubre los oídos; el edredón cae a un lado. Tiene una cicatriz, blanca y brillante como pegamento seco, bajo la clavícula.

—Es mi casa —dice—. No tienes derecho a hacer eso.

—Voy a hacer algo peor —apunta con la pistola a su rostro, el cañón queda a la altura de su nariz—. Así que empiece con lo básico. Usted proviene de una familia de criminales.

—Yo no hablo de mi familia.

Él apunta hacia arriba y vuelve a disparar. La bala explota a través del techo y silba en el aire. Bruna grita. Con una mano, vuelve a jalar el edredón sobre sus hombros; sostiene la otra enfrente, con la palma hacia Daniel, pidiéndole que se detenga.

—*Drabarimos*, es un regalo de Dios. Mi familia no lo estaba usando bien. Son tramposos, deshonestos, golpean y huyen. Yo no hago algo así. Yo hablo de la vida y de las bendiciones de Dios.

—Sabe que están encerrados, ¿no? ¿Sabe que los apresaron?

—Lo oí, pero no hablo con ellos. No tengo nada que ver con eso.

—Es mentira. Se mantienen juntos, los de su pueblo, como ratas.

—Yo no —dice Bruna—. Yo no.

Cuando Daniel baja la pistola, ella baja la mano. En sus ojos, Daniel ve un brillo de lágrimas. Quizá está diciendo la verdad; quizá su familia se sienta tan lejana para ella como Klara, Simon y Saul para Daniel, como parte de otra vida.

Sin embargo, no puede ablandarse.

—¿Es por eso que dejó su casa?

—En parte.

—¿Por qué más?

—Porque era niña. Porque no quería ser la esposa de nadie, la madre de nadie. Empezando desde los siete años, estás limpiando la casa. A los once, doce, estás trabajando; a los catorce, casada. Yo, quería ir a la escuela, ser enfermera, pero no tenía educación. Lo único que había era «*Shai drabarel, shai drabarel?*». Puede decir la fortuna. Entonces, hui; hice lo que sabía, hice lecturas. Pero me dije que iba a ser diferente. No voy a cobrar si no tengo que hacerlo. Nada de mierda bruja. Había una clienta que tuve durante años, no le pedí una sola vez que me pagara. Le dije: «Enséñeme. Enséñeme a leer». Ella se rio: «¿Las palmas?». «No», le dije, «el periódico».

La boca de Bruna tiembla.

—Tengo quince —dice—, viviendo en un motel. No puedo escribir un anuncio. No puedo leer un contrato. Estoy aprendiendo, pero veo lo que uno tiene que hacer para ser enfermera, universidad y eso, y yo dejé la escuela a los siete. Sé que no puedo; sé que es demasiado tarde. Entonces me digo, está bien, tengo el don, aún tengo eso. Tal vez se trata de cómo lo uso.

Al final de su monólogo, se desinfla. Él se da cuenta de lo miserable que es al verse obligada a compartir eso con él.

—Continúe —dice él.

Bruna inhala con un silbido.

—Quería hacer algo bueno. Entonces pensé, está bien: ¿qué hacen las enfermeras? Ayudan a la gente, a las personas que sufren. ¿Por qué sufren? Porque no saben lo que les va a pasar. Entonces, ¿cómo puedo quitarles eso? Si tienen respuestas, serán libres, es lo que pensé. Si saben cuándo van a morir, pueden vivir.

—¿Qué quiere de la gente que viene a verla? Dinero no. Entonces, ¿qué?

—Nada —sus ojos están hinchados.

—Mentira. Quería poder. Nosotros éramos niños, y usted nos tuvo comiendo de la palma de su mano.

—Yo no los hice venir.

—Usted anunciaba sus servicios.

—No. Ustedes me encontraron.

Su rostro es vivaz e indignado. Daniel trata de recordar si eso es verdad. ¿Cómo escuchó de ella? Dos chicos en un restaurante. Pero ¿cómo escucharon *ellos* de ella? El rastro debe llevar de regreso a Bruna.

—Incluso si eso fuera cierto, usted debió disuadirnos. Éramos niños y usted nos dijo cosas que ningún niño debe escuchar.

—Todos los niños piensan en la muerte. ¡Todos piensan en eso! Y los que llegan a mí, tienen sus razones, cada uno de ellos, así que les doy aquello por lo que fueron. Los niños son puros en sus deseos;

tienen valor, quieren conocimiento, no le temen. Tú eras un niñito audaz, te recuerdo. Pero no te gustó lo que escuchaste. Así que no me crees, entonces, ¡no me creas! Vive como si no me creyeras.

—Así vivo. Así vivo. —Está saliéndose del camino. Es el cansancio y el frío, ¿cómo lo soporta Bruna?, el viaje, la preocupación de que Mira encuentre su teléfono en el piso—. ¿Usted conoce su propio futuro? ¿Su propia muerte?

Bruna parece estar temblando hasta que él se da cuenta de que está negando con la cabeza.

—No, no lo sé. No puedo verme.

—No puede verse a sí misma. —Un placer cruel florece en Daniel—. Eso debe volverla loca.

Tiene la edad de su madre, la talla de su madre. Sin embargo, Gertie es robusta. De alguna manera, Bruna parece al mismo tiempo hinchada y frágil.

Apunta la pistola.

—¿Y si es ahora?

La mujer jadea. Se pone las manos sobre las orejas y el edredón cae al suelo, revelando su camisón y sus piernas desnudas. Sus pies están cruzados a la altura de los tobillos, apretados para calentarse.

—Respóndame —dice Daniel.

Ella habla en voz baja, en el registro más alto de su garganta.

—Si es ahora, es ahora.

—Aunque no tiene que ser ahora —dice él, acariciando el arma—. Podría serlo en cualquier momento. Presentarme en su puerta: nunca sabría cuándo voy a llegar. ¿Qué preferiría? ¿Irse ahora, o nunca saber cuándo? Esperar, esperar, caminar de puntitas, mirar sobre su hombro todos los jodidos días, quedarse por aquí mientras todos a su alrededor mueren y se preguntará si debió haber sido usted, y se odia porque…

—¡Es tu día! —grita Bruna y Daniel se siente sorprendido por el cambio en su voz, cómo se hace más baja y más segura—. Tu día, es hoy. Por eso estás aquí.

—¿Cree que no sé eso? ¿Usted cree que no hice esto intencionalmente? —dice, pero Bruna lo mira con una incertidumbre que sugiere otra narrativa: una en la que él no vino intencionalmente en absoluto, sino obligado por los mismos factores que Simon y Klara. Una en la que su decisión estaba marcada desde el principio porque la mujer tiene algún tipo de visión que él no puede comprender, o porque es lo suficientemente débil para creer en esto.

No. Simon y Klara fueron atraídos de manera magnética, inconscientemente; Daniel está en plena posesión de sus facultades. Sin embargo, las dos narrativas flotan como una ilusión óptica —¿un florero o dos rostros?—, cada una tan convincente como la otra, una perspectiva que pierde relevancia en cuanto la suelta un poco.

Sin embargo, hay una manera en la que puede hacer que su propia interpretación sea permanente, mientras la otra se desvanece en lo que era antes o podría haber sido. No está seguro de que la idea se le acabe de ocurrir o si ha estado dentro de él desde que vio su fotografía.

Los ojos de la mujer voltean a la izquierda y Daniel se queda quieto. Al principio sólo escucha el ruido de la cascada, pero después otro ruido se hace evidente: el avance lento de unos pies en el acantilado.

—No se mueva —dice.

Se dirige hacia la cabina. Cuando sus ojos se ajustan a la oscuridad, ve una masa negra que se mueve rápidamente a través del pasaje estrecho.

—Sal —dice Bruna—. Vete.

Ahora las pisadas se están acercando, más rápido, y su pulso empieza a acelerarse.

—¿Daniel? —grita una voz.

El mapa de West Milton en la pantalla de su computadora. La tarjeta sobre el escritorio. Mira debió haberlos encontrado; ella debió haber llamado a Eddie.

—¡Daniel! —grita Eddie.

Daniel se queja.

—Te dije que te fueras —dice Bruna.

Sin embargo, Eddie está demasiado cerca. Daniel ve una figura que sale tambaleándose del borde del acantilado hacia el claro. El estómago le da un vuelco. Golpea la mesa plegable de Bruna hacia la pared para que las cajas caigan al suelo; las sillas plegables de metal caen encima.

—Ya está bien —ordena Bruna—. Ya basta.

Pero Daniel no puede detenerse. Lo espanta su propio miedo, la prisa imparable y profunda de su miedo. No es él, no es suyo: debe cortarlo de raíz. Camina hacia el mostrador al lado del fregadero y utiliza el cañón de su pistola para tirar los íconos religiosos al piso. Vacía las cajas en los asientos delanteros, tirando su contenido al suelo: periódicos y comida enlatada, cartas de juego y de tarot, papeles viejos y fotografías. Ahora Bruna está gritando mientras se levanta pesadamente del sofá, pero él pasa a su lado hacia la habitación. Arranca la cruz de madera y la lanza contra la pared del tráiler.

—No tienes derecho a hacer eso —grita Bruna, tambaleante sobre sus pies—. Esta es mi casa —la parte blanca de sus ojos está roja y las bolsas debajo brillan—. He estado aquí durante años y no me voy a ir a ninguna parte. No tienes derecho. Soy estadounidense, igual que tú.

Daniel la toma de la muñeca, que se siente como un hueso de pollo.

—No lo es —dice—, igual que yo.

La puerta del Regatta se abre de par en par y Eddie aparece en el umbral. No está en servicio y lleva una chamarra de piel y unos *jeans*, pero sacó su placa y su pistola.

—Daniel —dice—. Baja tu arma.

Daniel niega con la cabeza. Ha actuado con valor en tan raras ocasiones, así que ahora lo hará: por Simon, por su sexualidad oculta en vida, comprendida sólo en la muerte. Por Klara, de mirada salvaje, atada a una luz en el techo. Por Saul, que trabajaba doce horas al día para que sus hijos no tuvieran que hacerlo, y por Gertie, que los perdió a todos.

Es, para él, un acto de fe. No fe en Dios sino en su propia mediación; no fe en el destino sino en la elección. Él viviría. Vivirá. Fe en la vida.

Sigue sosteniendo la delicada muñeca de Bruna. Lleva la pistola hacia su sien y ella grita.

—Daniel —grita Eddie—. Voy a disparar.

Pero Daniel apenas lo oye. La libertad, la grandeza de pensar que es inocente, lo llena y lo eleva como helio. Mira hacia abajo a Bruna Costello. Una vez creyó que la responsabilidad fluía entre ellos como el aire. Ahora no puede recordar lo que pensó que tenían en común.

—*Akana mukav tut le Devlesa* —dice Bruna en voz muy baja, un murmullo fatigado—. *Akana mukav tut le Devlesa*. Ahora te dejo a Dios.

—Escúchame, Daniel —dice Eddie—. Después de esto, no puedo ayudarte.

Las manos de Daniel están húmedas; amartilla el arma.

—*Akana mukav tut le Devlesa* —dice Bruna—. Ahora te dejo a...

PARTE CUATRO

EL LUGAR DE LA VIDA

2006-2010
Varya

28

Frida tiene hambre.

Varya entra al vivario a las 7:30 y la mona ya está de pie en su jaula, aferrada a los barrotes. La mayor parte de los animales pía y trina con la certeza de que la llegada de Varya presagia el desayuno, pero Frida lanza el mismo chillido rápido que ha hecho durante semanas. «Ssh, ssh», dice Varya. «Ssh, ssh». Cada mono recibe un alimentador de laberinto que lo obliga a esforzarse para obtener su comida, como ocurriría en la naturaleza: usan los dedos para guiar una bolita de la parte superior de un laberinto de plástico amarillo, a un hoyo que está en la parte inferior. Los vecinos de Frida arañan los comederos, pero ella deja el suyo en el suelo de la jaula. El laberinto es demasiado fácil; podría sacar la bola en segundos. Sin embargo, observa fijamente a Varya y grita con la boca tan abierta que podría caberle una naranja.

Una ráfaga de cabello oscuro, una mano en la puerta y Annie Kim mete la cabeza a la sala.

—Ya llegó —dice.

—Temprano. —Varya lleva el uniforme azul del laboratorio y guantes gruesos hasta la altura del codo. Un gorro le protege el cabello corto y el rostro es cubierto por una máscara y protector de plástico. Sin embargo, el olor a orina y almizcle es penetrante. Lo detecta en su departamento así como en el laboratorio. No sabe a ciencia cierta si su cuerpo ha empezado a desprender la esencia o si ahora es tan familiar que se la imagina donde sea.

—Sólo por cinco minutos. Mira —dice Annie—, mientras más pronto comiences, más pronto terminará. Es como sacarse un diente.

Algunos de los monos terminaron sus laberintos y gritan para que les den más comida. Varya usa el codo para rascarse una comezón que siente en la cintura.

—Una cita con el dentista que dura una semana.

—La mayoría de las solicitudes de recursos toman más tiempo —dice Annie y Varya se ríe—. Recuerda: cuando lo veas, ve el signo de dólares.

Mantiene la puerta abierta con el pie para que Varya pase. Enseguida se cierra detrás de ellas con un rechinido casi indetectable, como si proviniera de una televisión distante. El edificio es de concreto, con pocas ventanas, y todas las habitaciones son a prueba de sonido. Varya sigue a Annie por el pasillo hasta la oficina que comparten.

—Frida sigue en huelga de hambre —dice Varya.

—No va a aguantar mucho tiempo más.

—No me gusta, me inquieta.

—¿Tú crees que no lo sabe? —pregunta Annie.

La oficina es un rectángulo largo. El escritorio de Varya está pegado al estrecho muro oriental; el de Annie se apoya contra el largo muro sur, a la izquierda de la puerta. Entre sus escritorios, del lado opuesto a la puerta, hay un lavabo de laboratorio de acero. Annie se sienta y gira para quedar frente a su computadora. Varya se quita la máscara y la protección, el uniforme del laboratorio y los guantes, las cofias para el cabello y los zapatos. Se lava las manos con agua y jabón tres veces, con el agua más caliente que puede tolerar. Después se acomoda la ropa habitual: unos pantalones negros y una camisa azul Oxford con un suéter negro abotonado encima.

—Pues adelante —Annie dirige los ojos hacia la computadora con una mano sobre el ratón, sosteniendo en la otra una barra energética a medio comer—. No lo dejes demasiado tiempo a solas con los titís. Va a pensar que todos nuestros monos son así de lindos.

Varya se frota las sienes.

—¿Por qué no puedo enviarte a ti?

—El señor Van Galder fue muy claro —Annie no aparta la mirada de la pantalla de la computadora, pero sonríe—. Tú eres la investigadora principal. Tú eres la de los hallazgos importantes; no me quiere a mí.

Cuando Varya sale del elevador, encuentra al hombre enfrente de la jaula de los titís. La jaula es la única exhibición pública del laboratorio. Tiene tres metros de alto por dos y medio de ancho, y paredes hechas de red rígida cubierta de vidrio. El hombre no voltea de inmediato, lo que le permite a Varya observarlo desde atrás. Quizá mide 1.82, tiene una densa mata de rizos rubios y lleva ropa más adecuada para hacer senderismo que para una visita a un laboratorio: una especie de pantalones de *nylon* con un rompevientos y una mochila de apariencia complicada.

Los titís se amontonan contra la malla. Son nueve: dos padres y sus hijos, todos mellizos excepto uno de los últimos. Plenamente adultos, miden apenas dieciocho centímetros de largo y cuarenta si se incluye la expresiva cola a rayas. Los rostros de los monos son del tamaño de cáscaras de nuez pero extraordinariamente detallados, como si los hubieran diseñado a una mayor escala y encogido de manera perfecta: sus fosas nasales son del tamaño de cabezas de alfileres y sus ojos negros son lágrimas sesgadas. Uno está en cuclillas sobre la superficie de un tubo de cartón que tiene un ángulo de cuarenta y cinco grados. Tiene los pies girados hacia afuera y los muslos curvos llenos de pelo, lo que da la impresión de ver a un genio. Emite un silbido penetrante que el cristal sólo amortigua ligeramente. Diez años antes, cuando Varya empezó a trabajar en el laboratorio, pensó que los gritos de los titís eran una alarma en algún pasillo en las profundidades del edificio.

—Así hacen —dice, avanzando—. No es tan malo como suena.

—¿Vil en extremo?

Cuando el hombre se da vuelta, le sorprende lo joven que parece. Es flaco como un galgo, con un rostro que sirve de fondo a una nariz larga y protuberante. Tiene labios carnosos, y cuando sonríe adquiere una guapura inesperada. Hay una ligera separación infantil entre sus dientes delanteros. Detrás de los lentes de montura plateada, sus ojos son color avellana que le recuerda los de Frida.

—Es un grito de contacto —dice—. Los titís lo usan para comunicarse a largas distancias para recibir a los recién llegados. En cambio, no querrás ver a los monos rhesus fijamente. Son territoriales y se sienten amenazados; con todo, los titís son curiosos y más sumisos.

Es verdad que los titís son menos agresivos que los otros monos, pero este silbido con la boca abierta es un grito de peligro. Varya no está segura de lo que la poseyó para mentir tan prontamente, y sobre algo de tan poca relevancia. Tal vez fue la intensidad de la mirada del hombre, una intensidad que ahora dirige a ella.

—Debe ser la doctora Gold —dice.

—Señor Van Galder. —Varya no extiende la mano con la esperanza de que él tampoco lo hará, pero lo hace, así que se obliga a estrecharla. De inmediato registra la mano en su mente, su mano derecha.

—Por favor, Luke está bien.

Varya asiente.

—Mientras no tengamos tus resultados de tuberculosis no puedo llevarte al interior del laboratorio. Así que pensé que hoy podía mostrarte el campus principal.

—No hay tiempo que perder —dice Luke.

Sus bromas ponen ansiosa a Varya. Eso es lo que hacen los periodistas: crean una falsa sensación de intimidad, congraciándose hasta que uno se siente lo suficientemente cómodo para decirles cosas que de otro modo habría tenido la sensatez de no confiarles.

El último periodista al que le permitieron entrar al laboratorio era un reportero de televisión cuyo reportaje causó tal frenesí entre los donantes que el Drake construyó una nueva zona de juegos para los monos con tal de apaciguarlos. Por supuesto, ese reportero eligió sólo las imágenes más comprometedoras: los monos rhesus sacudiendo los barrotes de la jaula y ladrando como si no los acabaran de alimentar.

Varya lleva a Luke al vestíbulo principal, donde hay un hombre robusto detrás de un puesto de seguridad, leyendo el periódico.

—¿Ya conociste a Clyde?

—Claro, somos viejos amigos. Acaba de contarme del cumpleaños de su madre.

—Cumplió ciento un años el mes pasado —dice Clyde, dejando el periódico—. Así que mis hermanos y yo fuimos a Daly City y le hicimos una fiesta. No puede salir de casa, de modo que le pagamos al coro de su vieja iglesia para que fuera a cantarle. Todavía se sabe todas las letras.

En los diez años que llevaba trabajando en el laboratorio, Varya no había intercambiado más que los saludos diarios con Clyde. Se acerca a la pesada puerta de acero y mete el último código de Annie en el teclado a un lado.

—¿Tu madre tiene ciento un años?

—Así es —responde Clyde—. Debería picotearla a ella en lugar de a estos monos.

El Instituto Drake de Investigaciones en torno al Envejecimiento está conformado por una serie de edificios angulosos y blancos anidados dentro de las colinas perpetuamente verdes del monte Burdell. El terreno, de casi doscientas hectáreas, se encuentra a tres kilómetros al sur del Parque Histórico Estatal de Olompali y tres kilómetros al norte del Rancho Skywalker, casi todo campo intacto. El instituto está confinado a una meseta a medio camino de la montaña, donde grandes masas de piedra caliza se asientan entre laureles y chaparrales, como un campamento alienígena. A Varya el paisaje siempre le ha parecido antiestético por su falta de arreglo, con arbustos enredados y espinosos y los laureles abundantes como barbas demasiado crecidas, pero Luke Van Galder alza los brazos sobre la cabeza y suspira.

—Dios mío —dice—. Trabajar en un lugar así, con veintiún grados en marzo. Puedes caminar en un parque estatal durante el almuerzo.

Varya busca sus lentes de sol.

—Me temo que eso nunca ocurre. Llego a trabajar a las siete de la mañana; constantemente no tengo idea de cómo está el clima sino hasta que me voy en la tarde. ¿Ves ese edificio? —dice, señalando—. Son las instalaciones principales de investigación. Lo diseñó Leoh Chen. Es conocido por sus elementos geométricos; debes haber estacionado en el lugar para visitantes, así que habrás visto que el edificio es un semicírculo. Tiene ventanas por todos lados. Desde aquí se ven pequeñas, pero en realidad van del piso al techo —se detiene, a cincuenta pasos del laboratorio de primates y a cuatrocientos metros de las instalaciones principales—. ¿Tienes un cuaderno?

—Escucho. Puedo verificar los detalles después.

—Si te parece el mejor procedimiento...

—Estoy orientándome, voy a estar aquí toda la semana —Luke alza las cejas y sonríe—. Me imagino que podríamos sentarnos.

—Por supuesto, nos sentaremos —dice Varya— en algún punto; sin embargo, por lo general no me reúno con periodistas y confío en que comprendas que cierta información la obtendrás sólo con el tiempo. Tomando en cuenta el diseño del estudio, es importante que yo pase el menor tiempo posible lejos del laboratorio.

A las 5:10, se pone de pie casi al nivel de la mirada de Luke. Su rostro, visto a través de los lentes oscuros, está atenuado en color y dimensión, pero de cualquier modo puede ver sorpresa en él. ¿Por qué? ¿Porque es brusco e impersonal? Seguramente Luke no se sorprendería si un hombre con esas cualidades dirigiera el laboratorio. La culpa que ella siente por su sequedad es reemplazada por confianza en sí misma. En el mundo de la investigación en primates, ella está en la posición predominante.

Luke balancea su mochila al frente y saca una grabadora negra.

—¿Está bien?

—Sí —responde Varya. Luke oprime el botón para grabar y ella empieza a caminar de nuevo—. ¿Hace cuánto trabajas para el *Chronicle*?

Una oferta de paz, ese momento de temida conversación trivial, mientras avanzan hacia los caminos más amplios y pavimentados que rodean el edificio principal. La ruta al laboratorio de primates no es más que un camino de tierra con un nuevo propósito. «Les gusta mantenernos ocultos», dijo Annie alguna vez, «a los salvajes», y Varya se había reído, aunque no sabía si Annie se refería a los monos o a ellas dos.

—No trabajo para el *Chronicle* —dice Luke—. Soy periodista independiente. Esta es la primera vez que hago algo para ellos. Trabajo fuera de Chicago; por lo general escribo para el *Tribune*. Todo está en mi propuesta.

Varya niega con la cabeza.

—La doctora Kim es quien se encarga de eso.

Aunque Annie es investigadora y no encargada de los asuntos de información pública, ha desempeñado con facilidad ese papel. Con frecuencia, Varya se siente agradecida por la destreza de Annie con los medios, por lo que decidió aceptar cuando Annie sugirió que hicieran esa entrevista de una semana, a publicarse en el *San Francisco Chronicle*. El laboratorio de primates lleva diez años en un estudio de veinte. Ese año solicitarán una segunda ronda de financiamiento por competencia. De manera oficial, la publicidad no tiene repercusiones en los fondos para investigación. Extraoficialmente, a las fundaciones que apoyan al Drake les gusta sentir que están financiando algo importante, algo que ha conseguido tanto interés público como, en el caso de la investigación en primates, aprobación pública.

—¿Has trabajado antes en una sala de prensa? —pregunta.

—En la universidad; era el editor en jefe del periódico.

Varya casi se ríe. Annie sabía exactamente lo que hacía: Luke Van Galder es un niño.

—Debe ser un trabajo emocionante. Muchos viajes. Ningún encargo es igual a otro —dice, aunque en realidad esas cosas no le causan la menor emoción—. ¿Qué estudiaste en la universidad?

—Biología.

—Yo también. ¿Dónde?

—En St. Olaf, una pequeña universidad de artes liberales a las afueras de Mineápolis. Soy de un pueblo rural de Wisconsin, así que estaba lo suficientemente cerca de casa.

El atuendo de Varya es apropiado para el laboratorio, sin luz natural y siempre frío, pero no para el exterior. El calor la hace sudar, así que siente alivio cuando llegan al edificio principal, donde cuidan el pasto y recientemente sembraron árboles. Varya guía a Luke por un acceso circular y una puerta giratoria.

—Carajo —dice Luke cuando pasan al interior.

El vestíbulo del Drake es palaciego, con techos de dos pisos y jardineras de piedra caliza para árboles del tamaño de albercas infantiles. Los pisos son de mármol blanco importado y se extienden como la cafetería de una preparatoria. Un grupo en una visita guiada se reúne junto al muro occidental, donde exhiben videos y proyecciones interactivas en pantallas planas. Hay un segundo grupo que va hacia los elevadores. Estos son espectaculares, cubos modernos de vidrio y cromo que miran hacia la bahía de San Pablo; sin embargo, el único miembro del personal que los usa es un investigador de setenta y dos años que usa silla de ruedas por artritis reumatoide, quien estudia al gusano nematodo *C. elegans*. Todos los demás usan las escaleras a no ser que estén enfermos o lesionados, incluso los que trabajan en el octavo piso.

—Por aquí —dice Varya—. Podemos hablar en el patio interior.

Luke se queda atrás, observándolo todo. El patio, diseñado a la manera del Louvre, es un triángulo de vidrio que da al Océano Pacífico y el monte Tamalpais. También sirve como cafetería, con mesas redondas y una barra de jugos en la que ya están formados diez turistas. Varya se detiene frente a la mesa más alejada, se sienta y engancha su bolsa en el brazo de una silla.

—No siempre está tan lleno —dice—. Damos visitas guiadas al público los lunes por la mañana.

Se inclina ligeramente hacia adelante, de manera que sólo la parte más baja de su espalda toque la tela: un acto de equilibrio, una amenaza superada por la vigilancia constante, como si la incomodidad fuera el precio que tiene que pagar por la seguridad. Una vez, cuando era niña, se acostó en su litera superior y puso un pie sucio contra el techo sólo para ver qué se sentía. Su planta dejó una marca oscura en la pintura. Esa noche, temió que partículas de mugre flotaran sobre su cara mientras dormía, así que se quedó despierta, observando. Nunca vio que la mugre cayera, lo que significaba que no había caído. Si se hubiera dormido, si no hubiera permanecido en vigilia, probablemente lo habría hecho.

—Debe haber un gran interés del público por este lugar —dice Luke, sentándose también. Se quita el rompevientos de color naranja brillante, como el de un policía de crucero, y lo echa en el respaldo de la silla—. ¿Cuántas personas trabajan aquí?

—Hay veintidós laboratorios. Cada uno está dirigido por un miembro de la Facultad y tiene por lo menos tres miembros adicionales, a veces hasta diez: personal científico, profesores, investigadores asociados, técnicos de laboratorio y de animales, posdoctorantes y estudiantes de maestría, y becarios. Los más grandes tienen asistentes administrativos, como el laboratorio Dunham; ella está estudiando las señales de las neuronas en el alzheimer. Y eso, sin mencionar el personal de vigilancia e intendencia. ¿En total? Alrededor de ciento setenta empleados, la mayoría científicos.

—¿Y todos están haciendo investigación antienvejecimiento?

—Preferimos el término *longevidad.* —Varya entorna los ojos; aunque eligió la parte con sombra del patio, el sol se movió y la superficie de su mesa metálica brilla—. Si uno dice *antienvejecimiento*, la gente piensa en ciencia ficción, en criogenia y emulación cerebral. Sin embargo, para nosotros el Santo Grial no es sólo aumentar el tiempo de vida: es aumentar el tiempo de salud, la calidad de vida en la vejez. Por ejemplo, la doctora Bhattacharya está creando un nuevo tratamiento para el parkinson. El doctor Cabrillo está tratando de demostrar que la edad es el único factor principal de riesgo para desarrollar cáncer. Y la doctora Zhang ya ha podido revertir padecimientos cardiacos en ratones ancianos.

—Deben tener detractores, gente que crea que la esperanza de vida humana ya es demasiado prolongada. Gente que señale lo inevitable de la escasez alimenticia, la sobrepoblación, la enfermedad. Por no mencionar las repercusiones económicas de aumentar la esperanza de vida, o políticas acerca de quién se beneficiará de ello principalmente.

Varya está preparada para ese tipo de preguntas, ya que siempre ha habido detractores. Una vez, en una cena, un abogado ambientalista le preguntó por qué no trabajaba en la conservación, ya que estaba tan interesada en la preservación de la vida. Actualmente, sostenía, incontables ecosistemas, especies vegetales y animales estaban al borde de la extinción. ¿No era más urgente reducir las emisiones de dióxido de carbono o salvar a la ballena azul que aumentar diez años más la esperanza de vida de los seres humanos? Además, añadió su esposa, economista, el aumento de la esperanza de vida causaría que los costos de la seguridad social y los seguros médicos se inflaran, lo que pondría al país en una deuda más profunda. ¿Qué opinaba ella al respecto?

—Por supuesto —le responde a Luke—. Y exactamente por eso es tan importante que el Drake sea transparente. Por eso organizamos visitas guiadas cada semana, por eso recibimos a periodistas como usted en los laboratorios: porque el público nos obliga a ser honestos. Sin embargo, esto es un hecho: con cualquier decisión que se tome, con cualquier estudio que se haga, habrá ciertos grupos que se beneficien y otros que no. Uno tiene que elegir sus lealtades, y mi lealtad es hacia los seres humanos.

—Hay quien diría que eso es egoísta.

—Así es. Pero hay que seguir ese argumento hasta su conclusión lógica. ¿Deberíamos dejar de buscar curas para el cáncer? ¿No deberíamos tratar el VIH? ¿Deberíamos recortar el acceso a los cuidados de la salud a los ancianos, sentenciándolos a lo que sea que se les presente? Esos puntos son válidos en teoría, pero a quien sea que haya perdido un padre por una enfermedad cardiaca o un cónyuge por alzheimer, si se les pregunta a esas personas, antes o después, si apoyarían nuestras investigaciones, le garantizo que responderían enseguida que sí.

—Ah —Luke se inclina hacia adelante y sujeta sus manos, apoyándolas sobre la mesa. Una de las mangas de su chamarra se resbala hasta rozar el suelo—. Entonces es personal.

—Nuestro objetivo es reducir el sufrimiento humano. ¿No es un imperativo moral tan válido como salvar a las ballenas? —Esta es su carta triunfal, la frase que acalla a los conocidos en los cocteles y los inevitables polemistas que aparecen en cada conferencia pública—. Tu chamarra —dice, retirándose.

—¿Cómo?

—Tu chamarra está en el suelo.

—Ah —responde Luke y se encoge de hombros, dejándola donde está.

29

El cielo está moteado con luz del atardecer cuando Varya sale del laboratorio. A mitad del Golden Gate, los principales cables de luz se encienden a la vida. Pasa por Land's End, por la Legión de Honor y las mansiones de Seacliff, y se detiene en el estacionamiento para visitas de Geary. Después firma en la recepción y avanza por el pasillo exterior hacia el edificio de Gertie.

Gertie ha sido residente de Helping Hands durante dos años. Los meses posteriores a la muerte de Daniel se quedó en Kingston mientras Mira y Varya discutían opciones. Sin embargo, en mayo de 2007 Mira regresó del trabajo y encontró a Gertie tirada bocabajo en el patio trasero: se había desmayado al regresar del jardín. La mejilla izquierda de Gertie estaba sobre la tierra, con un círculo viscoso de saliva al lado de la barbilla. Tenía sangre en el brazo derecho, donde se rasguñó con la reja del gallinero. Mira gritó, pero descubrió enseguida que Gertie podía levantarse e incluso caminar. Después de una tomografía y exámenes de sangre, los médicos dictaminaron que el incidente había sido un derrame cerebral.

Varya estaba furiosa. No había otra palabra; apenas sentía tristeza, sólo una furia tan enceguecedora que se sintió mareada en cuanto escuchó, por fin, la voz de Gertie.

—¿Por qué no le llamaste a Mira? —preguntó Varya—. Te podías parar, podías caminar. Entonces, ¿por qué no entraste a la casa para llamar a Mira o, si no a Mira, a mí?

Oprimió el celular contra su oreja. Arrastraba su maleta por el aeropuerto de San Francisco, para abordar el avión que la llevaría a Kingston.

—Pensé que me estaba muriendo —dijo Gertie.

—Seguramente enseguida te diste cuenta de que no era así.

El silencio se extendió y en él Varya escuchó lo que ya sabía que era verdad, la fuente de su furia en primer lugar. «Esperaba estar muerta. Quería estar muerta». Gertie no tenía que decirlo. Varya lo sabía; también sabía por qué, por supuesto que sabía por qué, y sin embargo, parecía insoportablemente cruel pensar que Gertie la dejara ahora, por voluntad propia, cuando ya sólo quedaban ellas dos.

En unas semanas, Gertie empezó a tener complicaciones. Se confundía fácilmente, se le entumeció el brazo izquierdo y su equilibrio era peor. Durante seis meses vivió en el departamento de Varya, pero una serie de caídas peligrosas la convencieron de que necesitaba cuidado permanente. Visitaron tres asilos diferentes antes de decidirse por Helping Hands, que a Gertie le gustó porque el edificio —pintado de color beige y azul turquesa, con marquesinas amarillas sobre cada balcón— le recordaba la casa de playa rentada donde los Gold solían vacacionar en Nueva Jersey. Además, tenía una biblioteca.

Cuando Varya entra en la habitación de su madre, Gertie se levanta de un sillón deslucido y se tambalea hacia la puerta sobre sus débiles tobillos. El personal de Helping Hands sugirió que usara una silla de ruedas todo el tiempo, pero Gertie odia el aparato y encuentra cualquier excusa para librarse de él, como una adolescente que abandona a sus padres en una multitud.

Sujeta a Varya por los brazos.

—Te ves diferente.

Varya se inclina para besar a su madre en la delicada y aterciopelada mejilla. Durante la mayor parte de su vida, Varya escondió su nariz dejándose largo el cabello; sin embargo, ahora se le ha vuelto plateado, y la semana pasada se lo hizo cortar muy cerca de la nuca.

—¿Por qué usas ropa negra? —pregunta Gertie—. ¿Por qué llevas el cabello como la de *El bebé de Rosie*?

—¿La de *El bebé de Rosemary*? —Varya frunce el ceño—. Ella era rubia.

Oyen un ligero golpe en la puerta y una enfermera entra para llevarle la cena a Gertie: ensalada fresca picada; una pechuga de pollo con una membrana gelatinosa amarilla; un pequeño pan con una porción de mantequilla envuelta en aluminio dorado.

Gertie se sube a la cama para comer, y activa un brazo robótico que se convierte en una pequeña mesa. Al principio odiaba el asilo. Les decía así, *el asilo*, en lugar del término que Varya prefería, *el hogar*, y trataba de escaparse cada semana. Dieciocho meses atrás, después de que llamara al emporio automotriz de Don Dorfman y pusiera en movimiento planes para comprar un Volvo S40, dándole a Don Dorfman el número de una tarjeta de crédito cancelada hacía mucho tiempo y que pertenecía a Saul, a Gertie le prescribieron un antidepresivo y sus circunstancias mejoraron. Ahora asiste a clases de educación continua en temas como los conflictos de la Segunda Guerra Mundial y una popular sesión sobre los *affaires* presidenciales (nada que ver con el Estado). Juega mahjong con un grupo de viudas escandalosas. Usa la biblioteca e incluso la alberca, donde flota sobre un inflable como una celebridad en un carro de desfile, saludando a gritos a quienquiera que pueda oírla.

—No sé por qué no vienes al comedor —le dice a Varya cuando la enfermera se va—. Podríamos sentarnos en una mesa para socializar; tal vez incluso podrías comer algo.

Sin embargo, los nuevos amigos de Gertie hacen sentir incómoda a Varya. Opinan constantemente sobre los hijos de quienes van a ir de visita y de los nietos que acaban de tener hijos. Responden con asombro y luego con lástima cuando se enteran de que Varya no tiene hijos y no está casada, y muestran poco interés en su investigación sobre la longevidad que, después de todo, tiene como objetivo ayudar a personas como ellos.

—¿Pero no tienes hijos? —insisten, como si Varya hubiera mentido la primera vez—. ¿No tienes a nadie con quién compartir tu vida? Qué pena.

Ahora Varya se detiene junto a la cama de Gertie, de pie.

—Vengo a verte a ti. No necesito socializar con nadie más. Y ya te dije, ma, que casi nunca como tan temprano. Nunca como antes de…

—Las 7:30. Ya sé.

La expresión de Gertie es al mismo tiempo desafiante y triste. Conoce a Varya mejor que nadie, conoce su secreto más profundo y probablemente ha adivinado muchos otros, y últimamente las visitas de Varya han provocado esas luchas de poder, ocasiones en las que Gertie presiona el exterior construido de Varya, y Varya vuelve a poner el rígido armazón en su lugar, insistiendo en su legitimidad.

—Te traje algo —dice Varya.

Camina hacia una pequeña mesa cuadrada junto a la ventana y empieza a descargar el contenido de una bolsa de papel. Hay un libro de poemas de Elizabeth Bishop, que encontró en las rebajas de la librería; un frasco de pepinillos Milwaukee's, en honor a Saul, y lilas, que lleva al pequeño baño de Gertie. Corta los tallos sobre el bote de basura, llena un vaso con agua y las lleva de regreso a la mesa junto a la ventana.

—¿Y si dejas de ir de un lado a otro, como haces? —dice Gertie.

—Te traje flores.

—Entonces detente y míralas.

Varya las mira. El vaso es demasiado bajo. Una flor se inclina sobre un costado. No van a estar vivas por mucho tiempo.

—Muy bonitas —dice Gertie—. Gracias.

Y cuando Varya observa la mesa de plástico y la ventana cubierta de polvo, la cama de hospital sobre la que Gertie ha puesto una afgana descolorida que tejió la madre de Saul, comprende por qué

Gertie piensa que las flores son bonitas. En ese entorno, las flores sobresalen, tan coloridas que casi parecen de neón.

Varya jala hacia la ventana, al lado de la cama de Gertie, una silla plegable de metal de la mesa de cartas. El sillón con brazos está más cerca de la cama, pero la tela está raída y manchada y Varya no tiene modo de saber quién se sentó en ella.

Gertie retira el aluminio de la mantequilla y le hunde un cuchillo de plástico.

—¿Me trajiste una foto?

Varya la trajo, aunque cada semana espera que Gertie se olvide de preguntar. Diez años antes, cometió el error de fotografiar a Frida con la cámara de su nuevo celular. Frida acababa de llegar al Drake después de un viaje de tres días desde un laboratorio de primates en Georgia. Tenía alrededor de dos semanas de edad: la arrugada cara rosada con forma de pera, y los pulgares en la boca. Ese año, Gertie seguía viviendo sola, y pensar en su aislamiento provocó que Varya le enviara la foto por correo electrónico. De inmediato se dio cuenta de su error. Había empezado a trabajar en el Drake un mes antes, cuando firmó un acuerdo de confidencialidad inflexible. Sin embargo, Gertie respondió a la foto con tanta alegría que Varya pronto se descubrió enviándole otra de Frida envuelta en una manta azul mientras tomaba su biberón.

¿Por qué no se detuvo? Por dos razones: porque las fotografías eran una forma de compartir su investigación con Gertie, que nunca la había comprendido plenamente —antes, Varya había trabajado con levaduras y drosófilas, organismos tan pequeños y poco carismáticos que Gertie no podía concebir cómo Varya podría descubrir en ellos algo útil para los seres humanos—, y porque le causaban alegría a Gertie; porque *Varya* le daba una alegría a Gertie.

—Mejor —dice ahora Varya—. Traje un video.

El rostro de Gertie es una máscara de emoción. Sus manos, gruesas y crispadas por la artritis, se extienden hacia el celular, como si Varya le hubiera llevado noticias de un nieto. Ayuda a

Gertie a sostener el teléfono y oprime *play*. En el video, Frida se acicala mientras se mira en el espejo que cuelga afuera de su jaula. El espejo es una fuente de enriquecimiento, como los comederos de laberinto y la música clásica que ponen en el vivario cada tarde. Al extender sus dedos a través de los barrotes, los monos pueden manipular los espejos, usándolos para mirarse a sí y al resto de las jaulas.

—¡Ay! —dice Gertie, acercándose la pantalla—. Mírala.

El video es de hace dos años. Varya empezó a reciclar material viejo para sus visitas, pues Frida se ve muy diferente ahora. Sonríe recordando a Frida a esa edad, pero el rostro de Gertie se va oscureciendo. En los tres años desde que tuvo el derrame, esos momentos se han vuelto más frecuentes. Varya sabe lo que ocurrirá antes de que la transformación termine: un vacío en los ojos, la boca floja, conforme se establezca la nueva desorientación de Gertie.

Ahora va del teléfono a Varya con mirada acusatoria.

—Pero ¿por qué la tienes en una jaula?

30

—Hay dos teorías principales sobre cómo detener el envejecimiento —dice Varya—. La primera es que se debe suprimir el sistema reproductivo.

—El sistema reproductivo —repite Luke. Tiene la cabeza inclinada sobre un pequeño cuaderno negro, que ese día llevó además de la grabadora.

Varya asiente. Esa mañana se encontró con Luke en el patio interior y ahora él la sigue por el camino de tierra que lleva al laboratorio de primates.

—Un biólogo llamado Thomas Kirkwood dijo que nos sacrificamos con el fin de pasar nuestros genes a nuestras crías, y que los tejidos que no tienen un papel en la reproducción, por ejemplo el cerebro o el corazón, soportan daños con tal de proteger a los órganos reproductivos. Esto se ha probado en el laboratorio: hay dos células en los gusanos que dan origen a todo su sistema reproductivo, y cuando se destruyen con un láser, el gusano vive sesenta por ciento más tiempo.

Hay una pausa antes de que escuche la voz de Luke detrás de ella.

—¿Y la segunda teoría?

—La segunda teoría es que hay que suprimir el consumo calórico —mete un nuevo código en el teclado con el nudillo del dedo índice derecho, Annie lo cambió la noche anterior—. Que es lo que yo estoy haciendo.

La luz se pone verde y Varya abre la puerta cuando escucha un sonido. Adentro, saluda a Clyde con la cabeza y echa una mirada a los titís —hoy, nueve de ellos están acostados en la misma hamaca, indistinguibles salvo por sus pequeñas marcas de metal— mientras usa el codo para apretar el botón del elevador para el segundo piso.

—¿Y cómo funciona? —pregunta Luke.

—Creemos que tiene que ver con un gen llamado DAF-16, que está involucrado en la secuencia de señales moleculares iniciada por el receptor de insulina. —La puerta se abre y sale un técnico de animales con un atuendo azul; Varya y Luke ocupan su lugar—. Cuando bloqueas esta secuencia en los *C. elegans*, por ejemplo, superas en más del doble su esperanza de vida.

Luke la mira.

—¿Y en español?

Varya rara vez discute su trabajo con personas no científicas. Razón de más para aceptar esta entrevista, dijo Annie: llevar su trabajo a la amplia audiencia del *Chronicle*.

—Te daré un ejemplo —dice cuando se abre la puerta del elevador—. La gente de Okinawa tiene la esperanza de vida más alta del mundo. Yo estudié la dieta de Okinawa en la maestría, y lo que está claro es que, aunque es muy nutritiva, también es muy baja en calorías —da vuelta a la izquierda, hacia un pasillo largo—. Comemos para producir energía; sin embargo, la producción de energía también crea químicos que dañan el cuerpo, porque ocasionan que las células se estresen. Ahora, aquí está la parte interesante: cuando estás en una dieta restringida, como la gente de Okinawa, en realidad le causas al sistema *más* estrés. Pero eso es lo que le permite al cuerpo vivir más tiempo: que continuamente lucha con un nivel bajo de estrés, y eso le enseña a lidiar con él a largo plazo.

—No suena muy placentero. —Luke lleva unos pantalones de técnico, con una chamarra de cierre y capucha. Tiene en la cabeza unos lentes de sol, sostenidos por los rizos.

Varya mete la llave en la puerta de la oficina y la abre con la cadera.

—Los hedonistas no suelen vivir mucho tiempo.

—Pero se divierten más mientras viven. —Luke la sigue al interior de la oficina. Su lado está impecable, mientras que el de Annie está lleno de envolturas de barras de avena, botellas de agua y montones de revistas académicas—. Suena como que puedes elegir vivir, o sobrevivir.

Varya le entrega una pila de ropa especial.

—Equipo de protección.

Él toma el montón en sus brazos y baja su mochila. Los pantalones son casi demasiado cortos; las piernas de Luke son largas y delgadas, y sin esperárselo, Varya ve las piernas de Daniel, la cara de Daniel. Se da vuelta para hacerse fuerte. Durante años después de su muerte, no había tenido episodios de ese tipo. Sin embargo, un lunes, cuatro meses atrás, su cafetera se descompuso, así que fue a una cafetería y esperó en una fila de clientes. La música era horrenda, una compilación de música de jazz navideña, aunque apenas era Día de Acción de Gracias, y algo en eso, además de las multitudes y el olor denso y penetrante a café y el chirrido de las máquinas, hizo que Varya se sintiera como si se ahogara. Cuando llegó a la caja, se dio cuenta de que podía ver que la boca del empleado se movía, pero no podía oír lo que decía. Lo miró, observando su boca como si viera a través de un telescopio, hasta que habló más tajantemente, «¿Señora? ¿Se siente bien?», y el telescopio se hizo añicos contra el suelo.

Cuando voltea, Luke ya está vestido y la está mirando.

—¿Cuánto tiempo lleva trabajando aquí? —le pregunta, que es diferente de lo que pensó que diría («¿Se siente bien?»), y lo agradece.

—Diez años.

—¿Y antes?

Varya se inclina para ponerse las cubiertas de los zapatos.

—Estoy segura de que ya hiciste tu investigación.

—Graduada de Vassar en Ciencias en 1978. En 1983 estaba en la maestría en la Universidad de Nueva York, que terminó en 1988. Permaneció como asistente de investigación durante dos años más y después tomó una beca en Columbia. En 1993 publicó un estudio sobre levaduras, «Extensión extrema de la esperanza de vida en mutantes de levaduras: aumento en las mutaciones dependientes de la edad a ritmo más lento en organismos con SIR2 activado por RC», si no mal recuerdo, lo suficientemente novedoso para que lo comentaran algunas revistas científicas populares, y después el *Times*.

Varya se pone de pie, sorprendida. La información que citó está disponible en la página web del Drake, pero no creía que fuera capaz de memorizarlo.

—Quería asegurarme de que mis datos fueran correctos —añade Luke. Su voz está amortiguada por la máscara, pero sus ojos, como si los viera a través del protector facial, se ven ligeramente avergonzados.

—Son correctos.

—Entonces, ¿por qué el salto a los primates? —Sostiene la puerta para que ella pase, y Varya cierra con llave desde afuera.

Estaba acostumbrada a organismos tan pequeños que sólo podían verse adecuadamente a través de un microscopio: levaduras de laboratorio transportadas en contenedores sellados al vacío de una compañía de suministros en Carolina del Norte, y moscas de la fruta criadas para estudio humano, con diminutas alas demasiado pequeñas para volar. Varya tenía cuarenta y cuatro años cuando la directora del Drake, una estricta mujer mayor que le advirtió que una oportunidad como esa no volvería a presentarse en su carrera, la invitó a dirigir un estudio de restricción calórica en primates. Cuando la llamada terminó, Varya se rio de miedo. Ya tenía bastantes problemas con ir al consultorio del médico; pasar los días en estrecha proximidad con monos rhesus, que podrían transmitirle tuberculosis, ébola y herpes B, era inconcebible.

Además, estaba desconcertada. No había trabajado con primates, ni siquiera con ratones, pero la fuente de su interés, dijo la directora, era que el Drake no quería promover un estilo de vida de bajas calorías para los seres humanos —«Imagínate lo exitoso que sería», dijo la mujer con sequedad—, sino desarrollar un medicamento que tuviera el mismo efecto. Necesitaban a alguien experto en genética, alguien que pudiera analizar sus hallazgos a nivel molecular. Y se apresuró a asegurarle a Varya que sus tareas diarias tendrían poco que ver con los animales. Tenían técnicos y veterinarios para eso; Varya pasaría la mayor parte del tiempo en conferencias telefónicas, reuniones o en su oficina, leyendo y revisando artículos, escribiendo convenios, revisando datos, preparando presentaciones. En realidad, si ella lo prefería así, podía no tener ningún contacto con los animales.

Ahora Varya lleva a Luke hacia una gran puerta de acero.

—Compartimos alrededor de noventa y tres por ciento de nuestros genes con los monos rhesus. Yo me sentía más cómoda trabajando con levaduras, pero me di cuenta de que lo que hacía con ellas nunca sería tan importante para los seres humanos como un estudio en primates. Biológicamente hablando, jamás hubiera logrado nada.

Lo que no dice es que en 2000, cuando el Instituto Drake la buscó, habían pasado casi diez años desde la muerte de Klara y veinte de la de Simon. «Piénselo», dijo la directora, y Varya dijo que lo haría mientras calculaba cuánto tiempo podría ser razonable para ello, para saber cuánto tiempo tenía que esperar antes de declinar la oferta. Sin embargo, cuando regresó a su laboratorio en Columbia, donde dirigía un nuevo estudio en levaduras, no sintió satisfacción ni orgullo sino inutilidad. Cuando Varya estaba en la maestría, su investigación había sido innovadora; pero en esos días cualquier estudiante de posdoctorado sabía cómo extender la esperanza de vida de una mosca o de un gusano. En cinco años, ¿qué podría mostrar? Probablemente no una pareja, seguramente ningún hijo, pero idealmente sí un hallazgo importante. Una contribución diferente al mundo.

También aceptó el trabajo por otra razón. Varya siempre se había dicho que se dedicaba a la investigación por amor: amor por la vida, por la ciencia y por sus hermanos, que no habían vivido lo suficiente para llegar a viejos. Pero en el fondo le preocupaba que su motivación principal fuera el miedo. Miedo de no tener ningún control; de que la vida se le escurriera entre los dedos inevitablemente. Miedo de que Simon, Klara y Daniel por lo menos hubieran vivido en el mundo, mientras que Varya vivía en su investigación, en sus libros, en su mente. Sintió que el trabajo en el Drake era su última oportunidad. Si podía obligarse a hacerlo, a pesar de los agobios que pudiera causarle, podría minar su culpa, la deuda que había engendrado en ella haber sobrevivido.

—Tus guantes —dice, deteniéndose afuera de la puerta del vivario—. No te los quites, ninguno de los dos.

Luke alza las manos. La cámara le cuelga del cuello con una cinta; dejó su cuaderno y su grabadora en la oficina. Varya abre la puerta sellada con goma del vivario 1, otra puerta que sólo se abre mediante un código que Annie cambia cada mes, y conduce a Luke hacia el clamor enceguecedor del mediodía.

Vivarium, en latín, significa «lugar de vida». En la ciencia, se refiere a un espacio cerrado donde se mantiene a animales vivos en condiciones que simulan su entorno natural. ¿Cuál es el ambiente natural del mono rhesus? Los seres humanos son el único primate que se ha distribuido ampliamente por el mundo más que el macaco rhesus, nómadas que han viajado por toda la Tierra y sobre el agua, y que pueden vivir tanto en una montaña de seis mil cuatrocientos metros como en una selva o un manglar. Desde Puerto Rico hasta Afganistán, el mono prospera haciendo hogares en templos, bancos de canales y estaciones de trenes. Comen insectos y hojas junto con cualquier alimento que puedan robar a los humanos: pan frito, cacahuates, plátanos, helado. Cada día, viajan kilómetros.

Nada de eso es fácil de simular en el laboratorio, pero el Drake lo ha intentado. Como los macacos son criaturas sociales, están enjaulados en parejas, y cada jaula tiene la posibilidad de abrirse hacia la siguiente, lo que crea una columna tan amplia como el vivario. Las actividades gratificantes garantizan que los monos se mantengan estimulados: psicológicamente por medio de los comederos con laberintos y los espejos, así como pelotas de plástico y videos que ven en iPads (aunque recientemente los retiraron porque los monos rompían las pantallas a menudo), y sonidos selváticos desde bocinas altas. Anualmente, un representante del Departamento de Agricultura federal visita el laboratorio para asegurarse de que funciona de acuerdo con la Ley de Bienestar Animal, y el año anterior recomendó que ocasionalmente el personal entrara al vivario usando ropa diferente —sombreros o guantes con estampados atractivos— para intrigar y entretener a los animales, lo que también hacen ahora.

Varya no se engaña; desde luego que los monos preferirían estar libres. Sin embargo, como sólo están realizando un estudio, las jaulas del Drake son más grandes de lo que recomiendan los Institutos Nacionales de Salud. Detrás del vivario hay una zona enjaulada más grande donde los monos pueden jugar con llantas, cuerdas y columpiarse desde redes, aunque en realidad debería ser más grande, y cada mono obtiene sólo un par de horas ahí a la semana. Sin embargo, el punto es que su estudio no busca probar nuevos medicamentos o investigar el virus de inmunodeficiencia en simios, sino mantener vivos a los animales el mayor tiempo posible. ¿Qué hay de malo en ello?

Voltea hacia Luke y comparte los puntos de conversación que le preparó Annie. Sin la investigación en simios, no se habrían descubierto incontables virus. No se habrían creado incontables vacunas y no se habría demostrado que incontables terapias eran seguras para el alzheimer, el parkinson y el sida. Después, estaba el hecho de que la vida en el mundo exterior no es un día de campo; está llena de depredadores y existe la posibilidad de morir de inanición. Con excepción de un sádico, y quizá Harry Harlow, a nadie le gusta ver a un mono en una jaula, pero en el Drake por lo menos los cuidan y los protegen.

Aun así, se da cuenta de que un visitante podría quedarse con una impresión errónea. Las jaulas están acomodadas contra las paredes, dejando un estrecho pasillo central para Varya y Luke. Los animales se ponen frente a ellos, extendidos contra las mallas como gecos; sus panzas rosas están extendidas y enganchan los dedos a través de los cuadros abiertos. Los monos dominantes miran silenciosamente con la boca abierta y muestran los dientes largos y amarillos; los menos dominantes hacen muecas y gritan. Le hacen lo mismo al nuevo director del Drake, un hombre que visita el laboratorio una o dos veces al año, el menor tiempo posible.

En su primer año, los monos también reaccionaban así con Varya. Tuvo que reunir todo su autocontrol para no huir. Sin embargo, no huyó, y aunque la anterior directora tenía razón (Varya pasa la mayor parte del tiempo en su escritorio), se obliga a visitar el vivario una vez al día, por lo general para supervisar el desayuno. No le gusta tocar a los animales pero le gusta saber cómo están, le gusta ver las pruebas de su éxito. Dirige la atención de Luke a los monos con dieta calórica restringida y después a los monos de control, que comen tanto como deseen. Luke toma fotografías de ambos grupos y el *flash* hace que griten con más fuerza. Algunos empezaron a sacudir los barrotes de sus jaulas, así que Varya tiene que gritar para explicarle que los monos de control son más propensos a tener diabetes a edades tempranas y que su riesgo de enfermedad es casi tres veces más alto que el del grupo restringido. El grupo restringido se ve incluso más joven: sus miembros más viejos tienen pelaje abundante y rojizo, mientras los monos de control están arrugados y calvos y muestran los cuartos traseros.

El estudio está a la mitad, así que es pronto para evaluar la esperanza de vida total. De cualquier modo, es claro que los resultados son prometedores, que sugieren que es probable que se demuestre la tesis de Varya, y al compartirlo siente tanto orgullo que puede ignorar los gritos, el barullo, el olor, y enfrentar a los monos, sus objetos de estudio, con placer.

Cuando Luke se va, busca a Frida.

Una hora antes, le pidió a Annie que la moviera al cuarto de aislamiento. Frida es su mona favorita, pero es mala para las relaciones públicas; Frida, de entrecejo amplio y plano, y ojos dorados con un delineado tan negro como si llevara *kohl*. De bebé, sus orejas eran demasiado grandes, sus dedos largos y rosados. Llegó a California una semana después que Varya. Esa mañana, Annie había recibido un envío de nuevos monos, pero uno se había rezagado por una tormenta de nieve, un bebé que habían criado en un centro de investigación de Georgia. Annie tenía que irse, así que Varya se quedó. A las 9:30 p. m., una camioneta blanca sin rotular subió a trompicones por la colina y se detuvo afuera del laboratorio de primates. Bajó un joven sin rasurar que no podía tener más de veinte años y le pidió a Varya que le firmara un recibo, como si se tratara de una pizza. Parecía despreocupado por su cargamento, o tal vez ya se había hartado de él: cuando le entregó la jaula, cubierta con una sábana, emitió un chillido tan horrible que Varya instintivamente retrocedió.

Pero ahora el animal era su responsabilidad. Llevaba ropa de protección completa, aunque eso no servía de ninguna manera para amortiguar los sonidos que salieron de la jaula al dejársela el chofer. El tipo se limpió el rostro con alivio y trotó de regreso a la camioneta. Luego bajó la colina mucho más rápido de como había subido, dejando a Varya sola con la jaula aullante.

La jaula era del tamaño de un microondas. No iban a introducir a Frida con los demás animales hasta el día siguiente, así que Varya la llevó a un cuarto de aislamiento del tamaño de un armario de intendencia, y la dejó en el suelo. Los brazos le dolían y el corazón le latía agitado de terror. ¿Por qué había aceptado aquello? Ni siquiera había hecho la parte más difícil, que era la transición física de la jaula vieja a la nueva, y que requería que Varya tocara al animal que había adentro.

La jaula seguía cubierta por lo que, ahora Varya se daba cuenta, era una cobijita de bebé, con estampado de cascabeles amarillos. Alzó una esquina de la cobija y los gritos del animal se hicieron más fuertes. Varya se puso en cuclillas. Cada vez estaba más ansiosa, sabía que tenía que hacer la transición en ese momento o no sería capaz de hacerla, así que metió la pequeña jaula transportadora en la más grande y quitó la cobija. La transportadora apenas era más grande que la mona, pero el animal empezó a moverse, girando en círculos mientras se aferraba a los barrotes; se movía tan rápidamente que Varya no le podía ver la cara, pero la confusión y el miedo del mono eran insoportables. Varya quitó el seguro como Annie le había enseñado y abrió la puerta de la transportadora.

La bebé salió disparada como por un cañón, pero no aterrizó en la jaula más grande, sino en el pecho de Varya. No pudo evitarlo: ella también gritó y cayó de sentón. Pensó que el mono quería herirla, pero envolvió sus delgados brazos alrededor de su espalda y se aferró a ella, apretando la cara contra su pecho.

¿Quién estaba más aterrada? Varya vio imágenes de amebiasis y hepatitis B, todas las enfermedades con las que soñaba por la noche y de las que temía morir, todas ellas razones por las que no había querido aceptar ese trabajo en primer lugar. Sin embargo, haciendo presión contra ese miedo había otro ser vivo. El cuerpo de la bebé era pesado, mucho más denso que un bebé humano, tanto que hacía pensar en un bebé humano como algo hueco. No supo cuánto tiempo se quedó así, meciéndose sobre los talones mientras la mona lloraba. Tenía tres semanas de vida. Varya sabía que la habían separado de su madre a las dos semanas, que era la primera cría de la madre, y que la madre, que se llamaba Songlin —la habían transportado de un centro de crianza en Guangxi, China—, había estado tan agitada que la habían sedado en medio del proceso.

En un punto, alzó la mirada y vio su reflejo en el espejo montado en un costado de la jaula. Lo que recordó entonces fue el *Autorretrato con mono*, de Frida Kahlo. Varya no se parecía a Frida, no era tan fuerte ni tan desafiante, y el laboratorio, con sus muros de concreto color beige, no podía ser más diferente de la yuca y las grandes hojas brillantes del cuadro de Kahlo. Pero ahí estaba el mono en los brazos de Varya, sus ojos oscuros y enormes como frambuesas; ahí estaban las dos, igualmente temerosas, igualmente solas, mirándose juntas en el espejo.

31

Tres años y medio antes, cuando Varya llegó a Kingston después de la muerte de Daniel, Mira la llevó a la habitación de visitas y cerró la puerta.

—Tengo que enseñarte algo —dijo.

Mira se sentó en el borde de la cama con la *laptop* sobre los muslos. Con las piernas tensas y los dedos de los pies enredados en la alfombra, le mostró una serie de páginas web del historial: búsquedas en Google sobre los gitanos, una captura de pantalla de Bruna Costello del sitio de los más buscados del FBI. Varya reconoció a la mujer de inmediato. De pronto, sintió un golpe de adrenalina en la cabeza: vértigo como confeti plateado. Casi se desvanece.

—Esta es la mujer a la que Daniel decidió perseguir. Sacó nuestra pistola del cobertizo y manejó hasta West Milton, donde ella vivía. Y yo llamé al agente que le disparó —dijo Mira; su voz se quebró como un junco—. ¿Por qué, Varya? ¿Por qué Daniel hizo eso?

Entonces Varya le contó a Mira la historia de la mujer. Tenía la voz ronca, las palabras se descascaraban como óxido, pero las forzó a salir hasta que surgieron más rápido y con mayor claridad. Estaba desesperada por ayudar a Mira a comprender. Sin embargo, cuando terminó, Mira parecía aún más perpleja.

—Pero fue hace tantos años —dijo—. Algo tan profundo en el pasado.

—Pero para él no. —Las lágrimas de Varya corrían libremente; se limpió las mejillas con los dedos.

—Pero debió haber sido así. Debió ser así —Mira tenía los ojos rojos, la voz ronca—. Carajo, Varya. ¡Por Dios! Si sólo lo hubiera dejado en el pasado.

Planearon qué iban a decirle a Gertie. Varya quería decirle que Daniel se había obsesionado con los crímenes de una mujer de la región después de que lo suspendieran; que la idea de justicia le había dado algo en qué trabajar, en qué creer. Mira quería decirle la verdad.

—¿Qué importa que le digamos la verdad? —preguntó—. La historia no va a regresar a Daniel. No va a cambiar la manera en que murió.

Pero Varya no estaba de acuerdo. Sabía que las historias tenían el poder de cambiar las cosas: el pasado y el futuro, incluso el presente. Había sido agnóstica desde el posgrado, pero si había un postulado del judaísmo con el que estaba de acuerdo, era este: el poder de las palabras. Se escurrían por abajo de las puertas y a través de las cerraduras. Se aferraban a los individuos y se transmitían por generaciones como parásitos. La verdad podría cambiar la percepción de Gertie sobre sus hijos, unos hijos que ya no estaban vivos para defenderse. Casi con toda seguridad, le provocarían más dolor.

Esa noche, mientras Mira y Gertie dormían, Varya salió de la cama de invitados y fue al estudio. Había huellas de Daniel por todas partes: la reconfortaban por su familiaridad, pero la hacían sufrir por su superficialidad. Junto a la computadora había un pisapapeles con la forma del Golden Gate, que Varya había comprado en el aeropuerto de San Francisco cuando era una estudiante de posdoctorado agobiada de camino a Kingston para *Januká*, y se dio cuenta de que había olvidado comprar regalos. Esperaba que Daniel pensara que era una obra de arte, pero no fue así.

—¿Una cháchara del aeropuerto? —dijo divertido, aplastándola con la mirada. Ahora la pátina dorada se había vuelto del color verde del cobre; no sabía que lo había conservado todos esos años.

Se sentó en su silla y echó la cabeza hacia atrás. No se había ido a Ámsterdam en Acción de Gracias, como le había dicho; nunca hubo tal conferencia. Había descongelado una bolsa de vegetales, los había salteado en aceite de oliva y se comió sola el montón desaliñado en la mesa de la cocina. Ese otoño, su ansiedad por la fecha de Daniel había llegado a un punto grave. No sabía lo que ocurriría ese día, no pensaba que pudiera soportar presenciarlo, o quizá era que, de haber estado ahí, se habría sentido responsable. Seguía temiendo que pudiera adquirir o transmitir algo terrible, como si su suerte fuera al mismo tiempo mala y contagiosa. Lo mejor que podía hacer por Daniel era mantenerse lejos.

Pero a las nueve de la mañana del día siguiente de Acción de Gracias, el corazón le había empezado a palpitar con fuerza. Sudaba tanto que un regaderazo frío sólo fue una prórroga temporal. Varya hizo lo que había jurado no hacer, y le llamó. Él hizo un comentario acerca de que iba a encontrar a la adivina, algo que ella pensó que era una locura y no le creyó. Después empezó el viejo juego de culpas, la voz de Daniel se hizo insistente e infantil —«Habría estado bien que vinieras ayer»—, y ella sintió molestia teñida de odio por sí misma. Algunas veces, borraba sus mensajes de voz sin haberlos oído para no tener que escuchar ese tono de voz, una demostración de su herida enloquecedora e infatigable, como si le satisficiera que lo decepcionaran una y otra vez. ¿Por qué no dejaba de esforzarse? Después de todo, tenía a Mira. Mientras más pronto se diera cuenta de que Varya no tenía nada qué ofrecerle, que nunca iba a dejar de fallarle, más pronto sería feliz, libre de ella, y más pronto Varya se sentiría liberada de él.

Un recibo de la tintorería que había estado bajo el pisapapeles flotó junto a la computadora. La letra ordenada y cuadrada de Daniel se traspasaba desde el otro lado.

Varya lo volteó. «Nuestra lengua es nuestra fuerza», había escrito. Abajo había una segunda frase, que Daniel había trazado tantas veces una sobre otra, que parecía alzarse de manera tridimensional de la hoja: «Los pensamientos tienen alas».

Varya sabía exactamente a qué se refería. Una vez, en el posgrado, trató de explicarle ese fenómeno a su primer terapeuta.

—No se trata de *ver* que algo está limpio —le dijo—. Se trata de *sentir* que está limpio.

—¿Y qué pasa si sientes que algo no está limpio? —preguntó el terapeuta.

Varya hizo una pausa. La verdad era que no sabía exactamente qué pasaría; sólo sentía una premonición constante, la sensación de que la ruina la acechaba como una sombra, y que si podía continuar con los rituales, podía prevenirse.

—Entonces pasará algo malo —dijo.

¿Cuándo había comenzado? Siempre había sido ansiosa, pero algo había cambiado después de su visita a la mujer de la calle Hester. Sentada en el departamento de la *rishika*, Varya estaba segura de que era un fraude, pero cuando se fue a su casa, la profecía tuvo en ella el efecto de un virus. Vio que a sus hermanos les ocurría lo mismo: era notorio en las carreras de Simon, en la tendencia a la ira de Daniel, en la manera como Klara se apartó y se fue separando de ellos a la deriva.

Quizá siempre habían sido así. O quizá se habrían desarrollado de la misma manera de cualquier modo. Pero no: Varya ya lo había visto, los inevitables seres futuros en que se convertirían sus hermanos. Lo había sabido.

Tenía trece años y medio cuando se le ocurrió que si evitaba pisar las grietas de la acera podía evitar que la predicción de la mujer se hiciera verdad para Klara. En su cumpleaños catorce, sintió que era imperativo soplar todas las velas lo más rápido posible, porque algo terrible podía pasarle a Simon si no lo hacía. Le faltaron tres velas y Simon, de ocho años, sopló el resto. Varya le gritó, sabiendo que ello la hacía parecer egoísta, pero ese no era el problema. El problema era que el acto de Simon había arruinado su intento de protegerlo.

No la diagnosticaron hasta los treinta años. En esos días, todos los niños tenían un acrónimo que explicaba lo malo que tenían, pero cuando Varya era joven las convulsiones no parecían ser más que su propia carga secreta. Se hicieron peores después de la muerte de Simon. Sin embargo, no fue hasta el posgrado cuando se le ocurrió que podía intentar ir a terapia, y no fue sino hasta que el terapeuta mencionó el trastorno obsesivo compulsivo cuando se le ocurrió que había un nombre para su costumbre de lavarse las manos constantemente, el modo como se lavaba los dientes, su alejamiento de los baños públicos, las lavanderías y los hospitales, y su rechazo a tocar puertas, los asientos del metro y las manos de otras personas: todos los rituales que procuraba cada hora, cada día, cada mes, cada año.

Años después, una terapeuta diferente le preguntó exactamente a qué le temía. En un principio Varya quedó aturdida, no porque no supiera a qué le temía sino porque era difícil pensar en algo a lo que no le temiera.

—Entonces dame algunos ejemplos —dijo la terapeuta, y esa noche Varya hizo una lista.

El cáncer. El cambio climático. Ser víctima de un accidente de auto. Ser la causa de un accidente de auto. (Hubo un periodo cuando el pensamiento de matar a un ciclista mientras giraba a la derecha ocasionaba que Varya siguiera a cualquier ciclista durante cuadras, revisando una y otra vez que no lo hubiera atropellado.) Los hombres armados. Los accidentes de avión (¡muerte repentina!). Personas que usaban curitas, el sida, en realidad todos los tipos de virus, bacterias y enfermedades. Infectar a alguien más. Las superficies sucias, las sábanas sucias, las secreciones corporales. Las farmacias y boticas. Las pulgas, las garrapatas y los piojos, los químicos. Los indigentes. Las multitudes. La incertidumbre, el riesgo y los cabos sueltos. La responsabilidad y la culpa. Incluso le temía a su propia mente. Le temía a su poder, a lo que le hacía.

En su siguiente cita, Varya leyó la lista en voz alta. Cuando terminó, la terapeuta se apoyó en su silla.

—Muy bien —dijo—. Pero ¿en realidad a qué le temes?

Varya se rio por la pureza de la pregunta. Era a la pérdida, desde luego. A la pérdida de la vida; a la pérdida de la gente que amaba.

—Pero ya pasaste por eso —dijo la terapeuta—. Perdiste a tu padre y a todos tus hermanos, has sufrido más pérdidas familiares de las que soporta mucha gente a tu edad. Y sigues de pie. Sentada —añadió, sonriendo hacia el sofá.

Sí, Varya seguía sentada, pero no era tan simple. Había perdido partes de sí misma al perder a sus hermanos. Era como observar la pérdida de energía eléctrica en un vecindario: ciertas partes de ella quedaban en la oscuridad, luego otras. Ciertos modos de valentía —valentía emocional— y deseo. El costo de la soledad era alto, lo sabía, pero el costo de la pérdida era aún mayor.

Hubo un tiempo antes de que comprendiera esto. Tenía veintisiete años y estaba tomando un curso de posgrado en el departamento de física. El curso lo impartía un profesor visitante de Edimburgo que había estudiado con un investigador llamado Peter Higgs.

—Muchas personas no creen en el doctor Higgs —le dijo a Varya—. Pero están equivocadas.

Estaban en un restaurante italiano en Midtown. El profesor dijo que el doctor Higgs había postulado la existencia de algo llamado el bosón de Higgs, que imbuye las partículas de masa. Dijo que podía ser la clave para nuestra comprensión del universo, que era un eje de la física moderna aunque nadie lo había visto. Dijo que apuntaba a un universo regido por la simetría, pero en el que los sucesos más emocionantes, como los seres humanos, eran aberraciones, productos de breves momentos en los que la simetría fallaba.

Algunas amigas de Varya se asustaban cuando se retrasaban en sus periodos, pero Varya lo supo de inmediato: se despertó una mañana sin ser ella misma. Tres días antes había dormido con el profesor en una cama individual en su departamento del campus.

Cuando él hundió la cara entre las piernas de Varya y movió la lengua, tuvo un orgasmo por primera vez. Poco después se volvió cortés y distante, y ella no volvió a oír de él. Ahora se imaginó las nuevas células en su cuerpo, y pensó: Vas a destruirme. Vas a arraigarme para siempre. Vas a hacer el mundo tan vívido, tan real, que no podría olvidar mi dolor ni siquiera por un instante. Tenía miedo de la aberración, que no podía controlarse; prefería la consistencia segura de la simetría. Cuando hizo una cita para que le vaciaran el útero en el Centro de Planeación Familiar de la calle Bleecker, vio que la aberración desaparecía como si se cerraran las puertas de un elevador, de manera tan absoluta que quizá nunca había estado ahí.

Otras personas hablaban del éxtasis en el sexo y la alegría más compleja de la paternidad, pero para Varya no hay un placer más grande que el alivio: el alivio de darse cuenta de que lo que teme no existe. Incluso es temporal: un estallido, una ráfaga de placer, histérica como la risa —«¿En qué estaba pensando?»—, seguido por la lenta erosión de esa certeza, la filtración de la duda, que requiere otra revisión al espejo retrovisor, otro baño, otra limpieza de un picaporte.

Varya había tomado suficiente terapia para saber que se estaba contando cuentos. Sabe que su fe —que los rituales tienen poder, que los pensamientos pueden cambiar resultados o alejar el infortunio— es un truco de magia: ficción, quizá, pero necesaria para la supervivencia. Y sin embargo... y sin embargo: ¿es un cuento si uno cree en él? Su secreto más profundo, la razón por la que no cree que algún día pueda librarse del trastorno, es que algunos días no piensa que sea un trastorno. Algunos días, no piensa que sea absurdo creer que un pensamiento puede hacer que algo se vuelva realidad.

En mayo de 2007, seis meses después de la muerte de Daniel, Mira llamó a Varya histérica.

—Retiraron los cargos contra Eddie O'Donoghue —dijo: una revisión interna no había encontrado pruebas de mala actuación.

Varya no lloró. Sintió que la furia entraba en su cuerpo y se instalaba ahí, como un niño. Ya no creía que Daniel hubiera muerto de una bala dirigida a su pelvis pero que había entrado por su muslo rasgando la arteria femoral, de manera que perdió toda la sangre en menos de diez minutos. Su muerte no apuntaba a la falla del cuerpo. Apuntaba al poder de la mente humana, un adversario completamente diferente: al hecho de que los pensamientos tienen alas.

32

El viernes por la mañana, cuando va camino al trabajo, Varya se detiene a un lado del camino, frena el auto e inclina la cabeza a la altura las rodillas. Está pensando en Luke. Durante los últimos dos días se ha encontrado con ella en el laboratorio a las 7:30 y la ha seguido al vivario. Ahí ha sido útil, ayudándola a pesar las bolitas del alimento, transfiriendo jaulas pesadas al almacén para que las laven, y los animales se han acostumbrado a él. El miércoles inventó un juego con uno de los machos más viejos, Gus, un rhesus hermoso con todo el pelo anaranjado y un ego a la altura. Gus iba al frente de su jaula y presentaba la panza para que lo rascara. Después, o daba un salto hacia atrás para sorprender a Luke, que se reía y le seguía el juego, o se quedaba ahí mientras Luke le rascaba el estómago expuesto color salmón, chocando los labios con afecto.

Cuando Varya expresó sorpresa por su habilidad con los monos y su deseo de ayudar, Luke le explicó que había crecido en una granja, que el trabajo físico y el trato con los animales le era familiar, y que de cualquier modo eso era lo que el editor del *Chronicle* quería: obtener un sentido de la vida diaria en el Drake, de manera que los investigadores se presentaran vivos, como personas reales, y los monos como individuos también. El jueves, mientras almorzaban en la oficina —Varya con su recipiente con brócoli y frijoles negros, Luke con un burrito de pollo del patio—, él le preguntó si pensaba en los monos como individuos y si le perturbaba verlos en jaulas. Si lo hubiera hecho el lunes, habría estado más alerta, pero los días desde entonces habían pasado con tal facilidad, sin crisis ni juicios, que para el jueves se sentía lo suficientemente relajada para responder con honestidad.

Antes de que fuera a trabajar al Drake, nunca había estado alrededor de organismos de ese tamaño y de carne. Los cuerpos de los monos eran carnosos e imposibles de ignorar: apestaban y chillaban, estaban cubiertos de pelo, sufrían de diabetes y endometriosis. Sus pezones eran rosados como el chicle y distendidos, sus caras sorprendentemente emotivas. Era imposible mirarlos a los ojos y no percibir —o pensar haber visto— justo lo que pensaban. No eran sujetos pasivos sobre los que pudiera actuarse, sino participantes con opiniones. Era consciente de no antropomorfizarlos y sin embargo, en los primeros años, se sorprendió por la familiaridad de sus caras y especialmente de sus ojos. Cuando se reunían y la miraban con esos ojos sin fondo, lo hacían como humanos con trajes de mono, viendo a través de los ojos de sus máscaras.

—Lo cual, obviamente, era insostenible —le dice a Luke—. Ese tipo de pensamiento.

Se sienta en su escritorio, y Luke en el de Annie. Él tenía el tobillo derecho sobre la rodilla izquierda, las piernas largas dobladas con el desgarbo arácnido de los jóvenes altos. Tranquilizada por la gentileza de su atención, Varya continuó.

—Un Día de Acción de Gracias, habrá sido en mi segundo o tercer año en el Drake, visité a mi hermano, que trabajaba como médico militar, y le compartí lo que pensaba. Él me habló de un paciente que había visto ese día, un soldado de veintitrés años con una amputación infectada que maldecía a los afganos cada vez que Daniel tocaba su piel. Mi hermano lo recordaba por un chequeo médico de dos años antes, cuando el soldado expresó tanta ansiedad sobre la situación en Afganistán, tanta preocupación por su pueblo, que Daniel estuvo a punto de ordenar una evaluación psiquiátrica. Le preocupaba que el chico fuera demasiado blando.

Daniel se había sentado de una manera muy parecida a la de Luke ese jueves, una pierna sobre la otra, los grandes ojos atentos, pero la piel bajo sus ojos era oscura y su cabello, antiguamente grueso, era escaso. En ese momento Varya lo recordó de niño, su hermano menor, cuyo idealismo había sido reemplazado por algo más realista pero igual de sencillo, algo que reconocía en ella misma.

—Su punto —siguió Varya— era que es imposible sobrevivir sin deshumanizar al enemigo, sin crear un enemigo en primer lugar. Dijo que la compasión era el ámbito del civil, no de aquellos cuyo trabajo era actuar. Actuar requiere que se elija una cosa sobre otra. Y es mejor ayudar a un bando que a ninguno de los dos.

Alzó la tapa sobre el recipiente y pensó en Frida, que era parte del grupo de calorías restringidas. Al principio pedía más y más comida. En casa, Varya se sentía acechada por sus gritos. Había algo en el hambre desvergonzada del animal que hacía que se sintiera al mismo tiempo culpable y asqueada. El deseo de Frida de vivir era tan claro, tan visible la acusación en sus ojos, que Varya casi esperaba que cambiara sus gritos rudos y fuertes por un idioma que reconociera.

—Sí me siento apegada a los monos —añadió—. No debería decirlo, no es muy científico. Sin embargo, hace diez años que los conozco. Y me recuerdo que el estudio también los beneficia a ellos. Los estoy protegiendo, sobre todo a los de dieta restringida. Así van a vivir más tiempo. —Luke estaba en silencio; había guardado su grabadora, y aunque su cuaderno estaba sobre el escritorio de Annie, no lo había tocado—. De cualquier modo, uno tiene que trazar una línea en la arena que diga: «La investigación lo vale. La vida de este animal simplemente no es tan valiosa como cualquier avance médico que esa vida pueda aportar». Tienes que hacerlo.

Esa noche, Varya se quedó despierta durante horas. Se preguntaba por qué había compartido todo eso con Luke, y qué podría reflejar de ella si Luke lo incluía en su artículo. Podría pedirle que omitiera la conversación, pero eso indicaría un grado de duda sobre su trabajo, y el tipo de pensamiento que se requería para llevarlo a cabo, que no quería proyectar. Ahora estaba sentada en el auto, con náuseas. Tiene una sensación abrumadora de que no sólo se ha puesto en riesgo, sino que también traicionó a Daniel. Cuando piensa en reunirse con Luke en el laboratorio, ve a su hermano. No tiene sentido. Su única similitud es su estatura y sin embargo la visión permanece, Daniel la espera con el rompevientos de Luke y con su mochila, la cara de Daniel se sobrepone a la de Luke, más joven y expectante. La imagen se transforma entonces: ve a Daniel en el tráiler con una bala en la pierna y en el suelo un charco rojo, y sabe que si no hubiera sido tan reservada, él habría hablado con ella sobre Bruna y quizá lo habría podido salvar.

Cuando supera las náuseas y sus manos dejan de temblar lo suficiente para sostener el volante, ya pasó una hora. Nunca antes ha llegado tarde al trabajo, y Annie, para su alivio, llevó a Luke a la cocina, donde le está ayudando a pesar la comida que los monos no han comido y a separar las bolitas de la siguiente semana en los comederos de laberinto. Varya lo evita trabajando en un convenio en la oficina, con la puerta cerrada. En un punto alguien toca, y como Annie no la molestaría, Varya sabe que sólo puede ser Luke.

—Pensé en preguntar si podríamos ir a cenar —dice cuando abre la puerta. Tiene las manos en los bolsillos, y al ver su confusión sonríe—. Ya son las seis de la tarde.

—Me temo que no tengo hambre —regresa a su escritorio para apagar la computadora.

—¿Una copa? Hay resveratrol en el vino tinto. Creo que he hecho mi investigación.

Varya exhala.

—Sería para la entrevista, ¿o no?

—Como guste. Yo creo que no.

—Si no es para la entrevista —dice dándose vuelta—, ¿para qué?

—¿Para hacer relaciones? ¿Contacto humano? —Luke la mira con peculiaridad, como si no pudiera determinar si está bromeando—. No muerdo. Por lo menos, no como los monos.

Ella apaga la luz de la oficina y la cara de Luke queda entre las sombras, solamente alumbrada por los tubos fluorescentes del pasillo. Hirió sus sentimientos.

—Yo invito —añade—. En agradecimiento.

Más tarde, ella se preguntará qué hizo que aceptara cuando nada en ella quería ir, y qué habría ocurrido si no hubiera ido. ¿Fue la culpa o la fatiga? Estaba cansada de la culpa, que sólo disminuía cuando trabajaba y cuando se lavaba las manos, dejando que el agua corriera hasta que estaba tan caliente que la sensación ya no era de agua sino de fuego o hielo. También disminuía cuando estaba muy hambrienta, lo cual pasaba con gran frecuencia; había momentos en los que se sentía lo suficientemente ligera para elevarse hacia el cielo, lo suficientemente ligera para elevarse hacia sus hermanos. Y ahora tenía hambre, sin embargo, algo la hizo ir; algo hizo que dijera que sí.

Se sientan en un bar de vinos en la avenida Grant y comparten una botella de tinto, un Cabernet que creció y fue embotellado once kilómetros al sur y que Varya se toma de inmediato. Se da cuenta de cuánto tiempo ha pasado desde que comió, pero no come en restaurantes, así que bebe y escucha lo que Luke le cuenta sobre su crianza: que su familia tiene una granja de cerezas en Door County, Wisconsin, una combinación de islas y playa que se extiende hasta el lago Michigan. Le dice que le recuerda a Marin, la tierra que perteneció a los nativos americanos —en Door County, los potawatoni; en Marin, los miwoks— antes de la llegada de los europeos, que tomaron esa tierra y la usaron para la agricultura y la obtención de madera. Describe la piedra caliza y las dunas, los árboles de cicuta, con sus largos dedos verdes, y los álamos amarillos, que a finales del otoño dejan sorprendentes sábanas doradas en el suelo.

En la temporada baja, la población es de menos de treinta mil, dice, pero en el verano y a principios del otoño aumenta casi diez veces. En julio las granjas se vuelven frenéticas, la prisa por recolectar, secar, enlatar y congelar las cerezas es una especie de locura. Tienen cuatro tipos de cerezas, y cuando Luke era joven cada miembro de la familia tenía asignado recolectar uno con un cosechador mecánico. El padre de Luke recogía el tipo grande, las jugosas Balaton. Como Luke era el más chico, él y su madre se juntaban para recoger las Montmorency, de traslúcida piel amarilla. El hermano mayor de Luke recogía las cerezas dulces, firmes y negras, las más preciadas de todas.

Varya se descubre a la deriva mientras él habla. Ve las cerezas, su color amarillo, negro y rojo, con el suave enfoque de un sueño. Luke usa su teléfono para mostrarle una foto de su familia. Es a principios del otoño, los árboles son una confusión de mostaza y salvia. Los padres de Luke tienen su denso cabello rubio, aunque el de ellos es más claro que el de Luke. Su hermano —Asher, dice— es un adolescente de rostro con acné pero que sonríe abiertamente con las manos sobre los hombros de Luke. Luke no puede tener más de seis años. Sus hombros llegan a las manos de Asher, y su sonrisa es tan amplia que casi parece una mueca.

—¿Y tú? —pregunta, devolviendo el teléfono a su bolsillo—. ¿Cómo es tu familia?

—Mi hermano mayor era doctor, como te mencioné. Mi hermano más chico fue bailarín y mi hermana era maga.

—¿De verdad? ¿Con sombrero negro y un conejo?

—Ninguna de las dos cosas. —A su alrededor la luz es baja, así que Varya no puede percibir las cosas que la preocupan—. Era fantástica con las cartas y era mentalista; su pareja elegía un artículo de alguien de la audiencia, un sombrero o una cartera, y ella adivinaba sin pistas verbales, con los ojos vendados y con el rostro frente a una pared.

—¿Y ahora qué hacen? —pregunta Luke y ella se sobresalta. Él la observa—. Perdón, es que usaste el tiempo pasado. Pensé que se habían…

—¿Retirado? —pregunta Varya y niega con la cabeza—. No. Murieron. —No sabe qué le hace decir lo que dice después; quizá es que Luke se irá y hay algo en eso que se siente tan inusual, tanto alivio, compartir con otra persona estas cosas que sólo le ha contado a su terapeuta—. Mi hermano más chico murió de sida; tenía veinte. Mi hermana... se quitó la vida. En retrospectiva, me pregunto si era bipolar o esquizofrénica, aunque no hay nada que pueda hacer al respecto ahora —termina su copa y se sirve otra; sólo en raras ocasiones bebe y el vino hace que se sienta floja, tranquila, abierta—. Daniel se metió en algo en lo que no debió. Le dispararon.

Luke se queda en silencio, mirándola, y por un momento ridículo ella teme que vaya a estirarse para apretar su mano; sin embargo, no lo hace —¿por qué lo haría?— y ella exhala.

—Lo siento mucho —dice Luke—. ¿Por eso haces este trabajo? —Ella no responde y él presiona un poco, al principio con duda y después deliberadamente—. Los medicamentos que tenemos ahora, bueno, le habrían salvado la vida a tu hermano si hubieran estado disponibles en ese entonces. Y las pruebas genéticas habrían hecho posible detectar el riesgo individual de una enfermedad mental, incluso diagnosticarla. Eso habría podido salvar a Klara, ¿verdad?

—¿De qué se trata tu artículo? —pregunta Varya—. ¿De mi trabajo o de mí?

Trata de mantener un tono de voz ligero. Dentro de ella hay una sensación de miedo, aunque no está segura del porqué.

—Es difícil separar las dos cosas, ¿no? —Cuando Luke se inclina hacia adelante, sus ojos se oscurecen y algo se sacude en las profundidades de Varya. Ahora se da cuenta de lo que la asustó: ella nunca le dijo el nombre de Klara.

—Debo irme —dice rápidamente, poniendo las manos sobre la mesa para levantarse. De inmediato pierde el equilibrio, los muros se tambalean y ella se sienta, cae, otra vez.

—No —dice Luke, y ahora pone su mano sobre la de ella.

Una burbuja de pánico sube por su garganta y estalla.

—Por favor, no me toques —dice ella, y Luke la suelta. Su rostro muestra aflicción; parece que le tiene lástima, y eso es más de lo que puede tolerar. Se vuelve a levantar y esta vez tiene éxito.

—No deberías manejar —dice Luke, levantándose también. Ella ve pánico en su rostro, el mismo pánico que ella siente, y eso la espanta aún más—. Por favor… lo siento.

Ella busca algo en su bolsa, saca un delgado montón de billetes de veinte que deposita sobre la mesa.

—Estoy bien.

—Déjame llevarte —insiste cuando ella se dirige hacia la puerta—. ¿Dónde vives?

—¿Dónde vivo? —dice Varya entre dientes y Luke se queda atrás; incluso en la oscuridad del bar, ella se da cuenta de que se sonrojó—. ¿Qué te pasa? —y ahora está en la puerta, afuera. Después de ver a su alrededor para asegurarse de que Luke no la está siguiendo, ve su auto y corre hacia él.

33

Se despierta el sábado con un crujido de dolor en el centro de la espalda y un martilleo en la nuca. Tiene la ropa empapada de sudor y apesta. En la noche, se quitó los zapatos de una patada y el suéter de un jalón, pero la blusa se le pega al estómago y los calcetines están tan empapados que cuando se los arranca caen pesadamente sobre el suelo del auto. Se acomoda en el asiento trasero. Afuera es de mañana y sobre la calle Grant cae una lluvia densa.

Se lleva las palmas a los ojos. Recuerda el bar de vinos, el rostro de Luke acercándose a ella, su voz baja pero insistente —«Es difícil separar las dos cosas, ¿no?»— y su mano sobre la suya, caliente. Recuerda haber corrido hacia el auto y haberse acostado en el asiento trasero, como un niño.

Se muere de hambre. Se arrastra del asiento trasero al de enfrente y busca sobras del día anterior en el asiento del copiloto. Las manzanas se han vuelto esponjosas y cafés pero se las come de todos modos, así como unas uvas calientes y arrugadas. Evita el espejo del auto, pero alcanza a ver accidentalmente una imagen de sí misma en la ventana del lado del copiloto, su cabello como el de Einstein, su boca abierta con saliva, antes de apartar la vista y encontrar las llaves.

En el departamento se desviste, poniendo cada prenda directamente en la lavadora, y se baña tanto tiempo que el agua se enfría. Se pone la bata, rosa y ridículamente mullida, un regalo de Gertie, algo que Varya nunca se habría comprado, y toma tanto Advil como cree que su cuerpo puede soportar. Después se mete a la cama y se vuelve a dormir.

Ya es la mitad de la tarde cuando se despierta. Ahora ya no está exhausta, siente una ráfaga de pánico y sabe que no puede pasar el resto del día en casa. Se viste rápidamente. Tiene la cara pálida y parecida a la de un pájaro, con mechones plateados pegados a la nuca. Se moja las manos para acomodárselo, pero después se pregunta para qué lo hace: los únicos que van al laboratorio los sábados son los técnicos de animales y de todos modos se va a cubrir el cabello en cuanto llegue. Por lo general no almuerza, pero ese día toma una bolsa del refrigerador y se come unos huevos hervidos mientras maneja.

En cuanto entra al laboratorio se siente más tranquila. Se pone la ropa de laboratorio y entra al vivario.

Quiere revisar a los monos. La pone nerviosa estar cerca de ellos, pero a veces la acosa el miedo de que algo les ocurra mientras ella no está. Nada ha ocurrido, desde luego. Josie puso su espejo para ver la entrada, y cuando ve a Varya, lo deja caer. Las crías se escabullen con ansiedad en su jaula comunal. Gus está sentado al fondo de su jaula; pero la última jaula, la jaula de Frida, está vacía.

—¿Frida? —pregunta Varya, absurdamente; no hay prueba de que los monos comprendan sus nombres, y sin embargo vuelve a intentarlo. Sale del vivario y camina por el pasillo gritando, hasta que una técnica de animales llamada Johanna sale de la cocina.

—Está en aislamiento —dice Johanna.

—¿Por qué?

—Se estaba arrancando el pelo —dice Johanna, rápidamente—. Pensé que en aislamiento podría…

Pero no termina, porque Varya ya se dio vuelta.

El segundo piso del laboratorio es un cuadrado. La oficina de Varya y Annie está en el costado occidental, el vivario al norte. La cocina está en el sur, junto con los cuartos de procedimiento, y la sala de aislamiento, el clóset de intendencia y el lavadero en el este. De 1.80 de ancho por 2.40 de alto, la sala de aislamiento en realidad es más alta que las jaulas normales de los monos; sin embargo, no tiene nada de entretenimiento, es un lugar donde mandan a los animales desobedientes para castigarlos. Por supuesto, no hay nada amenazador en ello, nada demasiado aterrador. Simplemente no hay nada interesante tampoco: es una jaula de acero inoxidable con una pequeña puerta cuadrada de entrada que se cierra desde afuera. Está equipada con una caja de alimento y una botella de agua. Hay diez centímetros entre el suelo y el fondo de la caja, que tiene agujeros para permitir que la orina y los desperdicios caigan en una bandeja extraíble.

—Frida —dice Varya. Observa adentro de la jaula, el mismo lugar donde llevó a Frida la noche de su llegada, cuando la mona sólo tenía días de nacida.

Ahora Frida está dando la cara a la parte del fondo de la jaula y se mece en su lugar, encorvándose. Su espalda está calva en porciones del tamaño de un puño donde se jaló el pelo. Hace seis meses dejó de acicalarse, y los otros animales se mantenían alejados, percibiendo su debilidad, repelidos por ella. Se sienta en una capa delgada de orina color óxido que no se ha drenado a la bandeja.

—Frida —repite Varya, más fuerte, pero con voz consoladora—. Detente, Frida, por favor.

Cuando el mono escucha la voz de Varya, voltea a un lado. De perfil, sus ojos son vidriosos y color lavanda, su boca una media luna. Después hace un gesto. Lentamente se da vuelta, pero cuando queda frente a Varya no se detiene: sigue girando, apoyándose en el brazo derecho, arrastrando el izquierdo. Hace dos semanas se mordió el muslo izquierdo tan fuerte que tuvieron que coserla.

¿Cómo ocurrió? Cuando Frida era joven, tenía más ánimo que cualquiera de los otros monos. Podía ser maquiavélica en su comportamiento social, forjaba alianzas estratégicas y les robaba alimento a los animales más sumisos, pero también era encantadora y terriblemente curiosa. Le fascinaba que la cargaran: extendía los brazos a través de los barrotes en busca de la cintura de Varya, y ella ocasionalmente dejaba salir a Frida y la cargaba por el vivario sobre su cadera. La experiencia de estar tan cerca hacía que ella se sintiera al mismo tiempo asustada y extasiada: asustada por la posibilidad de contaminación con Frida y extasiada porque brevemente podía sentir, a través de las capas de la ropa de protección, lo que era estar cerca de otro animal, ser ella misma un animal.

Oye un golpe en la puerta. Johanna, piensa Varya, o Annie, aunque Annie en raras ocasiones va al laboratorio los fines de semana. Como Varya, tampoco tiene hijos ni está casada. A los treinta y siete difícilmente es demasiado tarde, pero Annie no quiere esas cosas. «No me hace falta nada», le había dicho una vez, y Varya le creía. La ostentosa familia coreana estadounidense de Annie vive justo pasando el puente. Siempre parece tener un amante, a veces hombre, a veces mujer, y entabla esas relaciones con la misma confianza que aplica en su investigación. Varya siente un afecto maternal por Annie, así como una envidia maternal. Annie es el tipo de mujer que Varya esperaba ser: el tipo de mujer que toma decisiones poco convencionales y se siente satisfecha con ellas.

Vuelven a tocar a la puerta.

—¿Johanna? —grita Varya, levantándose para abrir la puerta.

Sin embargo, la persona con la que se encuentra es Luke. Tiene el cabello despeinado y oscuro por la grasa. Tiene los labios partidos y un extraño tono amarillento en el rostro. Lleva la misma ropa del día anterior. Seguramente también durmió con esa ropa puesta. La calma que Varya había reunido esta tarde se quiebra y se hace añicos.

—¿Qué estás haciendo aquí? —pregunta.

—Clyde me dejó entrar —parpadea Luke. Una de sus manos sigue en la perilla, y la otra está temblando—. Necesito hablar contigo.

Frida vuelve a voltear hacia la pared y a mecerse. Varya odia que se meza y odia que Luke esté ahí viéndola. Se da vuelta para cerrar la puerta de la sala de aislamiento. El proceso no le toma más de dos segundos, pero antes de cerrarla escucha un clic sordo y voltea. Cuando vuelve a verlo, él está metiendo la cámara en la mochila.

—Dame eso —dice ella, iracunda.

—No —responde Luke pero su voz es suave, como la de un niño pequeño con una pertenencia que atesora.

—¿No? No tenías autorización para tomar esa foto. Te voy a demandar.

El rostro de Luke no está lleno de la alegría profesional que esperaba, sino de miedo. Abraza la mochila.

—No eres periodista —dice Varya. Tiene un miedo agudo que resuena con fuerza. Piensa en los gritos de alarma de los titís—. ¿Quién eres?

Pero él no le responde. Está viendo fijamente a la puerta, su cuerpo tan quieto que podría ser una estatua de no ser por la mano izquierda, que le sigue temblando.

—Voy a llamar a la policía —dice ella.

—No —dice Luke—. Yo…

Pero no termina y en esa pausa un pensamiento cruza la mente de Varya espontáneamente. «Que sea benigno», piensa, «que sea benigno», como si viera la radiografía de un tumor y no el rostro de un completo extraño.

—Tú me llamaste Solomon —responde.

Y hay oscuridad total. Al principio, siente confusión: ¿Cómo? No es posible. «Yo lo habría sabido». Después, el impacto pleno, el golpe violento. Se le nubla la visión.

Porque cuando se detuvo afuera del Centro de Planeación Familiar de la calle Bleecker, veintiséis años atrás, se quedó enraizada en la tierra como si le hubiera caído un rayo encima. Eran principios de febrero, estaba oscuro y helado a las 3:30, pero el cuerpo de Varya ardía. Dentro de ella había un movimiento poco familiar. Vio la mole del edificio que albergaba la clínica y se preguntó qué ocurriría si no aplastaba esa agitación. Podía tomar la decisión que había planeado hacer; su vida podría continuar como había sido antes de la aberración y permanecer simétrica. En cambio, se desabotonó el abrigo ante una ráfaga de aire frío. Y después se dio la vuelta.

34

Sale tambaleándose del vivario y baja las escaleras al primer piso. Corre a través del vestíbulo, pasa junto a Clyde, que se levanta para preguntarle si está bien, y sale hacia la montaña. No le importa que Luke esté adentro sin supervisión; sólo quiere alejarse de él. La lluvia se despejó para revelar un sol tan brillante que le quema los ojos. Camina hacia el estacionamiento lo más rápido que puede sin llamar la atención; no quiere desperdiciar el tiempo que le tomaría sacar sus lentes de sol, porque puede oír que Luke la está siguiendo.

—Varya —grita, pero ella no se detiene—. ¡Varya!

Como gritó, se da vuelta.

—Baja la voz. Este es mi lugar de trabajo.

—Perdón —dice Luke, jadeando.

—Cómo te atreves; cómo te atreves a engañarme. Cómo te atreves a hacerlo en el laboratorio, en *mi* laboratorio.

—Nunca habrías querido hablar conmigo de otro modo —la voz de Luke es extrañamente alta en tono, y Varya se da cuenta de que está tratando de no llorar.

Varya se ríe, un quejido.

—Ahora no voy a hablar contigo.

—Sí vas a hablar. —Una nube cruza el sol, y en la nueva luz acerada él se reafirma—. O venderé las fotos.

—¿A quién?

—A PETA.

Varya lo mira fijamente. Piensa en la sensación de quedarse sin aire por un golpe, pero no es la correcta: no le salió el aire de un golpe sino que se lo succionaron.

—Pero Annie revisó tus referencias —dice.

—Le pedí a mi compañera de casa que fingiera ser editora del *Chronicle.* Ella sabía cuánto quería conocerte.

—Nos apegamos a los estándares éticos más estrictos —dice Varya. Su voz se quiebra, con una ira inútil.

—Tal vez, pero a Frida no le estaba yendo muy bien.

Se detienen a medio camino de la montaña. Detrás de ellos, dos estudiantes de posdoctorado caminan hacia el edificio principal, devorando comida rápida.

—Me estás chantajeando —dice Varya cuando puede hablar otra vez.

—No quería hacerlo; pero me tomó años descubrir quién eras. La agencia no me ayudó para nada, sabían que no querías que te encontrara y todos mis registros estaban bloqueados. Gasté todo lo que tenía en un viaje a Nueva York y revisé las actas de nacimiento de la Corte del condado durante… semanas. Sabía mi fecha de nacimiento pero no a qué hospital habías ido, y cuando te encontré, cuando finalmente te encontré, no pude…

Su discurso sale en una ráfaga y ahora inhala profundamente. Después mira su rostro. Da vuelta a su mochila para buscar algo adentro y saca un pedazo de tela blanca doblado.

—Un trapito —dice Luke—. Estás llorando.

Ella no se había dado cuenta.

—¿Llevas un pañuelo? —pregunta Varya.

—Era de mi hermano, y de nuestro padre antes de él. Sus iniciales son las mismas —le muestra las letras diminutas bordadas y después ve que hace una pausa—. Está limpio. No lo he usado desde la última vez que lo lavé, y siempre lo lavo con agua caliente.

Su voz es de confidente. Ella sabe entonces que él la ha visto como es, de la manera como no quiere ser vista, y la embarga la vergüenza.

—La cosa es que yo lo tengo también —dice Luke—. Lo noté en ti de inmediato. Sin embargo, lo mío no tiene que ver con la contaminación. Me da miedo lastimar a alguien, matar a otros accidentalmente.

Varya toma el pañuelo y se limpia la cara; cuando la levanta, piensa en lo que Luke dijo —«matar a otros accidentalmente»—, y se ríe hasta que él se suma a la risa y ella empieza a llorar otra vez, porque comprende exactamente lo que quiere decir.

Varya maneja hacia su condominio en silencio mientras Luke la sigue. Al subir las escaleras escucha sus pasos detrás de ella, siente el peso de su cuerpo, y el estómago se le sube a la garganta. Es muy raro que lleve a alguien al departamento, y si hubiera sabido que él iba a ir, lo habría preparado. Sin embargo, ahora no hay tiempo para eso, así que enciende las luces y observa cuando él mira el espacio.

El departamento es pequeño. La decoración, un acto de equilibrio que busca reducir su ansiedad lo más posible. Elige piezas que aumenten y obstruyan la visibilidad: su sofá es de piel, por ejemplo, lo suficientemente oscuro para que pueda ver cualquier rastro de polvo o suciedad, pero lo suficientemente liso para que, a diferencia de una tela estampada, pueda encontrar fácilmente cualquier cosa ofensiva antes de sentarse. Por la misma razón sus sábanas son un aburrido color carbón. Las sábanas blancas de los hoteles son un lienzo tan desnudo que la pone histérica revisar cada vez las camas. Las paredes están desprovistas de arte, las mesas no tienen manteles y son fáciles de limpiar. Las cortinas están abajo, como siempre, incluso durante el día.

No es hasta que ve el departamento a través de los ojos de Luke que recuerda lo oscuro y lo feo que es. Los muebles no son estéticamente agradables, porque no los elige por razones estéticas. ¿Y si lo hiciera? No se sabe cuál sería su gusto, aunque una vez pasó por una tienda en Mill Valley que se especializaba en decoración escandinava y vio un sofá gris paloma con cojines rectangulares y patas de madera delgadas. Lo miró durante treinta segundos, un minuto, antes de recordar que la tela sería terriblemente difícil de limpiar, que podría ver cualquier cabello y mancha, y que, sobre todo, sería muy doloroso desprenderse de él si alguna vez se convencía de su suciedad.

—¿Te ofrezco algo? —pregunta—. ¿Té?

Té está bien, le responde Luke, y se sienta en el sofá para esperarla, dejando su mochila a sus pies. Cuando ella regresa con dos tazas y una tetera de cerámica de genmaicha, él tiene las rodillas juntas y la grabadora sobre las piernas.

—¿Nos puedo grabar? —pregunta—. Para poder recordarlo; no creo que vuelva a verte otra vez.

Sabe el intercambio que ha hecho, así que acepta. Él la atrapó y va a hacerla hablar, pero a cambio se ganó su resentimiento. Sin embargo, ella también ha hecho tratos. Elige ser su madre, así que le va a responder.

—Está bien. —Tiene el rostro seco y la resignación, por el momento, ha sustituido la furia que sintió en el laboratorio. Se acuerda de los monos, los que gritan con voz ronca y ofrecen con aceptación vacía sus cuerpos para que los estudien.

—Gracias. —La gratitud de Luke es genuina: ella puede sentirla en su dirección y aparta la mirada—. ¿Dónde y cuándo nací?

—En el Mount Sinai Beth Israel; el 11 de agosto de 1984. Eran las 11:32 de la mañana. ¿No sabías eso?

—Sí. Sólo quería revisar tu memoria. —Ella toma de la taza, pero el té está hirviendo y los ojos se le llenan de lágrimas.

—No más trucos —dice ella—. Me pediste honestidad, y me merezco la tuya a cambio. No tienes que sospechar de mí; no tienes que tratar de descubrirme en una mentira. Yo no podría olvidar esto, nada de esto, aunque me pasara la vida intentándolo.

—Me parece justo —Luke baja la mirada—. No lo volveré a hacer. Perdóname. —Cuando vuelve a mirarla otra vez, no tiene nada de desafío. Lo que queda es sumisión, timidez—. ¿Cómo era ese día?

—¿El día que naciste? Era sofocante. La ventana de mi habitación daba a Stuyvesant, Square y podía ver que pasaban mujeres caminando, mujeres de mi edad, con *shorts* y blusas cortas, como si siguiéramos en los setenta. Yo estaba enorme. Tenía sarpullido en la frente y sudor en todos los huecos posibles. Mis pies estaban tan hinchados que llevé pantuflas en el taxi al aeropuerto.

—¿Había alguien contigo?

—Mi madre. Ella fue la única a la que le dije.

Gertie estaba a su lado, murmurando. Gertie con un trapo y una cubeta con agua y hielo; Gertie que les gritaba a las enfermeras cada vez que el aire acondicionado dejaba de funcionar. Gertie, que ha mantenido el secreto todos esos años.

—Mamá —dijo Varya con voz salvaje, después de entregar al bebé—. No puedo volver a hablar de esto, nunca —y desde entonces Gertie nunca había abordado el tema. De igual modo, hablaban de eso constantemente: durante años fue el trasfondo de cada conversación, era un peso que cargaban juntas.

—¿Y el padre?

Ella se da cuenta de que él dice *el padre* en lugar de *mi padre*, lo que la alivia. No quiere que piense en el profesor de esa manera.

—Él nunca supo —sopla sobre el té—. Era un profesor visitante en la universidad. Era mi primer año de posgrado y ese otoño tomé su clase. Dormimos juntos un par de veces antes de que él dijera que no debíamos seguir. Para cuando me di cuenta de que estaba embarazada eran principios de enero, las vacaciones de invierno, y él había regresado a Reino Unido, aunque yo no lo sabía entonces. Le llamé una y otra vez, primero al departamento y después al número que me dieron de su oficina en Edimburgo. Al principio le dejé mensajes, y después traté de no dejarlos. No estaba enamorada de él. Ya no. Pero quería darle la oportunidad de criarte, si quería. Finalmente comprendí que no se lo merecía y fue entonces cuando le dejé de llamar.

Luke tiene el rostro tenso, se le notaban las venas de la garganta. ¿Cómo no lo reconoció? Se lo había imaginado, encontrarse frente a frente con un hombre extraño pero familiar en un aeropuerto o una tienda, y había pensado que dentro de ella iba a alzarse una alerta animal, algún recuerdo sensorial de los nueve meses que compartieron un cuerpo, y las cuarenta y ocho horas impresionantes y angustiantes que siguieron. No se habría sorprendido de escuchar que su pelvis se despedazaba durante el parto, pero no había ocurrido: su experiencia había sido completamente normal, el parto tan rutinario que una enfermera dijo que era un buen augurio para el segundo hijo de Varya. Sin embargo, Varya sabía que no habría un segundo, así que abrazó al humano diminuto, su hijo biológico, y no sólo se despidió de él, sino también de la parte de ella que había sido lo suficientemente valiente para enamorarse de un hombre que la tenía en tan poco y albergar un hijo que sabía que no iba a conservar.

Luke se quita los zapatos y sube los pies con calcetines al sofá. Después envuelve los brazos a su alrededor, apoyando la barbilla sobre las rodillas.

—¿Cómo era?

—Tenías un manchón brillante de cabello negro, como una nutria o un niño punk. Tenías ojos azules pero las enfermeras me dijeron que se te podían poner cafés, lo que ocurrió, desde luego —Varya tenía esto en mente cuando buscaba en las aceras, en el metro y en el fondo de las fotografías de otras personas, en busca del niño de ojos azules o cafés que había sido suyo—. Eras sensible. Cuando te estimulaban demasiado, cerrabas los ojos y juntabas las manos. Pensamos que parecías un monje, mi madre y yo, molesto y tratando de rezar con todas tus fuerzas.

—Cabello negro —sonríe Luke—. Y ojos azules. Con razón no sabías quién era. —Afuera de la ventana son las seis de la tarde y está lloviznando, el cielo ha adquirido un color violeta luminoso—. ¿Tu mamá quería que me dieras en adopción?

—Por Dios, claro que no. Nos peleamos por eso. Nuestra familia había pasado por muchas pérdidas. Mi padre murió, muy repentinamente, cuando estaba en la universidad. Y dos años antes de que nacieras, Simon murió de sida. Ella quería que te conservara.

Para entonces, Varya tenía su propio departamento, un estudio cerca de la universidad, pero durante su embarazo con frecuencia durmió en el número 72 de Clinton. A veces discutía con Gertie después de la medianoche, pero siempre se iba a dormir a la litera de arriba. Diez minutos o dos horas después se encontraba con ella en la litera de abajo, que Daniel solía ocupar en lugar de su propia cama del otro lado del pasillo. En las mañanas se paraba en el peldaño bajo de la escalera para acariciarle el cabello a Varya, quitárselo de la cara y besarla en la frente.

—¿Por qué lo hiciste, entonces? —preguntó Luke.

Una vez, mientras manejaba por Wisconsin a mediados del verano, de camino de una conferencia en Chicago a una segunda conferencia en Madison, Varya se detuvo para meterse al lago Devil hasta la altura de las rodillas. Estaba desesperada por refrescarse, pero el agua estaba tibia y docenas de pececitos diminutos comenzaron a morderle los tobillos y los pies. Por un momento, no pudo moverse; se quedó parada en la arena, tan llena de sentimientos que pensó que podría estallar. ¿Qué sentimientos exactamente? Del éxtasis insoportable de la proximidad, del intercambio simbiótico.

—Tenía miedo —responde—. De todas las cosas que pueden salir mal cuando la gente se apega a los demás.

Luke hace una pausa.

—Habrías podido hacerte un aborto.

—Habría podido. Hice una cita, pero no pude hacerlo.

—¿Por razones religiosas?

—No. Sentí... —pero se le pone ronca la voz y se queda en silencio. Alza la taza y bebe hasta que se le relaja la garganta—. Fue como si tratara de compensar el hecho de ser introvertida. El hecho de que no me involucraba con la vida, no plenamente. Pensé, esperé, que tú sí lo hicieras.

¿Cómo había sido capaz de hacerlo? Porque había pensado en ellos: en Simon y en Saul, en Klara, Daniel y Gertie. Pensó en ellos en el segundo trimestre, cuando constantemente el pánico la incapacitaba, y durante el tercero, cuando se sentía inmensa como una morsa y orinaba más de lo que dormía. Pensó en ellos cada vez que pujó. Los mantuvo en su mente hasta que no pudo sentir nada más, los amó y los amó hasta que la desarmaron, la hicieron más fuerte y la abrieron para darle poderes que no tenía.

Sin embargo, no podía soportarlo. Mientras iba a casa desde el hospital con los brazos doblados sobre el estómago, se preguntó qué tipo de persona era al dar en adopción a un hijo por una razón tan tonta como su propio temor. La respuesta llegó inmediatamente: el tipo de persona que no se merecía a ese niño. Su cuerpo, que había estado tan lleno hasta estallar de vida, que *había* estallado de vida, ahora estaba vacío, como había estado antes, como siempre había estado. Y por ello sintió pena pero también alivio, y el alivio le inspiró tal desprecio por ella misma que le hizo saber que tenía razón. No podía soportar ese tipo de vida: peligroso, carnal, lleno de un amor tan doloroso que le cortaba la respiración.

—¿Y qué ha ocurrido desde entonces? —pregunta Luke.

—¿A qué te refieres?

—¿Tuviste otro hijo? ¿Alguna vez te casaste?

Varya niega con la cabeza.

Él frunce el ceño, perplejo.

—¿Eres gay?

—No. Simplemente nunca, no desde que... No he...

Respira entrecortadamente, con un hipo sin sonido. Cuando Luke comprende lo que quiere decir, se sorprende.

—¿No has tenido una relación desde el profesor? ¿No has tenido nada?

—No *nada*, pero no una relación.

Ella se prepara para recibir su lástima. En cambio, él la mira indignado, como si Varya se hubiera privado de algo esencial.

—¿No te sientes sola?

—A veces, pero ¿no les ocurre así a todos? —dice y sonríe.

Abruptamente, Luke se levanta. Ella piensa que va a ir al baño, pero va a la cocina y se para frente al fregadero. Apoya las manos sobre él; tiene los hombros encorvados como los de Frida. Frente al fregadero, en la ventana, está el reloj del padre de Varya. Después de la muerte de Klara, Daniel fue al tráiler en el que Klara y Raj habían estado viviendo. Raj había recogido cosas que pensó que la familia Gold podía querer: una tarjeta de negocios de principios de su carrera, el reloj de oro de Saul, un programa viejo de vodevil que mostraba a la abuela Klara jalando a un grupo de hombres con correas. No era mucho, pero Daniel se sintió agradecido por el gesto. Llamó a Varya desde el aeropuerto.

—El tráiler, en cambio, no es que estuviera sucio, estaba bastante bien, como todos los tráileres, pero el hecho del tráiler... —la voz de Daniel era furtiva, casi amortiguada—. Es un Gulf Stream de los setenta, y Klara vivió ahí más de un año. —La mayor parte del tiempo estacionado en un parque para casas rodantes llamado King's Row, agregó para sumar insulto al daño. Bajo el lado de la cama de Klara, había encontrado un pequeño conjunto de tallos de fresa. En un principio creyó que era un montón de pasto que alguien había metido con el zapato; estaban cubiertos de moho y los tiró en el baño. Le enviaría a Varya el reloj, que había sido de Simon antes de que fuera de Klara, y de Saul antes de Simon.

—Es un reloj de hombre —le dijo Varya—. Quédatelo tú.

—No —respondió Daniel en el mismo tono encubierto y ella comprendió que había visto algo que lo había perturbado, algo que no se quería llevar a casa.

—¿Luke? —lo llama ahora.

Luke tose y se acerca al refrigerador.

—¿Te importa si...?

«Detente», piensa ella, pero él ya está ahí, abre la puerta y lo ve.

—¿Guardas aquí la comida de los monos? —grita, aunque cuando voltea a verla, su sorpresa ya cedió el paso a la comprensión.

Deja la puerta abierta. Desde la sala, Varya puede ver las filas de comida empaquetada adentro. En el estante de arriba está su desayuno, mezclas de frutas en bolsas de plástico con dos cucharadas de cereal alto en fibra. En el estante de abajo están sus almuerzos: nueces con granos, o una rebanada de tofu o atún los fines de semana. Sus cenas están en el congelador, las cocina semanalmente y después las divide en porciones que envuelve en papel aluminio. A un costado del refrigerador, del lado que queda frente a Luke, está pegada una hoja de Excel donde cuenta las calorías de cada comida, así como el contenido de vitaminas y minerales.

El primer año de su restricción perdió quince por ciento de su peso corporal. La ropa empezó a quedarle floja, y su rostro tomó la insistencia estrecha de un galgo. Observó estos cambios con desapego curioso: se sentía orgullosa de ser capaz de resistirse a la tentación de los dulces, los carbohidratos y las grasas.

—¿Por qué haces esto? —pregunta Luke.

—¿Por qué crees? —dice, pero retrocede cuando ve que él avanza hacia ella—. ¿Por qué te enojas? ¿No tengo derecho a decidir cómo quiero vivir?

—Porque estoy triste —dice Luke, con voz ronca—. Porque me rompe el maldito corazón verte así. Eliminaste todo: no tienes marido, no tienes hijos. Pudiste haber hecho cualquier cosa pero eres igual que tus monos, encerrados y poco alimentados. El punto es que tienes que vivir una vida menor para tener una vida más larga. ¿No te das cuenta? El punto es que estás dispuesta a hacer ese intercambio, ya *hiciste* ese intercambio, pero, ¿con qué fin? ¿A qué costo? Desde luego, tus monos nunca tuvieron esa opción.

Es imposible convencer del valor de la rutina a alguien a quien no le parece placentera, así que Varya no lo intenta. No es el placer del sexo o del amor, sino el de la certeza. Si fuera más religiosa, y cristiana, hubiera sido una monja: qué seguridad saber qué plegaria o qué tarea iba uno a hacer en cuarenta años, a las dos de la tarde de un martes.

—Yo los hago más saludables —dice—. Vivirán vidas más largas gracias a mí.

—Pero no mejores. —Luke se acerca, y ella recarga la espalda en el sofá—. No quieren jaulas y bolitas de comida. Quieren luz, juegos, calor, textura, ¡peligro! Y estas estupideces de escoger la supervivencia sobre la vida, como si tuviéramos control sobre cualquiera de los dos. Con razón no sientes nada cuando los ves en las jaulas. No sientes nada por ti.

—¿Y cómo debería ser mi vida? ¿Debería ser como Simon, a quien no le importaba nada más que él mismo? ¿Debería vivir en un mundo de fantasía, como Klara?

Se levanta del sofá, con cuidado de no tocarlo, y va a la cocina. Ahí, vuelve a abrir la puerta del refrigerador y empieza a reacomodar las bolsas de comida que se movieron cuando Luke cerró la puerta.

—Los culpas a ellos —dice él, siguiéndola, y Varya dirige hacia él la ira que siente contra sus hermanos, la ira que se retuerce constantemente dentro de ella. Si tan sólo hubieran sido más listos, más cautelosos. Si hubieran mostrado conciencia de sí, humildad, si hubieran tenido paciencia. Si no hubieran vivido como si la vida fuera una carrera enloquecida hacia un clímax inmerecido. Si hubieran caminado en lugar de corrido.

Comenzaron juntos: antes de que cualquiera de ellos fuera persona habían sido óvulos, cuatro de los millones de óvulos de su madre. Era sorprendente que pudieran ser tan distintos en sus temperamentos, en sus defectos fatales, como extraños que se hubieran encontrado durante segundos en el mismo elevador.

—No —dice ella—. Yo los amo, hago mi trabajo como un tributo a ellos.

—¿No crees que alguna parte de eso sea egoísmo?

—¿Qué?

—Hay dos teorías principales sobre cómo detener el envejecimiento —repite Luke—. La primera es que debe suprimirse el sistema reproductivo. Y la segunda teoría es que debes suprimir el consumo de calorías.

—Nunca debí decirte nada. Eres demasiado joven para comprender; eres un niño.

—¿Soy un niño? ¿Lo soy? —Luke se ríe fríamente, y Varya retrocede—. Tú eres la única que está tratando de convencerse de que el mundo es racional, como si pudieras hacer algo para tener un impacto en la muerte. Te dices que ellos murieron por *x* y tú viviste por *y*, y que esas cosas son mutuamente excluyentes. De esa manera puedes creer que eres más lista; de esa manera puedes creer que eres diferente. Sin embargo, eres tan irracional como los demás. Te dices científica, usas palabras como *longevidad* y *envejecimiento saludable*, pero conoces la historia más básica de la existencia, «todo lo que vive debe morir», y quieres reescribirla.

Se acerca aún más, hasta que sus rostros están separados por centímetros. Ella no puede mirarlo. Está demasiado cerca, espera demasiado de ella, puede oler su aliento, un caramelo bacteriano mezclado con los granos tostados del genmaicha.

—¿Qué quieres de tu vida? —pregunta él, y como ella se queda en silencio, la toma de la muñeca y aprieta—. ¿Quieres seguir así para siempre? ¿Así?

—¿Y tú qué quieres? ¿Salvarme? ¿Se siente bien ser el salvador? ¿Te hace sentir como un hombre? —Dio en el blanco: él deja caer la mano y le brillan los ojos—. No me des sermones; no tienes derecho y, con toda seguridad, tampoco tienes la experiencia.

—¿Cómo sabes?

—Tienes veintiséis años. Creciste en una maldita granja de cerezas. Tienes dos padres saludables y un hermano mayor que te quiso tanto que te dejó usar su precioso pañuelo.

Ella sale de atrás de la puerta del refrigerador y camina hacia la puerta principal. Más tarde intentará descifrar qué ocurrió, más tarde repasará la conversación una y otra vez en su mente, preguntándose qué hubiera podido hacer para salvarla antes de que se desplomara para siempre, pero ahora quiere que se vaya. Si se queda más tiempo, ella podría hacer algo terrible.

Sin embargo, Luke no se va.

—Él no me lo dio. Murió.

—Lo siento —dice Varya, inexpresivamente.

—¿No quieres saber cómo? ¿O sólo te importan tus propias tragedias?

La verdad es que no quiere saber. La verdad es que no tiene espacio para el dolor de nadie más. Sin embargo, Luke, enmarcado en el umbral arqueado entre la sala y la cocina, ya empezó a hablar.

—Lo que tienes que saber de mi hermano es que siempre me cuidó. Mis padres siempre habían querido otro hijo pero no podían tenerlo, así que me adoptaron. Asher tenía diez años entonces, pudo haber sentido celos pero no fue así: era noble y generoso y cuidó de mí. Vivíamos en el norte de Nueva York en ese momento, en el campo. Cuando nos mudamos a Wisconsin teníamos más tierra pero una casa más pequeña, y tuvimos que compartir un cuarto. Asher tenía trece y yo era un niño pequeño. ¿Qué chico de secundaria quiere compartir una habitación con un niño de tres años? Pero él nunca se quejó.

»Yo era el difícil, el mimado. Quería ver hasta dónde podía extender mis límites: ¿siguen contentos de haberme adoptado? Si hago esto, ¿querrán devolverme? Una vez me escapé de la casa, me escondí abajo del porche y me quedé ahí horas porque quería oír que me buscaran. Otra vez, fui con Asher a los árboles y me escondí justo cuando era hora de irnos a la cosecha. Se volvió un juego nuestro, que me escondiera exactamente en el peor momento, el momento más molesto, y Asher siempre dejaba lo que estaba haciendo para buscarme; después de que me encontraba, nos poníamos a trabajar.

Varya levanta una mano, como para detenerlo. No quiere oír lo que sigue, no puede soportarlo, el miedo ya está apoderándose de su cuerpo, pero Luke la ignora y sigue hablando.

—Un día, fuimos a los contenedores de granos. En ese momento teníamos pollos y vacas, y en abril teníamos que revisar el grano para ver que no se hubiera hecho grumos. Asher bajó al contenedor. Yo tenía que quedarme parado en una plataforma en la parte superior y vigilarlo, para poder pedir ayuda en caso de que algo saliera mal. Una vez que Asher entró, alzó la vista hacia mí y me sonrió. Estaba en cuclillas sobre la corteza; era amarilla y parecía arena. «No te atrevas», me dijo. Yo le devolví la sonrisa, bajé las escaleras y corrí.

»Me escondí entre los tractores, porque él sabía que ahí podía encontrarme, pero no llegó. Luego de un par de minutos supe que algo estaba mal, había hecho algo malo, pero sentí miedo, así que me quedé ahí. Asher había llevado al contenedor dos picos, que usaba para quebrar los grumos. Cuando me fui, trató de usarlos para salir, pero hacían demasiados hoyos. Se hundió en los primeros cinco minutos, pero tomó más tiempo que quedara aplastado y que se sofocara después. Encontraron pedazos de maíz en sus pulmones.

Varya se queda unos segundos en silencio. Mira fijamente a Luke y él a ella. El aire se siente denso y pesado, como si la fuerza de sus miradas mantuviera algo suspendido entre ellos. Después, Varya flaquea.

—Por favor, vete —dice. Su mano se siente resbalosa sobre la puerta; tendrá que limpiarla cuando Luke se vaya.

—¿Es en serio? ¿Es lo único que puedes decirme? —pregunta con voz quebrada—. Es increíble —avanza hacia el sofá y recupera sus zapatos, mete con fuerza los pies, los calcetines grises como orejas de trapo. Varya abre la puerta. Es lo único que puede hacer para no gritarle, gritar detrás de él, cuando pasa a su lado y baja las escaleras.

Lo mira desde la ventana mientras él camina hacia su auto y sale del estacionamiento de un arrancón. Después toma sus llaves y hace lo mismo. Lo sigue dos semáforos antes de perder el valor. ¿Qué podría decirle? En el siguiente semáforo, da vuelta en *U* y continúa en sentido contrario, hacia el laboratorio.

Annie no está. Ni Johanna o alguno de los otros técnicos. Hasta Clyde se fue para pasar la noche. Varya camina al vivario —escucha chillidos indignados de los monos, que se asustan con su repentina entrada— y llega a la jaula de Frida.

Piensa que Frida está dormida hasta que ve que los ojos del mono están abiertos. Está acostada de lado con el antebrazo izquierdo en la boca.

Frida ya se ha mutilado antes —por ejemplo, la mordida en el muslo—, pero siempre ha ocultado ese comportamiento. Ahora, en cambio, roe sin vergüenza su propio hueso, la carne alrededor es un amasijo de sangre y tejido.

—Vamos —grita Varya—. Ven aquí —y abre la puerta de la jaula. Frida levanta la mirada pero no se mueve, así que Varya atraviesa la jaula hacia la pared contraria y toma una correa que engancha al cuello de la mona para jalarla y levantarla del suelo. Los otros animales gritan, y Frida voltea a verlos, feroz por la súbita conciencia que adquiere. Se sienta y se abraza las rodillas para mecerse, así que Varya no tiene otra opción más que jalar y jalar hasta que la arrastra por el suelo. La fragilidad de Frida le da náuseas. Antes pesaba cinco kilos, pero ahora sólo pesa tres y difícilmente se mantiene erguida. Al siguiente jalón, se da vuelta bocarriba y la correa empieza a ahorcarla. Los otros monos aumentan sus chillidos, perciben la debilidad de Frida, los excita; Varya, frenética, se inclina para alzar a la criatura en sus brazos.

Frida deja caer la cabeza sobre el hombro de Varya y apoya el brazo sobre el pecho. Varya contiene la respiración: no lleva ropa protectora y la herida, que emana un olor fétido de putrefacción, se le pega al suéter. Empieza a trotar, mientras la cabeza de Frida rebota contra su clavícula, y entra a la cocina. Los comederos de laberinto están apilados contra la pared, pero Varya quiere la comida suelta, los enormes contenedores de comida libre y las delicias que les dan a los monos que no tienen restricciones: manzanas, plátanos y naranjas, uvas, pasas, cacahuates, brócoli, coco rallado, cada uno en su propio contenedor. Saca las cubetas y contenedores, y los pone en el piso mientras Frida se agarra de su cintura. Entonces la pone frente a los comederos.

—Anda, ¡come! —dice con brusquedad, pero Frida mira el festín con expresión vacía. Le grita más fuerte, señalando el alimento, y Frida extiende la mano izquierda. Tiene las piernas extendidas en el piso, como un niño pequeño, con las rodillas dobladas; las plantas de sus pies son suaves y grises. Varya observa con codicia cuando el animal trata de alcanzar las pasas, pero antes de que su mano entre en el contenedor, cambia el curso y se lleva el antebrazo a la cara. Abre la boca, encuentra la herida y se muerde.

Varya se inclina para quitarle la mano de la boca a Frida y solloza. La herida está cubierta de pelos, pero es muy profunda; es posible que se haya roto el hueso.

—Come —grita Varya. Se pone en cuclillas para alcanzar el bote de pasas y lleva la mano a los labios de Frida. La mona olfatea. Muy lentamente, se lleva la primera pasa a la boca. Varya usa las dos manos como cuchara otra vez. Pronto tiene los dedos cubiertos de pedazos de comida y carne pero sigue adelante sacando comida, ahora del bote de coco, cacahuates, uvas.

—Ay, bien —dice Varya—. Ay, mi bebé —palabras que no había usado en décadas, palabras que sólo había pronunciado una vez, cuando Luke estaba coronando y su cuerpo se rompió para abrir paso a su vida repentina.

Cuando Frida rechaza la mano de Varya, ella la tienta con otro tipo de fruta o un alimento de diferente forma. Frida también se come eso, y después vomita: moco claro, bilis, un río de pasas. Varya se pone a llorar. Limpia la boca del animal, su cabeza mechuda y sus orejas traslúcidas color salmón, pues el animal suda. El vómito fluye caliente por los pantalones de Varya. Debe llamar al veterinario, pero cuando piensa en hacerlo, en lo que el doctor Mitchell le preguntará, en lo que tendrá que responderle, llora con más fuerza.

Así que abrazará a Frida hasta que llegue el doctor Mitchell; la consolará, la hará sentir mejor. Arrastra al animal hasta su regazo. Los ojos de Frida están cristalinos y desenfocados pero se resiste, quiere que la dejen en paz. Varya la abraza con más fuerza.

—Ssh, ssh —murmura—. Ssh, ssh. —Frida sigue luchando por liberarse, y Varya se aferra a ella. Está acabada, jodida. ¿Qué importa? Quiere abrazar algo, quiere que la abracen. No suelta a Frida sino hasta que acerca su cara a la de Varya, que siente sus labios suaves contra su barbilla, y la muerde.

35

Varya no llamó al veterinario. A la mañana siguiente, Annie las encontró a ella y a Frida durmiendo en la cocina —Varya con la espalda apoyada en una pila de cajas, y Frida en un estante superior—, y gritó.

En el hospital, Varya pensó que moriría: primero, de algo que hubiera contraído por la mordida, y después, cuando el doctor le dijo que Frida no tenía ni hepatitis B ni tuberculosis, de algo que hubiera contraído en la sala de aislamiento. Se sintió sorprendida de vivir. En el pánico, le había parecido que el único resultado era el que más temía. En cuanto el miedo se demostró inválido, lo reemplazó una angustia mucho más concreta: la certeza de que lo que había hecho había sido tan destructivo como para ser irreparable.

Con cada día que comía los alimentos del hospital, se volvía más alerta. No había habitado su cuerpo de una manera tan plena desde la infancia. Ahora el mundo corría hacia ella con todas sus texturas y sensaciones. Sintió la miseria ácida de cada limpieza de la herida y el roce de papel de las sábanas del hospital, que no podía inspeccionar porque estaba demasiado exhausta. Cuando la enfermera se acercaba, Varya olía un *shampoo* que Klara había usado alguna vez, estaba segura. Ocasionalmente, vio que Annie dormía en una silla cerca de su cama y una vez, en un momento de conciencia, le pidió que no le contara a Gertie lo ocurrido. Annie la observó con mirada lúgubre y de desaprobación, pero asintió. Algún día Varya le contaría a Gertie, pero contarle sobre la mordida significaba contarle todo lo demás y aún no podía hacerlo.

Frida había viajado en avión a un hospital para animales en Davis. Se había fracturado el hueso, como Varya temía. Un cirujano le amputó el brazo a la altura del hombro, pero la única manera de saber si Frida tenía rabia era cortándole la cabeza para hacer pruebas al cerebro. Varya rogó indulgencia: ella no tenía síntomas, y si Frida tenía rabia, moriría en unos días.

Dos semanas después, Varya se encuentra con Annie en una cafetería de Redwood Boulevard. Al entrar, Annie sonríe —lleva ropa del diario, pantalones ajustados negros con una playera a rayas y zuecos, el cabello suelto— pero su incomodidad es obvia. Varya ordena un *wrap* vegetariano. Por lo general no comería nada, pero su experimento se truncó en el hospital y no ha tenido la convicción para volver a empezar.

—Hablé con Bob —dice Annie cuando el mesero se va—. Te dejará renunciar voluntariamente.

Bob es el director del Drake. No quiere saber cómo reaccionó cuando le dijeron que Varya había puesto en riesgo un experimento de veinte años. Frida estaba en el grupo restringido. Al alimentarla, Varya anuló los datos de Frida y comprometió todo el análisis: con la omisión de los resultados del animal, el número de los monos restringidos quedará sesgado en comparación con los monos de control. Y todo eso por no mencionar el desastre publicitario que representaría que se corriera la voz de que una investigadora de alto nivel del Drake sufrió un ataque de nervios y en el proceso puso en peligro al personal y a los animales. Cuando Varya piensa en lo que Annie debió haber hecho para que Bob le permitiera firmar una renuncia voluntaria, se llena de vergüenza.

—Así será más fácil que sigas con tu carrera —dice Annie, con voz vacilante.

—Cómo crees —Varya se suena la nariz con una servilleta—. No hay modo de mantenerlo en secreto.

Annie se queda callada, admitiéndolo.

—De cualquier modo —continúa Annie—, es una mejor manera de salir.

Annie ha mantenido al margen la mayor parte de la ira que siente contra Varya sólo porque, a diferencia de Bob, conoce la historia completa: en el hospital, Varya le confesó la verdad sobre Luke y la expresión de Annie fue de la furia a la incredulidad y a la lástima.

—Carajo —dijo—. Yo quería odiarte.

—Todavía puedes.

—Sí, pero ahora es más difícil.

Varya muerde un bocado de su *wrap*. No está acostumbrada a las porciones de restaurante, que le parecen cómicamente enormes.

—¿Qué va a pasar con Frida?

—Tú lo sabes tan bien como yo.

Varya asiente. Si Frida corre con mucha suerte, la mudarán a un santuario para primates, donde viven animales que sirvieron para la investigación, con mínima intervención humana. Varya ha hecho campaña para que esto ocurra, llamando diariamente al hospital y a un santuario de Kentucky donde los animales se pasean en doce hectáreas de terreno cercado. Sin embargo, la capacidad del santuario es limitada. Lo más probable es que envíen a Frida a otro centro de investigación y que la usen para otro experimento.

Esa tarde Varya se queda dormida a las siete y se despierta justo después de la medianoche. Sale de la cama con su bata y se para frente a la ventana, donde abre las cortinas por primera vez en meses. La luna es lo suficientemente brillante para que Varya pueda ver el resto del condominio; del otro lado, está encendida la luz de una cocina. Tiene una extraña sensación de purgatorio, o quizá de ultratumba. Perdió su trabajo, que se suponía que fuera su contribución al mundo, su retribución. Ha ocurrido lo peor, y entre la pérdida que la deja vacía, tiene el pensamiento de que ahora hay mucho menos que temer.

Toma el celular de la mesa de noche y se sienta sobre las cobijas. La línea suena una y otra vez. Justo cuando se resigna a que entre el buzón de voz, alguien contesta.

—¿Bueno? —pregunta la voz, insegura.

—Luke —la embargan dos emociones: alivio de que haya contestado, y miedo de que la ventana de oportunidad que ha abierto para ella no sea lo suficientemente grande para ganar su perdón—. Lo siento. Siento mucho lo que le pasó a tu hermano, y siento mucho lo que te pasó a ti. Nunca debiste pasar por eso, nunca; ojalá no hubiera sido así, ojalá pudiera evitártelo.

Hay silencio del otro lado. Varya presiona el teléfono contra su oreja y respira superficialmente.

—¿Cómo conseguiste mi teléfono? —pregunta él al fin.

—Estaba en el correo que le mandaste a Annie cuando solicitaste la entrevista. —Él vuelve a quedarse callado y Varya continúa—. Escúchame, Luke. No puedes ir por la vida convencido de que fue tu culpa. Tienes que perdonarte, o no sobrevivirás; por lo menos no de manera cabal, no como te mereces.

—Voy a ser como tú.

—Sí —responde ella y se obliga a no volver a llorar. Esas palabras también pueden aplicarse a ella, desde luego, pero nunca antes se había permitido creerlo.

—¿De verdad vas a tratarme ahora como mamá judía? Porque estoy casi seguro de que el plazo establecido por la ley expiró hace veintiséis años.

—De acuerdo —dice, aunque tose una risa—. Es verdad.

Ella le transmite un ruego: que le extienda el don de la empatía, por muy poco que se lo merezca. Observa el condominio afuera, la única cocina iluminada.

—Tengo que acostarme —dice Luke—. Me despertaste, ¿sabes?

—Perdón —dice Varya. Le tiembla la barbilla, todavía vendada con las puntadas.

—¿Me llamas mañana? Salgo de trabajar a las cinco.

—Sí —dice Varya, cerrando los ojos—. Gracias. ¿Dónde trabajas?

—En Sports Basement. Es una tienda de equipo deportivo.

—Lo pensé el día que te conocí; pensé que ibas vestido como para ir a correr.

—Por lo general lo hago. A los empleados nos hacen un descuento enorme.

Qué poco sabe de él. Siente una ráfaga de decepción al saber que su hijo no es biólogo o periodista, sino vendedor, pero enseguida se lo reprocha. Ahora está siendo honesto, y ella guarda esa honestidad para sí: una realidad más que sabe de él.

Tres meses después, Varya está sentada en una panadería francesa en Hayes Valley. Cuando llega el hombre con quien fue a encontrarse, lo reconoce de inmediato. Nunca lo había visto en persona, pero ha visto sus fotos promocionales en línea. Desde luego, también aparece en fotografías más viejas con Simon y Klara. La que más le gusta a Varya la tomaron en el departamento de Collingwood que una vez compartieron Simon y Klara. Un hombre negro está sentado en el piso, recargado contra la ventana, con un brazo colgando del marco. Su otro brazo está sobre Simon, que recarga la cabeza en las piernas del primer hombre.

—Robert —dice Varya, levantándose.

Robert se da vuelta y ella puede ver lo guapo y musculoso que solía ser: es alto y llamativo, de expresión alerta, aunque ahora tiene sesenta y es más delgado, de cabello casi gris.

Varya lleva años preguntándose por él, pero no había tenido el valor suficiente para buscarlo en serio hasta ese verano. Había encontrado un artículo sobre dos hombres que dirigían una compañía de danza contemporánea en Chicago. Cuando le escribió por correo electrónico, él le respondió que esa semana estaría en San Francisco para un festival de danza en Stern Grove. Hablan de la investigación de ella, de la coreografía de él y del departamento de South Side donde viven él y su esposo, Billy, con dos gatos Maine Coon.

—Son ewoks —dice Robert. Ríe mientras le muestra fotografías en su celular, y Varya también ríe hasta que, de repente, está a punto de llorar—. ¿Qué pasa? —pregunta Robert guardando el teléfono en su bolsillo.

Varya se limpia los ojos.

—Estoy muy feliz de conocerte. Mi hermana, Klara, hablaba mucho de ti. Le habría encantado... —el condicional: un modo que sigue odiando—. Le habría encantado saber que tú...

—¿Que estoy vivo? —Robert sonríe—. Está bien, lo puedes decir. Nunca estuvo garantizado, aunque nadie lo tiene garantizado. —Se ajusta un brazalete de plata grabado que él y Billy usan en lugar de anillos de matrimonio—. Sí tengo el virus. Nunca pensé que llegaría a viejo. Diablos, pensé que moriría a los treinta y cinco, pero sobreviví hasta que salió el coctel. Y Billy tiene suficiente energía por los dos. Es joven; demasiado joven para haber pasado por lo que pasó. Cuando Simon murió, tenía diez años.

Robert la mira a los ojos. Es la primera vez que alguno de los dos dice el nombre de Simon.

—Nunca he podido superar el hecho de que no volví a verlo después de que se fue de la casa —dice Varya—. Vivió cuatro años en San Francisco, y yo nunca vine. Estaba tan enojada con él. Y pensé que él... iba a madurar.

Las palabras se quedan en el aire. Varya traga saliva. Klara estaba con Simon e incluso Daniel habló con él, una breve llamada telefónica que le describió después del funeral, pero Varya era una roca, era hielo, tan remota que no habría podido alcanzarla aunque lo hubiera intentado. ¿Por que habría querido? Seguramente, él sabía que Varya le guardaba más resentimiento que a Klara. Por lo menos Klara había dejado claro que se iría; por lo menos, una vez en San Francisco, había tenido la decencia de contestarle el teléfono. Varya renunció a Simon. No era sorprendente que él hubiera renunciado a ella.

Robert pone su mano sobre la de ella, y ella no trata de zafarse. Su palma es amplia y cálida.

—No habrías podido saber.

—No, pero debí perdonarlo.

—Eras una niña, todos lo fuimos. Mira, antes de que Simon muriera, yo era cauteloso. Quizá demasiado cauteloso. Pero cuando murió, hice cosas estúpidas, imprudentes. Cosas que debieron haberme matado.

—Pensar que uno pueda morir por sexo —dice Varya, con voz vacilante—. ¿No te aterraba?

—No, en ese entonces no. Porque no se sentía así. Cuando los doctores decían que teníamos que ser célibes, no se sentía que nos dijeran que teníamos que elegir entre el sexo y la muerte. Se sentía como si nos pidieran elegir entre la muerte y la vida. Y nadie que se hubiera esforzado por vivir auténticamente, por tener sexo auténticamente, estaba dispuesto a abandonarlo.

Varya asiente. A su lado, suena la campanita de la puerta del café cuando entra una familia joven. Cuando pasan junto a su mesa, Varya se obliga a no apartarse de su camino. Está viendo a una nueva terapeuta, que practica una terapia de comportamiento cognitivo y la alienta a soportar esos momentos de exposición.

—Siempre me he preguntado qué te atrajo de Simon —dice ella—. Klara decía que eras tan maduro, tan realizado. Pero Simon era un niño, y muy orgulloso. No me malinterpretes, lo adoraba, pero nunca habría podido salir con él.

—Suena como algo cierto —Robert sonríe—. ¿Qué amaba de él? Era intrépido. Quería mudarse a San Francisco, y lo hizo. Quería volverse bailarín, y lo hizo. Estoy seguro de que no siempre se sentía intrépido, pero actuaba con valentía. Eso es algo que él me enseñó. Cuando Billy y yo empezamos nuestra compañía, conseguimos un préstamo que pensamos que nunca podríamos pagar.

Los primeros tres años, estábamos en la trinchera. Pero después hicimos un espectáculo en Nueva York y nos reseñaron en el *Times*, lo que nos retribuyó cuando regresamos a Chicago. Ahora podemos pagarles el seguro médico a nuestros bailarines —da una mordida a su *croissant* y le caen migajas de mantequilla en la chamarra de piel—. Nunca hice planes para retirarme. Todavía me da miedo ver demasiado hacia el futuro. Pero está bien; me encanta mi trabajo. No quiero que se termine.

—Ojalá yo me sintiera así. Acabo de dejar mi trabajo y nunca me había sentido tan a la deriva.

—Basta de eso —Robert levanta su *croissant* y la señala con una expresión de amonestación exagerada—. Piensa como Simon, ¡sé intrépida!

Lo está intentando, aun cuando su definición de la palabra es ridículamente pequeña en comparación con la de cualquier otra persona. Empezó a recargarse en el respaldo de las sillas y a dar paseos por la ciudad. Diez años antes, cuando se mudó a California, visitó Castro por primera vez desde que nació Ruby. Había intentado ver a Simon ahí, pero sólo podía imaginarlo en sus caminatas a la Congregación Tifereth Israel, huyendo de ella. Ahora se lo imagina de nuevo, pero esta vez no se restringe a los límites de la persona que conoció. Mientras camina de Cliff House al viejo hospital militar cerca de Mountain Lake Park, ve a Simon posando junto a los restos de los baños Sutro, donde había espacio para que nadaran diez mil personas. No tiene idea de si él caminó por esos peñascos, el Richmond está por lo menos a cuarenta y cinco minutos de Castro en autobús, pero no importa. Él está ahí, entre los matorrales y las lilas, y su cabello vuela al viento que surge del agua, dejando un rastro que Varya sigue detrás de él.

Cuando regresa al departamento, tiene un correo de Mira.

Queridísima V:

¿El 11 de diciembre está bien para ti? Resulta que Eli tiene un compromiso el 4, y Jonathan aún tiene la intención de arrastrarnos a todos a Florida en el invierno, loco. (Creo que estará bien. Sólo tengo que superar la vergüenza de decirles a todos que me voy a casar en Miami). Avísame.

Con amor,

M.

Jonathan es un profesor compañero de Mira en New Paltz, que perdió a su esposa por cáncer de páncreas cuatro años antes de la muerte de Daniel. No era alguien en quien Mira hubiera pensado románticamente. Después de la muerte de Daniel, le llevaba comida a Mira —«Es brisket», decía, «pero de la tienda; mi esposa era la que cocinaba»— y se quedaba con ella durante los ataques de pánico que empezó a sufrir antes de dar clases. Pasaron dos años antes de que se enamorara de él.

—Aunque no me rendí de amor, íbamos a un ritmo lentísimo —dijo Mira en una de sus conversaciones dominicales nocturnas por Skype con Varya—. Tuve que dejar ir.

Mira dejó el plato sobre la mesa de café y se sentó sobre sus pies. Seguía siendo pequeña, pero ahora era más musculosa: después de la muerte de Daniel había empezado a andar en bicicleta, iba de New Paltz a Bear Mountain mientras el mundo pasaba a sus costados, un borrón a la vista como el que ella sentía.

—¿Dejar ir qué? —preguntó Varya.

—Bueno, eso es lo que yo me preguntaba, y me di cuenta de que lo que tenía que dejar ir no era mi dolor ni mi confianza. Tenía que dejar ir a Daniel.

Seis meses atrás, Jonathan le pidió matrimonio. Tiene un hijo de once años, Eli, a quien Mira está aprendiendo a criar. Varya será su dama de honor.

«¿Qué es lo que quieres?», le preguntó Luke, y si Varya le hubiera respondido con honestidad, le habría dicho esto: volver al principio. Le diría a su yo de trece años que no visite a la mujer. A su yo de veinticinco: Encuentra a Simon, perdónalo. Se diría que cuidara a Klara, que se inscribiera en una página de citas, que detuviera a la enfermera antes de llevarse al bebé de sus brazos. Se diría que va a morir, va a morir, todos van a morir. Se diría que preste atención al olor del cabello de Klara, a la sensación de los brazos de Daniel cuando se acercaba a abrazarla, a los pulgares regordetes de Simon; por Dios, sus manos, todas, las manos rápidas como colibríes de Klara, las manos delgadas e inquietas de Daniel. Se diría que lo que en realidad quiere no es vivir para siempre, sino dejar de preocuparse.

«¿Y si cambio?», le preguntó a la adivina tantos años atrás, segura de que el conocimiento podía salvarla de la mala suerte y la tragedia. «La mayoría de la gente no cambia», le dijo la mujer.

Son las siete de la tarde, el cielo es una mancha neón. Varya se apoya en su silla. Quizás eligió la ciencia porque es racional, creyendo que ella la separaría de la mujer de la calle Hester y de sus predicciones. Pero la creencia de Varya en la ciencia era también rebelión. Temía que el destino estuviera fijado, pero esperaba —por Dios que lo esperaba— que no fuera demasiado tarde para que la vida la sorprendiera. Esperó que no fuera demasiado tarde para sorprenderse a sí misma.

Ahora recuerda lo que Mira le dijo después del entierro de Daniel. Estaban encorvadas debajo de un árbol mientras la nieve se filtraba entre las ramas y los asistentes iban hacia el estacionamiento.

—Nunca conocí a Klara —dijo Mira—. Pero ahora casi siento que la comprendo, porque el suicidio no parece irracional. Lo que es irracional es seguir adelante, día tras día, como si el impulso hacia adelante fuera natural.

Sin embargo, Mira lo ha logrado. La imposibilidad de superar la pérdida, contra la posibilidad de que se supere: es tan absurdo, tan aparentemente milagroso como siempre lo es la supervivencia. Varya piensa en sus colegas, con sus tubos de ensayo y sus microscopios, todos tratando de replicar el proceso que ya existe en la naturaleza. *Turritopsis dohrnii*, una medusa del tamaño de una lentejuela, revierte el envejecimiento cuando se siente amenazada. En invierno, la rana de bosque se convierte en hielo: su corazón deja de latir, su sangre se congela, y sin embargo, meses después, cuando llega la primavera, se deshiela y vuelve a saltar.

La cigarra hiberna bajo tierra en incubación y se alimenta de fluidos de las raíces de los árboles. Sería fácil pensar que están muertas; quizá de alguna manera, sedentarias y silenciosas, anidando a treinta centímetros del suelo, lo estén. Una noche, diecisiete años después, salen a la superficie en números asombrosos. Trepan el objeto vertical más cercano; las cáscaras de sus pieles de ninfa caen crujientes al suelo. Sus cuerpos son pálidos y no duros aún. En la oscuridad, cantan.

36

La primera semana de julio, Varya va a la ciudad para su visita semanal a Gertie. Gertie está exultante: Ruby está de visita. Varya nunca ha comprendido por qué una estudiante universitaria se pasaría dos semanas cada verano en un hogar de retiro por voluntad propia, pero Ruby había propuesto ese plan en su primer año y había sostenido dicha propuesta. Helping Hands está a ocho horas manejando desde UCLA, donde Ruby pronto comenzará su último año. Cada verano, llega en una nube de lentes de sol y pulseras apiladas, vestidos cortos y zapatos de plataforma, así como en una tosca Range Rover blanca. Juega mahjong con las viudas y le lee a Gertie los libros de sus clases de literatura. La última noche de su visita hace un espectáculo de magia en el comedor, que ha llegado a tener tanta asistencia que el personal lleva sillas extra de la biblioteca. Los residentes quedan extasiados como niños. Después, esperan a Ruby en largas filas para contarle cuando conocieron al hermano de Houdini o cuando vieron que una mujer atravesaba Times Square sujetando una cuerda con los dientes.

—¿Ahora qué harás —le pregunta Gertie a Varya—, si no vas a regresar al trabajo?

Está sentada en su sillón con un frasco de pepinillos en las piernas. Ruby está acostada en la cama de Gertie, jugando en su celular un juego que se llama Bloody Mary. Cuando llega al nivel cinco, le pasa el teléfono a Varya, que siente una satisfacción particular al destrozar al tomate vivaz y saltarín que vigila una bolsa de varas de apio.

—No es que no vaya a regresar a trabajar —responde Varya—. Pero no voy a regresar al Drake.

Acaba de decirle a su madre que cometió un error crítico, algo que comprometió la integridad del experimento. Pronto, quizá cuando Ruby se vaya, le contará a Gertie sobre Frida y, sobre todo, de Luke. Su relación había sido demasiado frágil para compartirla con alguien, y aunque ya es menos frágil, Varya aún tiene miedo de perderlo tan repentinamente como apareció. Empezaron a compartir correo postal, fotografías, postales y otras cosas pequeñas. En mayo, Luke le mandó una foto de él con su nueva novia, Yuko. Yuko es por lo menos cuarenta y cinco centímetros más baja que él y tiene un corte de cabello asimétrico con las puntas pintadas de rosa. En la foto, ella hace como si cargara a Luke; él cuelga una de sus largas piernas en los brazos de ella y los dos tienen los ojos entrecerrados de risa. Pasa un mes más antes de que Luke admita que Yuko es su compañera de casa, la que se hizo pasar por editora del *Chronicle*; aunque en ese momento no había nada romántico, se apresura a añadir, así que lo guardó en secreto porque no quería que Varya tuviera resentimiento con ella.

Varya se sonrojó de gozo, por ver su felicidad y porque a él le importara lo que ella pensara. Esa semana, pasó por una granja que anunciaba conservas caseras de fruta. Se detuvo al lado del camino y se puso a buscar entre los frascos de cristal, cuyo contenido brillaba como joyas a la luz del atardecer. Cuando encontró cerezas, compró dos frascos; se quedó uno y le envió el otro a Luke. Su respuesta llegó diez días más tarde:

> Nada excepcional, pero regulares. Firmes. El extracto de almendra es un buen toque y resalta el almizcle de las cerezas, así que son más que dulces.

Varya sonrió al recibir la postal y la leyó dos veces más. Pensó que «nada excepcional, pero regular y firme» no era lo peor que uno podía ser, y fue a la despensa a sacar su propio frasco, que no había abierto en espera de su respuesta.

—Entonces, ¿a dónde? —pregunta Gertie ahora, mirando hacia su regazo—. No te puedes quedar sentada todo el día como yo. Comiendo pepinillos.

De inmediato, Varya escucha a sus hermanos. «Como si de verdad tuvieras que preocuparte por eso», diría Klara. Después Daniel: «Claro, ¿Varya sentada comiendo pepinillos? No creo que sea capaz de algo así». Últimamente, Varya los ve por todas partes. Un adolescente que pasa corriendo junto a su departamento tras el ocaso le recuerda a Simon, corriendo alrededor de Clinton 72 en las noches frescas de verano. Ve la sonrisa de Klara, brillante y mordaz, en el rostro de una mujer en un bar. Se imagina yendo a pedir consejos a Daniel. Siempre estaba justo detrás de ella: en edad, en ambiciones, en el apoyo a la familia. Ella sabía que podía contar con él para cuidar a Gertie o para tratar de llevar a Simon a casa.

Durante mucho tiempo reprimió esos recuerdos. Pero ahora, cuando los convoca en esas formas sensoriales, de manera que los perciba más como personas que como fantasmas, ocurre algo inesperado. Algunas luces dentro de ella —el vecindario que se oscureció hace años— se encienden.

—Creo que me gustaría dar clases —dice. En el posgrado daba clases a estudiantes de licenciatura como pago de colegiaturas. No había pensado que pudiera hacer algo así: antes de su primera clase había vomitado en el lavabo del baño de mujeres, incapaz de llegar al escusado, pero enseguida se dio cuenta de que era vigorizante: todos esos rostros atentos, en espera de lo que ella fuera a improvisar. Desde luego, algunos rostros no estaban atentos sino dormidos, y en secreto eran los que más le gustaban: estaba decidida a despertarlos.

La última noche de la visita de Ruby, Varya va al espectáculo de magia. Mientras Ruby se prepara en el comedor, Varya cena con Gertie en su habitación. Varya está pensando en los Gold, en lo que sus hermanos y Saul pensarían de ver a Ruby en el escenario, y entonces, en la extraña media luz del ocaso, empieza a compartir algo que nunca pensó: le cuenta a Gertie sobre la mujer de la calle Hester. Le describe el calor bochornoso de ese día de julio, su ansiedad al subir las escaleras, el hecho de que cada hermano entró solo a la habitación. Comparte también la conversación que tuvieron la última noche de la *shivá* de Saul, que en retrospectiva se da cuenta de que fue la última vez que los cuatro estuvieron juntos.

Mientras Varya habla, Gertie no levanta la mirada. Mira fijamente su yogur, llevándose cada cucharada a la boca con tan poca concentración que Varya se pregunta si es un mal día, si su madre está ausente. Cuando Varya termina, Gertie limpia la cuchara con una servilleta y la deja sobre la charola. Con cuidado, cierra el envase de yogur con la tapa de aluminio.

—¿Cómo pudieron creer en esa porquería? —pregunta tranquilamente.

Varya abre la boca. Gertie deja el envase de yogur junto a la cuchara y cruza las manos sobre sus piernas, mirando a Varya con solemne indignación.

—Éramos niños —responde Varya—. Nos asustó. De cualquier modo, mi punto es que no era...

—¡Porquería! —dice Gertie concluyente, apoyándose en el respaldo de su sillón—. Fueron a ver a una gitana; nadie es tan estúpido para creerles.

—Tú crees en ese tipo de porquerías. Escupes cuando ves pasar un funeral. Después de que papá murió, querías hacer esa cosa con el pollo, lo de pasear a un pollo vivo en el aire mientras recitas...

—Ese es un ritual religioso.

—¿Y lo de escupir por los funerales?

—¿Eso qué?

—¿Cuál es tu excusa?

—Ignorancia. ¿Cuál es la tuya? No tienes —dice cuando Varya hace una pausa—. Después de todo lo que les di: educación, oportunidad... ¡modernidad! ¿Cómo es posible que salieran iguales a mí?

Gertie tenía nueve años cuando las fuerzas alemanas tomaron Hungría. Mandaron a los padres de su madre, y a tres de sus hermanos, de Hajdú a Auschwitz. Si la *Shoá*, el Holocausto, había fortalecido la fe de Saul, sólo había disminuido la suya. Cuando tenía seis años, incluso sus padres estaban muertos. Dios debió parecer menos probable que la suerte; la bondad, menos probable que la maldad: así que Gertie tocaba madera y cruzaba los dedos, arrojaba monedas a las fuentes y arroz sobre su hombro. Cuando rezaba, estaba negociando.

Varya ve lo que les dio a sus hijos: la libertad de la incertidumbre. La libertad de un destino incierto. Saul habría estado de acuerdo. Como hijo único de inmigrantes, su padre había tenido pocas opciones. Mirar hacia el futuro o hacia el pasado habría parecido una ingratitud, como poner el destino a prueba: el presente libre era una visión que podría desaparecer si apartaba la vista. Sin embargo, Varya y sus hermanos tenían opciones y el lujo del análisis personal. Querían medir el tiempo, trazarlo y controlarlo. Pero en su búsqueda del futuro sólo se acercaron más a las profecías de la adivina.

—Lo siento —dice Varya; sus ojos se llenan de lágrimas.

—No te disculpes —dice Gertie, estirándose para pegarle a Varya en el brazo—. Sé diferente. —Pero cuando termina de pegarle, sujeta el antebrazo de Varya y no lo suelta, como lo hizo Bruna Costello en 1969. Esta vez, Varya no se aparta. Se sientan en silencio hasta que Gertie se mueve.

—Entonces, ¿qué te dijo? —pregunta—. ¿Cuándo te vas a morir?

—A los ochenta y ocho. —Ahora parece muy lejano, un lujo casi vergonzoso.

—¿Entonces de qué te preocupas?

Varya se muerde la mejilla para evitar sonreír.

—Pensé que me habías dicho que no creías en eso.

—No creo —resopla Gertie—. Pero si creyera, no me estaría quejando. Si creyera, pensaría que ochenta y ocho está muy bien.

A las 7:30 entran al comedor para el espectáculo de magia. Una plataforma elevada funge como escenario; dos lámparas, una a cada lado, son las luces. Una de las enfermeras colgó unas sábanas rojas sobre un tubo para colgar ropa como telón. Gertie y sus amigos se arreglaron para la ocasión, y el comedor está repleto. Una expectación eléctrica une a todos en la sala, invisible como materia oscura. Los jala entre sí y hacia el escenario, hacia Ruby.

Después se abre el telón, y ella aparece.

En manos de Ruby, el escenario se transforma. La cortina se vuelve un verdadero telón; las lámparas, luces de verdad. Klara era excelente para la velocidad trepidante, pero Ruby tiene un don inesperado para la comedia física y talento para incluir a todos los de la habitación. También hay algo más que la distingue de su madre. Tiene una sonrisa fácil y su voz nunca vacila. Cuando se le cae una bola que debía atrapar, se toma un momento para hacer una pantomima autocrítica antes de recuperar el equilibrio. Varya se da cuenta de que es confianza. Ruby se ve más cómoda —con sus habilidades, consigo misma— de lo que su madre lo estuvo jamás.

«Ay, Klara», piensa Varya, «si pudieras ver a tu hija».

Toda la noche, Gertie mira a Ruby como una película que no quiere dejar de ver nunca. Son casi las once cuando los últimos residentes salen del comedor. Aunque Gertie aceptó usar la detestable silla de ruedas, tiene el pecho hinchado como un pavo. Varya sabe que detener el envejecimiento es tan improbable como la idea de que una compulsión puede evitar que algo malo ocurra. Pero, de cualquier manera, quiere gritar: «No te vayas».

Ruby empuja a Gertie de regreso a su habitación. Pronto dirigirá su atención a otros milagros: cómo coser una herida, intervenir una columna vertebral, asistir el nacimiento de un niño. Esta noche, sin embargo, hubo un vínculo que la unió con todos los presentes en la sala, una red de emoción, y Ruby no lo dejó escapar. Cuando estaba en el escenario, mirando al público, y tuvo esa sensación, la hizo pensar en los niños de preescolar que a veces veía pasar frente a su departamento de Los Ángeles. Para asegurarse de que nadie se pierda, los niños caminan en fila sujetando una cuerda. Ruby piensa que esta noche fue así. Uno por uno, llegaron hasta la cuerda. Uno por uno, se aferraron a ella.

—¿Por qué quieres ser doctora cuando puedes seguir haciendo esto? —aún le pregunta su padre—. Le das tanta alegría a la gente.

Pero Ruby sabe que la magia es sólo una herramienta entre muchas para mantenerse vivos unos a otros. Cuando era niña, Raj le dijo las cuatro palabras que Klara siempre decía antes de un espectáculo, y desde entonces, Ruby las ha recitado exactamente. Esta noche, estaba parada tras la cortina con las manos apretadas; del otro lado, podía oír que el público murmuraba, se inquietaba y arrugaba de emoción sus programas baratos.

—Los amo a todos —murmuró—. Los amo a todos, los amo a todos, los amo a todos.

Después, salió de atrás de la cortina para reunirse con ellos.

AGRADECIMIENTOS

Estoy profundamente agradecida con todas las personas que ayudaron a traer *Los inmortales* a la vida.

Este libro no habría sido posible sin la confianza, el trabajo y el apoyo de dos mujeres increíbles. A mi agente, *rockstar* y hermana del alma, Margaret Riley King: gracias por tu fe, tu lealtad y tus terapias cada dos semanas. Cada vez, empieza contigo. A mi editora, Sally Kim: tu genialidad, pasión e integridad brillan con fulgor. Trabajar contigo ha sido uno de los grandes honores y placeres de mi vida.

No pude haber soñado con dos equipos más soberbios en WME y Putnam. Es un privilegio trabajar con Tracy Fisher, Erin Conroy, Erika Niven, Haley Heidemann y Chelsea Drake en el primero, y con Ivan Held, Danielle Springer, Christine Ball, Alexis Welby, Ashley McClay, Emily Oilis y Katie IllcKee en Putnam, así como con todo el equipo de Penguin. Gracias, también, a Gail Berman, Dani Gorin, Joe Earley y Rory Koslow en Jackal por su trabajo en el ámbito de la televisión.

Estoy en deuda con los muchos escritores, cineastas, científicos y otros profesionistas cuya obra fue crucial en mi proceso de investigación. Entre las fuentes esenciales están *A subtle craft in several worlds: Performance and participation in Romani fortune-telling* (Ruth Elaine Andersen); el documental de David Weissman *I Was Here*; *Hiding the Elephant: How Magicians Invented the Impossible and Learned to Disappear* (Jim Steinmeyer); y la vida de Tiny Kline, un cirquero innovador que originó las Fauces de la Vida e inspiró el personaje de la abuela Klara (*Circus Queen and Tinker Bell: The Memoir of Tiny Kline*, Janet M. David). El teniente Scott Gregory fue un consejero fundamental para la carrera militar de Daniel; Deborah Robbins y Bob Ingersoll compartieron generosamente conmigo sus experiencias con primates. El Drake tuvo como inspiración el Instituto Buck para Investigación sobre el Envejecimiento en Novato, California, aunque mi versión, salvo por las características del edificio y la misión general, es completamente ficticia. Por último, no habría podido escribir la parte de Varya sin los muchos científicos cuyas investigaciones sobre longevidad dieron forma a la suya, y que tuvieron la gentileza de hablar conmigo, incluidos los doctores Ricki Colman, Stefano Piraino y Daniel Martinez, así como el personal del Wisconsin National Primate Research Center. La investigación de Varya surgió de este contexto, pero, como el Drake, es ficticia y no es un comentario de ningún trabajo existente específico.

Mi amor eterno y gratitud para los miembros de mi familia y amigos queridos que sirvieron como primeros lectores y me ofrecieron ayuda. Mis padres son mis seguidores más fieles y aguerridos; estoy muy agradecida y soy muy afortunada por ser su hija. Mi amada abuela y luz guía, Lee Krug, fue la primera persona que leyó esta novela. Entre mis brillantes amigos, estoy agradecida por el genio editor y la devoción de vida de Alexandra Goldstein; la compañía intelectual de Rebecca Dunham; la apasionada solidaridad de Brittany Cavallaro; y el corazón sabio y cálido de Piyali Bhattacharya, así como la hermandad de Alexandra Demet y Andrew Kay. Marge Warren y Bob Benjamin me dieron el regalo de la comprensión de la vida de los inmigrantes y a mediados del siglo XX en Nueva York. Judy Mitchell sigue siendo mi mentora y querida amiga.

Para Jordan y Gabriel, mis hermanos: este libro también es para ustedes.

Y, por Dios, ¿qué puedo decirle a Nathan? No es fácil ser la pareja de una escritora, pero pensaría que tú lo haces sin esfuerzo si no supiera cuánta conversación desconcertante, trabajo editorial y apoyo emocional requiere. Tienes el corazón más tolerante, el cerebro más veloz y el tipo de perspectiva panorámica que estabiliza incluso a los pájaros inquietos como yo. Por siempre, gracias.